21世纪高等学校规划教材

WEIXING JISUANJI YUANLI
JI YINGYONG JISHU

微型计算机原理及应用技术

编 著 李 晖 许 会 刘 阳
主 审 凌志浩

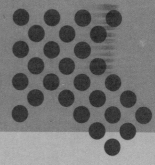

中国电力出版社
http://jc.cepp.com.cn

内 容 提 要

本书为 21 世纪高等学校规划教材。

全书共分 8 章，主要内容包括微型计算机组成与数制表示、Intel 8086 CPU 内部结构及指令系统、汇编语言程序设计、Intel 8086 CPU 外部硬件特性、存储器原理及设计、输入输出系统、I/O 接口技术及应用（定时与计数技术、并行接口技术、串行接口技术、DMA 技术、模拟量输入输出接口技术）、中断技术等。

本书可作为自动化、计算机科学与技术、电子信息工程、通信工程等相关专业本专科教材，也可供相关工程技术人员参考。

图书在版编目（CIP）数据

微型计算机原理及应用技术／李晖，许会，刘阳编著. —北京：中国电力出版社，2010.1

21世纪高等学校规划教材

ISBN 978-7-5083-9777-1

Ⅰ.①微… Ⅱ.①李…②许…③刘… Ⅲ.①微型计算机－高等学校－教材 Ⅳ.①TP36

中国版本图书馆CIP数据核字（2009）第215705号

中国电力出版社出版、发行

（北京三里河路 6 号 100044 http://jc.cepp.com.cn）

汇鑫印务有限公司印刷

各地新华书店经售

*

2010 年 2 月第一版 2010 年 2 月北京第一次印刷

787 毫米 ×1092 毫米 16 开本 14.75 印张 358 千字

定价 **23.60** 元

前　言

随着信息时代的到来，计算机已经成为人们生活中不可缺少的有力工具。对于高等院校的学生来说，掌握计算机原理有助于更好的利用它。

"微型计算机原理及应用技术"作为高等院校工科专业的一门重要课程，是电子信息类专业必修的专业基础课与专业主干课，也是其他相关专业必修的专业基础课。其目的和任务是使学生了解微型计算机产生的历史和发展趋势，加强学生对微型计算机硬件组成的理解，掌握微型计算机的基本特点、结构和原理，掌握具体的指令系统、接口方法，提高学生对于计算机应用和硬件开发能力。

本书是在课程组长博士生导师许会教授的支持下，总结多年教学经验编写的。本书以Intel8086微型计算机为依托平台，从课程教学目标出发，本着三个突出（突出课程重点、突出基本原理、突出实践性）的原则、以人对新知识掌握理解的规律出发，由浅入深、循序渐进。本书编写特别是突出了原理的普遍性，以适应Intel系列CPU的发展；采用大量的例题、突出了实践性，达到理论与实践相结合的目的。

本书包括三个部分：CPU结构与工作原理、指令系统与汇编语言程序设计、存储器及I/O接口技术应用。其主要内容有：微型计算机组成与数制表示、Intel8086CPU内部结构及指令系统、汇编语言程序设计、Intel8086CPU外部硬件特性、存储器原理及设计、输入输出系统、I/O接口技术及应用（定时与计数技术、并行接口技术、串行接口技术、DMA技术、模拟量输入输出接口技术）、中断技术等。

通过本课程的学习，学生可以了解：微型计算机的发展历史和发展趋势，微型计算机的特点及应用；微型计算机的基本工作原理；8086/8088微处理器的结构、工作模式；8086/8088CPU时序；中断类型，中断优先级；汇编语言的作用和地位，系统功能调用的方法，Debug程序的使用。理解补码的定义，运算方法；计算机中指令的读取和执行过程，存储器的原理；中断处理的一般过程；I/O接口电路的编址方式及与微处理器的连接。掌握数制转换方法，带符号数在计算机中的表示方法；微型计算机系统的组成；8086/8088CPU的中断系统结构，中断向量表的含义；标志位的含义、判别及作用；操作数的存储及寻址方式；8086/8088存储器管理和物理地址生成方式；简单汇编程序的编制；CPU与存储器的连接；微机I/O信号的类型；串、并行通信的基本知识及应用；输入/输出的控制方式，I/O接口的基本功能和基本结构，并对微机系统设计与实现的思想有清晰的理解并且掌握CPU的构成和应用方法。

本书适用于40～48学时的教学安排，未附实验部分。作者还将提供本书各章后的习题答案与配套的电子课件，以供教师、学生及广大读者参考。

参与本书编写有李晖、许会、刘阳，参与本书编排工作的有何志强、常全成、郭长顺、孙兵兵等。

本书由华东理工大学凌志浩教授主审，他给本书提供了许多改进意见，在此表示深深的感谢。

在本书的编写过程中，参阅了大量的资料、文献和网站等，在参考资料中已尽量列出，但恐仍有遗漏，在此表示歉意。在这里对这些作者的辛勤劳动和付出致以由衷的敬意。

　　本书可以作为大学电子信息类专业"微型计算机原理"课教材、大学工科各专业计算机硬件技术基础教材，也可以作为普通读者和从事计算机硬件开发的工程技术人员的自学参考书。

　　由于编写工作时间紧，书中难免存在错漏和不足之处，欢迎广大师生和读者批评指正。我们的电子信箱为：dialee6@yahoo.com.cn。

编　者

2009 年 9 月

目　录

第1章 微型计算机

本章主要介绍两部分内容：微型计算机概况以及计算机中信息与数据的表示与运算。其中，微型计算机概况包括微型计算机的发展历史和发展趋势、微型计算机的特点及应用、微处理器、微型计算机和微型计算机系统的组成、微型计算机工作过程、微机系统外围设备的连接等；计算机中信息与数据的表示与运算部分包括计算机中信息的表示与运算，二进制、八进制、十六进制、十进制数相互之间的转换、带符号数表示、机器数表示、ASCII码、BCD码表示。

要求掌握：①微处理器、微型计算机和微型计算机系统的差别；②CPU的组成部件；③微处理器的性能指标；④微型计算机的基本结构；⑤进制转换、机器数表示、二进制计算。

1.1 微型计算机的发展及应用

1.1.1 电子计算机的发展

1946年2月，美国宾夕法尼亚大学的莫尔学院物理学博士莫克利（I. W. Mauchy）和电气工程师埃克特（J. P. Ecken）领导的开发小组研制了世界上第一台用于军事科学计算的数字式电子计算机（Electronic Number Integrator And Calculator，ENIAC），开启了计算机发展的历程。

自1946年ENIAC计算机诞生后，60多年时间里，随着电子器件的不断发展，计算机技术得以迅速发展，集成度不断增加、体积不断缩小，技术不断完善、价格不断下降、应用日趋广泛，目前计算机应用已渗透到社会生活的各个领域，计算机已成为信息化水平的重要标志。电子计算机的发展以电子器件发展为标志，经历了电子管、晶体管、集成电路（IC）和超大规模集成电路（VLSI）四个时代。

第一代（1946～1957年）：电子管计算机时代。这个时代采用电子管作为逻辑部件，以磁芯和磁鼓等作为主存储器，外存采用纸带或卡片等，该阶段的计算机体积大、耗电多、运算速度慢、内存容量小。硬件结构是以运算器为中心包含运算部件、控制部件、存储部件和输入/输出部件的冯·诺伊曼结构。软件方面最初只能使用二进制表示的机器语言，后期采用汇编语言。这个时期，计算机主要用于科学计算和军事方面。

第二代（1958～1964年）：晶体管计算机时代。这个时代采用晶体管代替电子管作为逻辑部件，用磁芯、磁盘、磁带作为存储器，这个时代计算机体积显著减小、可靠性提高、运算速度可达每秒上百万次。软件方面出现了不依赖于机器的高级程序设计语言和编译系统，简化了编程，并建立了批处理程序。该阶段计算机应用重点在于以管理、工程设计为目的的信息处理。

第三代（1965～1971年）：集成电路计算机时代。这个时代采用中、小规模集成电路为主要部件，半导体存储器逐步代替磁芯存储器，体积进一步缩小、运算速度达每秒上千万次，可靠性大大提高。硬件设计采用标准化、模块化、系列化，提高了系统的兼容性，降低了成本。软件方面，操作系统及功能日臻成熟完善，出现了结构化程序设计方法。这一时代，通信与计算机技术相互融合，出现了计算机网络，进一步扩大了计算机的应用范围。

第四代（1971 年至今）：大规模集成电路和超大规模集成电路计算机时代。这个时代采用大规模集成电路（LSI）和超大规模集成电路（VLSI）为主要功能部件，存储器采用半导体存储器和磁盘，集成度进一步增加，运算速度可达每秒上亿次，在存储容量、可靠性和性能价格比等方面比第三代计算机有了很大突破。软件方面产生面向对象方法，分布式操作系统、数据库管理系统等得到广泛的应用。

1.1.2　微型计算机的发展及特点

第四代计算机的一个重要标志是微型计算机和微处理器。所谓微型计算机（Micro Computer）是指体积、质量、计算能力都相对比较小的一类计算机，主要是指个人使用的计算机（PC）和结构相对简单的工业控制计算机（工控机）。微型计算机具有体积小、质量轻、结构灵活、可靠性高、价格低廉、应用广泛的特点。

自 1971 年 Intel 公司 Intel 4004—4 位微处理器问世以来，微处理器按摩尔定律得到了异乎寻常的发展，微处理器的发展决定了微型计算机发展，到目前为止经历了四个阶段。

第一阶段（1971～1973 年），这个阶段产品主要以 Intel 公司字长为 4 位微处理器 4040 的 MCS-4 微型计算机为开端，进而推出字长为 8 位微处理器 8008，并以 8008 微处理器为核心制成 MCS-8 型微型计算机。该阶段特点字长为 8 位，时钟频率为 0.5MHz，指令执行周期为 $20\mu s$，芯片集成度为 3500 晶体管/片，指令系统和处理器功能比较完善。

第二阶段（1973～1977 年），这个阶段产品有 Intel 公司的字长为 8 位微处理器 8080 的 MCS-80 型微型计算机，基本指令执行时间缩短到 $2\mu s$，具有 8 级中断功能，多种寻址方式，并配备有高级语言。此外，还有 Motorola 公司的 M6800 微型计算机、Zilog 公司 Z80 和 Intel 公司 8085。该阶段特点字长为 8 位，时钟频率约为 2MHz，指令执行周期缩短为 $2\mu s$，芯片集成度达到 5000 晶体管/片。

第三阶段（1978～1983 年），这个阶段是 16 位微型计算机的发展阶段。各公司相继推出 16 位微处理器芯片，如 Intel 公司的 8086 芯片，主要产品为 IBM 公司生产的著名的 IBM PC 微型计算机。此外，这一阶段的产品还有 Motorola 公司的 M68000、Zilog 公司 Z8000。随着 16 位微机产品的普及，微机整机的硬件和软件，包括语言、操作系统、开发系统、配套外部设备等得到了蓬勃发展。该阶段特点字长为 16 位，时钟频率约为 5MHz，指令执行周期缩短为 $0.5\mu s$，芯片集成度约为 3 万晶体管/片。

第四阶段（1984 年至今），这个阶段是 32 位微型计算机的发展阶段。1981 年初在国际固体电路会议（ISSCC）上发表了几篇关于 32 位微机的研究成果论文；1983 年美国国家半导体公司抢先将 NS32032 微处理器推入市场，1984 年 Intel 公司推出了人们所熟知的以 80386 微处理器为核心的 386PC，时钟频率为 16MHz，基本指令执行周期为 $0.1\mu s$，集成度高达 27.5 万晶体管/片。从此，Intel 公司陆续推出 80486 微处理器、"奔腾"（Pentium）的微处理器，它具有 64 位的内部数据通道，故可称为 64 位处理器，并于 20 世纪末推出 P6 和 P7 微处理器，集成度达到 1000 万个以上晶体管/片，运行速度为 10 亿次/s。32/64 位微型计算机是微机和整个计算机发展的一个新的里程碑。

回顾微型计算机的发展历程，可以得出微处理器的发展决定了计算机的发展。

1.1.3　微型计算机的应用

微型计算机在社会经济发展和全球经济一体化、国家信息现代化中的作用已得到了充分肯定。由于微型机具有体积小、质量轻、价格低、耗电少和可靠性高等优点，所以在科学计算、信息处理、事务管理和过程控制、智能仪器、仪表、家用电器、民用和军用产品控制、辅助制造、计算机仿真等方面得到广泛应用，并且在日常生活中也发挥了不可缺少的作用。计算机的应用可以大大提高产品开发周期、产品设计质量、工作效率和管理水平。归纳起来有如下五个方面。

1. 科学计算

科学计算的特点是计算量大和数值变化范围大，因而一直是微型计算机的重要应用领域之一。在天文学、量子化学、空气动力学、核物理学、军事、民用等领域中，计算机得到广泛应用。用多片微处理器构成的并行处理器满足了各种科学计算的需要。

2. 管理和信息处理

在企业管理、金融商贸、办公事务、教育卫生、军事活动、情报检索等领域，都需要利用计算机对大量的数据进行搜索、归纳、分类、整理、存储、统计和分析，处理结果往往以图表形式输出。

3. 生产过程的自动控制

现代化工厂里，计算机普遍用于生产过程的自动控制，例如计算机控制配料、温度、阀门的开闭等。

4. 计算机辅助设计/计算机辅助制造（CAD/CAM）

为了提高产品质量，缩短周期，降低成本，在飞机、汽车、船舶、机械、建筑工程、集成电路等行业中，设计和制造人员借助于计算机自动或半自动地完成设计和产品制造所采用的技术，称为计算机辅助设计（Computer Aided Design，CAD）和计算机辅助制造（Computer Aided Manufacturing，CAM）。CAD/CAM 技术发展非常迅速，应用范围不断扩大，并派生出许多新的技术分支，如计算机辅助测试（Computer Aided Test，CAT）、计算机辅助工艺规划（Computer Aided Process Planning，CAPP）等。形成计算机综合应用系统就称为计算机集成制造系统（CIMS）。

5. 人工智能

人工智能是用计算机模拟人类某种智能行为（如感知、思维、推理、学习、理解等）的相关应用。

1.2 微型计算机系统

从 1.1 节的介绍，我们了解到微型计算机的发展历程与微处理器的发展是分不开的，可见微处理器构成了微型计算机的核心，决定了微型计算机的性能。从对熟悉的计算机系统的认识开始，以剥洋葱皮的方法，从组成结构上来区分微型计算机系统、微型计算机和微处理器的概念，认知基本组成结构和基本工作方式。

1.2.1 微型计算机系统

一个微型计算机系统（简称微机系统）的组成，必须包括硬件系统和软件系统。图 1-1 所示为微机系统组成。我们日常使用的 PC 机就是一个微机系统。

1. 硬件系统

硬件系统是指组成计算机看得见摸得着的物理实体，它由微型计算机（或主板）、键盘、鼠标、显示器、打印机等外围设备及电源等部分组成。硬件系统是一个为执行程序建立物质基础的物理装置，若无软件的配合，硬件系统什么也干不了。

2. 软件系统

软件系统是指能在硬件系统上运行，从而实现各种功能的程序集合。依据功能的不同，可分为系统软件、应用软件和中间件三大类。操作系统软件是用来管理整个计算机系统硬件并为其他程序的开发、调试、运行等建立一个良好的环境，它是运行在机器语言之上的解释程序，如 BIOS、操作系统以及各种工具软件和各种语言处理程序。应用软件是系统用户为解决特定问题的需要而开发或购买的程序，包括各种为用户开发应用软件提供的工具软件、各种编译系统等，如计算机辅助程序设计（CAD）、办公自动化软件（Office）、Matlab 工具软件等。中间件是指语言处理程序和工具类程序，如编译程序、数据库管理程序、软件调试工具等。

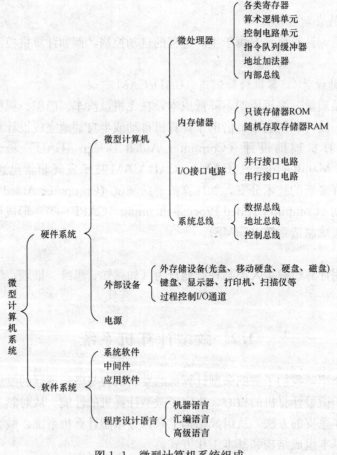

图 1-1　微型计算机系统组成

1.2.2　微型计算机

微型计算机的结构是根据冯·诺依曼关于程序存储和控制的基本原理设计出来的。从组成结构上看，微型计算机系统中去掉外围设备——显示器、键盘、鼠标、打印机、Modem 等，剩下的主板或主机箱，即微型计算机。微型计算机采用开放式总线结构，这种结构使得系统中各功能部件之间的相互连接关系变为各个部件与总线之间的单一连接关系。一个部件只要符合总线标准，就可以连接到采用这种总线标准的系统中，使系统功能得到扩展。

1. 基本组成

微型计算机是由微处理器（中央处理器或 CPU）、内部存储器、输入输出接口电路和系统总线构成。图 1-2 所示为微型计算机的基本组成结构。

中央处理器也称微处理器（CPU），如同微型计算机的心脏，包含各种类型寄存器、运算器、控制电路、指令队列缓冲器、加法器和总线，CPU 的性能决定了整个微型机的各项关键指标。

内部存储器包括随机存取存储器

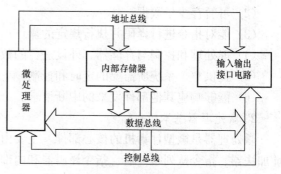

图 1-2　微型计算机的基本组成结构

（RAM）和只读存储器（ROM），用于存放事先写入的程序和数据以及当前运算结果，供微处理器进行读写访问。

输入输出接口电路用来连接外部设备和微型计算机，实现两者之间的数据传输控制。系统总线为 CPU 和其他部件之间提供数据、地址和控制信息的传输通道。

在微型机系统的不同层次结构中，有不同的总线。同 CPU 直接相连的总线称为 CPU 总线。CPU 总线实际上包含三种不同功能的总线，即数据总线 DB（data bus）、地址总线 AB（address bus）和控制总线 CB（control bus）。

数据总线用来传输数据、指令代码、状态量、控制量等信息。从结构上看，数据总线是双向的，即数据既可以从 CPU 送到其他部件，也可以从其他部件送到 CPU。数据总线上可以传送的数据的位数称为数据总线位数或宽度，是微型机的一个很重要的指标，它和微处理器的字长相对应。

地址总线专门用来传送地址信息。地址总线和数据总线不同，地址总线是单向的，总是从 CPU 发送出去的。地址总线的位数决定了 CPU 可以直接寻址的内存大小。例如，16 位地址总线的 8 位微型机，最大内存容量为 2^{16}B＝64KB；地址总线为 20 位的 16 位微型机，最大内存容量为 2^{20}B＝1MB；32 位地址总线的 32 位微型机，其最大内存容量为 2^{32}B＝4GB；24 位地址总线的微型机，其最大内存容量为 2^{24}B＝16MB。

控制总线用来传输控制信号。和数据总线一样是双向的，其中包括 CPU 送往存储器和输入输出接口电路的控制信号，如读信号、写信号和中断响应信号等；还包括其他部件送到 CPU 的信号，如时钟信号、中断请求信号和准备就绪信号等。

2. 微型计算机的工作过程

微型计算机的整个工作过程就是不断执行命令的过程，这些命令在计算机系统中称为指令，所以微型计算机的整个工作过程就是周而复始地从存储器中取指令、分析指令和执行指令的过程。

1.2.3 微处理器

1. 微处理器基本功能

微型计算机中的核心部件即为微处理器也称中央处理器（CPU），它具有运算能力和控制能力。微处理器如同微型计算机的心脏一样，其性能决定了整个微型机的各项关键指标。微处理器（CPU）的具体功能如下：

（1）可进行算术和逻辑运算；

（2）可暂存少量数据；

（3）能对指令进行译码并执行规定的操作；

（4）能处理和控制与存储器、外设进行的数据交换；

（5）提供整个系统所需要的定时和控制；

（6）能够响应其他部件发来的中断请求。

2. 微处理器基本组成结构

微处理器是微型计算机的核心部件，主要由算术逻辑运算单元、控制器、寄存器组、地址加法器、指令队列缓冲器、指令译码器和内部总线组成。

算术逻辑运算单元主要用于实现算术运算和逻辑运算，即与寄存器组、数据总线等逻辑器件共同完成对数据进行加工处理，包括加、减、乘、除基本的算术运算和与、或、非、移位、等逻辑运算，以及求补等操作。

控制器故名思义，是用来对微型计算机工作过程实行控制的器件。它的主要作用是根据存放在存储器中的程序，从内存中取出指令，将取出的指令经由指令寄存器送往指令译码器，经过对指令的分析，发出相应的控制和定时信息，协调计算机各个部件有条不紊地工作。

寄存器组是用来保存参加运算的数据和运算的中间结果，包括通用寄存器组、专用寄存器组和段寄存器组。

（1）通用寄存器组：包括累加器 AX、基址寄存器 BX、计数器 CX 和 DX，以及 AH、AL、BH、BL、CH、CL、DH、DL；

（2）专用寄存器组：包括堆栈指针寄存器 SP、基址指针寄存器 BP、源变址指针寄存器 SI、目的变址指针寄存器 DI、标志寄存器 FR，指令指针寄存器 IP；

（3）段寄存器组：代码段寄存器 CS、数据段寄存器 DS、堆栈段寄存器 SS 和数据附加段寄存器 ES。

地址加法器用来将 16 位逻辑地址形成 20 位物理地址，用以寻址 1MB 内存空间。

指令队列缓冲器用来存放从内存中取出尚未执行的指令，等待 CPU 执行完当前指令后，可立即执行指令队列缓冲器中的指令，通常 8086 指令队列为 6 个字节。取指令是与 8086 执行指令的同时进行的，这样可大大提高指令的处理速度。

指令译码器用于对指令进行译码操作，产生相应的控制信号送时序和控制逻辑电路，组合成外部电路所需的时序和控制信号。

3. CPU 主要性能指标

微处理器的性能决定了微型计算机乃至计算机系统的性能指标，所以我们要了解 CPU 的主要性能指标。CPU 最主要的性能指标有以下四项：

（1）字长：字长是指 CPU 能同时处理的数据位数，也称为数据宽度。字长越长，计算能力越高，速度越快，集成度要求也越高，制造工艺越复杂，价格也越贵。8086 是 16 位字长，80286/80386/ Pentium 均属于 32 位字长，对应的微机系统则分别称为 16 位机和 32 位机。目前，用于服务器中的 Itmium 微处理器，为 64 位字长。

（2）主频：主频是 CPU 的时钟频率，主频决定了 CPU 的运算速度，主频越高，处理速度越快。8086 的主频为 10MHz，而目前市场上性能最好的 PentiumIV 的主频高达 3.06GHz。

（3）存储容量：存储容量是指与 CPU 直接相连的内存储器所能存储的信息总量，它是衡量微处理器的处理能力大小的一个重要指标。存储容量越大，CPU 处理能力也越强，微型计算机处理能力也越强。通常有两种表示方法：

1）字节数表示法；

2）单元数×字长表示法。

（4）运算速度：运算速度是指计算机每秒钟运算的次数。计算机执行不同的操作，所需的时间不同，运算速度也不同。现在普遍采用的方法是根据指令的使用频度和每一种指令的执行时间来计算平均速度。

微处理器的发展历程决定了微型计算机的发展。自 1971 年美国 Intel 公司推出 Intel 4004 微处理器以来，短短的 40 年，Intel 相继推出了 8086/8088、80286、80386、80486 和 Pentium、Pentium Pro、Pentium II、Pentium VI、Pentium IV。随着 CPU 的升级，集成度越来越高、速度越来越快。8086 是 16 位微处理器，设计中包含了 CPU 最关键最重要的技术，其主要技术在随后的最先进的微处理器中仍被继承和应用，并在性能上保持对其兼容。80386 是 32 位 CPU，它的出现象征微处理器技术迈上一个新台阶。Pentium 内部仍为 32 位，但对外数据总线采用 64 位，Pentium 的设计中包含了最新的技术。Intel 系列的 CPU 采用向下兼容的策略，每一种新的 CPU 都对原有的系列产品保持兼容，从而使此前的软件都能够继续运行。

1.3　计算机中数的表示

在日常生活中，总会遇到数的表示问题，一般采用从低位向高位进位的计数方式，称作进位计数制。在进位计数制中，每个位数所用的不同数字的个数叫做基数。我们日常生活中常采用十进制，而计算机中则采用二进制计数方式。本节将介绍计算机中常用的数制及其相互之间的转换，计算机中数的表示以及数的运算方法。要求重点掌握数制及其转换、带符号数的表示及运算。

1.3.1　数制及其转换

计算机使用的是二进制数，为了书写和阅读方便，引入了十六进制数。书写时为区分不同进制数，常采用脚标或字母后缀的形式，例如：

（1）十进制数：23D、23、$(23)_{10}$；后缀字母为 D 或不加；

（2）二进制数：1101B、$(1101)_2$；后缀字母为 B；

（3）十六进制数：101AH、$(101A)_{16}$；后缀字母为 H。

1. 十进制数（Decimal）

十进制数是人们日常生活中使用最频繁的计数制，是由 0、1、2、…、9 十个基本数字组成。其特点如下：

（1）具有 10 个数字符号 0，1，2，…，9；

（2）由低位向高位进位是按"逢 10 进 1"的规则进行的；

(3) 基数为 10，第 i 位的权为 10^i。其中 $i=n$, $n-1$, …, 2, 1, 0, -1, -2, …, 规定整数最低位的位序号 $i=0$。

【示例 1-1】 $(6543.21)_{10} = 6543.21D = 6 \times 10^3 + 5 \times 10^2 + 4 \times 10^1 + 3 \times 10^0 + 2 \times 10^{-1} + 1 \times 10^{-2}$

2. 二进制数（Binary）

二进制数是计算机中使用的计数制。计算机之所以使用二进制数是因为 0、1 两种状态逻辑判断简单、硬件容易实现，使数据计算、存储、传送和处理都更加快速稳定。二进制的特点如下：

(1) 具有 2 个数字符号 0，1；

(2) 由低位向高位进位是按"逢 2 进 1"的规则进行的；

(3) 基数为 2，第 i 位的权为 2^i。其中 $i=n$, $n-1$, …, 2, 1, 0, -1, -2, …。规定整数最低位的位序号 $i=0$。

【示例 1-2】 $(1010.101)_2 = 1010.101B = 1 \times 2^3 + 0 \times 2^2 + 1 \times 2^1 + 0 \times 2^0 + 1 \times 2^{-1} + 0 \times 2^{-2} + 1 \times 2^{-3}$

3. 十六进制数（Hexadecimal）

计算机中使用的二进制数，若位数很长，不便于人们的读写，为此引入了十六进制数。十六进制数是学习微型计算机过程中常用到的进位计数制。其特点如下：

(1) 具有 16 个数字符号 0，1，2，…，9，A，B，C，D，E，F；

(2) 由低位向高位进位是按"逢 16 进 1"的规则进行的；

(3) 基数为 16，第 i 位的权为 16^i。其中 $i=n$, $n-1$, …, 2, 1, 0, -1, -2, …。规定整数最低位的位序号 $i=0$。

【示例 1-3】 $(9BF.ABE)_{16} = 9BF.ABEH = 9 \times 16^2 + 11 \times 16^1 + 15 \times 16^0 + 10 \times 16^{-1} + 11 \times 16^{-2} + 14 \times 16^{-3}$

1.3.2 各种数制的相互转换

1.3.1 中介绍了二进制、十进制、十六进制进位制。在生活、工作中常需要将生活中的十进制数转换为机器使用的二进制数，为便于书写和阅读，又要转换成十六进制。为此，本节我们学习数制之间的转换，要求熟练掌握以下进制转换：

1）二进制、十六进制转换为十进制；

2）十进制转换为二进制；

3）二进制转换为十六进制。

1. 二进制、十六进制转换为十进制

二进制、十六进制转换为十进制，采用按权展开求和的方法，即各位乘权之积再求和。

【示例 1-4】 (1) $10101.101B = 1 \times 2^4 + 1 \times 2^2 + 1 \times 2^0 + 1 \times 2^{-1} + 1 \times 2^{-3}$

$$= 16 + 4 + 1 + 0.5 + 0.125$$

$$= 21.625D$$

(2) $19B.ABH = 1 \times 16^2 + 9 \times 16^1 + 11 \times 16^0 + 10 \times 16^{-1} + 11 \times 16^{-2}$

$$= 256 + 144 + 11 + 0.625 + 0.04296875$$

$$= 411.66796875D$$

2. 十进制转换为二进制

十进制转换为二进制常采用基数乘除法。对于十进制整数部分，采用除基数取余数，先余数为低位，后余数为高位；对于十进制小数部分，正好相反，采用乘基数取整数，先整数为高位，后整数为低位。

（1）整数部分——除 2 取余法。

（2）小数部分——乘 2 取整法。

【例 1-1】将十进制数 19.625D 化为二进制

解：

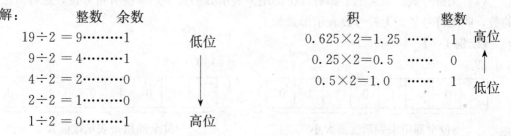

整数　余数

$19 \div 2 = 9 \cdots\cdots 1$　　低位

$9 \div 2 = 4 \cdots\cdots 1$

$4 \div 2 = 2 \cdots\cdots 0$

$2 \div 2 = 1 \cdots\cdots 0$

$1 \div 2 = 0 \cdots\cdots 1$　　高位

所以，我们可以得到：19D $=$ 10011B

积　　　整数

$0.625 \times 2 = 1.25 \cdots\cdots 1$　　高位

$0.25 \times 2 = 0.5 \cdots\cdots 0$

$0.5 \times 2 = 1.0 \cdots\cdots 1$　　低位

所以，我们可以得到：0.625D $=$ 0.101B

于是，19.625D $=$ 10011.101B

3. 二进制与十六进制之间的转换

因 $2^4 = 16$，即四位二进制数正好等于一位十六进制数，因此二进制与十六进制之间的转换可以从小数点开始，向左、右两边每 4 位二进制数为一组，最左、最右不足 4 位的补 0，然后每一组用 1 位十六进制数代替即完成进制间转换，4 位二进制与 1 位十六进制数的对应关系见表 1.1。

【例 1-2】将二进制数 1110110101100.10101B 化为十六进制

解：

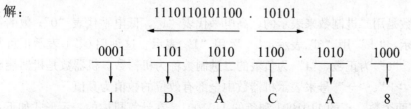

1110110101100 . 10101

0001　1101　1010　1100　.　1010　1000

1　　D　　A　　C　　　A　　8

所以，1110110101100.10101B $=$ 1DAC.A8H

表 1-1　　　　　　　　　　四位二进制与一位十六进制数的对应关系

四位二进制数	一位十六进制数	四位二进制数	一位十六进制数
0000B	0H	1000B	8H
0001B	1H	1001B	9H
0010B	2H	1010B	AH
0011B	3H	1011B	BH
0100B	4H	1100B	CH
0101B	5H	1101B	DH
0110B	6H	1110B	EH
0111B	7H	1111B	FH

1.3.3 计算机中的数及编码

前面提到的进位计数制均未涉及数的符号问题，我们称其为无符号数。而实际问题中的数常常可以是正数、也可以是负数，那么计算机如何区别正数、负数？这一节我们介绍计算机中数的表示、机器数与真值、带符号数和无符号数、原码、补码、反码及运算、二进制编码。

1. 带符号数与无符号数

（1）无符号数：如果把全部有效位都用来表示数的大小，即没有符号位，这种方法表示的数，叫无符号数。无符号数表示形式如下：

【**示例 1-5**】

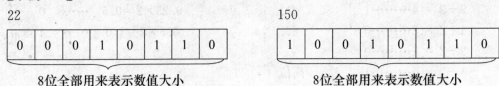

22　　　　　　　　　　　　　　　　　　　　150

8位全部用来表示数值大小　　　　　　　8位全部用来表示数值大小

（2）带符号数：二进制数的最高位用 0 表示正数，用 1 表示负数，这种方法表示的数，称为带符号数。带符号数的表示形式如下：

【**示例 1-6**】

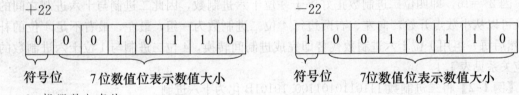

$+22$　　　　　　　　　　　　　　　　　　-22

符号位　　7位数值位表示数值大小　　　　符号位　　7位数值位表示数值大小

2. 机器数与真值

在计算机中，数是用二进制数来表示的，高电平代表"1"，低电平代表"0"；数的符号也是用二进制数表示，"＋"用"0"表示，"－"用"1"表示。这种用 0、1 表示正负并约定最高位为符号位，"0"为正数，"1"为负数的二进制数称为机器数。机器数是机器能够识别的带符号数。用"＋"、"－"号来表示机器数中全部有效位的数值为真值。

【**示例 1-7**】有两个数，正的 1101001 和负的 1101001，在计算机中的表示形式如下：

真值：N1 ＝ ＋1101001　　　机器数：N1：01101001

　　　　N2 ＝ －1101001　　　　　　　　N2：11101001

3. 原码、反码及补码

原码、反码及补码是机器数的 3 种不同形式的编码，用于解决带符号数在计算机中的运算问题。

（1）原码。

定义：一个数的原码就是该数的机器数。

1）对正数 $X = +X_6X_5X_4X_3X_2X_1X_0$（$X_i=0$ 或 1），则：$[X]_{原码} = 0X_6X_5X_4X_3X_2X_1X_0$

2）对负数 $X = -X_6X_5X_4X_3X_2X_1X_0$（$X_i=0$ 或 1），则：$[X]_{原码} = 1X_6X_5X_4X_3X_2X_1X_0$

（2）反码。

定义：正数的反码就等于它的原码；负数的反码就是它的原码除符号位外，各位取反。

1）对正数 $X = +X_6X_5X_4X_3X_2X_1X_0$（$X_i=0$ 或 1），则：$[X]_{反码} = 0X_6X_5X_4X_3X_2X_1X_0$

2) 对负数 $X = -X_6X_5X_4X_3X_2X_1X_0$ （$X_i = 0$ 或 1），则：$[X]_{反码} = 1\overline{A}_6\overline{A}_5\overline{A}_4\overline{A}_3\overline{A}_2\overline{A}_1\overline{A}_0$（$\overline{A}_i$ 为 X_i 的反）。

【例 1-3】 已知两个真值为 $X_1 = +100\ 1001$、$X_2 = -100\ 1001$，求其原码和反码。

解：　$[X_1]_{原} = 0100\ 1001$　　　　$[X_2]_{原} = 1100\ 1001$

　　　$[X_1]_{反} = 0100\ 1001$　　　　$[X_2]_{反} = 1011\ 0110$

（3）补码。

定义：正数的补码就等于它的原码；负数的补码就是它的反码加 1。

1) 对正数 $X = +X_6X_5X_4X_3X_2X_1X_0$ （$X_i = 0$ 或 1），则：$[X]_{补码} = 0X_6X_5X_4X_3X_2X_1X_0$

2) 对负数 $X = -X_6X_5X_4X_3X_2X_1X_0$ （$X_i = 0$ 或 1），则：$[X]_{补码} = [X]_{反码} + 1$

【例 1-4】 已知两个真值为 $X_1 = +100\ 1001$、$X_2 = -100\ 1001$，试求其补码。

解：$X_1 = +100\ 1001$　　　　　　　$X_2 = -100\ 1001$

　　$[X_1]_{原} = 0100\ 1001$　　　　　$[X_2]_{原} = 1100\ 1001$

　　$[X_1]_{反} = 0100\ 1001$　　　　　$[X_2]_{反} = 1011\ 0110$

　　$[X_1]_{补} = 0100\ 1001$　　　　　$[X_2]_{补} = [X_2]_{反} + 1 = 1011\ 0111$

【例 1-5】 已知 $X = +010\ 1010$，$Y = -010\ 1010$，试求真值与补码之间的转换。

解：X 为正数：$[X]_{原} = [X]_{反} = [X]_{补} = 0010\ 1010$

　　Y 为负数：$[Y]_{原} = 1010\ 1010$

　　$[Y]_{反} = 1101\ 0101$

　　$[Y]_{补} = [Y]_{反} + 1 = 1101\ 0101 + 1 = 1101\ 0110$

4. 补码加减运算

补码的运算就是计算机中数的运算。数的补码与模有关，因此用补码进行运算可将减法运算转化为加法运算。

（1）补码的加法规则：$[X + Y]_{补} = [X]_{补} + [Y]_{补}$

【例 1-6】 $X = +011\ 0110$，$Y = -111\ 1001$，试求 $X + Y$

解：（1）按常规加法计算：$X = +0110110 = 54D$，$Y = -1111001 = -121D$，所以 $X + Y = -67D$

（2）用补码的加法规则计算：$[X]_{原} = [X]_{反} = [X]_{补} = 00110110$，而

$[Y]_{原} = 11111001$，$[Y]_{反} = 1000\ 0110$，$[Y]_{补} = [Y]_{反} + 1 = 10000110 + 1 = 10000111$

所以，$[X]_{补} + [Y]_{补} = 0011\ 0110 + 1000\ 0111 = 10111101$

根据规则：$[X + Y]_{补} = [X]_{补} + [Y]_{补}$，得 $[X + Y]_{补} = 10111101$

$[X + Y]_{反} = [X + Y]_{补} - 1 = 10111101 - 1 = 1011\ 1100$

$[X + Y]_{原} = 1100\ 0011$

则：$X + Y = -100\ 0011 = -67D$

显然，补码的加法规则是正确的。

（3）补码的减法规则：$[X - Y]_{补} = [X + (-Y)]_{补} = [X]_{补} + [-Y]_{补}$

【例 1-7】 $X = +1010101$，$Y = +1100001$，试求 $X - Y$

解：（1）按常规减法计算：$X = +1010101 = 85D$，$Y = +1100001 = 97D$，所以

$$X - Y = -12D$$

（2）按补码的减法规则计算：$[X]_{原} = [X]_{反} = [X]_{补} = 01010101$，$-Y = -1100001$，则

$[-Y]_原=11100001$，$[-Y]_反=10011110$，$[-Y]_补=10011111$，又 $[X]_补=01010101$

则 $[X]_补+[-Y]_补=01010101+10011111=11110100$

根据补码的减法规则：$[X-Y]_补=[X]_补+[-Y]_补$

由 $[X-Y]_补=[X]_补+[-Y]_补=11110100$

$[X-Y]_反=[X-Y]_补-1=11110100-1=11110011$

$[X-Y]_原=10001100$

所以有 $X-Y=-0001100B=-12D$

由［例1-7］可见，补码的减法规则也是正确的，事实上就是加法规则。计算机加法或减法运算都是用补码的加法来进行运算的。

5. 二进制编码

二进制编码是指用二进制代码来表示计算机中所要处理的数值、数字、字母和符号等，一般为若干位二进制数码的组合。常用的有 BCD 码和 ASCII 码。

(1) BCD 码（Binary Coded Decimal）即二进制编码表示的十进制数，BCD 码又称为二—十进制编码，其分为压缩 BCD 码（也称 8421 码）和非压缩 BCD 码。两种 BCD 码的编码对照见表 1-2。

1) 压缩 BCD 码是用 4 位二进制数表示一位十进制数。一个字节表示两位十进制数。

【示例 1-8】1001 0110B　表示 96D。

2) 非压缩 BCD 码是用一个字节表示一位十进制数，高 4 位总是 0。

【示例 1-9】0000 1001B　表示 09D。

表 1-2　　　　　　　　　　两种 BCD 码的编码对照表

十进制数	压缩 BCD 码	非压缩 BCD 码
0	0000	0000 0000
1	0001	0000 0001
2	0010	0000 0010
3	0011	0000 0011
4	0100	0000 0100
5	0101	0000 0101
6	0110	0000 0110
7	0111	0000 0111
8	1000	0000 1000
9	1001	0000 1001

采用 BCD 码可以使计算机直接用十进制来进行运算。但由于 BCD 码形式为 8421，最大值为 16，因此运算时需要进行 BCD 码的调整。另外 BCD 码与二进制数之间不能直接进行转换，需将 BCD 码转换为十进制数后，再转换成二进制数。

(2) ASCII：计算机中字母和字符必须按照特定的规则用二进制编码表示。最通用的字符信息编码是美国信息交换标准码，简称 ASCII 码（American Standard Code for Information Interchange）。标准 ASCII 码采用 7 位编码，表示 128 种字符，包括英文字母的大小写、数字、专用字符、控制字符等。需要时可在 b7 位加奇偶校验位。ASCII 码表见表 1-3。

表 1-3　　　　　　　　　　　　　　　　**ASCII 表**

b6b5b4 b3b2b1b0	000	001	010	011	100	101	110	111
0000	NUL	DLE	SP	0	@	P	、	p
0001	SOH	DC1	!	1	A	Q	X	q
0010	STX	DC2	"	2	B	R	b	r
0011	ETX	DC3	#	3	C	S	c	s
0100	EOT	DC4	$	4	D	T	d	t
0101	ENQ	NXK	%	5	E	U	e	u
0110	XCK	SYN	&.	6	F	V	f	v
0111	BEL	ETB	'	7	G	W	g	w
1000	BS	CXN	(	8	H	X	h	x
1001	HT	EM	)	9	I	Y	i	y
1010	LF	SUB	*	:	J	Z	j	z
1011	VT	ESC	+	;	K	[	k	{
1100	FF	FS	,	<	L	\	l	|
1101	CR	GS	-	=	M	]	m	}
1110	SO	RS	.	>	N	ˆ	n	~
1111	SI	US	/	?	O	_	o	DEL

（3）BCD 码表示数的运算：BCD 码是用 8421 形式表示 0～9 的十进制数，8421 形式的二进制数的十进制最大值为 15，两者最大值相差 6，并且计算机只能识别二进制数，因此，BCD 码运算的结果必须进行二—十进制调整。其调整规则如下：

1）BCD 码加法调整。当加法运算过程中，低 4 位向高位有进位，或运算结果超过 9，运算结果需要加 0110B（06H）。高 4 位有进位，或运算结果超过 9，运算结果需要加 60H。

2）BCD 码减法调整。当减法运算过程中，低 4 位向高位有借位，运算结果需要减 0110B（06H）。高 4 位有借位，运算结果需要减 60H。

【例 1-8】试用 BCD 码求 25+37

解：25D=（00100101）$_{BCD}$，37D=（00110111）$_{BCD}$

$$
\begin{array}{r}
00100101 \longrightarrow 25 \\
+\ 00110111 \longrightarrow 37 \\
\hline
01011100 \longrightarrow 5CH \neq 62 \\
+\ 00000110 \longrightarrow 06H \\
\hline
01100010 \longrightarrow 62
\end{array}
$$

【例 1-9】试用 BCD 码求 66+51

解：66D=（01100110）$_{BCD}$，51D=（01010001）$_{BCD}$

$$
\begin{array}{r}
01100110 \longrightarrow 66 \\
+\ 01010001 \longrightarrow 51 \\
\hline
10110111 \longrightarrow \text{B7H} \neq 117 \\
+\ 01100000 \longrightarrow 60\text{H} \\
\hline
\text{CF} \leftarrow 100010111 \longrightarrow 17
\end{array}
$$

【例 1-10】 试用 BCD 码求 61－46

解：
$$
\begin{array}{r}
01100001 \longrightarrow 61 \\
-\ 01000110 \longrightarrow 46 \\
\hline
00011011 \longrightarrow 1\text{BH} \neq 15 \\
-\ 00000110 \longrightarrow 06\text{H} \\
\hline
00010101 \longrightarrow 15
\end{array}
$$

6. 逻辑运算

计算机中的逻辑运算包括"与"、"或"、"非"和"异或"。

（1）逻辑"与"（AND）：其运算符号为"∧"（或"·"），按位与运算。

运算规则：① $0 \wedge 0 = 0$；② $0 \wedge 1 = 0$；③ $1 \wedge 0 = 0$；④ $1 \wedge 1 = 1$。

【例 1-11】 试计算 0101 0101 ∧ 1100 1010。

解：
$$
\begin{array}{r}
0101\ 0101 \\
\wedge\ 1100\ 1010 \\
\hline
0100\ 0000
\end{array}
$$

（2）逻辑"或"（OR）：其运算符号为"∨"（或"＋"），按位或运算。

运算规则：① $0 \vee 0 = 0$；② $0 \vee 1 = 1$；③ $1 \vee 0 = 1$；④ $1 \vee 1 = 1$。

【例 1-12】 试计算 0101 0101 ∨ 1100 1010。

解：
$$
\begin{array}{r}
0101\ 0101 \\
\vee\ 1100\ 1010 \\
\hline
1101\ 1111
\end{array}
$$

（3）逻辑"非"（NOT）：其运算符号为"‾"，按位非运算。

运算规则：① $\overline{0} = 1$；② $\overline{1} = 0$。

【例 1-13】 试求 0101 0101 的非值。

解：$\overline{01010101} = 10101010$

（4）逻辑"异或"（XOR）：其运算符号为"⊕"，按位异或运算。

运算规则：① $0 \oplus 0 = 0$；② $0 \oplus 1 = 1$；③ $1 \oplus 0 = 1$；④ $1 \oplus 1 = 0$

【例 1-14】 试求 0101 0101 ⊕ 1100 1010 的值

解：
$$
\begin{array}{r}
0101\ 0101 \\
\oplus\ 1100\ 1010 \\
\hline
1001\ 1111
\end{array}
$$

习　题

1.1　试思考什么是微处理器、微型计算机、微型计算机系统，它们各包含哪些部分。

1.2　试思考 8086 是多少位微处理器。

1.3　试思考为什么说 80386 是 32 位微处理器。

1.4　试思考微型计算机有哪些性能指标。

1.5　试思考简述微型计算机的工作过程。

1.6　试思考为什么计算机使用二进制计数制？

1.7　试思考十六进制的基数或底数是什么。

1.8　试将下列十进制数转换为二进制数。

(1) 38；(2) 0.375；(3) 96；(4) 15.5；(5) 27.625。

1.9　试将下列二进制数转换为十进制数。

(1) 101101B；(2) 110100B；(3) 1111.1111B；(4) 1001.0001B；(5) 11001.011。

1.10　试将下列十六进制数转换为十进制数。

(1) 13H；(2) 3CH；(3) ABH；(4) 9D.XH；(5) DB32.64E。

1.11　试写出下列十进制数的原码、反码和补码（设字长为 8 位）。

(1) +25；(2) −16；(3) −128；(4) −120；(5) +127；(6) 0。

1.12　试写出下列用原码、补码表示的数据的十进制值。

(1) 0010,1101B；(2) 1011,0110B；(3) 1000,0000B；(4) 1111,1111B。

1.13　试判断下列带符号数的正负，并求出其绝对值（负数为补码）：

(1) 10101110；(2) 01011100；(3) 11111111；(4) 11000001。

1.14　已知下列补码，试求真值 X。

(1) $[X]_{补} = 10000000$；(2) $[X]_{补} = 11111111$；

(3) $[-X]_{补} = 10111110$　(4) $[-X]_{补} = 11101101$。

1.15　已知 $X_1 = +15$，$Y_1 = +65$，$X_2 = -15$，$Y_2 = -65$，试求下列各式的值，并用其对应的真值进行验证。

(1) $[X_1+Y_1]_{补}$；(2) $[X_1-Y_1]_{补}$；(3) $[X_1+Y_2]_{补}$；(4) $[X_1-Y_2]_{补}$；

(5) $[X_2+Y_1]_{补}$；(6) $[X_2-Y_1]_{补}$；(7) $[X_2+Y_2]_{补}$；(8) $[X_2-Y_2]_{补}$。

1.16　两个正数相加，补码溢出意味着什么？两个负数相加能产生溢出吗？试举例说明。

1.17　试根据下列运算判断是否有溢出，并指出标志寄存器中各标志位值。

(1) 8AH+8CH；(2) 0AH−0AH；(3) AE54H+4532H；(4) 5345H−3265H。

1.18　试试将两个带符号数 10001000 和 11100110 相加，判断结果是否溢出？并指出各标志寄存器状态标志位的值。

1.19　试将下列十进制数用 BCD 码表示。

(1) 25；(2) 47；(3) 92；(4) 37；(5) 76。

1.20　试用压缩 BCD 码进行下列运算。

(1) 43+976；(2) 2015+36；(3) 87+99+1986；(4) 15+66+30。

第 2 章　8086 基本结构与指令系统

8086CPU 是 Intel 系列的 16 位微处理器，它采用 HMOS 制造工艺，内含 29 000 个晶体管。8086CPU 具有 16 条数据总线，内部总线和 ALU 均为 16 位，可进行 8 位和 16 位操作。8086CPU 具有 20 条地址总线，直接寻址能力达 1MB。8086 配备的电源的工作电压为 5V，时钟频率为 5MHz。虽然对比如今的 Pentium 系列微处理器，8086 在性能上明显落伍了，但它在微型计算机的技术发展史上具有里程碑的意义。我们要搞清楚微处理器的基本结构和工作原理仍然可以从 8086 开始。

本章介绍的内容分为两部分：16 位 8086 微处理器编程结构及 8086 指令系统。

要求掌握：①8086CPU 组成结构、内部寄存器名称及用途、标志位定义及使用；②指令、指令格式、指令中操作数的获得途径、方式（寻址方式）、指令系统中指令类型、指令的功能和各操作指令对各寄存器的影响，特别是对状态标志寄存器各标志位的影响。重点掌握：指令系统中传送类指令，数据操作类指令，控制类指令。

本章难点：标志位定义及使用，寻址方式，存储器地址分段、操作类指令中的标志变化、条件转移指令。

2.1　8086 微处理器基本结构

8086CPU 内部采用一种全新的结构形式，由两个独立的逻辑单元组成，一个称为总线接口单元（Bus Interface Unit，BIU），另一个称为执行单元（Execution Unit，EU）。其组成结构框图如图 2-1 所示。

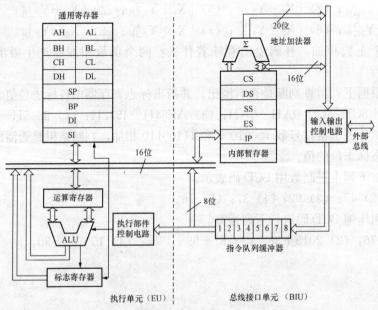

图 2-1　8086 微处理器组成结构框图

1. 总线接口单元（BIU）

8086 总线接口单元（BIU）的功能是负责与 CPU 直接相连的存储器、I/O 接口之间的数据传送，即完成三部分任务：

1）负责从内部存储器指定地址单元中取出指令送到指令队列缓存器或直接送执行部件执行；

2）配合指令执行单元从内存或外设接口处取数据，并将数据传送给执行部件；

3）把执行部件执行指令的结果传送到指定的内存单元或外设端口中。

CPU 对存储器和输入输出端口之间的操作都必须有正确的地址和适当的控制信号，这些是由总线接口部件 BIU 提供的。

总线接口单元（BIU）主要包括 4 个段寄存器、1 个指令指针寄存器、指令队列缓存器、完成与 EU 通信的内部暂存器、20 位加法器和总线控制逻辑。BIU 中相关部件的功能分析如下。

（1）4 个 16 位段地址寄存器。

微型机的内存是分段编址的，这 4 个 16 位段寄存器用来存放各内存段的 16 位段首地址。

代码段寄存器 CS（Code Segment）用于存放当前正在运行的程序所在段的首地址（段基址）。

数据段寄存器 DS（Data Segment）用于存放当前程序所用数据（如数值、字符、地址和中间结果、最后结果）所在段的段基址。

堆栈段寄存器 SS（Stack Segment）用于存放当前程序所用堆栈段的段基址。堆栈是在内存中开辟的专用存储器，主要用来暂时保存存储器中的数据。

附加段寄存器 ES（Extra Segment）用于存放附加数据所在段的段基址。附加的数据段常用于串操作中用于存放目的操作数。

（2）1 个 16 位指令指针寄存器 IP（Instruction Pointer）。

IP 用于存放 BIU 要取的下一条指令的段内偏移地址，其与代码段寄存器配合使用，得到指令所在存储单元地址，即 IP 寄存器为跟踪指令执行地址的指令指示器。计算机之所以能够自动地进行计算和控制，是因为人们将引领计算机一步步实现计算或控制的操作命令（也称指令）预先存储在内存中，CPU 执行操作时，CPU 根据 CS 和 IP 寄存器提供的地址自动地将这些指令一条一条的取出、翻译成机器码并执行，每当取出一条指令，IP 寄存器数值内容就自动加 1，不断地指向下一条指令，直到程序运行结束。程序不能直接对 IP 进行存取，但能在程序运行中自动修正，使之指向要执行的下一条指令。某些转移、调用、中断和返回等指令能使 IP 的值改变。

（3）1 个 6 字节指令队列缓存器。

指令队列缓存器用于存放从内存中取出的 1 条或几条指令，按"先进先出"的原则进行存取操作。其工作顺序如下：

1）BIU 从存储器取出的指令，按字节顺序存放在指令队列缓冲器中，EU 按顺序取出，译码后执行。

2）当 EU 正在执行指令且不需要占用总线时，一旦指令队列缓冲器空出 2 个字节，BIU 会自动进行预取下一条指令的操作，将取得的指令按先后次序存入指令队列缓冲器中排队，然后再由 EU 按顺序取出来执行。

3）在 EU 执行指令的过程中，指令需要对存储器或 I/O 设备进行数据存取时，BIU 将在执行完现行取指的存储器周期后的下一个存储器周期，对指定的存储器单元或 I/O 设备进行存取操作。交换的数据经 BIU 送至 EU 进行处理。

4）当 EU 执行完转移、调用和返回指令时，BIU 会自动清除指令队列缓冲器，将指令队列中的尚存指令作废，并要求 BIU 从新的地址重新开始取指令，新取的第一条指令将直接由指令队列送到 EU 去执行，随后取来的指令将填入指令队列缓冲器。

有了指令队列缓冲器，使得 8086CPU 执行完一条指令就可以立即执行下一条指令，从而提高了 CPU 的利用率，同时通过指令队列缓冲器连接了 CPU 的 EU 和 BIU 两个部分。

（4）1 个 20 位地址加法器。

地址加法器用于形成存储器的物理地址，完成从 1 个 16 位的存储器逻辑地址（由段基址与段内偏移地址两部分组成）到 1 个 20 位的实际存储器地址（物理地址）的转换运算。即将相应 16 位寄存器内容转换成 20 位地址信息。具体做法是将 16 位段寄存器保存的数据（段地址）左移 4 位，再和 IP 或 EU 部件中 16 位寄存器提供的数据（偏移地址）相加，形成 20 位的物理地址。

（5）输入输出总线控制电路与内部暂存器。

输入输出总线控制电路用于产生外部总线操作时的相关控制信号，是连接 CPU 外部总线与内部总线的中间环节，而内部暂存器用于暂存总线接口单元 BIU 与执行单元 EU 之间交换的信息。

2. 8086 执行单元（EU）

8086 执行单元（EU）的主要功能是执行指令，进行全部算术逻辑运算、完成偏移地址的计算，向总线接口单元（BIU）提供指令执行结果的数据和偏移地址，并对通用寄存器和标志寄存器进行管理。简单地说，EU 功能就是从 BIU 的指令队列中取出指令代码，执行指令规定的全部功能。执行结果或执行指令所需的数据，都由 EU 向 BIU 发出命令，对存储器或 I/O 接口进行读/写操作，根据指令执行结果修改标志寄存器中相应的状态标志位。

EU 主要由 4 个 8/16 位的通用寄存器、4 个 16 位的专用寄存器、1 个 16 位的算术逻辑单元（ALU）、1 个 16 位的标志寄存器、1 个数据暂存寄存器和执行部件的控制电路构成。EU 中的各个部件通过 1 个 16 位的 ALU 总线连接在一起，在内部实现快速数据传输。EU 中各个组成部件的功能如下：

（1）算术逻辑部件 ALU（Arithmetic Logic Unit）。

算术逻辑部件主要是加法器，绝大部分指令的执行都是由加法器完成的。可用于算术、逻辑运算，也可按指令的寻址方式计算出寻址单元的 16 位偏移地址（有效地址 EA），并将其送到 BIU 中地址加法器形成 1 个 20 位的物理地址，实现对 1MB 的存储空间寻址。在算术、逻辑运算时，数据先传送到暂存寄存器中，再经 ALU 运算处理。运算后的结果经内部总线送回到累加器或其他寄存器、存储单元中。

（2）4 个通用数据寄存器 AX、BX、CX、DX。

通用数据寄存器用于暂存参加操作的数据、运算操作的中间结果和操作数据所在内存的地址。4 个通用数据寄存器既可以作为 16 位寄存器使用，也可以作为 8 位寄存器使用，比如，BX 寄存器作为 8 位寄存器时，分别称为 BH 和 BL，BH 为高 8 位，BL 为低 8 位，其他三个同理。其中 AX、BX、CX 寄存器在 8086 指令系统中还有专门用途，因而分别由自己的专有名称。

　　AX 寄存器也称为累加器，由 AH、AL 两个 8 位寄存器组成，8086 指令系统中有许多指令都是利用累加器来执行的。

　　BX 寄存器也称为基址寄存器，常用作存储器单元的基础地址。用作数据寄存器时可以分成 BH、BL、BX 三个使用。

　　CX 寄存器也称为计数器，常用作移位指令、循环指令中的计数之用。

　　(3) 4 个专用地址寄存器 BP、SP、SI、DI。

　　4 个专用地址寄存器即基数指针寄存器 BP（Base Pointer）、堆找指针寄存器 SP（Stack Pointer）、源变址寄存器 SI（Source Index）、目的变址寄存器 DI（Destination Index）。这 4 个 16 位寄存器只能按 16 位进行存取操作，主要用来形成操作数的地址、用于堆栈操作和变址运算中计算操作数的有效地址。其中 SP、BP 用于堆栈操作，SP 用于确定堆栈栈顶在内存中的地址，BP 用于存放现行堆栈段的一个数据区的"基址"。SI，DI 用于变址操作，存放变址地址。这 4 个寄存器也可用作数据寄存器。

　　(4) 1 个标志寄存器 FR。

　　标志寄存器（FLAG）即处理器状态字（PSW），如图 2-2 所示。两字节共使用 9 个标志位。其中，标志位 OF、SF、ZF、AF、PF、CF 是反映前一次涉及 ALU 操作结果的状态标志位；DF、IF、TF 是控制 CPU 操作特征的控制标志位。

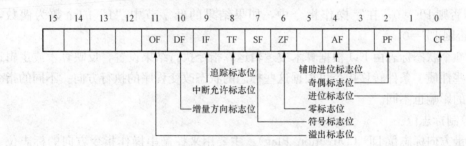

图 2-2　标志寄存器（FLAG）

　　1）状态标志位：

　　①符号标志位 SF（Sign Flag）。它和运算指令执行结果的最高位相同。当指令执行结果的最高位（字节操作中的 D_7 位或字操作中的 D_{15} 位）为 1 时，符号标志 SF＝1，否则 SF＝0。我们知道，在 8086 系统中，带符号数是用补码的形式表示的，SF 的值代表了运算结果的正负，SF＝0 表示结果为正，而 SF＝1 表示结果为负。

　　②进位标志位 CF（Carry Flag）。当加法指令执行结果的最高位（字节操作中的 D_7 位或字操作中的 D_{15} 位）产生进位或执行一个减法运算引起的最高位产生借位，CF＝1，否则 CF＝0。对于算术运算操作，可理解为无符号数运算后结果超出一个字节或一个字所能容纳的范围（字节运算范围为 0～255，字运算范围为 0～65535）时，进位标志 CF＝1，否则 CF＝0。

　　例如，在计算字节相加"11001100B＋10101010B"（当成无符号数，即为"204＋170"）时，结果 D_7 位将产生进位，可以理解为：204＋170＝374＞255，因此 CF＝1。又如，在计算字节相减"11001100B－10101010B"（当成无符号数，即为"204－170"）时，结果 D_7 位并不需要借位，可以理解为：204－170＝34＞0，因此 CF＝0。

③溢出标志位 OF（Overflow Flag）。在算术运算操作中，如果带符号数运算后结果超出一个字节或一个字所能容纳的范围（在带符号数情况下，一个字节所能容纳的范围为−128～＋127，一个字所能容纳的范围为−32768～＋32767）时，溢出标志 OF＝1，否则 OF＝0。

例如，在计算字字相加"10001000B＋10000010B"［当成带符号数，即为"（−68）＋（−76）"］时，由于（−68）＋（−76）＝−144＜−128，所以结果产生溢出 OF＝1。

另外，当两个正数相加时，其和变成负数，或当两个负数相加，其和变成正数，亦为溢出。我们称这情况为溢出。例如，X＝＝01000101（69D），Y＝01100111（103D），[X]补＋[Y]补＝10101100（172D），因此，得 [X＋Y]补＝10101100，由于其符号位是 1，表明 X＋Y 的真值是负数，这显然与实际情况不符合，出错的原因在于（＋69）＋（＋103）＝＋172＞＋127，所以结果产生溢出 OF＝1。

需要注意的是，进位和溢出并没有必然的联系，两个数进行相加减，结果有进位时不一定有溢出，有溢出时也不一定有进位。

④辅助进位标志位 AF（Auxiliary Carry Flag）：在字节操作指令中，如果低半字节向高半字节进位或借位（即 D_3 向 D_4 进位或借位），则 AF＝1，否则 AF＝0。

⑤零标志位 ZF（Zero Flag）：如果指令执行结果为 0，则 ZF＝1；指令执行结果非零，则 ZF＝0。

⑥奇偶标志位 PF（Parity Flag）：在字节操作指令中，如果结果中"1"的个数为偶数，则PF＝1,否则 PF＝0；在字操作指令中，如果结果的低字节中"1"的个数为偶数，则PF＝1，否则 PF＝0。

上述 6 个状态标志由 EU 根据算术或逻辑运算指令执行结果设置，反映算术或逻辑运算结果的某些性质。条件转移指令可根据这些标志的状态改变程序的执行方向。不同的指令对状态标志的影响也不同。

2）控制标志位。

①增量方向标志位 DF（Direction Flag）：主要用来控制串操作指令方向的标志位。串操作过程中，当 DF＝1 时，串操作指令地址指针会从高地址开始不断减值指向低地址；当 DF＝0 时，地址指针会从低地址开始不断增值指向高地址。方向标志位可以通过指令 CLD、STD 来清零和置"1"。其他指令都不会对该标志位产生影响。

②中断允许标志位 IF（Interrupt-enable Flag）：当中断允许标志 IF＝1 时，允许 CPU 接收外部的可屏蔽中断请求；当 IF＝0 时，则屏蔽掉这些请求，CPU 不能对可屏蔽中断请求作出响应。中断允许标志位只对外部可屏蔽中断（出现在 INTR 线上的中断请求）有效。中断允许标志位可以通过指令 CLI、STI 来清零和置"1"。

③追踪标志位 TF（Trace Flag）：当追踪标志位 TF＝1 时，CPU 进入单步运行状态，每执行一条指令后，CPU 都会产生一个内部中断，使程序暂停运行，以方便程序员对程序进行跟踪和检查；当 TF＝0 时，CPU 可恢复正常状态。

在 8086 系统中，没有指令可以直接修改追踪标志位 TF，但可以利用 PUSHF、POPF 指令间接修改 TF。

（5）数据暂存寄存器。

协助 ALU 完成运算，暂存参加运算的数据。

（6）EU 控制电路。

EU 控制电路是控制、定时与状态逻辑电路，接收从 BIU 指令队列中取来的指令，经过指令译码形成各种定时控制信号，对 EU 的各个部件实现特定的定时操作。

3. EU 与 BIU 之间的协同工作过程

微处理器在执行一个程序时，总是要从存储器中取出一条指令，读出操作数，执行指令。8086 总线接口部件 BIU 和执行部件 EU 协调配合完成取指令和执行指令的过程。BIU 从内存中取出指令并将指令保存在指令队列缓冲器中，供 EU 执行指令，使 BIU 和 EU 可以并行工作。总线接口部件负责提取指令、读出操作数和写入结果。

EU 和 BIU 两个部件能互相独立地工作，EU 内部以及 EU 与 BIU 之间的通信是通过 16 位的 ALU 和 8 位指令队列缓冲器实现的。EU 单元执行完一条指令后，就从 BIU 指令队列中取出预先读入的指令代码并加以执行。

如果此时执行指令队列是空的，则 EU 处于等待状态。一旦指令队列中出现指令，EU 便立即取出予以执行。在执行指令过程中，若需要访问寄存器单元和 I/O 接口，EU 就会发出命令，使 BIU 进入访问存储器或 I/O 的总线周期。若此时 BIU 正处于取指令总线周期，则必须在其指令总线周期之后，才能对 EU 的命令进行处理。

在 8086 CPU 中，若 6 个字节的指令队列中出现两个空闲字节，且 EU 没有命令 BIU 进入对存储器和 I/O 端口访问总线周期，则 BIU 将自动执行其总线周期来填满指令队列。当指令队列中已填满指令，而 EU 单元又无进入存储器和 I/O 端口访问总线周期的命令时，BIU 进入空闲状态。在执行转移、子程序调用和返回命令时，指令队列的内容就被清除。

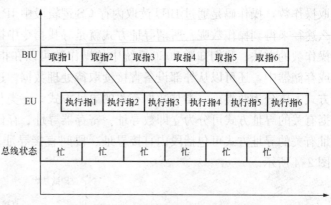

图 2-3　8086 微处理器指令的执行过程

BIU 是通过对内部寄存器的检测来查看 EU 是否有对寄存器和 I/O 端口的存取要求的，因此 EU 和 BIU 进行操作时是并行的。也就是说，EU 从指令队列中取指令、执行指令和 BIU 补充指令队列的工作是同时进行的，可以重叠进行，如图 2-3 所示。这样就减少了 CPU 为取指令而等待的时间，使整个程序运行期间，BIU 总是忙碌的，充分利用了总线，大大提高了 CPU 的利用率，降低了系统对存储器速度的要求，加快了整机的运行速度。

2.2　8086指令格式及寻址方式

指令是控制计算机一步步实现某种操作的命令，指令是根据 CPU 硬件的特点研制出来的，一系列指令构成了计算机程序，用指令编写的程序能够充分开发计算机硬件资源，它目标代码短、运行速度快。指令要解决两个问题：第一，要指出进行什么操作——操作码；第二，要指出操作数和操作结果放在何处——寻址方式。

2.2.1　指令格式

80x86 指令是构成汇编语言指令语句的基本单位，通过汇编程序将其翻译成 CPU 可识别的指令代码（目标代码）以执行某种操作。通常，指令由操作码和操作数组成，其一般格式为：

　　操作码　　操作数，操作数

　　其中，操作码指明该指令所能完成的功能及操作性质，通常占指令的第一个字节，亦称指令助记符。操作数是该指令所处理的数据对象，分为源操作数和目的操作数。不同指令的操作数个数不同，一般包括1~2个或隐含操作数。所以指令格式也可表示为：

　　操作码　　目的操作数，　源操作数

【示例 2-1】 `MOV  AX, 8000H`

　　这是一条数据传送指令，MOV 是指令中的操作码，指明该指令执行数据传送功能，将操作数 8000H 传送到寄存器 AX 中，该指令执行后 AX 寄存器的值为 8000H。AX 寄存器为目的操作数，8000H 为源操作数。

　　8086 微处理机的一条指令，可以由 1 至 6 个字节组成（当有段超越时最多为 7 个字节），这要由指令的操作内容和采用的不同寻址方式而定。操作码在前，跟着的是操作数字段。

2.2.2　指令的寻址方式

　　我们已经了解到指令是由操作码和操作数构成，CPU 执行指令必须先得到操作码，再获取操作数，操作码是通过 BIU 读取内存 CS 逻辑段中 IP 所指的单元内容，那么 CPU 通过什么途径来得到操作数呢？所谓寻址方式就是寻找指令中操作数的值或操作数的地址进而获得操作数的方法。我们知道 8086 系统中的操作数可以在指令中直接给出，也可以存在寄存器或存储器中，还可以从外部设备直接读取待处理数据。这样指令从不同地方获得的操作数的方式大体分为两类：一类与数据有关的寻址方式，一类与地址有关的寻址方式。其中，与数据有关的寻址方式可分为立即数寻址、寄存器寻址、存储器寻址、I/O 端口寻址四种；与地址有关的寻址方式可包括段内直接寻址、段间直接寻址、段内间接寻址、段间间接寻址。如图 2-4 所示。

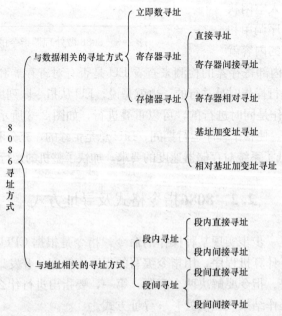

图 2-4　寻址方式

1. 与数据有关的寻址方式

（1）立即数寻址。

操作数是一个立即数，在指令中紧跟在操作码之后作为指令的一部分存放在代码段中，CPU 在代码段取指令的同时取出操作数，直接在 CPU 内部进行操作，执行速度快其示意图如图 2-5 所示，其格式为：

操作码　目的操作数，立即数

说明：

1）立即数可以是 8 位，也可以是 16 位。

2）立即数存放在存储器的代码段中，低字节在低地址，高字节在高地址中。

3）立即数可以是运算数值、地址值或字符名。

4）立即数寻址主要用于给寄存器或存储器赋初值。

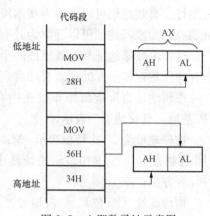

图 2-5　立即数寻址示意图

【示例 2-2】　MOV AL,28H　　　　　;(AL)=28H

MOV AX,3456H　　　;(AX)=3456H,其中(AH)=34H,(AL)=56H

（2）寄存器寻址。

寄存器寻址是指指令操作数存放在 CPU 内部寄存器中。在这种寻址方式下，操作数存放在 16 位寄存器 AX、BX、CX、DX、SI、BP、DI、SP，也可存在 8 位寄存器 AL、AH、BL、BH、CL、CH、DL、DH 中，在整个指令执行过程中，CPU 并不需要访问存储器，执行速度比访问存储器快得多，使用累加器 AX 速度更快。其格式如下：

操作码　目的操作数寄存器，源操作数寄存器

【示例 2-3】　MOV AX,BX　　　;操作数存放在 BX 寄存器中即(BX)=1526H

;则执行后(AX)=1526H,而(BX)的值保持不变

寄存器寻址示意图如图 2-6 所示。

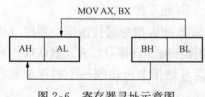

图 2-6　寄存器寻址示意图

（3）存储器寻址。

存储器寻址是指指令操作数存放在存储器中。在这种寻址方式下，指令首先要知道存储器存放该操作数的地址才能对其进行访问，因而指令中要给出操作数的地址信息，由 CPU 计算出操作数在存储器中的地址。

存储器寻址指令书写中的一个共同特点是，通常用“[ ]”表示。

8086 系统中，20 位地址总线寻址内存空间为 1MB，其地址范围是 00000H～0FFFFFH。为了便于与 8088CPU 16 位地址总线寻址内存能力 64KB（2^{16}＝64KB）相兼容，8086 系统内部存储器采用分段管理，将内存空间分成若干逻辑段，每个逻辑段存储容量为 64KB（2^{16}＝64KB），寻址范围为 0000H～0FFFFH，这些逻辑段通常包含代码段、数据段、堆栈段和附加段。

这些逻辑段可以是连续划分的，也可以相互重叠，各逻辑段起始单元地址的标识，称为段基地址（或段首地址），一般都存放在同名的段寄存器 CS、DS、SS 和 ES 中。

在讨论存储器的寻址方式时，我们主要关心的是操作数到段基地址的距离即偏移量，通常，我们将操作数相对于段基地址的偏移量称为有效地址（Effective Address，EA）或偏移地址。有效地址可以理解为在本段中的存储单元地址，通常在指令中直接给出的 16 位地址信息。而段基地址可以理解为其有效地址为 0000H。

这样由段基地址和有效地址两个元素可以唯一确定一个操作数在存储器中的地址。通常内存中任意存储单元的地址有两种表示方式：逻辑地址和物理地址。

逻辑地址直接指出操作数在内存中地址的组成因素，由两个 16 位地址组成，通常用"段基址：有效地址"表示。

物理地址为 20 比特位表示 1MB 连续存储单元的实际地址，范围为 00000H～0FFFFFH（16 进制表示），它是由逻辑地址转化而来，根据地址信息的数制表示形式，可以有以下两种计算方法：

物理地址（20 位）＝ 段地址×16 ＋ 有效地址　　（地址信息由二进制数字表示）

物理地址（5 位）　＝ 段地址×10H ＋ 有效地址　　（地址信息由十六进制数字表示）

例如，数据段的段基址为 0010 0000 0000 0000B（2000H），操作数存储单元的有效地址为（048FH）0000 0100 1000 1111B，则该存储单元的逻辑地址为 2000H：048FH，物理地址为 2048FH。物理地址的形成过程如图 2-7 所示。

80x86 系统允许通过多种寻址方式求得操作数有效地址，相应的有存储器直接寻址、寄存器间接寻址、相对寄存器寻址、基址加变址寻址、相对基址加变址寻址 5 种。

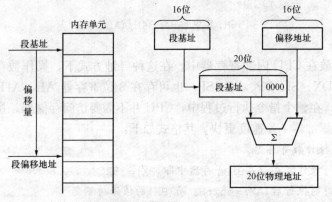

图 2-7　物理地址的形成过程

1）直接寻址。在直接寻址方式中，存储器单元的有效地址由指令直接给出，程序直接通过紧跟在指令操作码后的内存有效地址来访问内存中的操作数。直接寻址方式默认操作数在数据段中，亦即认为段地址为 DS 寄存器中的值。直接寻址指令可访问一个内存单元数据，也可以访问两个内存单元数据。其格式如下：

操作码　目的操作数寄存器,[立即数(有效地址)]

操作码　[立即数(有效地址)],源操作数寄存器

【示例 2-4】 MOV　AX,[1234H]

其中，1234H 立即数由方括号括起表示寻址内存，且为内存中数据段的有效地址。假设（DS）＝2000H，则操作数所在的段地址为 2000H，有效地址为 1234H，其逻辑地址表示为 2000H：1234H，其物理地址为：2000H×10H＋1234H＝21234H。而其执行过程是将内存中物理地址为 21234H 单元的字节数据取到累加器 AL 中，将 21235H 地址单元内容送 AH 中，即取出一个字数据，低地址单元数据送低 8 位寄存器 AL，高地址单元数据送高 8 位寄存器 AH。寻址过程如图 2-8 所示。

当然，也可以人为地指定操作数所在的段（如 CS、SS 或 ES 等），称为段超越。若操作

数在附加段 ES 中，上例可改写如下。

【示例 2-5】MOV AX，ES：[1234H]

ES：MOV AX，[1234H]

假设（ES）＝3000H，则操作数所在的段地址为 3000H，偏移量为 1234H，其逻辑地址表示为 3000H：1234H，其物理地址为：3000H×10H＋1234H＝31234H，指令寻址 31234H 和 31235H 两个地址单元数据。

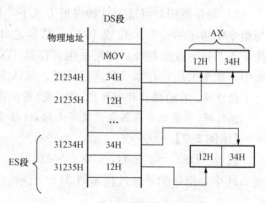

图 2-8　直接寻址过程示意图

2）寄存器间接寻址。寄存器间接寻址是指操作数存放在存储器中，而其有效地址存放在基址寄存器或变址寄存器中。对于 8086CPU，基址寄存器只能是 BX 或 BP，变址寄存器只能是 SI 或 DI。

操作码　目的操作数寄存器，[基址寄存器或变址寄存器]

操作码　[基址寄存器或变址寄存器]，源操作数寄存器

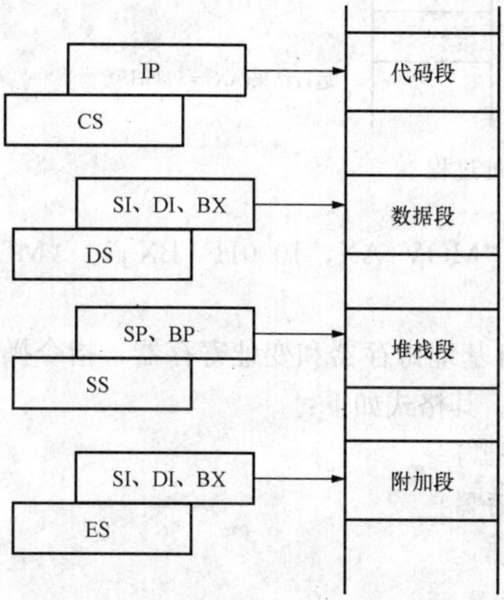

需要注意的是：对于 8086 来说，在不指定数据所在段的情况下，间址寄存器采用 BP；SP 时，默认的段是堆栈段（段寄存器为 SS），而采用其他基址寄存器 BX 或变址寄存器 SI、DI 作为间址进行寻址时，默认的段为数据段 DS（串操作指令例外，还有附加段 ES），间址所用寄存器与默认段之间的对应关系如图 2-9 所示。另外，我们仍可以采用段超越方法来指定段寄存器。

【示例 2-6】MOV AX，[BX]

同直接寻址一样，"[ ]"表示寻址内存，且方括号内的寄存器值为内存中的有效地址。假设（DS）＝2000H，（BX）＝1234H，则指令把物理地址为 2000H×10H＋1234H＝21234H 单元开始的一个字传送到 AX 中。指令的寻址过程如图2-10

图 2-9　寄存器与默认段对应关系

所示，若（21234H）＝20H，（21235H）＝1AH，则（AL）＝20H，（AH）＝1AH，指令执行结果，目的操作数（AX）＝1A20H。

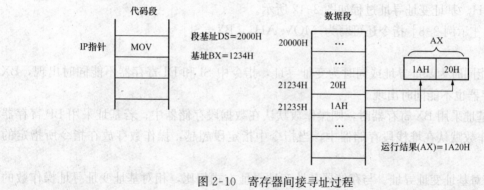

图 2-10　寄存器间接寻址过程

3）寄存器相对寻址。这种寻址方式下，操作数的有效地址为基址或变址寄存器的内容与指令中指定的一个 8 位或 16 位位移量之和。位移量可以是变量、也可以是具体的数值。除非人为指定段超越外，如果采用寄存器 BX、DI、SI 进行寻址，则默认操作数存放在数据段中，如果采用寄存器 BP 进行寻址，则认为操作数在堆栈段中。其格式如下：

操作码　目的操作数寄存器,位移量[基址寄存器或变址寄存器]

操作码　[基址寄存器或变址寄存器+位移量],源操作数寄存器

【示例 2-7】 MOV AX, [BX+ 1000H]

假设（DS）＝2000H，（BX）＝1234H，则指令执行将内存中一个字或字节传送到 AX 或 AH 中，指令的寻址过程如图 2-11 所示。

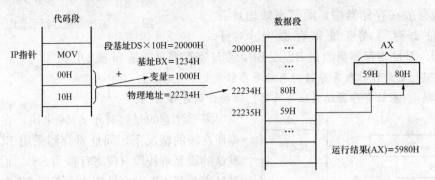

图 2-11　寄存器相对寻址过程

说明：［示例 2-7］还有等同的几种写法：例如"MOV AX，1000H [BX]"、"MOV AX，[BX] 1000H"。

4）基址变址寻址。基址变址寻址是指指令中带有基址寄存器和变址寄存器，指令操作数的有效地址为基址寄存器与变址寄存器中数据之和。其格式如下：

操作码　目的操作数寄存器,[基址寄存器+变址寄存器]

操作码　目的操作数寄存器,[基址寄存器][变址寄存器]

操作码　[基址寄存器+变址寄存器],源操作数寄存器

操作码　[基址寄存器][变址寄存器],源操作数寄存器

【示例 2-8】 MOV AH, [BX][SI]

设（DS）＝2000H，（BX）＝1234H，（SI）＝1000H，则操作数的有效地址为基址寄存器 BX 内容与源变址寄存器 SI 内容之和，即 1234H＋1000H＝2234H，操作数物理地址为：22234H。基址变址寻址过程如图 2-12 所示。

说明：［示例 2-8］指令还可写为 MOV AH，[BX+SI]。

注意：

①不能同时为基址寻址或同时为变址寻址，指令中 SI 和 DI 寄存器不能同时出现，BX 和 BP 寄存器也不能同时出现。

②若基址采用 BX 寄存器时，则操作数默认在数据段存储器中；若基址采用 BP 寄存器时，则操作数默认在堆栈段存储器中；当指令中指定段超越，操作数存放在指令所指定的段中。

5）相对基址变址寻址。与存储器基址变址寻址方式相比，相对基址变址寻址操作数的

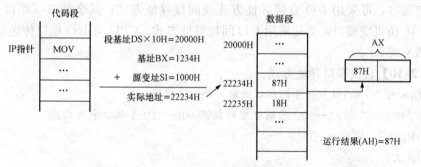

图 2-12　基址变址寻址过程

有效地址由基址、变址、位移量三者之和构成，多了一个 8 位或 16 位的位移量。其格式如下：

操作码　目的操作数寄存器, [基址寄存器+变址寄存器+位移量]

操作码　目的操作数寄存器, 位移量 [基址寄存器] [变址寄存器]

操作码　[基址寄存器+变址寄存器+位移量], 源操作数寄存器

操作码　[基址寄存器] [变址寄存器+位移量], 源操作数寄存器

【示例 2-9】 MOV AL, [BP+ SI+ 100H] 或写为 MOV AL,100H[BP][SI]

假设（SS）＝4000H，（BP）＝1234H，（SI）＝2540H，指令的寻址过程如图 2-13 所示。

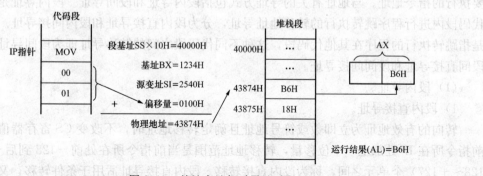

图 2-13　基址变址相对寻址过程

说明：[示例 2-9] 指令还可写为 MOV AL，100H [BP] [SI]、MOV AL，[BP＋100H] [SI]、MOV AL，[BP] 100H [SI]、MOV AL，[BP] [SI] DAO (DAO＝100H)、MOV AL，[SI＋100H] [BP]。

需要注意的是：BP 为基址寄存器时，则操作数默认在堆栈段（SS）存储器中。

2. I/O 端口寻址

CPU 与外部设备进行通信都要通过 I/O 端口，并通过专用 I/O 指令完成。根据微处理器分配给外部设备端口号的不同，I/O 端口寻址方式不同，一般有两种：直接端口寻址方式和间接端口寻址方式。I/O 直接寻址方式是指端口号在指令中直接指出的寻址方式，允许寻址范围只能是 256 个端口；I/O 间接寻址方式是指端口号通过寄存器 DX 进行传送的寻址方式，允许寻址范围为 64K（0～65535）个端口。

微处理器分配给外部设备最多有 64K 个端口，其中前 256 个端口（端口号为 0～0FFH）

为 8 位固定端口，可采用 I/O 直接寻址方式或间接寻址方式；其余端口（端口号 100H～4FFH）为 16 位可变端口，必须采用 I/O 间接寻址方式。CPU 与 I/O 端口传送信息只能通过累加器 AX 或 AL。

【示例 2-10】 直接端口寻址方式

```
IN   AL,30H      ;从30H号的端口读取一个8位数据
IN   AX,30H      ;AL←30H号端口中的数据,AH←31H号端口中的数据
OUT  21H,AL
OUT  21H,AX
```

【示例 2-11】 间接端口寻址方式

```
MOV  DX,0200H    ;外设端口地址为0200H
IN   AX,DX       ;从端口地址为0200H和0201H读取两个8位的数据送AL和AH
MOV  DX,320H
OUT  DX,AL
```

说明：间接寻址端口地址必须先送到 DX 寄存器，然后再用累加器 AX/AL 进行传送。

3. 与地址数据有关的寻址方式

计算机执行程序时，有时需要改变程序的执行顺序，跳转到一个新的地址，BIU 再顺序取指令，指令指针 IP 自动加 1，指向代码段中下一条要执行的指令，从而在新的跳转地址上顺序执行程序，直到再来一个跳转。与地址有关的寻址方式用来确定程序跳转时下一条要执行的指令地址。与地址有关的寻址方式包括段内寻址和段间寻址。段内寻址是指在当前代码段内进行程序跳转执行的转移地址寻址，分为段内直接寻址和段内间接寻址。段间寻址是指跳转执行的程序在其他代码段，这种不同代码段之间的转移寻址即为段间寻址，可分为段间直接寻址和段间间接寻址。

（1）段内寻址。

1）段内直接寻址。

转向的有效地址为立即数或符号地址且确定转移地址时，不改变 CS 寄存器值，只在当前指令所在 IP 处加上一个位移量，转移地址范围是当前指令所在处前 -128 到后 +127（-128～+127）个单元之间，称为段内直接转移。段内直接寻址适用于条件转移，又可分为段内近转移和段内短转移。

段内短转移是指当位移量为 8 位。若转向地址为符号地址，则要在转移到的符号地址前加属性操作符 SHORT PTR，其指令格式为：

```
JMP  0A0H
JMP  SHORT PTR TRANS1    ;TRANS1是要转移到的符号地址
```

段内近转移是指当位移量为 16 位。若转向地址为符号地址，则要在转移到的符号地址前加属性操作符 NEAR PTR，其指令格式为：

```
JMP  1A2BH
JMP  NEAR PTR TRANS1     ;TRANS1是要转移到的符号地址
```

2）段内间接寻址。

转向的有效地址为一个寄存器或存储单元的内容时，且确定转移地址时，不改变 CS 寄存器值，用转向的有效地址来取代 IP，称为段内间接转移。转向的有效地址可以由除立即

数之外的任何寻址方式得到。适用于无条件转移。其指令格式为：

```
JMP   BX
JMP   WORD PTR [BX+ 1000] ;只将存储器中字单元内容送IP
```

（2）段间寻址。

1）段间直接寻址。

当指令中直接给出转向地址的段地址和有效地址，这样可以用段地址取代 CS，用有效地址取代 IP，称为段间直接寻址。其指令格式为：

```
JMP 4000H: 25AAH
```

2）段间间接寻址。

当指令中用存储器两个字单元内容间接给出转向地址的段地址和有效地址，这样可以将存储器中高地址内容取代 CS，用低地址内容取代 IP，称为段间间接寻址。存储器有效地址可以使除立即数、寄存器寻址之外的任何寻址方式得到。段间间接寻址只适用于无条件转移指令，其指令格式为：

```
JMP   WORD PTR [BX+ 1000H]   ;将存储器中有效地址(BX)+ 1000H 和(BX)+ 1001H
                             ;字节单元内容送IP,(BX)+ 1002H 和(BX)+ 1003H
                             ;字节单元内容送CS
```

2.3　8086 指 令 系 统

指令的集合称为指令系统，不同系列的计算机有不同的指令系统。8086 指令有百多条，基本上都是向下兼容的，即在低档的处理器上能执行的指令，在高档的微处理器上几乎都能运行。指令系统中常用指令分为六大类：数据传送类、算术运算类、逻辑操作类、字符串操作类、控制转移类及处理器控制类。这六大类所包含的常用指令如图 2-14 所示。

2.3.1　数据传送指令

数据传送指令是一种简单的基本的指令，当需要把一些数据传送到某处时用数据传送指令，可分为通用数据传送指令、目标地址传送指令、标志位传送指令和输入/输出传送指令四种类型。

数据传送指令可以传送一个字节、一个字或一个数据块，主要用于给寄存器、存储器赋初值或新值，这些指令都不会影响标志寄存器。

1. 通用数据传送指令

（1）MOV——传送指令。

MOV（Move）指令是 80x86 系统中使用频率最高的指令。指令的作用是将一个字节、字或双字从源地址传送到目的地址中。其格式为：

```
MOV   目的操作数,源操作数
```

【示例 2-12】寄存器之间的传送。

```
MOV BL,AH              ;8 位通用寄存器之间的传送
MOV AX,BX              ;16 位通用寄存器之间的传送
MOV AX,DS              ;16 位段寄存器数据送到16 位通用寄存器
MOV ES,DX              ;16 位通用寄存器数据送到16 位段寄存器
```

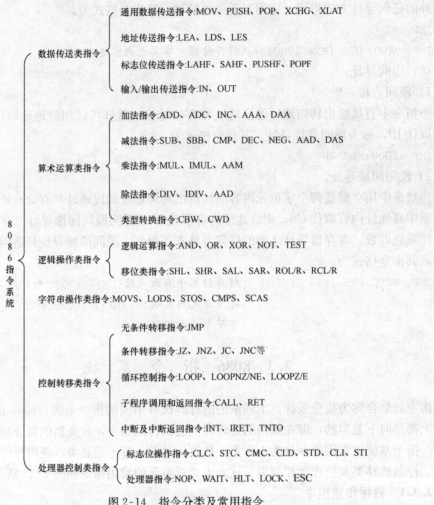

图 2-14　指令分类及常用指令

```
MOV DS,[DI+BP]          ;段寄存器DS均可为目的操作数。
MOV [SI],CS             ;4个段寄存器均可为源操作数
                       ;16 位CS 送DS:SI 和DS:SI+1 内存单元。
```

需要注意的是：代码段寄存器CS 不能作为目的操作数被 MOV 指令修改，但可以将CS作为源操作数，将其内容传送给其他寄存器或存储器。如指令"MOV CS，AX"是非法的，指令"MOV BX，CS"是正确的。

【示例 2-13】立即数传送到通用寄存器或存储器。

```
MOV AX,45H              ;45H 被视为16 位的立即数,(AL)=45H,(AH)=00H,(AX)=0045H
MOV BL,0EFH             ;0EFH 是8 位的立即数
MOV BYTE PTR[BX],34H    ;立即数34H 送以BX 内容为有效地址的存储器单元中
MOV [BX],3456H          ;立即数3456H 送以BX 和BX+ 1 有效地址的存储器单元中
```

需要注意的是例"MOV BYTE PTR [BX]，34H"中，因系统不知道传送的是字节"34H"还是字"0034H"，所以要用 BYTE PTR 指定 [BX] 存储单元的数据类型为字节类型。

【**示例 2-14**】通用寄存器与存储器之间的传送。

```
MOV [BX][DI],AL          ;将AL中的字节传送到DS:[BX+DI]中
MOV AX,[BP]              ;将存储单元SS:BP和SS:BP+1两字节数据送AL,AH
```

可见，在［示例 2-14］中所有的存储器操作数寻址方式都允许使用。通用寄存器的位长决定存储器中的数据是字节、字还是双字。

非法 MOV 指令：

1) 指令要求目的操作数和源操作数必须是相同的数据类型即必须同为 8 位或 16 位数据，如"MOV AH，200"是非法的。

2) CS 不能作为目的操作数（但可以是源操作数），指令指针寄存器（IP）和标志位寄存器既不能作为源操作数，也不能作为目的操作数。即 MOV 指令不能修改但可以读取 CS，而 IP、标志位寄存器既不能读取也不能修改。

3) MOV 指令不能在内存单元之间传送数据。如"MOV［BX］，［SI］"是非法的。

4) MOV 指令不能在两个段寄存器之间传送数据。如"MOV DS，CS"是非法的。

5) 立即数永远都不能作为目的操作数。如"MOV 2000H，AX"是非法的。

6) 不能直接把立即数或符号地址传送到段寄存器中，必须通过 AX 寄存器进行传送。例如，"MOV DS，DATA"是非法的。正确应为"MOV AX，DATA，MOV DS，AX"。

（2）PUSH/POP——压栈/出栈堆栈操作指令。

PUSH/POP 指令的作用是把一个字操作数压入堆栈或从堆栈中取出。为更好理解 PUSH/POP 指令，我们必须先了解一下堆栈的结构，如图 2-15 所示，堆栈好像一个收纳箱，是以"后入先出"的规则存取信息的一段存储空间，该存储空间的存储地址由一个专门的地址寄存器来管理，该寄存器也称堆栈指针 SP 寄存器，一直保持指向堆栈顶部（栈顶），以维持"先入后出"的规则。堆栈的段地址存放在段寄存器 SS 中。

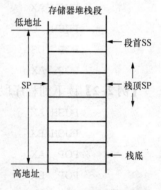

图 2-15　堆栈结构示意图

当对堆栈进行初始化时，用户可以通过 MOV 指令将段首地址设置在 SS 中，而将堆栈底部地址传送给 SP，保持栈底是固定不变的，使得在对数据压栈/出栈的操作过程中，栈顶 SP 指针不断移动。例如：

```
MOV AX,2000H
MOV SS,AX
MOV SP,1000H
```

1) PUSH 指令：其格式为

```
PUSH  16 位源操作数
```

说明：

①16 位源操作数可以是 16 位寄存器中数据或存储器中字数据，但不能是立即数，例如，"PUSH WORD PTR 1234H"是非法的。

②当有数据压入堆栈，堆栈指针 SP 自动减 2 递减，压栈数据被送入堆栈指针指示的堆栈存储单元中，高地址存放先入栈的数据，低地址存放后入栈的数据，一个字中，高字节存在高地址、低字节存在低地址。

【示例 2-15】 PUSH AX

                 PUSH SP

                 PUSH CS

                 PUSH [BX]

2）POP 指令。

POP 指令的作用是把一个字数据从堆栈中弹出来，送指令中给出的目的操作数中，可见 POP 指令的执行过程刚好与 PUSH 相反。其格式为：

POP 16 位目的操作数

说明：

①立即数不能是目的操作数，所以立即数不能作为 POP 的操作数。

②CS 不能作为 POP 的操作数。

③从堆栈读出数据时，先将（SP）指示的存储单元数据读出，送入低字节，而后（SP）+1指示的存储单元值送入高字节，再执行（SP）+2→（SP）。

【示例 2-16】 POP CX

                 POP [BX]

【例 2-1】 保存 AX、DS 内容，需要时按序读出。

            PUSH AX

            PUSH　DS

            POP　DS

            POP　AX

【例 2-2】 读下列程序段，画图说明各指令操作结果及程序段的功能。

            PUSH AX

            PUSH BX

            POP　AX

            POP　BX

假设（AX）=1234H，（BX）=5678H，（SP）=1000H，上面的程序段说明将 AX、BX 寄存器内容送入堆栈，然后弹出堆栈，其执行过程如图 2-16 所示。在堆栈内数据遵循"高地址存放高位字节"的原则，因而指令执行分以下几步：

PUSH AX，首先（AH）=12H 入栈，然后是（AL）=34H 入栈，最后 SP 的值减 2，即（SP）=0FFEH。

PUSH BX，首先（BH）=56H 入栈，然后是（BL）=78H 入栈，最后 SP 的值减 2，即（SP）=0FFCH。

POP　AX，首先（SS：0FFCH）=78H 送 AL，然后是（SS：0FFDH）=56H 读出送 AH，最后 SP 的值增 2，即（SP）=0FFEH，指令执行结果（AX）=5678H。

POP　BX，首先（SS：0FFEH）=34H 送 BL，然后是（SS：0FFEH）=12H 读出送 BH，最后 SP 的值增 2，即（SP）=1000H，指令执行结果（BX）=1234H。

【示例 2-17】 PUSH SP

假设（SP）=1000H，则指令执行时先将 1000H 压入堆栈中，再把 SP 的值减 2，最后（SP）=0FFEH，（SS：[0FFFH]）=10H，（SS：[0FFEH]）=00H。

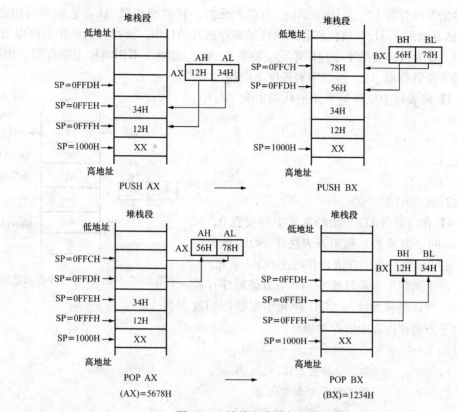

图 2-16　堆栈程序执行过程

（3）XCHG——数据交换指令。

XCHG 数据交换指令是将一个字节或一个字的目标操作数与源操作数相交换。其格式为：

```
XCHG 目标操作数, 源操作数
```

【示例 2-18】 XCHG AX, BX

假设执行指令前（AX）＝1234H，（BX）＝5678H，则该指令执行后，（AX）＝5678H，（BX）＝1234H。

说明：

1）指令中源操作数与目的操作数类型必须一致，或同为 8 位或同为 16 位。

2）XCHG 允许两个通用寄存器之间交换数据，例如，XCHG AL，BH。

3）XCHG 允许通用寄存器与存储器操作数之间交换数据，例如，XCHG AH，[BP]。

4）XCHG 不允许两个存储器之间交换数据。

5）XCHG 不允许段寄存器和立即数作为操作数。

6）IP 寄存器不能作为 XCHG 操作数。

（4）XLAT——换码指令。

XLAT——换码指令能够完成累加器 AL 中一个字节值转换为内存表格中的一个值，实现数制转换功能，查表转换功能，一种代码转换成另一种代码功能。其格式为：

```
XLAT [转换表]
```

该指令的源操作数 DS：[BX+AL] 内存单元数，目的操作数 AL，它们均为隐含的；BX 存放表的基地址，AL 存放位移量，执行结果存放在 AL 中。所执行的操作是将以 BX 为基地址，以 AL 为位移量的字节存储单元中的数送 AL，该指令不影响标志寄存器。因存放位移量的是 8 位寄存器 AL，所以字表长度不能超过 256B。

【例 2-3】将表格中位移量为 4 的代码取到 AL 中，如图 2-17 所示。

```
LEA BX,table1
MOV AL,4
XLAT  table1
```

指令执行后（AL）=05

【例 2-4】在内存 TAB 开始的单元中存放着 0、2、4、6、8、10 的平方值表。利用查表法求 SQU 单元中数（0~10 之间偶数）的平方值，并回送 SQU 单元。

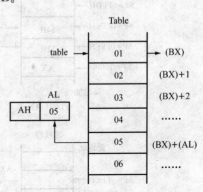

图 2-17　XLAT 指令操作示意图

分析：由于偶数平方表是按 0~10 平方值顺序存放在内存中的，所以表首地址与 SQU 单元给定数的和就是给定数的平方值在内存中的存放地址。

程序段如下：

```
MOV  AL,SQU        ;取SQU 待查数值,设SQU=4
LEA  BX,TAB        ;取偶数平方表首地址
XLAT              ;执行换码操作,结果(AL)=16 或10H
```

2. 地址传送类指令

8086 微处理器有 3 条指令专门传送地址，它们是 LEA、LDS、LES，这 3 个指令的目地操作数为 4 个 16 位的通用寄存器 AX、BX、CX、DX 和 4 个 16 位专用寄存器 BP、BX、DI、SI；源操作数都是内存数。

（1）LEA——传送有效地址指令。

LEA 取有效地址指令是将存储器有效地址送到一个寄存器，该指令通常用来给某个 16 位通用寄存器设置偏移地址的初值使其作为地址指针。其格式为：

```
LEA   目的操作数，源操作数
```

【示例 2-19】 LEA AX,[3681H]   ;将内存单元的偏移量3681H 送AX,

　　　　　　　　　　　　　　　　　;指令执行后,AX 为3681H。

　　　　　　LEA BX,[BP+ SI]   ;指令执行后,BX 中的内容为 BP+SI 的值。

　　　　　　LEA SP,[0281H]   ;指令执行后,堆钱指针SP 为0281H。

　　　　　　LEA BX,DATAQ   ;该指令的功能是将内存变量DATAQ 的

　　　　　　　　　　　　　　　　　;偏移地址送入BX 寄存器。

注意：

1）要求源操作数必须为内存单元有效地址（偏移地址），目的操作数必须为一个 16 位的通用寄存器。

2）"MOV AX，[3681H]" 执行后 AX 得到的是 DS：[3681H] 存储单元的数值，而 "LEA AX，[3681H]" 执行后 AX 得到的是存储单元的有效地址 3681H。

（2）LDS——传送数据段地址指针指令。

地址指针包括一个段地址和一个有效地址（偏移量），LDS 指令是把 2 个字节的段地址送到 DS 中，将 2 个字节的有效地址送目的寄存器，即 LDS 是将地址指针装入 DS 和另一个指令中给出的寄存器指令。其格式为：

`LDS 目的操作数, 源操作数`

其执行过程：将源操作数送目的操作数，将源操作数＋2 送默认段寄存器 DS。

【示例 2-20】`LDS SI,[1234H]`

假设 DS：1234H～1237H 单元中存放着 1 个物理地址，1234H 和 1235H 单元存放有效地址，送 16 位 SI 寄存器，1236H 和 1237H 单元存放的段地址，送 DS。

（3）LES——传送附加段地址指针指令。

LES 指令和 LDS 指令的格式及使用方法是类似的，只是 LES 是段地址送 ES，有效地址送指令中给出的 16 位通用寄。其格式为：

`LES 目的操作数,源操作数`

其执行过程：将源操作数送目的操作数，将源操作数＋2 送默认段寄存器 ES。

注意：

1）LDS 和 LES 指令中分别隐含着段寄存器 DS 和 ES。

2）16 位目的操作数不能为段寄存器。

3）LDS 和 LES 的共同特点是源操作数总是来自存储器且地址可用存储器各种寻址方式确定。

3．标志位传送指令

8086 指令系统中提供了对标志寄存器各标志位读写的传送指令，包括 LAHF、SAHF、PUSHF 及 POPF。

（1）LAHF——读取标志指令。

如图 2-18（a）所示，执行 LAHF 指令时，将标志寄存器中的低 8 位复制到 AH 中。具体地说，就是将 S（符号标志）、Z（零标志）、AF（辅助进位标志）、P（奇偶标志）和 CF（进位标志）传送到 AH 寄存器的相应位（D_7、D_6、D_4、D_2 和 D_0 位），执行 LAHF 指令后，AH 寄存器的 D_5、D_3、D_1 位没有意义。

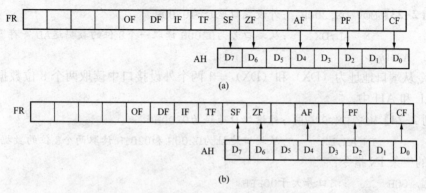

图 2-18　寄存器 AH 与寄存器 FR 传送指令

（a）LAHF；（b）SAHF

（2）SAHF——设置标志指令。

SAHF 指令功能与 LAHF 指令功能相反，SAHF 指令将 AH 寄存器的相应位传送到标志寄存器的低 8 位。指令执行后，FR 寄存器的 D_5、D_3、D_1 位没有意义。这条指令相当于给标志寄存器低 8 位设置新值。如图 2-18（b）所示。

（3）PUSHF/POPF——对标志寄存器的值推入堆栈指令和弹出堆栈指令。

PUSHF 指令将标志寄存器的值推入堆栈，同时指针 SP 的值减 2，而标志寄存器执行后的值不变。

POPF 指令的功能与 PUSHF 指令正好相反，此指令在执行时从堆栈中弹出一个字送到标志寄存器中，同时指针 SP 的值加 2。这条指令也相当于给标志寄存器设置 16 位新值。

PUSHF 和 POPF 指令一般用在子程序和中断处理程序的首尾，起保存主程序标志和恢复主程序标志的作用。

4. 输入/输出传送指令

输入/输出传送指令——IN/OUT 分为直接的输入/输出指令、间接的输入/输出指令两种。

（1）IN——输入指令。

IN 指令可以从指定的端口地址（0～FFFFH）中读入一个字节、字或双字，并传送到 AL、AX 中。其格式为：

IN AL(AX)，端口号(DX)

根据寻址方式的不同，IN 指令有两类 4 种形式：

1）直接端口寻址方式。

①IN AL,8 位端口地址n

该指令从端口号为 n 的端口中读取一个字节。

【示例 2-21】IN AL,30H ;从30H号的端口读取一个8位数据

②IN AX,8 位端口地址 n

该指令从端口号为 n、n+1 的两个端口中读取 8 位数据，并分别传送到 AL 和 AH 中

【示例 2-22】 IN AX,30H ;AL←30H号端口中的数据, AH←31H号端口中的数据

2）间接端口寻址方式。

① IN AL,DX

该指令从端口地址为（DX）的端口中读取一个字节的数据。

【示例 2-23】MOV DX,200H ;外设端口地址为0200H

　　　　　　　　IN AL,DX 　;从端口号为0200H读取一个8位的数据送AL寄存器

② IN AX,DX

该指令从端口地址为（DX）和（DX）+1 两个外设接口中读取两个 8 位数据，并分别传送到 AL 和 AH 中。

【示例 2-24】MOV DX,0200H ;外设端口地址为0200H

　　　　　　　IN AX,DX 　　;从端口地址为0200H和0201H读取两个8位的数据送AL和AH

错误的三条 IN 指令：

IN AL,100H 　　;端口号大于00FFH

IN AH,20H 　　;不能直接把数据读入到AH中

IN AX,BX 　　　;端口地址不能放在BX中，只能在DX中

（2）OUT——输出指令。

OUT 指令和 IN 指令刚好相反，是将 AL、AX 中的数据输出到指定的外设端口上。其格式为：

```
OUT  端口号(DX),AL(AX)
```

类似的，OUT 指令也按 I/O 口寻址方式分为 4 种。它们是：

直接寻址：OUT 30H, AL　;将字节（AL）输出到端口30H中

　　　　　OUT 30H, AX　;30H号端口中←AL 的数据

　　　　　　　　　　　;31H 号端口中←AH 的数据。

间接寻址：OUT DX,AL　;将字节(AL)输出到地址为(DX)的端口

　　　　　OUT DX,AX　;将字(AX)分成2 个字节分别输出

　　　　　　　　　　;到端口地址为(DX)＋1 和(DX)的2 个端口中

注意：

（1）OUT 指令的寻址范围为：直接输入输出指令为 0～255；间接输入输出指令为 0～65535。当端口地址大于 0FFH 时一定要采用间接寻址方式，且端口地址存放在 DX 中。

（2）OUT 指令的只能用累加器作为执行输入输出的机构，即读取的数据一定存放在 AL 或 AX 中。

2.3.2　算术运算指令

算术运算指令是反映 CPU 运算能力的一组指令，也是编程时经常使用的一组指令。算术运算类指令是在 ALU 中完成的，执行结果影响标志寄存器。80x86 指令系统提供了加、减、乘、除四类基本运算指令以及类型转换指令。这些运算实现字节、字或多字节数的运算、支持二进制 BCD 码表示的十进制的运算、支持带符号数和无符号数两种类型数据的运算。其中，无符号类型数的表示范围为：8 位无符号数的范围为 0～255；16 位无符号数的范围为 0～65535。对于有符号类型数的表示范围为：8 位有符号数的范围为 －128～＋127；16 位有符号数的范围为 －32768～＋32767。

1. 二进制加法指令

（1）ADD——基本加法指令。

ADD 指令是不带进位位的加法指令，也是 80x86 系统最基本的加法运算指令，该指令用来执行 2 个字或字节操作数的相加操作，并将结果存放在目的操作数中。其格式为

```
ADD 目的操作数, 源操作数
```

【示例 2-25】ADD AH,BL　　　　　　　;通用寄存器之间相加

　　　　　　ADD AX,2000H　　　　　　;通用寄存器与立即数之间相加

　　　　　　ADD [BX],BX　　　　　　 ;内存数与通用寄存器之间相加

　　　　　　ADD [BX+ SI],200　　　　;内存数与立即数相加

　　　　　　ADD AX,[DI]　　　　　　　;通用寄存器与内存数之间相加

　　　　　　ADD AL,50H　　　　　　　 ;AL 和50H 相加,结果放在AL 中

　　　　　　ADD DI,SI　　　　　　　　;DI 和SI 的内容相加,结果在DI

【示例 2-26】设(AX)=4,(BX)=200H,(DX)=6,(DI)=500H,(DS:502H)=8,则

　　　　　　ADD AX,BX　　　　　　　　;指令执行后(AX)=204H

　　　　　　ADD DX,2[DI]　　　　　　 ;指令执行后(DX)=0EH

说明：指令允许的目的操作数类型为通用寄存器和内存，允许的源操作数类型为通用寄

存器、存储器和立即数。因存储器之间，除串操作指令外，不能直接进行数据操作，因而当目的操作数是内存操作数时，源操作数只能是通用寄存器或立即数。

（2）ADC——带进位的加法指令。

ADC 的指令格式与 ADD 相同，指令的功能很相似，只有一点区别就是 ADC 指令执行加法运算时，将当前的进位标志 CF 的值也加在和中。这条指令一般用于多字节的加法运算中，当低字节相加结果有进位，即 CF＝1 时，高字节除了进行两操作数相加之外，还需要加上进位 1。

【示例 2-27】
```
MOV AX,[1000H]      ;将第1个数的低16位取到AX
ADD AX,[2000H]      ;第1个数和第2个数的低16位相加
MOV [SI],AX         ;低16位相加的结果送到DS:SI和DS:SI+1单元
MOV AX,[2002H]      ;取第1个数的高16位送到AX中
ADC AX,1002H        ;两个数的高16位连同进位位相加
MOV [SI+2],AX       ;高16位相加的结果送到DS:SI+2和DS:SI+3单元
```

（3）INC——加 1 指令。

INC 加 1 指令也称增量指令，该指令只有 1 个操作数，其格式为

```
INC   操作数
```

指令在执行时，将操作数的内容加 1，执行结果送操作数，操作数可以为通用寄存器和存储器。INC 指令一般用在循环程序中修改指针和循环次数。INC 指令影响标志位 AF、OF、PF、SF 和 ZF，但不影响进位标志 CF。

【示例 2-28】
```
INC AL              ;将AL中的内容加1
INC CX              ;将CX中的内容加1
INC BYTE PTR[BX]    ;将BX所指的字节存储单元的内容加 1
```

2. 二进制减法指令

（1）SUB——基本减法指令。

SUB 同 ADD 指令相对应，为不带借位的基本减法指令，实现 2 个字节或 2 个字的目的操作数与源操作数相减，结果存放在目的操作数。其格式为

```
SUB 目标操作数,源操作数
```

指令允许的目的操作数类型为通用寄存器和内存，允许的源操作数类型为通用寄存器、存储器和立即数。当目的操作数是内存操作数时，源操作数只能是通用寄存器或立即数。SUB 指令执行结果影响标志位 OF、SF、ZF、AF、PF 和 CF。

【示例 2-29】
```
SUB AH,BL              ;通用寄存器之间相减
SUB AX,2000H           ;通用寄存器与立即数之间相减
SUB [BX],BX            ;内存数与通用寄存器之间相减
SUB [BX+SI],200        ;内存数与立即数相减
SUB AX,[DI]            ;通用寄存器与内存数之间相减
SUB AL,20              ;AL中的数减去20,结果在AL中
SUB SI,5010H           ;SI中的数减去5010H,结果在SI中
SUB WORD PTR [DI],1000H ;DI和DI+1所指的两单元中的数减去1000H,
                        ;结果在DI和DI+1所指的单元中
```

（2）SBB——带借位的减法指令。

带借位的减法指令 SBB 在形式上和功能上都和 SUB 指令类似，只是 SBB 在执行减法运算时，是用被减数减去减数，再减去低位字节产生的借位。和带进位的加法指令 ADC 类似，SBB 主要用在多字节减法运算中。SBB 同 SUB 指令一样，执行结果影响标志位 OF、SF、ZF、AF、PF 和 CF。其格式为

SBB　目的操作数(寄存器或存储器),源操作数(寄存器、存储器、立即数)

【示例 2-30】SBB　AX,2030H　;将AX 的内容减去立即数2030H,并减去进位标志CF 的值

SBB　WORD PTR [DI+2],1000H　;将DI+2 和DI+3 所指的两单元的内容减去

;立即数 1000H,再减去CF 的值,

;结果在DI+2 和DI+3 所指的单元中

（3）DEC——减 1 指令。

DEC 减 1 指令也称减量指令，其执行时将实现目的操作数的值减 1，功能与 INC 指令功能相反。减 1 指令只有 1 个操作数。DEC 指令影响标志位 AF、OF、PF、SF 和 ZF，但不影响进位标志 CF。其格式为

DEC　目的操作数(8 位或16 位通用寄存器或存储器)

【示例 2-31】DEC　AX　　　　　　　;将AX 的内容减1,再送回AX 中

DEC　DL　　　　　　　;将DL 的内容减1,结果送回DL 中

DEC BYTE PTR[SI]　　;将DS:SI 所指的单元的内容减1,结果送回此单元

DEC BYTE PTR[DI+2]　;将DI+2 所指单元的内容减1,结果送回此单元

（4）NEG——求补指令。

NEG 求补指令能够使指令中给出的目的操作数的值取补码，再将结果送回目的操作数。我们知道，对于求 1 个数补码，相当于用 0 减去这个数，所以 NEG 指令执行时，是将 0 减目的操作数的结果回送给目的操作数。NEG 指令影响标志位 AF、CF、OF、PF、SF 和 ZF。其格式为

NEG　目的操作数(8 位或16 位通用寄存器或存储器)

【示例 2-32】NEG　AX　;将计算0 减去AX 中的内容得到该数据的补码,送AX 寄存器

NEG　AL

注意：

1）当（AX）=（AL）=0，指令执行后，目的操作数的值仍为 0。进位标志 CF=0，溢出标志 OF=0，此时没有借位没有溢出。

2）如果操作数（AX）=8000H 或（AL）=80H，NEG 指令执行后，目的操作数的回送值不变，即执行后（AX）=8000H 或（AL）=80H，而进位标志 CF=1，溢出标志 OF=1。原因是若把 AX 看成无符号数，0−8000H 相当于 0−32768<0，有借位，CF=1；若把 AX 看成带符号数，8000H 相当于十进制的−32768，0−（AX）=32768>32767，所以有溢出，OF=1。同理，80H 等于−128，当（AL）为无符号数时，0−（AL）=128。

3）通常指令执行会使 CF 为 1，只有当操作数为 0 时，才使 CF 为 0，这是因为 NEG 指令执行时，是用 0 去减某个操作数，除非给定的操作数为 0，否则均会产生借位。

（5）CMP——比较指令。

CMP 比较指令执行目的操作数减去源操作数，但不回送相减的结果，只是影响标志位，

CPU 根据标志位判断比较结果，指令执行后，被比较的两个操作数的值保持不变。CMP 指令常与条件转移指令配合使用，完成各种条件判断和程序转移。其格式为

```
CMP 目的操作数,源操作数
```

其中，目的操作数支持通用寄存器和存储器，源操作数可以是通用寄存器、存储器和立即数，支持 8 位或 16 位操作数的比较。

【示例 2-33】 CMP AX,1000H　　　　;将AX 中的数和1000H 相比较,结果影响标志位

CMP AL,80H　　　　　;将AL 中的数和80H 比较,结果影响标志位

CMP AX,[BX+100]　　;将累加器和两个存储单元的数相比,

;单元地址由BX+100 和 BX+101 指出

如何根据标志位来判断比较结果呢？对于无符号数比较，可根据 CF 判断大小；对于有符号数的比较，要根据 OF 和 SF 两者的关系来判断结果。

ZF＝1，被比较两数相等；

CF＝0，两个被比较的无符号数，被减数大，减数小；

CF＝1，两个被比较的无符号数，被减数小，减数大；

SF＝0，两个被比较的同符号数，被减数大，减数小；

SF＝1，两个被比较的同符号数，被减数小，减数大；

OF＝1 且 SF＝1，两个有符号数比较，被减数大；

OF＝1 且 SF＝0，两个有符号数比较，被减数小。

3. 乘法指令

80x86 指令系统对于乘法运算提供了无符号乘法指令和带符号数的乘法指令两种。执行乘法运算时，如果两个 8 位数据相乘，会得到一个 16 位的乘积。如果两个 16 位数据相乘，会得到一个 32 位的乘积。8086 乘法指令中只有一个操作数，另一个操作数为隐含操作数 AL 或 AX。对于 32 位的乘积，将 DX 寄存器看成是 AX 寄存器的扩展，这样，当乘积为 16 位时，结果就在 AX 中，乘积为 32 位时，结果在 DX 和 AX 两个寄存器中，DX 中为乘积的高 16 位，AX 中为乘积的低 16 位。乘法指令影响标志位 OF 和 CF。

（1）MUL——无符号数的乘法指令。

MUL 指令实现两个 8 位或 16 位无符号数相乘，结果送 AX 或 AX 和 DX。其格式为：

```
MUL  8位或16位通用寄存器或存储器单元操作数
```

【示例 2-34】 MUL BL　　　　　　;AL 中的8 位数和BL 中的8 位数相乘,结果在AX 中

MUL BX　　　　　　;AX 中的16 位数和BX 中的16 位数相乘,结果在DX 和AX 中

MUL BYTE PTR[BX];AL 中的8 位数和BX 所指的存储单元中的8 位数相乘,

;结果在AX 中

MUL WORD PTR[DI];AX 中的16 位数和DI、DI+1 所指存储单元中的16 位数相乘,

;结果在DX 和AX 中

（2）IMUL——带符号数的乘法指令。

IMUL 带符号数的乘法指令在功能和形式上与 MUL 很类似，只是要求两个乘数必须均为带符号数。其格式为：

```
IMUL  8位或16位通用寄存器或存储器单元操作数
```

【示例 2-35】 IMUL BX　　　　　　　;DX 和BX 中的两个16 位带符号数相乘,结果在DX 和AX 中

IMUL BYTE PTR[BX] ;AL 中的 8 位带符号数和 BX 所指存储单元中的 8 位

;带符号数相乘,结果在 AX 中

IMUL BYTE PTR[BX] ;AL 中的 8 位带符号数和 BX 所指单元的 8 位带符号数

;相乘,结果在 AX

IMUL WORD PTR[DI] ;AX 中的 16 位带符号数和 DI、DI+1 所指的单元 16 位

;带符号数相乘,结果在 DX 和 AX 中

注意:如果操作数是内存,则必须明确内存单元的类型。否则,对于 "MUL [BX] [SI]" 无法确定是进行字节乘法还是字乘法,正确的指令为 MUL BYTE PTR [BX] [SI] 或者 MUL WORD PTR [BX] [SI]。

4. 除法指令

8086 执行除法运算时,规定被除数必须是除数的 2 倍字长,即被除数为 16 位时,除数为 8 位,被除数为 32 位时,除数为 16 位。被除数在指令中是隐含的放在 AX、DX 中,当被除数为 32 位时,则 DX 中放高 16 位,AX 中放低 16 位。指令格式中给出操作数是除数,计算机根据给定的除数形式来确定被除数在 AX 中或在 DX、AX 中。

当除数为 8 位时,被除数为 16 位,得到 8 位的商放在 AL 中,8 位的余数放在 AH 中。当除数为 16 位时,被除数为 32 位,得到 16 位的商放在 AX 中,16 位的余数放在 DX 中。

同乘法运算一样,在 80x86 指令系统中,对无符号数和对带符号数也有两种不同的除法指令。

1) DIV——无符号数的除法指令。

DIV 指令用来实现 16 位或 32 位无符号被除数与 8 位或 16 位无符号除数相除运算。其格式为:DIV 8 位或 16 位通用寄存器或存储器无符号操作数(除数)

【示例 2-36】DIV CL ;若 (CL)=02H,(AX)=0129H,

;则指令执行后 (AL)=64H,(AH)=01H

DIV WORD PTR[DI] ;DX 和 AX 中的 32 位数除以 DI、DI+1 所指的

;两单元中的 16 位,商在 AX 中,余数在 DX 中

2) IDIV——有符号数的除法指令。

IDIV 在功能及形式上和 DIV 很类似,主要区别在于 IDIV 指令在执行时,将被除数和除数都看成带符号数,因此,具体执行过程不同于 DIV 的执行过程。其格式为:DIV 8 位或 16 位通用寄存器或存储器无符号操作数(除数)

【示例 2-37】IDIV BX ;将 DX 和 AX 中的 32 位数除以 BX 中的 16 位数,

;指令执行后,商在 AX 中,余数在 DX 中

【注意】

(1) 除法指令中,源操作数不能为立即数。

(2) 除法运算后,标志位 AF、CF、OF、PF、SF 和 ZF 都是不确定的或 0 或 1 且都没有意义。

(3) 除法运算中,8086 指令系统中规定余数的符号和被除数的符号相同。

(4) 除法运算中,凡字节运算的商超过 -128～+127 或 255,字运算的商超过 -32768～+32767 或 65535 时均为溢出,0 做除数也为溢出。除法出现溢出时,将立即产生 0 号中断,程序停止执行。

（5）除法运算时，要求被除数为除数长度的 2 倍，如果不是，则要把被除数变成除数的双倍长度即所说的对 AX、AL 进行扩展。对于无符号数相除来说，只将 AH 和 DX 寄存器清 0 来实现寄存器扩展；对于有符号数相除来说，对于 AH 和 DX 的扩展，8086 指令系统提供了专用于带符号数扩展的指令 CBW 和 CWD，将 AL 中的数据的最高位（符号位）扩展到 AH 的 8 位中，或者把 AX 中的最高位扩展到 DX 的 16 位中。

带符号数扩展指令有两种：字节扩展指令 CBW 和字扩展指令 CWD。

（1）CBW

格式为：CBW

其为隐含操作数 AL、AH，功能是将一个字节的带符号数扩展成一个字，即将 AL 中的符号扩展到整个 AH 中。

①如果 AL 最高位为 1（AL 值为负），则 AH＝0FFH；

②如果 AL 最高位为 0（AL 值为正），则 AH＝00H。

（2）CWD

格式为：CWD

其为隐含操作数 AX、DX，功能是一个字的带符号数扩展成双字，即将 AX 中的符号扩展到整个 DX 中。

① 如果 AX 最高位为 1（AX 值为负），则 DX＝0FFFFH；

② 如果 AX 最高位为 0（AX 值为正），则 DX＝0000H。

5. 十进制运算指令

第 1 章已经介绍了计算机中十进制数 0～9 可用 BCD 码表示，常用的有压缩 BCD 码和非压缩 BCD 码。对于无符号压缩 BCD 码的运算，8086 系统是利用二进制数运算然后再进行修正的方法来实现的。由于压缩 BCD 十进制数采用 4 位二进制数表示一个数，故 4 位二进制数中只有 0～9 是有效的，而 10～15 是无效的；非压缩 BCD 码用 8 个二进制位表示一个十进制数 0～9，实际上只用低 4 位，高 4 位任意，我们熟悉的 ASCII 就是一种非压缩 BCD 码。在进行 BCD 运算时，若 4 位二进制数中若有进位时，表示的是十六进一，而不是十进一。这样，计算机运算 BCD 时，就产生两个问题：一是当运算的结果大于 9 时而不知有进位到高 4 位中，二是进位"1"不代表 10 而是 16。为此，8086 系统设立了一个辅助进位标志位 AF 及 6 种调整指令。

（1）DAA——加法压缩 BCD 码调整指令。

DAA 加法十进制调整指令，能够校正 AL 中一个字节的压缩 BCD 码相加的结果（高 4 位表示十进制十位数，低 4 位表示十进制个位数），并将校正结果存入 AL，DAA 指令为无操作数指令，隐含操作数为 AL，该指令常跟随加法指令 ADD、ADC 之后。DAA 调整指令会影响 CF、AF、SF、ZF、PF 5 个标志位。其格式为

DAA

指令调整过程如下：

1）如果 AL 寄存器中低 4 位大于 9 或辅助进位（AF）＝1，则（AL）＝（AL）＋6 并且（AF＝1）；

2）如果（AL）≥0A0H 或（CF）＝1，则（AL）＝（AL）＋60H 并且（CF）＝1；

【示例 2-38】ADD　AL,BL ;若计算67 与33 的和,用BCD 码表示则 (AL)=67H,(BL)=33H,

　　　　　　　　　　　　　　；指令执行后，(AL) = 9AH

　　　　　　　　DAA　　　　　；调整AL 内容，则用压缩BCD 码表示，则 (AL) = 00H，CF=1。

　　(2) AAA——加法非压缩 BCD 码调整指令。

　　AAA 非组合 BCD 码加法十进制调整指令，能够校正 AL 中一个字节的非压缩 BCD 码相加的结果（高 4 位表示十进制十位数，低 4 位表示十进制个位数），并将校正结果存入 AX，AAA 指令为无操作数指令，隐含操作数为 AL，该指令常跟随加法指令 ADD、ADC 之后。AAA 调整指令只会影响 CF 和 AF 标志位。其格式为：

　　AAA

　　指令调整过程如下：

　　1) 如果 AL 寄存器中低 4 位大于 9 或辅助进位（AF）=1，则（AL）=（AL）+6、(AH) =（AH）+1 并且 AF=1、CF=1；

　　2)（AL）=（AL）AND 0FH。

　　【示例 2-39】ADD　AL,BL　　；若计算7 与 3 的和，用BCD 码表示则 (AL) = 07H，(BL) = 03H

　　　　　　　　　　　　　　　；指令执行后，(AL) = 0AH

　　　　　　　　AAA　　　　　；调整AL 内容，则用压缩BCD 码表示，则 (AL) = 10H，CF=1。

　　(3) DAS——减法调整指令。

　　DAS 减法调整指令与 DAA 指令相似，用于修正 AL 中一个字节的压缩 BCD 码相减的结果，并将校正结果存入 AL，该指令常跟随减法指令 SUB、SBB 之后。DAS 调整指令会影响 CF、AF、SF、ZF、PF 5 个标志位。其格式为：

　　DAS

　　指令调整过程如下：

　　1) 如果 AL 寄存器中低 4 位大于 9 或辅助进位（AF）=1，则（AL）=（AL）- 6 并且（AF=1）；

　　2) 如果（AL）≥0A0H 或（CF）=1，则（AL）=（AL）-60H 并且（CF）=1。

　　【示例 2-40】SUB AL,BL　　；若计算63 与 37 相减，用BCD 码表示则 (AL) = 63H，(BL) = 37H，

　　　　　　　　　　　　　　　；指令执行后，(AL) = 2CH，AF=1，个位有借位

　　　　　　　　DAS　　　　　；调整AL 内容，则用压缩BCD 码表示，则 (AL) = 26H，CF=1。

　　(4) AAS——减法 ASCII 调整指令。

　　AAS 减法调整指令与 AAA 指令相似，用于修正 AL 中一个字节的非压缩 BCD 码相减的结果，并将校正结果存入 AX，该指令常跟随减法指令 SUB、SBB 之后。DAS 调整指令会影响 CF、AF、SF、ZF、PF 5 个标志位。其格式为：

　　AAS

　　指令调整过程如下：

　　1) 如果 AL 寄存器中低 4 位大于 9 或辅助进位（AF）=1，则（AL）=（AL）-6、(AH) =（AH）-1 并且 AF=1、CF=1；

　　2)（AL）=（AL）AND 0FH

　　【示例 2-41】SUB AL,BL　；用BCD 码表示则 (AL) = 63H，(BL) = 37H，

　　　　　　　　　　　　　　；指令执行后，(AL) = 27H，AF=1，个位有借位

　　　　　　　　DAS　　　　；调整AL 内容，则用压缩BCD 码表示，则 (AL) = 06H，CF=1。

（5）AAM——ASCII 码乘法调整指令。

AAM 非组合 BCD 码乘法十进制调整指令，能够校正 AX 中一个字节的非压缩 BCD 码直接相乘的结果，并将校正结果存入 AX，AAM 指令也为无操作数指令，隐含操作数为 AX，该指令常跟随乘法指令 MUL、IMUL 之后。该指令影响标志位 SF、ZF 和 PF，对 OF、CF、AF 标志位无影响。其格式为：

```
AAM
```

AAM 指令的调整过程自动完成：把 AL 除以 0AH，商送给 AH，余数赋给 AL。

【示例 2-42】 MUL DL   ;如果BCD 码(AL)=02H,(DL)=05H,
              ;则指令执行后(AH)=00H,(AL)=0AH,该结果大于9,不是BCD 码
         AAM   ;指令对(AX)=000AH进行修正,结果为(AX)=0100H正好等于
              ;10 的BCD 码表示,即(AH)=01H,(AL)=00H

（6）AAD——ASCII 码除法调整指令。

AAD 除法调整指令用于对 BCD 码进行除法运算，校正 AX 中非压缩 BCD 码，同 AAM 乘法调整相似，只是除法调整是在 DIV、IDIV 指令执行之前进行。实际上是将 AX 中非压缩 BCD 码被除数转换成无符号二进制数，该指令也为无操作数指令，指令只影响标志位 SF、ZF 和 PF。其格式为：

```
AAD
```

AAD 指令的调整过程自动完成：将（AH）×0AH＋（AL）的结果送 AL，而后将 AH 清 0

【示例 2-43】 AAD   ;如果(AX)=0708H=78D,(BL)=02H=2D,
              ;指令执行后(AX)=004EH=78D
         DIV BL ;商(AL)=39H,余数(AH)=00H

2.3.3 逻辑操作指令

逻辑操作类指令可以分为逻辑运算指令和移位运算指令两大类，均可对二进制数进行操作。逻辑运算指令包括：AND、TEST、OR、XOR 和 NOT。移位运算指令包括：SHL、SHR、SAL、SAR、ROL、ROR、RCL 和 RCR。

1. 逻辑运算指令

逻辑运算指令能够对 8 位、16 位操作数进行逻辑运算，因为逻辑运算类指令是在 ALU 中完成的，所以除 NOT 指令外，均对 PF，SF 及 ZF 有影响，而 CF＝OF＝0，AF 不确定。

（1）AND——逻辑与指令。

逻辑与 AND 指令实现两个操作数按位进行逻辑与运算，运算结果存放到目的操作数。ADN 常用于对目的操作数中与源操作数 0 相对应位清零。其格式为：

```
AND    目的操作数,源操作数
```

【示例 2-44】 AND AL,0FH   ;AL 中高4 位清0
         AND [BL],0AAH   ;使存储单元[BL]数据第1、3、5、7 位为0

（2）TEST——测试指令。

测试指令 TEST 与 AND 指令相似，也执行两个操作数相与运算，不同的是 TEST 运算结果不回送，而仅仅影响标志位。通常，TEST 指令用来检测指定位的值是 1 还是 0、某数的奇偶性、某数的正负。其格式为：

TEST 目标操作数,源操作数

【示例 2-45】 TEST AL,08H　;测试第4位是否为1,若为1,则ZF=0;若为0,则ZF=1

　　　　　　　　　　　　　　　;指令执行后AL值不变

　　　　　　　　TEST AL,01H　;测试第0位是否为1,若为1,则ZF=0,表示该数为奇数

（3）OR——逻辑或指令。

逻辑或 OR 指令能够实现两个操作数按位进行逻辑或运算,运算结果存放到目的操作数。OR 指令常用于对目的操作数的某些位置1。其指令格式为:

OR 目标操作数,源操作数

【示例 2-46】 OR AL,1AH　;将AL数据第1、3、4位置1

　　　　　　　OR AL,01H　;将AL数据最低位置1,其他位不变

（4）XOR——逻辑异或指令。

逻辑异或 XOR 指令能够实现两个操作数按位进行逻辑异或运算,运算结果存放到目的操作数。XOR 指令常用于对目的操作数的某些位置取反,其他位保持不变。其指令格式为:

XOR　目标操作数,源操作数

【示例 2-47】 XOR　BL,08H　;BL的最低位取反,其他位保持不变

　　　　　　　XOR　[AL],04H　;[AL]内存数的第3位取反,其他位不变

　　　　　　　XOR　AX,AX　;通过XOR,使AX寄存器清0。

（5）NOT——求反指令。

求反指令 NOT 是单操作数指令,能够实现操作数的每一位按位取反运算,该指令不影响标志位。其格式为:

NOT　操作数

其中,操作数可以是 8 位或 16 位通用寄存器或存储器操作数。

【示例 2-48】 MOV　AX,2010H

　　　　　　　NOT　AX　　　　;指令执行后,(AX)=DFEFH

2. 移位类指令

8086 系统提供 8 条移位指令,包括算术移位指令、逻辑移位指令、循环移位指令和带进位循环移位指令,分别进行左移和右移操作,如图 2-19 所示。这 8 条指令有统一的指令格式,格式如下:

操作符　目的操作数,移位次数

其中,操作符包含 SAL 算术左移指令、SAR 算术右移指令、SHL 逻辑左移指令、SHR 逻辑右移指令、ROL 不带进位的循环左移指令、ROR 不带进位的循环右移指令、RCL 带进位的循环左移指令和 RCR 带进位的循环右移指令;目的操作数可以是 8 位或 16 位寄存器和存储器操作数;若移位次数为1,则直接在指令中指出移位次数;若移位次数大于1,则可先将移位次数存入 CL,指令中移位次数必须为 CL 寄存器。

指令执行操作:

说明:

（1）SAL 算术左移指令、SAR 算术右移指令、SHL 逻辑左移指令和 SHR 逻辑右移指令四个指令均为非循环移位指令。四指令均可对带符号数和无符号数进行运算。

（2）右移指令:算术右移时将操作数看成带符号数,最高位符号位保持的值不变;逻辑右移时把操作数看成无符号数,执行时最高位添 0。

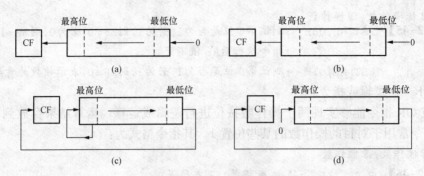

图 2-19　移位指令的功能

(a) 算术左移指令 SAL；(b) 逻辑左移指令 SHL；(c) 算术右移指令 SAR；(d) 逻辑右移指令 SHR

(3) 左移指令：算术左移 SAL 和逻辑左移 SHL 指令功能完全一样，每移位一次，最低位补 0，最高位进入 CF。在左移位数为 1 的情况下，影响溢出标志，如果最高位和 CF 不同，则溢出标志 OF=1，对带符号数来说，可由此判断移位后的符号位和移位前的符号位改变；如果移位后的最高位和 CF 相同，则 OF=0，表明移位前后符号位没有变。在左移位数大于 1 的情况下，指令对溢出标志不产生影响。

(4) 向左移位指令可以看成目的操作数乘 2^n（$n=1$ 或 CL）；向右移位指令可以看成目的操作数除 2^n（$n=1$ 或 CL）。对无符号数乘（除）2^n 时，可采用算术移位指令，对带符号数乘（除）2^n 时，可采用逻辑移位指令代替相应乘除指令。

(5) ROL 不带进位的循环左移指令、ROR 不带进位的循环右移指令、RCL 带进位的循环左移指令和 RCR 带进位的循环右移指令，均为循环移位指令，常用于多字节的移位操作中。四指令均可对带符号数和无符号数进行运算。

(6) ROL 和 ROR 为简单循环指令。ROL 是循环左移指令，其每移动一次，操作数的最高位同时移到进位标志 CF 及操作数的最低位中，其他位依次向左移动一位。ROR 是循环右移指令，其每移动一次，操作数的最低位同时移到 CF 及操作数的最高位中，其他位依次向右移动一位。

(7) RCL 和 RCR 指令是连同 CF 值一起循环指令。RCL 是带进位 CF 循环左移指令，其每移动一次，操作数的最高位移到 CF 中，而移位前的标志位 CF 则移到操作数的最低位中，其他位依次向左移动一位。RCR 与 RCL 移位方向相反，其每移动一次，操作数的最低位移到 CF 中，而移位前的标志位 CF 则移到操作数的最高位中，其他位依次向左移动一位。

(8) 所有的移位指令在执行时，都会影响标志位 CF、OF、PF、SF 和 ZF。

注意：

1) 段寄存器不能参与逻辑操作指令。

2) 立即数不能为目的操作数。

3) 不能直接对两个内存操作数进行逻辑操作，必须先把其中一个放到通用寄存器中。

4) 8086 系统中，当移位次数大于 1 时一定要用 CL 来存放移位次数。

【例 2-5】完成寄存器 AX 中 16 位逻辑左移 2 位和 DX：BX 中的 32 位整数逻辑左移 1 位。

分析：由于 8086 移位运算类指令一次只能对字节和字数据进行操作，因此必须先对低位寄存器移位，再对高位寄存器移位。

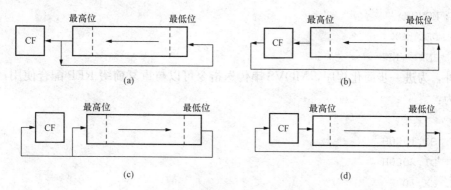

图 2-20　循环移位指令的功能

（a）循环左移指令 ROL；（b）带进位循环左移指令 RCL；（c）循环右移指令 ROR；（d）带进位循环右移指令 RCR

```
MOV CL,2
SHL AX,CL
SHL BX,1        ;BX 逻辑左移1位
RCL DX,1        ;DX 带进位循环左移1位
```

程序中当低 16 位寄存器逻辑左移后，其最高位进入了 CF 标志寄存器中，而高 16 位寄存器逻辑左移是通过带进位循环左移指令实现的。如果要完成寄存器 DX：AX 中的 32 位整数逻辑右移 1 位，程序将如何改动？请读者思考。

2.3.4　字符串操作指令

字符串操作指令的实质是对连续的存储单元中的字串或字节串进行处理。字符串操作指令是 8086 指令系统中唯一可在指令中同时出现两个内存单元的指令，包括 MOVS、LODS、STORS、CMPS 和 SCAS，它们分别能实现字符串的传送、读取、储存、比较、扫描功能。下面具体介绍几种常用串操作指令的功能及用法。

1. MOVS——串传送指令

MOVS 串传送指令能将源串中指针 DS：SI 所指的字节或字，传送到目的串中指针 ES：DI 所指的存储单元中，并根据 DF 方向标志值修改 SI、DI，使其指向下一存储单元。MOVS 指令对标志寄存器没有影响。其格式为：

```
MOVSB    ;字节串传送指令
MOVSW    ;字串传送指令
```

指令执行前，必须进行如下设置：

（1）设置隐含的寄存器 SI、DI，由 SI 和 DI 作为串操作存储单元地址指针。

（2）设置方向标志位 DF。当 DF＝0 时，变址寄存器 SI（或 DI）增加 1 或 2；当 DF＝1 时，变址寄存器 SI（或 DI）减少 1 或 2。

（3）设置字符串长度 CX，由 CX 进行计数。

【例 2-6】传送 10B 的字符串程序段。

```
CLD
MOV  SI,1000H
MOV  DI,2000H
MOV  CX,10
```

```
KKK: MOVSB
     DEC  CX
     JNZ   KKK
```

另外，为进一步简化程序，MOVS 串传送指令可以与重复前缀 REP 配合使用，上述程序改写为：

```
CLD
MOV  SI,1000H
MOV  DI,2000H
MOV  CX,10
REP  MOVSB
```

说明：REP 重复前缀在 MOVS 串传送指令之前可以自动完成以下功能：

1）CX＝0 时，串操作执行完毕。否则执行 2）、3）。

2）CX 的值减 1。

3）执行一次 MOVS 串操作指令。

4）转到 1）重复 REP 操作。

这样可利用 REP 来自动完成 DEC CX 和 JNZ 的操作。

2. STOS——存字符串数据指令

STOS 指令能把寄存器 AL、AX 中的数据，传送到目的串中指针 DI 所指的字节或字并相应的修改 DI，使其指向串中下一个数据单元。该指令对标志寄存器没有影响。其指令格式为：

```
STOSB
STOSW
```

STOSB 存字节串指令，隐含源操作数 AL，目的操作数 ES：DI。STOSW 存字串指令，隐含源操作数 AX，目的操作数 ES：DI。

STOS 与重复前缀 REP 配合使用时，表示将 AL 或 AX 中的数据装入连续的（CX）个内存单元中，使得该连续内存单元数值相等。

STOS 执行前设置与 MOVS 指令相似。

【例 2-7】将 0FFH 存入 50 个内存字节单元。

```
CLD
MOV  DI,2000H
MOV  AL,0FFH
MOV  CX,50
REP  STOSB
```

3. LODS——取字符串数据指令

LODS 指令能把源串中指针 SI 所指的字节或字，传送到寄存器 AL 或 AX 中，并相应的修改 SI，使其指向串中下一个数据单元。该指令常与 STOS 指令配合使用而 LODS 前不加 REP，实现"从存储器读取数据—处理数据—保存到存储器中"或"STOS 存数据、LODS 数据，处理数据"的功能，对标志寄存器没有影响。其格式为：

```
LODSB
```

LODSW

LODSB 取字节串指令，隐含目的操作数 AL，源操作数 DS：SI；LODSW 取字串指令，隐含目的操作数 AX，源操作数 DS：SI。

【例 2-8】试写出利用 STOS、LODS 指令转换字母大小写程序段。

```
      CLD
      LEA  SI,SOURCE
      LEA  DI,DESTINATE
      MOV  CX,20
KKK:  LODSB
      OR   AL,00100000B
      STOSB
      DEC  CX
      JNZ  KKK
```

4. CMPS——比较字符串指令

CMPS 指令能对源串和目的串中的指针 SI 和 DI 所指的字节或字计算目的操作数减源操作数的值，比较两内存单元值的大小，但不保存相减结果，只改变标志寄存器中相应的标志位，并相应修改 SI、DI，使其指向串中下一单元。CMPS 指令常用于寻找两个字符串中第 1 个相等或第 1 个不相等的元素。CMPS 对标志位都有影响。

CMPSB

CMPSW

CMPSB 比较字节串操作，隐含源操作数 DS：SI，目的操作数 ES：DI。CMPSW 比较字串指令，隐含源操作数 DS：SI，目的操作数 ES：DI。

CMPS 可与重复前缀 REPE/REPZ（相等时重复）、REPNE/REPNZ（不等时重复）配合使用，自动完成以下功能：

(1) 如果（CX）=0，则结束串比较操作，否则执行（2）、（3）、（4）。

(2) CX 的值自动减 1。

(3) 执行一次串比较操作指令。

(4) 如果零标志位 ZF=1（REPE/REPZ）或 ZF=0（REPNE/REPNZ）则转回（1）。

(5) ZF=0 完成 REPE/REPZ 操作或 ZF=1 结束 REPNE/REPNZ 操作。

5. SCAS——扫描字符串指令

SCAS 指令能够比较寄存器 AL 或 AX 与目的串中指针 DI 所指的内存单元 ES：DI 字节或字大小，同时修改 DI 使其指向串中下一个数据单元。SCAS 指令常用来搜索目的串中是否含有与 AL 或 AX 中数据相同或不同的某个元素。SCAS 指令对标志位有影响。其格式为

SCASB

SCASW

SCASB 比较字节串操作，隐含源操作数 AL，目的操作数 ES：DI。SCASW 比较字串指令，隐含源操作数 AX，目的操作数 ES：DI。

SCAS 指令同 CMPS 相似，可与重复前缀 REPE/REPZ（相等时重复）、REPNE/REPNZ（不等时重复）配合使用。

【例 2-9】 在 100 个字串中寻找第 1 个与 0F88H 相同的值，并送 1 给 DL。

```
CLD
LEA SI,SOURCE
MOV DI,2000H
MOV CX,100      ;串长为100
MOV AX,0F88H    ;搜索的字元素
REPNE SCASW     ;'REPNE'表示不相等时继续搜索下一个字
JNE  KKK        ;如果100 个字中都找不到(AX),则转去处理KKK
MOV DL,01H      ;找到(AX),使(DL)=1
```

字符串操作指令有许多相似之处，例如：

（1）指令默认源字符串在数据段中，即段地址为 DS，且有效地址指针为 SI。源字符串可以段超越的方法来指定段。

（2）目的字符串只能在附加段中，即段地址为 ES，且有效地址指针为 DI。

（3）串处理指令是隐含 SI 和 DI 为间址的间接寻址方式。

（4）串处理的方向取决于方向标志 DF，DF＝0 时，地址指针 SI 和 DI 增量（＋1 或 ＋2）；DF＝1 时，地址指针 SI 和 DI 减量（－1 或－2）。程序员可以使用指令 CLD 和 STD 来设置方向标志。

（5）MOVS、STOS、LODS 指令不影响条件码，CMPS、SCAS 指令根据比较的结果设置条件码。

（6）串操作指令都能和重复前缀（REP、REPE/REPZ、REPNE/REPNZ）配合使用，以简化程序。与指令 MOVS 和 STOS 联用的重复前缀是 REP，取串指令 LODS 一般不加重复前缀；与指令 CMPS 和 SCAS 联用的重复前缀是 REPE/REPZ 和 REPNE/REPNZ。重复前缀只能用于串操作指令中，在其他指令中无效。

（7）执行串操作指令前必须设置隐含地址指针 SI 或 DI，设置方向标志位 DF，设置字符串长度 CX。

（8）串操作一般分两步执行，第一步完成处理功能，如传送、存取、比较等。第二步进行指针修改，以指向下一个要处理的字节或字。

2.3.5　程序控制转移类指令

程序控制类指令是指通过改变 CS、IP 或只改变 IP 的值以达到控制程序执行顺序，实现指令转移、程序调用等功能。控制转移类指令包括 5 类指令，即无条件转移指令、条件转移指令、循环控制指令、子程序调用与返回指令、中断指令。

1. 无条件转移指令

JMP 指令控制程序无条件地跳转到 IP 或 CS：IP 所指的目的单元，其格式为：

```
JMP 标号
```

其中标号有三种形式：

（1）段内近转移："JMP NEAR PTR LABLE" 是指令 JMP 的默认格式，可表示为 "JMP LABLE"。它可在当前代码段内转移，位移量是 16 位的带符号补码数，其范围 0000H～FFFFH，执行时转向地址是 IP 当前值加 16 位位移量。其寻址方式可以是直接寻址、寄存器寻址或存储器寻址。

【**示例 2-49**】 JMP LABLE　　　　　　　 ;IP←OFFSET 标号,实现段内的转移

　　　　　　　　 JMP BX　　　　　　　　 ;IP←(BX)

　　　　　　　　 JMP BYTE PTR [DI] ;IP←DS:[DI] 由DS:DI地址确定存储器内容送IP

　　（2）段内短转移:"JMP SHORT PTR LABLE"是当前段内的转移,位移量是8位的带符号补码数,转移地址范围为（IP）－128～（IP）＋127,其范围为00H～FFH,执行时转向地址是IP当前值加8位位移量。其寻址方式可以是直接寻址、寄存器寻址和存储器寻址。

　　（3）段间远转移:"JMP FAR PTR LABLE"实现段间的跳转指令,是从当前代码段跳转到另一个代码段中,即意味着不仅改变IP值,也会改变CS的值,其寻址方式可以是除立即数寻址之外的任何寻址方式。

　　2. 条件转移指令

　　条件转移指令是段内短转移指令,即IP值改变的最大范围为－128～＋127字节。条件转移指令是一组重要的转移指令,它根据标志寄存器中的标志位来决定是否需要转移,以满足各种不同的转移需要。其格式为

　　条件转移指令标识符　标号

【**示例 2-50**】 JZ　JUMP

　　条件转移指令分为三大类:基于带符号数的条件转移指令、基于无符号数的条件转移指令和基于算术标志位的条件转移指令。如表2-1所示。

表 2-1　　　　　　　　　　　　　　条 件 转 移 指 令

分　类	指　令	转移条件	说　明
I 无符号 数比较	JG/JNLE	(SF XOR OF) ＝0 且 ZF＝0	大于/不小于等于,转移,否则顺序执行
	JGE/JNL	(SF XOR OF) ＝0	大于等于/不小于,转移,否则顺序执行
	JL/JNGE	(SF XOR OF) ＝1	小于/不大于等于,转移,否则顺序执行
	JLE/JNG	(SF XOR OF) ＝1 或 ZF＝1	小于等于/不大于,转移,否则顺序执行
II 有符号 数比较	JZ/JE	ZF＝1	相等/比较值为零,转移,否则顺序执行
	JNZ/JNE	ZF＝0	不相等/比较值不为零,转移,否则顺序执行
	JA/JNAE	CF＝0 且 ZF＝0	大于/不小于等于,转移,否则顺序执行
	JAE/JNB	CF＝0	大于等于/不小于,转移,否则顺序执行
	JB/JNAE	CF＝1	小于/不大于等于,转移,否则顺序执行
	JBE/JNA	CF＝1 或 ZF＝1	小于等于/不大于,转移,否则顺序执行
III 根据算 术标志	JC	CF＝1	有进位,转移,否则顺序执行
	JNC	CF＝0	无进位,转移到标号处执行,否则顺序执行
	JO	OF＝1	有溢出,转移到标号处执行,否则顺序执行
	JNO	OF＝0	无溢出,转移到标号处执行,否则顺序执行
	JS	SF＝1	结果为负,转移,否则顺序执行
	JNS	SF＝0	结果为正,转移,否则顺序执行
	JP/JPE	PF＝1	结果低8位偶数个1,转移,否则顺序执行
	JNP/JPO	PF＝0	结果低8位奇数个1,转移,否则顺序执行
	JCXZ	CX＝0	计数为0,转移到标号处执行,否则顺序执行

3. 循环控制指令

循环控制指令用在循环程序中，控制一段程序重复执行，其重复次数由计数 CX 值是否为零决定，循环指令均不影响条件码。其格式为

```
LOOP 标号
```

其中，标号用来表示在汇编指令中循环的转向地址，CPU 执行循环指令时，若满足循环条件，就计算转向地址：当前（IP）＋8 位位移量→（IP），即实现循环。若不满足循环条件，退出循环，程序继续顺序执行。循环指令都是段内短转移指令，位移量是用 8 位带符号数来表示，转向地址在当前 IP 值的－128B～＋127B 范围之内。

循环指令根据循环条件有三种形式：

（1）LOOP——计数循环指令。

指令执行时，（CX）减 1→（CX），测试循环次数，若（CX）≠0，则转到"（IP）＝OFFSET 标号"执行，否则循环结束，执行下一条指令。

（2）LOOPNZ/LOOPNE——非零计数循环指令。

指令执行时，（CX）减 1→（CX），测试循环次数，若（CX）≠0，再查看 ZF 标志，若 ZF＝1，则转到"（IP）＝OFFSET 标号"执行，否则循环结束，执行下一条指令。当 ZF＝1 且（CX）≠0 循环；ZF＝0 或（CX）＝0 退出循环。

（3）LOOPZ/LOOPE——零计数循环指令。

指令执行时，（CX）减 1→（CX），测试循环次数，若（CX）≠0，再查看 ZF 标志，若 ZF＝0，则转到"（IP）＝OFFSET 标号"执行，否则循环结束，执行下一条指令。当 ZF＝0 且（CX）≠0 循环；ZF＝1 或（CX）＝0 退出循环。

对条件循环指令 LOOPZ（LOOPE）和 LOOPNZ（LOOPNE），除测试 CX 中的循环次数外，还将 ZF 的值作为循环的必要条件，因此，运用该指令时要注意将条件循环指令紧接在形成 ZF 的指令之后。

需要注意的是循环指令中隐含 INC CX 操作，因此在使用循环指令时，不要再增加 INC CX 指令。

【例 2-10】将内存数据段 STRING1 单元开始存放的一个长度为 20 的字符串，复制到附加段 STRING2 开始的单元。

字符串复制的过程很简单，首先设置两个地址指针，使它们分别指向源字符串和目的字符串的首地址，然后按照一定的顺序将字符串中的字符，一个一个送入目标单元，每送完一个字符，源字符串和目的字符串的地址指针都要指向下一个字符。编写的程序段如下：

```
MOV SI, OFFSET STRING1          ; OFFSET 为取STRING1 的有效地址。
MOV DI, OFFSET STRING2
MOV AL, [SI]
MOV ES: [DI], AL
INC SI
INC DI
MOV AL,[SI]
MOV ES: [DI], AL
INC SI
INC DI
    ...
```

　　观察上面的程序段，发现第 3～6 行指令序列与第 7～10 行指令序列完全相同，这段指令序列实际上完成的是复制一个字符，由于有 20 个字符，故它应该重复执行 20 次。但每次执行时，地址指针 SI 和 DI 的值都已经变化，比上一次的值大 1。

　　对于这类"处理过程相同，只是每次处理的数据有所不同，而数据的变化是有规律"的问题，如果仍然采用顺序结构编写程序，程序将会变得十分冗长。更为糟糕的是，假如上面的例子中，给出的不是字符串的长度而是字符串的结束符，那么编程时，不能确定字符串中有多少个字符，也就不知道第 3～6 行指令序列应该重复书写多少次，对于这样不知道重复多少次的问题，采用顺序结构根本无法实现。

　　如果把程序中需要反复执行的相同程序段只书写一次，然后给出一定条件，通过条件来控制是否可以重复执行，就可以解决用顺序结构程序无法实现的问题。

　　按照这种程序设计思想，把上面第 3～6 行指令序列写成一个程序段，用 CX 寄存器作为计数器，初始值设为 20，每执行一次指令序列，CX 减 1，通过判断 CX 是否等于 0，来控制该指令序列执行 20 次。该程序段可以简化为：

```
        MOV SI,OFFSET STRING1
        MOV DI,OFFSET STRING2
        MOV CX, 20
AGAIN:  MOV AL,[SI]
        MOV ES:[DI], AL
        INC SI
        INC DI
        DEC CX
        JNZ AGAIN
```

　　前、后两段程序进行比较，不难看出，按照"控制程序段重复执行一定次数"的程序设计思想编写程序，程序代码大大减少。

　　4. 子程序调用与返回指令

　　子程序是计算机程序设计中一种非常重要的编程结构，如果某程序在源程序中反复出现，那么就可以把该程序定义为子程序。汇编语言提供了定义子程序的方法，并将子程序存储在存储器中，可供一个或多个主程序反复调用，主程序和子程序可以在同一段内，也可以在不同段内。主程序调用子程序时使用 CALL 指令，子程序返回主程序时使用 RET 指令，CALL 指令和 RET 指令可有近调用、近返回及远调用、远返回两类格式。

　　（1）定义子程序，其格式为：

子程序名 PROC [NEAR/FAR]

　　...};子程序体

子程序名 ENDP

对子程序定义的具体规定如下：

　　1）子程序名必须是一个合法的标识符，并且要前后一致；

　　2）子程序名有段值、偏移量和类型三个属性。段值和偏移量对应于子程序的入口地址，类型就是该子程序的类型；

　　3）PROC 和 ENDP 必须是成对出现，它们分别表示子程序定义的开始和结束；

　　4）子程序的类型有近（NEAR）、远（FAR）之分，其默认的类型是近调用 NEAR 型；

　　（2）子程序调用指令 CALL，其格式为

```
CALL FAR PTR SUBROUT  ;段间直接调用
```
上述指令执行：①(SP) ← (SP) －2，((SP))← (CS) 当前

(SP) ← (SP) －2，((SP))← (IP) 当前

②(IP) ←偏移地址（在指令的第 2、3 个字节中），(CS) ←段地址

（在指令的第 4、5 字节中）

```
CALL WORD PTR DESTIN ;段间间接调用
```
上述指令执行：①(SP) ← (SP) －2，((SP))← (CS) 当前

(SP) ← (SP) －2，((SP))← (IP) 当前

②(IP) ← (EA)，(CS) ← (EA＋2)；EA 为指令寻址方式所确定的

有效地址

从 CALL 指令执行的操作中看出，首先是把当前执行指令的下一条指令即子程序返回调用程序的地址保存在堆栈中。对段内调用，只需保存 IP 当前值，即 CALL 指令的下一条指令的地址存入 SP 所指示的堆栈单元中。对段间调用，保存返回地址则意味着要将 CS 和 IP 的当前值分别存入堆栈的两个字单元中。

CALL 指令的第二步操作是转子程序，即把子程序的入口地址交给 IP（段内调用）或 CS：IP（段间调用）。对段内直接方式，转移的位移量，即子程序的入口地址和返回地址之间的差值就在机器指令的 2、3 字节中。对段间直接方式，子程序的偏移地址和段地址就在操作码之后的两个字中。对间接方式，子程序的入口地址就从寻址方式所确定的有效地址中获得。

（3）子程序返回指令 RET。

RET 指令执行的操作是使保存在堆栈中的主程序断点地址返回到 IP。其格式为

```
RET  段内返回(近返回)
```
上述指令执行：① (IP) ← ((SP))，(SP) ← (SP) ＋2

```
RET  段间返回(远返回)
```
上述指令执行：① (IP) ← ((SP))，(SP) ← (SP) ＋2

② (CS) ← ((SP))，(SP) ← (SP) ＋2

```
RET N (带立即数返回；N 表示压入堆栈中的字节数)
```
上述指令执行：①返回地址出栈（操作同段内或段间返回）

②修改堆栈指针 (SP) ← (SP) ＋N

RET 指令一定出现在子程序的最后，以返回到主程序。子程序的调用和返回是一对互逆操作，如果是段内返回，只需把保存在堆栈中的偏移地址取出存入 IP；如果是段间返回，则要把偏移地址和段地址都从堆栈中取出送到 IP 和 CS 寄存器中。

子程调用和返回指令是一种特殊的转移指令：一方面，当执行 CALL 指令时，程序的执行顺序被改变，CPU 将转而执行子程序。因此说子程序调用含有转移指令的功能。同样，子程序的返回指令 RET 使 CPU 从执行子程序转而跳转去执行 CALL 指令处的后续指令，因而返回指令 RET 也具有转移特性。另一方面，子程序调用和返回指令不同于转移指令。转移指令是一种"一去不复返"的操作，而当子程序执行结束时，还要求 CPU 能转而执行调用指令处的后续指令，它是一种"有去有回"的操作。

5. 中断及中断返回指令

中断和中断返回指令为程序员提供了软件中断的手段，中断指令用于调用中断服务程

序，中断返回指令与中断指令相反，用于结束中断服务程序返回被中断的程序。其格式为

INT　n

指令执行：(SP) ← (SP) −2，((SP))← (FLAGS)

(SP) ← (SP) −2，((SP))← (CS)

(SP) ← (SP) −2，((SP))← (IP)

(IP) ← (n×4)，(CS) ← (n×4+2)

INT 指令中，n 为中断类型号，用于寻找中断程序入口地址。8086 系统给每个中断程序一个编号即中断类型号，各种中断程序的入口地址按中断类型号的顺序存储在中断向量表中，每个中断程序的入口地址占用 4 个字节，在中断向量中的地址由中断类型号乘 4 得到，因此执行中断指令时，可分为三步：

第一步，保存调用程序的现场。将断点处调用程序的标志寄存器和断点的地址入栈；

第二步，取中断程序入口地址。根据 n×4 在中断向量表中查找中断程序入口地址；

第三步，调用中断程序。将中断向量表中有效地址为 n×4，n×4+1 的内存内容送 IP，n×4+2、n×4+3 两单元内容送 CS，转而执行中断程序。

中断类型号可以为 0～255，常用有 8 种：20H～27H，其中，INT 21H 是系统功能调用，本身含有 80 多个子程序，每个子程序对应一个功能号，编号范围从 00H～57H。调用系统中的子程序具有统一格式，只需 3 个语句：

1）传送入口参数到指定寄存器；

2）功能号送 AH 或 AX 寄存器；

3）执行 INT 21H。

2.3.6　处理器控制指令

8086 系统专门用于处理器控制的指令，包括标志位操作指令及处理器指令。

1. 标志位操作指令

标志位操作指令是一组对标志位 CF、DF、IF 置位、复位和求反操作的指令。包括 CLC、STC、CMC、CLD、STD、CLI 及 STI，分别用于修改进位标志 CF、方向标志 DF 和中断允许标志 IF。标志位操作指令是无操作数指令且只影响本指令指定的标志位，而不影响其他标志位。标志位操作指令及功能见表 2-2。

表 2-2　　　　　　　　　标志位指令及其功能

类　　型	指　　令	功　　能	说　　明
修改进位标志	CLC	CF=0	将 CF 清零
	STC	CF=1	将 CF 置 1
	CMC	CF 取反	
修改方向标志	CLD	DF=0	将 DF 清零
	STD	DF=1	将 DF 置 1
修改中断允许标志	CLI	IF=0	将 IF 清零
	STI	IF=1	将 IF 置 1

2. 处理器指令

处理器指令是一组控制 CPU 工作方式的指令。这组指令的使用频率不高。

（1）NOP——空操作指令。

CPU 执行该指令不完成任何具体功能，只占用 3 个时钟周期。该指令可使相邻两条指令的执行有一点间隔。

（2）WAIT——等待指令。

该指令用于测试 CPU 的 TEST/BUSY 引线。当 TEST/BUSY 线为高电平，CPU 进入等待状态，且每隔 3 个时钟周期对 TEST/BUSY 的状态进行一次测试，直到 TEST 引线出现低电平时，CPU 退出等待，顺序执行下一条指令。在等待期间，系统可以对外部中断源中断，以避免无休止的等待。

（3）HLT——暂停指令。

该指令使 CPU 进入暂停状态。只有当 CPU 的复位输入端 RESET 有效、非屏蔽中断产生请求、IF＝1 且可屏蔽中断产生请求 3 种情况之一发生时，CPU 才退出暂停状态。

（4）LOCK——封锁总线前缀指令。

它是一条总线锁定指令，可放在任何指令的前面，使得相应指令的执行时，总线被锁定，以防止其他主设备使用总线。

（5）ESC——交权指令。

交权指令用于控制协处理器完成规定的功能。

习　　题

2.1　8086CPU 由哪两部分组成，它们的主要功能是什么？

2.2　8086 为什么要分为 EU 和 BIU 两部分？每个部分又由哪几部分组成？

2.3　EU 和 BIU 各自的功能是什么？它们是如何协同工作的？

2.4　8086CPU 的地址总线是多少条？其所能管理的最大存储器空间有多大？

2.5　简述 8086 指令队列作用及工作过程。

2.6　8086CPU 有哪些内部寄存器？请说明他们的分类和名称。

2.7　CPU 内部寄存器都是 16 位的，采用寄存器间接寻址时，怎样实现寻址 1MB 的内存空间？

2.8　按传送信息的类别，CPU 总线分为哪几类？

2.9　试述 SP、BP、SI、DI 和 IP 寄存器的主要功能。它们能否作为通用寄存器？

2.10　为什么要设置段寄存器？8086 有几个段寄存器？

2.11　在执行指令期间，EU 能直接访问存储器吗？为什么？

2.12　8086 标志寄存器的作用是什么？有几位状态位？有几位控制位？其含义各是什么？

2.13　下列运算结果会使标志寄存器中各标志位值如何变化。

运算式	OF	CF	AF	PF	SF	ZF
8AH＋8CH						
0AH－0AH						

2.14　Intel 8086 系统中为什么要对存储器进行分段管理？其分段管理是如何实现的？

2.15　8086 系统中对存储器进行分段管理的原则是什么？

2.16　什么是逻辑地址？什么是物理地址？它们之间有什么联系？

2.17　给出"段基址：段内偏移"，则有唯一的物理地址与之对应，反之，给定一个物理地址，则可有一个或多个"段基址：段内偏移"形式与之对应。试问在什么情况下，只有一个"段基址：段内偏移"形式与物理地址对应？举一例说明。与一个物理地址对应的"段基址：段内偏移"形式最多可有多少个？

2.18　什么是基地址？什么是偏移量？它们之间有何联系？

2.19　什么是寻址方式？Intel 8086 机器指令有哪些寻址方式？

2.20　逻辑地址如何转换成物理地址？

2.21　举例说明 Intel 8086 指令中对存储器操作数的各种寻址方式。

2.22　在 Intel 8086 指令的各种寻址方式中，段前缀的作用是什么？

2.23　Intel 8086 中与 I/O 端口有关的寻址方式有哪两种？

2.24　若 CS 为 0000H，试说明当前代码段可寻址的存储空间的范围。

2.25　设当前数据段位于存储器 C2100H 到 D21FFH 存储单元，DS 段寄存器内容为多少？

2.26　设（CS）＝B93FH，（IP）＝AC32H，（DS）＝3F9DH. 则下列"段地址：段内偏移"形式的物理地址是多少？

（1）CS：IP　　（2）03B2H：B09DH　　（3）DS：AAAAH　　（4）A908H：C3FDH

2.27　已知 SP＝1000H，BX＝2000H，AX＝3000H，执行如下程序段后，求 SP、BX、AX 的值及画出程序段操作过程中的堆栈示意图。

```
PUSH AX
PUSH BX
POP BX
POP AX
```

2.28　已知堆栈段寄存器 SS＝A000H，堆栈指示器 SP＝0100H，试将数据 24AB56CDH 推入堆栈，画出进栈示意图，求最后栈顶 SP 的值。

2.29　指出并改正下列 8086 指令存在的错误。

（1）MOV [AX],DX　　　　　　　　（2）MOV AX,[SI][DI]

（3）MOV BYTE PTR [BX], 1100　　（4）POP CS

（5）MOV DX, BH　　　　　　　　 （6）MOV [BX],[2000]

（7）MOV AH,[BP][BX]　　　　　　（8）MOV CS,AX

（9）MOV AL,1100H　　　　　　　（10）MOV BX,[BX+BP]

（11）MOV [AX],[DI]　　　　　　 （12）XCHG CS, AX

（13）MOV [SI],[BX]　　　　　　 （14）MOV 2000H,AX

（15）SHL AX,2　　　　　　　　　（16）PUSH DL

（17）FST LOOP FST　　　　　　　（18）MOV AL,200

（19）MOV ES:[BX],[2000H]

2.30　假定（DS）＝4000H，（ES）＝2A00H，（SS）＝0500H，（SI）＝00E0H，（BX）＝0100H，（BP）＝00C0H，（AX）＝2435H，数据变量 MASK 为 0020H，请指出下表中所列指令的源操作数字段的寻址方式？它的物理地址是多少？

(1) MOV AX,ES:[BX]　　　　　(2) MOV AX,[BP]

(3) MOV AX,MASK[BX][SI]　　　(4) MOV AL,34H

(5) AND BL,AH　　　　　　　　(6) ADD BX,[SI]

(7) MOV DX,DS:[1000H]　　　　(8) OR CX,[BP+SI+10]

(9) MOV AX,MASK[BX]　　　　 (10) MOV AX,MASK

(11) MOV AX,[BP][SI]　　　　 (12) MOV AX,[BX+1100H]

2.31　设有关寄存器及存储单元的内容如下：(DS)＝2000H，(BX)＝0100H，(SI)＝2，(20100H)＝22H，(20101H)＝44H，(20102H)＝66H，(20103H)＝88H，(2010AH)＝0FFH，(2010BH)＝0，(21200H)＝0AAH，(21201H)＝0CCH，(21202H)＝0BBH，(21203H)＝0DDH，试说明下列指令单独执行完后 AX 寄存器的内容。

(1) MOV AX,BX　　　　　　　(2) MOV AX,1100H[BX]

(3) MOV AX,[BX][SI]　　　　　(4) MOV AX,[SI+1200H]

(5) MOV AX,[100H]　　　　　 (6) MOV AX,[BX+10]

(7) MOV AX,SI　　　　　　　 (8) MOV AX,[BX]

(9) MOV AX,[BX+SI+1100H]　　(10) MOV AX,[1200H]

2.32　已知 AX＝1234H，BX＝100H，CX＝0302H，SI＝3405H，CF＝1，变量 VALUE 的值为 01111001B，当前数据段中 (3405H)＝78H，(3406H)＝69H，(3505H)＝35A6H，DX＝3205H，指出下述指令单独执行后的结果及标志位状态。

(1) ADD BX,6476H　　　　　　(2) ADD AX,BX

(3) SUB BH,CL　　　　　　　 (4) AND AL,[BX][SI]

(5) AND DX,DX　　　　　　　 (6) ROR BX,CL

(7) MOV DH, 0F0H OR 88H　　 (8) AND BX,VALUE

(9) XOR BX, 11111111B　　　　(10) OR BX,VALUE

(11) AND BX,0　　　　　　　 (12) SHR DX,1

2.33　已知：BX＝2400H，BP＝5664H，SI＝1758H，DS＝0925H，SS＝0468H，CS＝4B10H，试指出下述指令中存储器操作数的有效地址和实际地址。

(1) MOV AL,[BX]　　　　　　 (2) MOV AH,[BP]

(3) MOV BH,CS:[SI]　　　　　 (4) MOV DL,[SI+10H]

(5) MOV CH,[BP+20H]　　　　 (6) MOV CL,SS:[SI+50H]

(7) MOV BL,DS:[BP+30H]　　　(8) MOV [BP+SI+30H],AL

(9) MOV [BX+SI-40H],AH　　　(10) MOV CS:[BX+SI],DH

2.34　已知：(DS)＝2000H，(BX)＝0100H，(SI)＝0002H，(20100H)＝12H，(20101H)＝34H，(20102H)＝56H，(20103H)＝78H，(21200H)＝2AH，(21201H)＝4CH，(21202H)＝B7H，(21203H)＝65H，试分析下列指令执行后，AX 寄存器中的内容。

(1) ADD AX,1200H　　　　　　(2) MOV AX,BX

(3) MOV AX,[1200H]　　　　　 (4) MOV AX,[BX]

(5) MOV AX,1100H[BX]　　　　(6) MOV AX,[BX+SI]

(7) MOV AX,[1100H+BX+SI]　　(8) MOV AX,[1200+SI]

2.35　编制程序段，统计字单元 number 中二进制数位值为 1 的个数，统计结果存放在 one 单元中。

2.36　变量 N1 和 N2 均为 2 字节的非压缩 BCD 数码，请写出计算 N1 与 N2 之差的指令序列。

2.37　请写出把 DX：AX 中的双字逻辑左移 4 位的程序段。

2.38　比较 AX、BX、CX 中带符号数的大小，将最大的数放在 AX 中，试编写此程序段。

2.39　试写出程序段，完成内存单元 n 中的数与 10 相乘的运算，并将结果送内存 m 单元。

2.40　假定 AX 和 BX 中的内容为带符号数，CX 和 DX 中的内容为无符号数，请用比较指令和条件转移指令实现以下判断：

(1) 若 DX 的值超过 CX 的值，则转去执行 EXCEED

(2) 若 BX 的值大于 AX 的值，则转去执行 EXCEED

(3) CX 中的值为 0 吗？若是则转去执行 ZERO

(4) BX 的值与 AX 的值相减，会产生溢出吗？若溢出则转 OVERFLOW

(5) 若 BX 的值小于 AX 的值，则转去执行 EQ _ SMA

(6) 若 DX 的值低于 CX 的值，则转去执行 EQ _ SMA

2.41　试用其他指令完成和下列指令一样的功能：

(1) REP MOVSB　　(2) REP LODSB　　(3) REP STOSB　　(4) REP SCASB

2.42　按下述要求写出指令序列：

(1) DATAX 和 DATAY 中的两个字数据相加，和存放在 DATAY 和 DATAY＋2 中。

(2) DATAX 和 DATAY 中的两个双字数据相加，和存放在 DATAY 开始的字单元中。

(3) DATAX 和 DATAY 两个字数据相乘（用 MUL）。

(4) DATAX 和 DATAY 两个双字数据相乘（用 MUL）。

(5) DATAX 除以 23（用 DIV）。

(6) DATAX 双字除以字 DATAY（用 DIV）。

第 3 章　汇编语言程序设计

第 2 章中介绍了微型计算机的组成、CPU 内部编程结构。这一章我们具体学习使 CPU 工作起来的汇编语言及 8086CPU 的指令系统。

本章主要内容包括汇编语言的基本语法、汇编程序的功能和汇编、调试过程、伪指令、汇编语言程序设计，系统功能调用。

重点掌握汇编语言语句格式、程序结构、上机调试步骤和各种类型程序的设计方法。

本章难点：汇编程序结构，流程图绘制，标号使用，伪指令，分支程序编写，循环程序编写，子程序编写。

3.1　汇 编 语 言 基 础

3.1.1　机器语言、汇编语言和高级语言

计算机同我们人类一样，也有自己的语言。由一系列 0、1 代码组成的用来表示指令、地址、数据称为机器语言，识别和执行由二进制代码组成的机器语言是计算机的最基本功能。我们把二进制代码组成的程序称为目标程序。

由于机器语言很难识别和记忆、编写程序冗长且容易出错，为了便于记忆和编程，人们用助记符（操作码对应的英文单词缩写）代替指令操作码、用符号或标号代表操作数、变量、地址或常量，这样就发展成为汇编语言。汇编语言是一种符号语言，它与机器语言有一一对应的关系，但比机器语言"人性化"。由于汇编语言能够直接对计算机的硬件（如 CPU、存储器、接口等）进行编程，要求程序员必须了解计算机的硬件组成，因此也称为低级语言。目前，常用的汇编程序有 Microsoft 公司的 MASM 系列和 Borland 公司的 TASM 系列，还有一些公司推出的或免费的汇编软件包。本书所介绍的汇编语言是以 TASM 系列的 ASM-86。

高级语言是面向过程的语言，如 C、C++、BASIC、PASCAL、FOTRUN 等，它们更接近于英语语法习惯和数学表达形式，易于掌握，便于建立数学模型和实现复杂算法。高级语言不像汇编语言那样依赖于具体的硬件结构和指令系统，不能被机器识别和执行，必须经过编译程序或翻译程序转换成目标程序，才能被机器识别和执行。这样由高级语言编制的程序可以在不同系列的机器上运行。

任何事物都得一分为二：高级语言编程简单、不依赖于设备的硬件结构、运行机制，与机器指令无一一对应关系，因此编译出来的机器语言程序效率相对较低，占用内存多，执行时间长。汇编语言的独到之处就在于它运行速度快，实时性好；可直接对 I/O 端口进行控制，能准确计算执行时间。

汇编语言主要应用在以下三个方面：

1）与硬件关系密切的设备驱动程序和接口软件；

2）计算机系统程序和大型软件的核心部分；

3）实时性要求高的系统，如实时控制系统、实时语音、数据、图像通信和处理系统、

实时监测系统。

3.1.2　汇编语言程序结构

我们先看一个简单的 8086 系统，有 X、Y 两个 16 位数 3456H 和 0ABCDH，求两数之和，并将结果送到 Z 单元。用汇编语言 ASM-86 编写的程序如下：

```
SSEG   SEGMENT                    ;定义堆栈段
    Stack DB  100DUP(?)
SSEG   ENDS
DSEG   SEGMENT                    ;定义数据段
X   DW  3456H
Y   DW  0ABCDH
Z   DW  0
DSEG   ENDS
CSEG   SEGMENT                    ;定义代码段
ASSUME  DS:DSEG, CS:CSEG, SS:SSEG
START: MOV  AX, DSEG              ;指令程序开始
    MOV  DS, AX
    LEA  SI, X
    LEA  DI, Y
    MOV  AX, [SI]
    ADD  AX, [DI]
    MOV  Z, AX
    MOV  AH, 4CH
    INT  21H
CSEG   ENDS                       ;代码段结束
    END  START                    ;程序结束
```

汇编语言程序有如下特点：

（1）汇编语言程序通常由若干段组成，就好像一篇文章由若干个段组成一样。8086 系统的存储器都是分段编址的，相应地，汇编语言的源程序通常也分段包括数据段、代码段、堆栈段和附加数据段，其中数据段和代码段不可缺少；段的数目依据需要而定，各段顺序任意，通常数据段在代码段之前定义，段由指示性语句 SEGMENT 和 ENDS 定义。程序代码段部分开始要设置段寄存器、初始化 DS。

（2）每个段由若干语句组成。语句又分为指示性语句和指令性语句，分别由伪指令和指令构成，一条语句通常写成一行。

（3）汇编语言程序中至少要有一个启动标号，作为程序执行时的入口地址。启动标号常用 START、BEGIN、MAIN 等命名。

（4）汇编语言不区分大小写。

（5）为增加源程序的可读性，可在分号";"后面加上适当的注释。

3.1.3　汇编语言程序语句

汇编语言源程序中的语句分为指令性语句（指令语句）、指示性语句（伪指令语句）和宏指令语句三类。指令性语句是可执行语句，由指令系统中的指令构成，在汇编中要产生对应的目标代码，CPU 根据这些代码才能执行相应的操作。指示性语句是不可执行语句，是由伪指令构成，汇编时不产生目标代码，用于指示汇编程序如何编译源程序，进行诸如定义数据、分配存储区、指示程序开始和结束等服务性工作。宏指令语句是用户按照宏定义格式编写的一段程序，其中，语句可以是指令、伪指令和已定义的宏指令。宏指令的作用主要是

简化汇编源程序。

1. 指令性汇编语句

指令性汇编语句的格式为：

[标号:]　指令助记符　[操作数],[操作数]　[;注释]

【示例 3-1】 START: MOV AX, DSEG ;将段地址送入AX寄存器

指令性汇编语句格式是由四项组成，其中，方括号中内容表示可选项。

(1) 标号：标号是程序设计人员自己定义的一个字符串符号，用于代表内存单元的地址，表示本条语句的符号地址。它不能与汇编语言中的保留字（也称关键字，指令助记符、伪指令助记符、操作符等）和 CPU 内部寄存器同名，也不允许由数字开头，字符数不得超过 31 个。指令性语句中标号后面紧跟";"如"START:"。

(2) 指令助记符：也称为操作码或操作符。对于指令性语句，汇编程序将指令助记符翻译成机器语言。例如，指令助记符"MOV"相对应的机器码为10001110B。

(3) 操作数：操作数是操作符的操作对象，可选。操作数可以是一个、两个、三个或一个没有，多个操作数之间用逗号分开。操作数可以是寄存器、存储单元、常数、变量名、表达式等，通常利用操作数给出指令待处理数据的存放地址。如"AX，DSEG"。

(4) [;注释]：注释是以";"开头的说明部分，用来说明一段程序、一条或几条指令在程序中的功能和作用，增加源程序的可读性。注释部分是语句的非执行部分，不会生成机器代码。如";将段地址送入 AX 寄存器"。

说明：MOV（Move）传送指令是 80x86 系统中使用频率最高的指令。指令的作用是将一个字节、字或双字从源地址传送到目的地址中。其格式为：

MOV　目的操作数,源操作数。

2. 指示性汇编语句

指示性汇编语句的格式为：

[标识符]　伪指令定义符　[操作数]　[;注释]

【示例 3-2】 ABC DB 100

(1) 标识符：同指令性语句中的标号一样，是程序设计人员自己定义的符号，用于代表内存单元的地址，或表示本条语句的符号地址。在指示性语句中，标识符后面不需要":"，这一点与标号在指令性语句中的应用不同。例如，"ABC"为地址标号。

(2) 伪指令定义符：和指令助记符一样统称为操作码，对于指示性语句，只是给汇编程序提供一些控制信息，帮助汇编程序正确汇编指令性语句，在汇编程序执行时，没有对应的机器码。如"DB"。

3. 宏指令语句

(1) 宏指令定义。

使用宏指令首先要对其进行定义，它的定义是用一组伪操作来实现的。其格式为：

宏指令名　MACRO　[形式参数1,形式参数2,...]

　　　...

宏指令名　ENDM

其中，MACRO 和 ENDM 是一对伪操作。这对伪操作之间是宏定义体即一组具有独立功能的程序代码。宏指令名定义后可以像一般指令那样在程序中使用。

宏指令名可以和指令助记符或伪操作名相同，由于宏指令的优先级高，因此，同名的指令或伪操作就失效了。

形式参数是可选项，它对宏定义体中的可变部分进行说明，在汇编时形式参数由实际参数代替。

（2）宏指令调用。

宏指令定义后，可以像使用其他汇编语言指令一样使用宏指令。使用宏指令称为宏调用，其格式为：

宏指令名　　[实际参数1,实际参数2,...]

实际参数是与形式参数一一对应的，如果实际参数多于形式参数，则多余的实际参数无效；如果实际参数少于形式参数，则多余的形式参数所对应的实际参数为空白。

（3）局域符号定义。

同一宏指令在源程序中往往出现多次，宏定义体中的符号地址如果不加以说明，则目标程序中就会出现多个重名的符号地址。因此宏定义体中的符号地址必须在宏定义中的开始加以说明。其格式为：

LOCAL　符号地址1,符号地址2,...

这些符号地址在汇编后，由汇编程序重新命名。

3.1.4　汇编语言程序操作数

操作数是汇编语言的组成部分，通常包括寄存器、存储单元、常量、变量、标号和表达式等。

1. 常量

凡是出现在汇编源程序中的固定值，都可称为常量，如立即数。常量在程序运行期间不会变化，包括数字常量和字符串常量两种。

（1）数字常量：

1）二进制常量：以字母 B 结尾的数为二进制数，如 01111110B。

2）八进制常量：以字母 Q 结尾的数为八进制数，如 236Q、100Q 等。

3）十进制常量：以字母 D 结尾或没有字母结尾的数为十进制数。如 100D、10 等。

4）十六进制常量：以字母 H 结尾的数为十六进制数。如 8621H、0ABCDH 等。

要注意的是在汇编源程序中，凡是以字母 A～F 开始的十六进制数，必须在前面加上数字 0，以避免和标识符相混淆。

（2）字符串常量：

以单引号内一个或多个 ASCII 字符构成常量，为字符串常量。汇编程序把它们翻译成对应的 ASCII 码值，一个字符对应一个字节。例如，字符串常量 "AB" 和 "61237" 在汇编时分别被翻译为 41 42H 和 36 31 32 33 37H 。

2. 变量

变量是存放在存储器单元的数据，它的数值在程序运行过程中随时可以被修改，通常以变量名的形式出现，可以认为是存放数据的存储器单元符号地址。

变量在程序中作为存储器操作数来引用。我们可以用数据定义伪指令 DB、DW、DD 等来定义变量。每个变量均具有三种属性：

（1）段属性（SEG）：变量所在段的段基址。为了确保汇编程序能找到该变量，应在伪指令 ASSUME 中加以说明，并把变量所在逻辑段的段基址存放在段寄存器 CS、DS、ES 或 SS 中，其中 CS 段寄存器由 CPU 自动完成初始值装入，SS 段定义如果有参数 STACK 时，也自动装入，否则像 DS、ES 一样需要用指令强制装入。

（2）偏移量属性（OFFSET）：变量所在存储单元的地址相对于变量所在段的起始地址之间的距离。

（3）类型属性（TYPE）：定义在变量存储区内每个数据所占内存单元的字节数，包括 BYTE（字节）、WORD（字）、DWORD（双字）、FWORD（6 字节）、QWORD（四字）及 TBYTE（10 字节）等。

注意：

1）变量需要事先定义才能使用。

2）变量类型应与指令要求的操作数类型相符。例如，"MOV BL，V1"指令要求 V1 应该是字节类型与 BL 类型匹配。"MOV BX，V2"指令要求 V2 应该定义成字类型的变量。

3）变量定义以后，变量名仅仅是对应这个数据区的首地址。若这个数据区中有若干个数据项，在对第 2 个数及其后面的数据项进行操作时，其地址应根据类型属性相应地在第 1 个数地址的基础上加 1、2、4、6、8 等。

3. 标号

标号是存放某条指令的存储单元的符号地址。通常它用作条件转移指令、无条件转移指令、循环指令和调用指令的目的操作数。

标号是由标识符（即标号名）后面跟一个冒号来定义的。例如，"START：MOV BX，1234H"这条语句定义了标号 START，它可以供转移指令、循环指令或调用指令当作目的操作数使用。

同变量一样，标号作为存储单元的符号地址，它也具有三种属性：段、偏移量和类型。同变量的段、偏移属性一致，标号的段、偏移量属性也是指它的段基址和偏移地址，而标号的类型为 NEAR 和 FAR 两种。

NEAR 类型的标号所在的语句和调用指令或转移指令在同一代码段中，即段内调用或转移。

FAR 类型的标号所在的语句与其调用指令或转移指令不在同一代码段，即段间调用或转移。

4. 表达式

表达式是用一个运算符和一个或多个操作数组成，从而汇编成一个数值。常用的构成表达式的运算符有五种：算术运算符、逻辑运算符、关系运算符、分析运算符、综合运算符。

（1）算术运算符。

算术运算符包括加（＋）、减（－）、乘（×）、除（/）、取模运算符 MOD 以及 SHL（左移）、SHR（右移）。算术运算符都可以对数据进行运算，得到的结果也是数据；"除"运算除外，对地址的运算是在标号上加、减某一个数字量，例如，可用 START＋2、MOVE－3 等表达式来表示一个存储单元的地址。

算术运算的格式为

运算符　标号或变量

1）用 MOD 运算符取得的是两个数相除的余数，如"11 MOD 2 ＝13 MOD 2＝1"。

【示例 3-3】 MOV BH,11 MOD 2 ;BH=1
　　　　　　 =MOV BH,1

【示例 3-4】 MOV AL,32 MOD 5 ;AL=2
　　　　　　 =MOV AL,2

2）SHL 左移运算符，相当于 $*2^n$，n 为左移次数。

【示例 3-5】 MOV BL,01001111B SHL 1 ;BL=10011110B=9EH
　　　　　　 =MOV BL,9EH

3）SHR 右移操作符，相当于 $/2^n$，n 为左移次数。

【示例 3-6】 MOV AL,10011110B SHR 2 ;AL=00100111B=27H
　　　　　　 =MOV AL, 27H

4）＋、－、＊、/运算符。

【示例 3-7】 MOV AL,(8+ 1)* 2 ;(8+ 1)* 2= 18= 12H,所以AL= 12H

（2）逻辑运算符。

逻辑运算符包括与（AND）、或（OR）、非（NOT）和异或（XOR）运算。逻辑运算符只能对常数进行运算，比如，NOT 0FFH＝00，而 77H AND 84H＝04H，得到的结果也是常数。

注意：这些逻辑运算符也是 8086 指令系统中的指令助记符，它们之间的区别在于逻辑运算符是在汇编的过程中完成运算，而 8086 指令系统中的逻辑运算指令在执行程序时完成运算。

1）逻辑"与"AND 运算符：

【示例 3-8】 MOV BH, 11 AND 0FH
　　　　　　 =MOV BH,0BH ;BH=0BH

【示例 3-9】 AND AX, 77H AND 84H ;第1 个AND 为与指令,第2 个AND 为逻辑运算符
　　　　　　 =AND AX,04H

【示例 3-10】 AND AX, PORT AND 80H

说明：PORT AND 80H 中 AND 为逻辑运算符，若 PORT＝81H，则逻辑运算结果为 80H，第 1 个 AND 为指令助记符，此时将 AX 寄存器内容与 0FEH 进行与运算，结果放在 AX 中。

2）逻辑"或"OR 运算符：

【示例 3-11】 MOV BH, 24 OR 0FH ;BH=2FH
　　　　　　 =MOV BH,2FH

3）逻辑"异或"XOR 运算符：

【示例 3-12】 MOV BH, 24 XOR 0FH ;BH=2BH
　　　　　　 =MOV BH,2BH

4）逻辑"非"NOT 运算符：

【示例 3-13】 MOV BH, NOT 24H ;BH=0DBH
　　　　　　 =MOV BH,0DBH

（3）关系运算符。

关系运算符有：相等 EQ（equal）、不等 NE（noequal）、小于 LT（less than）、小于或等于 LE（less than or equal）、大于 GT（greater than）、大于或等于 GE（greater than or equal）。关系运算符为数值型的，参与关系运算的两个操作数必须都是数据，或者是同一段

中的存储单元地址，而结果总是一个数值。关系运算符相当于逻辑判断式，如果关系式为真，则汇编结果为 0FFFFH 或 0FFH；如果关系式为假，则汇编结果为 0H。

【示例 3-14】若X= 30,则有

```
MOV   AX, 30 EQ 30   ;AX=0FFFFH
MOV   AL, 30 EQ 30   ;AL=0FFH
MOV   AL, 10 NE 30   ;AL=0FFH
MOV   AX, 10 LT 30   ;AX=0FFFFH
MOV   AL, 35 LE 30   ;AL=0H
MOV   AL, 24 GT X    ;AL=0H
MOV   AL, 40 GE X    ;AL=0FFH
```

（4）分析运算符。

分析运算符可以把一个存储单元地址分解为段地址和偏移量，并把分析运算后的数值回送到指令中的目的寄存器，因而也称为数值回送运算符，包括 TYPE、OFFSET、SEG、LENGTH 和 SIZE 五种。

1）求变量和标号类型值——TYPE 运算符。

其功能是，当运算符 TYPE 后为标号，程序回送该标号的类型值：NEAR 为 -1，FAR 为 -2。当运算符 TYPE 后为变量，则回送该变量的类型：类型 DB 为 1；DW 类型为 2；DD 类型为 4；DQ 类型为 8；DT 类型为 10。

【示例 3-15】KKK　DB 20DUP(?)

　　　　　　TYPE KKK　　;=1

说明：DUP 为重复操作符，用于同样的操作数重复多次，其格式为：

　n DUP (初值 [,初值...])

圆括号内为重复的操作数内容，n 为重复次数。如果初值不确定，可用"?"代替，如 DUP（?）。DUP 操作符可以嵌套，即在 DUP 圆括号内还可用 DUP 操作符，如 DUP（2 DUP（0EEH）。

2）取地址偏移量——OFFSET。

其功能是返回标号或变量所在段的段内偏移地址（有效地址）。

【示例 3-16】MOV SI, OFFSET LABEL

这条指令与下面的 LEA SI, LABEL 指令效果相同，均将变量 DATA 的偏移地址送 SI 寄存器。

【示例 3-17】MOV DX, OFFSET LABEL

将标号 LABLE 处的地址偏移量取到 DX 寄存器中

3）取段基地址——SEG。

其功能是返回变量或标号的段基址。

【示例 3-18】MOV AX, SEG DATA   ;该指令将变量DATA 的段基地址送AX 寄存器

　　　　　　MOV DX, AX

4）取变量单元个数 LENGTH。

其功能是用来计算一个存储区中单元（单元可以是字节、字或者双字）的数目。如果一个变量用重复操作符 DUP 来指明其单元个数，则利用 LENGTH 运算符可得到该变量的单

元个数。如果未用 DUP，则得到的结果总是 1。

【示例 3-19】 ABC DW 4421H

      MOV SI, LENGTH ABC ;指令执行结果,(SI)=1

5）取变量字节数——SIZE。

其功能是返回变量所占的字节总数，等于 LENGTH 与 TYPE 的乘积。

【示例 3-20】 ABC DW 50DUP(?)

      MOV AL, TYPE ABC   ;(AL)=2

      MOV AH, LENGTH ABC ;(AH)=50

      MOV AX, SIZE ABC   ;(AX)=100,SIZE 变量=LENGTH 变量 * TYPE 变量

（5）综合运算符。

综合运算符可以修改变量或标号的属性，也称属性运算符，包括 PTR、THIS、SHORT、HIGH、LOW 六种。

1）PTR 运算符是用于为操作数指定类型属性，赋予的新类型可以是 BYTE、WORD、DWORD、NEAR、FAR，它们只在当前指令内有效。其格式为：

< 类型> PTR 标号或变量

【示例 3-21】 MOV AL, BYTE PTR ABC   ;指定ABC 标识的地址单元为字节类型

        MOV, AX, WORD PTR[1000H] ;指定有效地址[1000H]起的单元为字类型

        MOV BYTE PTR [1000H], 0 ;用BYTE 和PTR 规定[1000H]单元为字节单元,

                              ;结果使偏移地址为1000H 的字节单元清零。

2）和 PTR 类似，运算符 THIS 也可以用来改变存储区的类型或用来把它后面指定的属性赋给当前的变量、标号或地址表达式。

【示例 3-22】希望存放数据的存储区DATA1 既可以作为字节类型,也可以作为字类型来使用,则可用以下语句：

DATA2 EQU THIS WORD

DATA1 DB 100DUP(?)

相当于：

DATA1 DB 100DUP(?)

DATA2 EQU WORD TYPE DATA1

3）短转移运算符 SHORT 用来指定一个转移指令的目标地址属性为短转移，转移地址之间的距离在-128～+127 个字节范围内。

4）分离运算符 HIGH 和 LOW 用来将其后的表达式分离出高字节和低字节。

【示例 3-23】 MOV AX,HIGH 0ABCDH   ;(AX)=00ABH

        MOV AX,LOW 0ABCDH   ;(AX)=00CDH

（6）运算符的优先规则。

表 3-1 列出了运算符的优先级别。如果一个表达式中同时具有多个运算符，则按照以下规则进行运算：

1）表达式中圆括号内的运算总是在其任何相邻的运算之前进行。

2）优先级相同时：按表达式中从左到右的顺序运算。

3）优先级不同时：先运算高优先级，后运算优先级低的。

表 3-1　　　　　　　　　　　　　　　　　　**运算符的优先级别**

优　先　级	运算符（操作符）
高　↓　低	括号中表达式
	LENGTH、SIZE
	段超越运算符 CS:、DS:、SS:、ES:
	PTR、THIS、OFFSET、SEG、TYPE
	*、/、MOD、SHL、SHR
	EQ、NE、LT、LE、GT、GE
	NOT
	AND
	OR、XOR
	SHORT

3.2 伪 指 令

相对于指令而言，伪指令叮在汇编过程中完成数据定义、符号定义、存储区间分配、指示程序结束等管理控制功能，在汇编语言中构成指示性语句。伪指令不产生任何目标代码，只是用来指示汇编程序应该如何处理汇编语言源程序，用以完成汇编的辅助性工作，如变量定义、符号赋值等。不同汇编伪指令的符号意义往往会有差别，但多数是类似的。

汇编语言提供以下几类伪指令：符号定义伪指令、数据定义伪指令、段定义伪指令、过程定义伪指令、模块定义与连接伪指令、宏定义伪指令、条件定义伪指令、列表伪指令等。

8086 系统有 20 多种伪指令，本节主要讨论以下几种常用的伪指令：

1）符号定义伪指令 EQU、=；

2）数据定义伪指令 DB、DW、DD；

3）存储单元类型伪指令 BYTE、WORD、DWORD；

4）段定义伪指令 SEGMENT、EDNS、ASSUME、ORG；

5）过程定义伪指令 PROC、ENDP、NEAR、FAR；

6）程序结束伪指令 END；

3.2.1　符号定义伪指令

符号定义伪指令的用途是给一个符号命名，或定义类型属性等。它为程序的编写带来了许多方便。

1. 等值伪指令 EQU

等值伪指令 EQU 将表达式的值赋予一个符号名，定义以后可用这个符号名来代替表达式。表达式可以是一个常数、符号、数值表达式或地址表达式等。其格式为：

符号名 EQU 表达式

【示例 3-24】

```
ABC EQU  2009              ;常数赋予符号名,即 ABC=2009
COUNT EQU 8 * (9+3)        ;数值表达式赋予符号名,即 COUNT=96
ADDR EQU ES:[SI+2]         ;地址表达式赋予符号名,即 ADDR 为 ES:[SI+2]
AD  EQU  ADD               ;指令助记符赋予符号名,即 AD=ADD
JIA EQU [SI+BX+1000H]      ;JIA 值与偏移地址为 SI+BX+1000H 的内存
```

　　　　　　　　　　　　　　　　　　　　　　　;单元值相同

注意:

(1) 在同一程序中,EQU 不允许对同一个符号重复定义。

(2) 解除对 EQU 赋值的伪指令为 PURGE,如 PURGE ABC。

2. 等号伪指令＝

等号伪指令“＝”的功能是用等号对一符号赋值,并用该符号代替表达式。与 EQU 不同之处在于:等号伪指令可以对同一个符号名重复定义,当用等号对同一符号名重复定义时,以最后一次定义为准。其格式为

名字 = 表达式

【示例 3-25】 VAL=123　　　　　　　　　　;定义 VAL 为 24H

　　　　　　　VAL=VAL+1000H　　　　　　;重定义 VAL 为 1024H

　　　　　　　COUNT=VAL+1　　　　　　　;定义 COUNT 为 1025H

3.2.2　数据定义伪指令

数据定义伪指令用来定义一个存储单元符号地址(变量)及由该单元开始的若干连续存储单元的类型,同时还可给所定义的存储单元赋初值。常见的数据定义伪指令有:DB、DW、DD、DQ、DT。其格式为:

[变量名] 伪指令　操作数　[,操作数…]

其中,方括号中的参数为可选项;操作数可以是常数、表达式、字符串或问号“?”,但每项操作数的值不能超过数据类型限定的范围。操作数可以不止一个,多个操作数之间用“,”号分开。数据定义伪指令的功能:定义类型、分配内存单元、赋值标号地址开始存放的连续单元。

DB 定义字节 BYTE 类型,每个操作数占有 1 个字节。

DW 定义字 WORD 类型,每个操作数占 1 个字,即 2 个字节,低位字节在低地址,高位字节在高地址。

DD 定义双字 DWORD 类型,每个操作数占 2 个字,即 4 个字节。

DQ 定义 8 字节 QWORD 类型,每个操作数占 4 个字,即 8 个字节。

DT 定义 10 字节 TBYTE 类型,每个操作数为 10 个字节的组合 BCD 码。

1. 操作数为数值表达式

【示例 3-26】 DAR　DB ODH　　　　　　;DAR 单元处放数值 0DH

　　　　　　　CDR　DB 0AH　　　　　　 ;单元 CDR 处放置 0AH

　　　　　　　DAT　DB 50,50H　　　　　;变量 DAT 的内容为 32H(50),DAT+1 单元放置 50H

　　　　　　　CAR　DB 01A3H,4789H　　;变量 CAR 内容为 A3H,CAR+1 内存单元为 01H,

　　　　　　　　　　　　　　　　　　　　;CAR+2 内存单元为 89H,CAR+3 内存单元为 47H

[示例 3-26] 的存储器分配见表 3-2。

2. 操作数为字符串表达式

【示例 3-27】 DAR　DB 'ABC'　　　　;字符串引号括起来,自左向右以字符的 ASCII 码形式按

　　　　　　　　　　　　　　　　　　　　;地址递增排序,给每个字符分配一个字节单元依次存放

[示例 3-27] 的存储器分配见表 3-3。

<table>
<tr><td colspan="2">表3-2 ［示例3-26］的存储器分配</td></tr>
</table>

地址	数据
DS：CAR	0A3H
DS：CAR+1	01H
DS：CAR+2	89H
DS：CAR+3	47H

表3-3 ［示例3-27］的存储器分配

地址	数据
DS：DAR	41H
DS：DAR+1	42H
DS：DAR+2	43H

3. 操作数为？和 DUP 表达式

【示例 3-28】
```
DA_1   DB   ?         ;用？表示DA_1单元中没有存放初值,在汇编过程中对应
                      ;DA_1地址处留1个字节单元,用户可用于存放中间数据、
                      ;标志、运算结果等。
DA_1   DB   ?,?       ;表示要求汇编程序留出2个字节单元即DA_1和DA_1+1
DA_1   DB   4DUP(?)   ;表示汇编时保留4个字节单元,
                      ;且每个字节可预置任何内容
```

【示例 3-29】操作数是数值表达式的数据定义伪指令如下，汇编后，存储器的存储情况见表 3-4。

```
VAR1 DB    'CD'
VAR2 DW    - 12H
     DD    12345678H
STR1 DB    4 DUP (01H)
```

【示例 3-30】依据下列数据定义伪指令，确定内存单元的值。汇编后，存储器的存储情况见表 3-5。

```
ORG  40H
DATA2 DB 2DUP(2DUP(0EEH),4)
DATA1 DW'AB'
```

表 3-4 ［示例3-29］存储器的存储情况

地　址	数　据
DS：0000	'C'
DS：0001	'D'
DS：0002	0EEH
DS：0003	0FFH
DS：0004	78H
DS：0005	56H
DS：0006	34H
DS：0007	12H
DS：0008	01H
DS：0009	01H
DS：000A	01H
DS：000B	01H

表 3-5 ［示例3-30］存储器的存储情况

地　址	数　据
DS：0040	0EEH
DS：0041	0EEH
DS：0042	04
DS：0043	0EEH
DS：0044	0EEH
DS：0045	04
DS：0046	'B'
DS：0047	'A'

说明：伪指令 ORG 通常用于源程序的第 1 条指令前，用来规定目标程序存放在存储单元的偏移量，即起始地址。若省略 ORG，则从本段起始地址连续存放。其格式为：

```
ORG 表达式
```

3.2.3 段定义伪指令

存储器是分段管理的，常分为数据段、代码段、堆栈段、附加段。汇编语言源程序的所有的指令、变量均分别放在各个逻辑段中。段定义伪指令的功能是在汇编语言源程序中定义 4 个逻辑段的段名、段地址分配。段定义伪指令有 SEGMENT、ENDS、ASSUME。

1. SEGMENT 和 ENDS

其格式为

```
段名 SEGMENT
...
段名 ENDS
```

其中，每个段都有一个名字——段名，段定义的段名在开始和结尾的段名必须一致。

SEGMENT 伪指令为段定义的开始，用来定义一个逻辑段的特性。

ENDS 则表示一个逻辑段的结束。在汇编语言源程序中，SEGMENT 和 ENDS 伪指令总是成对出现，且段名一致。

SEGMENT 和 ENDS 伪指令之间的部分即是该逻辑段的内容，也称为段体。对于数据段、堆栈段、附加段，段体是存储单元的定义、分配等伪操作；对于代码段，段体则是指令和部分伪操作。

【示例 3-31】
```
DASEG   SEGMENT
        ABC DB 100DUP(?)
DASEG   ENDS
```

2. ASSUME

ASSUME 伪指令在段定义之后，用于告诉汇编程序段寄存器与逻辑段之间的对应关系，即将某一个段寄存器存放哪一个逻辑段的段基址。其格式为

```
ASSUME 段寄存器:段名 [,段寄存器:段名 [,… ]]
```

其中，对于 8086CPU 来说，段寄存器名为 CS、DS、ES 或 SS；段名是 SEGMENT 定义过的段名。多个段寄存器：段名之间用","隔开。

使用 ASSUME 伪指令，仅仅确定了段名与段寄存器之间的关系，并不能把各个段的段基址装入相应的段寄存器中。DS、ES 和 SS 的装入可以通过给寄存器赋初值的指令来完成。CS 和 IP 的装入是 CPU 自动完成的。

【示例 3-32】
```
DASEG   SEGMENT
        ABC  DB  100DUP(?)
DASEG   ENDS
CDSEG   SEGMENT
        ASSUME  CDSEG:CS,DASEG:DS
START:  ...
        ...
CDSEG   ENDS
```

```
                          END START
```

3.2.4　过程定义伪指令

过程是汇编语言程序的一部分。在程序设计中，汇编程序可用"过程"来构造子程序，供主程序调用。过程定义伪指令包括 PROC、ENDP、NEAR、FAR，其格式如下：

```
过程名 PROC [NEAR/FAR]
  ...
过程名 ENDP
```

其中，过程名是程序员自定义的，不能是系统的保留字；PROC 定义一个过程，并指出该过程的类型属性为 NEAR 或 FAR，类型为 NEAR 的过程可以在段内被调用，类型为 FAR 的过程还可以被其他段调用，默认的类型是 NEAR；ENDP 标志过程的结束；PROC 和 ENDP 必须成对出现，且前面的过程名必须一致。

在一个过程中，可以有多条返回指令 RET。执行 RET 指令后，控制返回到原来调用指令的下一条指令。

当一个程序块被定义为过程后，程序可以用 CALL 指令调用这个过程，或用转移指令转向一个过程。

3.2.5　汇编结束伪指令 END

伪指令 END 标志着整个源程序的结束，它使汇编程序停止汇编操作，是汇编语言源程序中的最后一条指令。其格式为：

```
END 表达式 (标号)
```

其中，表达式（标号）与源程序中的第一条可执行指令的标号相同。

3.3　系统功能调用

在 8086 微型计算机系统中，MS-DOS 是一种广泛使用的操作系统，负责管理系统的所有资源，包括 I/O 管理、内存管理、目录管理和文件管理等，用以协调微型计算机各个部分的操作。MS-DOS 包含了大量中断服务程序完成内存和文件管理功能，并在汇编语言程序设计中可以用软中断调用这些服务程序。MS-DOS 提供近百个功能供用户选择使用，是一个功能齐全、使用方便的中断服务程序集合。MS-DOS 规定用中断指令 INT 21H 进入各种功能调用子程序总入口，再为每个功能调用提供一个功能号，以便进入各子程序入口。

ROM-BIOS 是微型计算机系统的基本 I/O 系统，负责完成系统测试、初始化引导、中断向量装入及外部设备服务等，也以中断服务程序的形式，向程序员提供系统的测试程序、初始化引导程序、中断向量的装入程序和外部设备服务程序等子程序，这些程序固化在 ROM 中，程序员在汇编语言程序设计中直接用软中断 INT n 调用。

所有系统功能的调用格式（包括 ROM-BIOS 调用）都是一样的，一般按如下三步进行：

（1）在 AH 寄存器中设置系统功能调用号；

（2）在指定寄存器中设置入口参数；

（3）用 INT 21H（或 ROM-BIOS 的中断向量号）指令执行功能调用；

（4）分析出口参数。

中断向量 21H 部分 DOS 功能调用见表 3-6。

表 3-6 中断向量 21H 部分 DOS 功能调用

功能号	功　　　能	入口参数	出口参数
4CH	结束用户程序返回 DOS	（AL）＝00 /无	无
01H	键入字符并回显	无	（AL）＝键入字符的 ASCII 码
02H	显示（DL）中的 ASCII 字符	（DL）＝要显示的 ASCII 字符	无
09H	显示以 '＄' 结束的字符串	（DS：DX）＝显示字符串段基址及偏移量	无

下面用几个例子说明在汇编语言程序设计中，尤其是本书中最常使用的功能调用，以介绍软中断指令的使用方法。

1. 结束用户程序返回 DOS 系统（功能号 4CH）

用户程序结束后，应将对微型计算机的控制权交回给操作系统 DOS，一般在用户程序结尾插入以下语句：

```
MOV  AH,4CH
INT  21H
```

说明：

（1）MOV AH，4CH 也可写成 MOV AX，4C00H，其作用是一样的。

（2）用户程序结束时，用 JMP 0 指令也可以实现结束用户程序返回 DOS 作用。

（3）功能号 00H，也可实现返回 DOS 功能，如

```
MOV AH,00H
INT 21H
```

（4）中断调用 20H 也是系统结束返回 DOS 的一个子程序，如在用户程序结束时插入语句 INT 20H 即可实现结束程序，返回 DOS 操作系统功能。

2. 键入一个字符

（1）DOS 功能调用 INT 21H 的输入字符功能号 AH＝01H

出口参数：AH＝字符的 ASCII 码。调用此子功能时，若无键按下，则会一直等待，直到按键后才读取该键值。

【例 3-1】试编写判断按键是字母 a 的大小写的程序段。

```
GETKEY: MOV AH,01H      ;系统功能调用
        INT 21H         ;AL←按键的ASCII 码
        CMP AL,'A'       ;是否A
        JE CAPLOCK      ;是A 则转到CAPLOCK
        CMP AL,'a'       ;是否a
        JE NORMAL       ;是Y 则转到NORMAL
        JNE GETKEY
```

（2）ROM-BIOS 键盘功能调用 INT 16H 的读取键值功能号 AH＝0

出口参数：AX＝键值代码。对于标准 ASCII 码按键：AL＝ASCII 码，AH＝扫描码；对于扩展按键：AL＝00H，AH＝键扩展码；对于 Alt＋小键盘数字按键，AL＝ASCII 码，AH＝00H。此功能如同 DOS 功能调用 01H 一样，会一直等待按键。

【例 3-2】试写出用 ROM-BIOS 功能调用显示按下的标准 ASCII 码字符的程序。

```
        MOV AH,0                     ;键盘功能调用
        INT 16H                      ;AL←按键的ASCII 码
        MOV BX,0                     ;显示功能调用
        MOV AH,0EH
        INT 10H                      ;显示一个字符
```

3. 显示一个字符

DOS 功能调用 INT 21H 的显示字符功能号 AH＝02H。

入口参数：DL＝字符的 ASCII 码

该功能执行后，会在显示器当前光标位置显示给定的字符，且光标右移一个字符位置。如按 Ctrl—Break 或 Ctrl—C 则退出。

【示例 3-3】试写出在屏幕上显示一个字符 A 的程序。

```
        MOV DL,'A'                   ;提供入口参数,DL←'A'(字符的ASCII 码)
        MOV AH,02H                   ;设置功能号,AL←2
        INT 21H                      ;执行显示
```

4. 显示一个字符串

DOS 功能调用 INT 21H 的输出字符串功能号 AH＝09H

入口参数：DS：DX＝将要显示字符串在主存中的首地址。字符串应以 ＄（24H）结束，可以输出回车（0DH）和换行（0AH）字符产生回车和换行的作用。

【示例 3-4】试写出在屏幕上输出一个字符串的程序。

```
    STRING DB 'how are you?'         ;在数据段定义要显示的字符串
        ...
        MOV DX,OFFSET STRING         ;提供入口参数,DX←字符串的偏移地址
        MOV AH,09H                   ;设置功能号,AH←09H
        INT 21H                      ;显示系统功能调用
```

3.4　汇编语言程序设计

用汇编语言编写程序，其优点之一是充分利用微型计算机的硬件结构和功能特性，程序运行速度加快，减少目标程序占用的内存空间；其优点之二是可以方便地编写实时控制程序、系统软件程序和实时通信程序等具有实时性的程序。用汇编语言编写程序的缺点是太依赖于硬件结构，开发的程序不具有移植性，编程效率较低。

按程序执行的控制方式，分为顺序、分支、循环和子程序。其中顺序、分支和循环是程序的三种基本控制结构。本节分别讲述这几种程序结构的设计方法。

3.4.1　汇编语言程序设计方法

1. 程序开发步骤

程序是解决某个问题的指令或语句的有序集合。无论用什么程序设计语言编写程序，程序内在的逻辑都是一样的，不同的只是程序的表现形式。使用某种计算机语言或指令，编写解决某一问题的程序的过程称为程序设计。汇编语言程序设计是用计算机的机器指令、伪指令和宏指令编写解决某一问题程序的过程。

用汇编语言进行程序设计，一般来说采取以下步骤：

（1）分析题意，确定算法。

（2）根据算法画出程序流程图。

（3）根据流程图编写程序。

（4）上机调试。

2．流程图符号及功能

流程图由逻辑框和流程线组成，逻辑框是表示程序操作功能的符号，流程线是指示程序的逻辑处理顺序的符号。程序流程图一般采用分层设计，可分为总程序结构流程图和局部流程图，总程序结构流程图反映程序的总体结构和完成的功能；局部流程图表示程序的具体处理步骤。这样可以分层次地表示算法实现的逻辑，结构清晰。一般总程序流程图画得粗一些，局部流程图则要稍细。流程图常用符号如图 3-1 所示。

（1）流程线：指示程序处理的逻辑顺序。

（2）端点框：表示程序的逻辑起点或终点，框内标以"开始"或"结束"字样。

（3）判断框：表示一个判断点，在此产生分支，框内注明条件，判断结果在出口的流程线上。

（4）处理框：表示一种处理功能或者子程序段，框内用文字说明功能。

（5）连接框：框内注有字母，用于防止复杂流程图中流程线的交叉和流程图跨页时使用，表示程序的去向或来源。

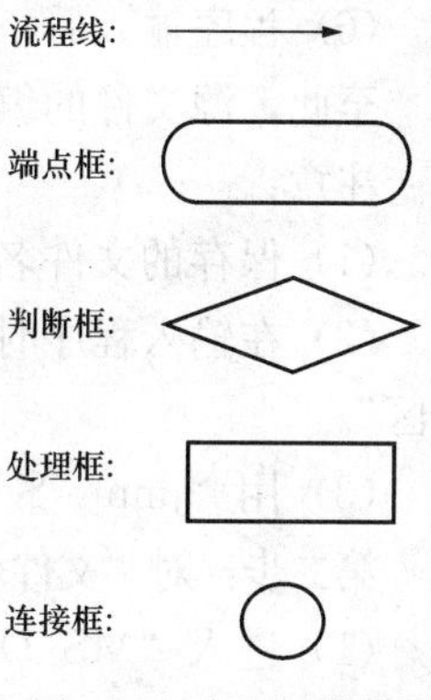

图 3-1　流程图符号

3．汇编语言程序的编辑、汇编、链接和调试

前面讲到，汇编语言是用助记符、符号地址、标号、表达式等来书写程序的语言。用汇编语言编写的程序叫汇编语言源程序。将汇编语言程序翻译成机器语言程序的过程叫汇编。将汇编语言源程序翻译成机器语言程序的工具或完成汇编任务的程序叫汇编程序。汇编的处理过程分为三步：

（1）编写汇编源程序：生成扩展名为（.asm）的源文件。

（2）汇编源程序：汇编源程序简单讲即将 .asm 文件转换成 .obj 文件。源程序文件建立完毕后，采用汇编程序 TASM 将汇编源程序 .asm 文件转换成二进制 0、1 表示的 .obj 目标文件。在转换过程中，汇编程序对源程序进行扫描，如果有语法错误，汇编不能完成，而是将错误全部列出来，改正后才能汇编出来，即使汇编完成，也不能保证没有语法错误的程序一定能够正常运行，因为可能还会有其他概念或算法方面的错误。经过汇编后的二进制目标文件依然不能直接在计算机上执行，必须转换成在计算机上可执行的文件 .exe 文件，所以说 .obj 文件只是过渡程序。

（3）链接目标程序：链接目标程序即将 .obj 文件转换成可执行文件 .exe 文件。在汇编后的目标文件 .obj 中，所有二进制目标代码的地址都是浮动的偏移地址，机器不能直接运行，需通过链接程序 link 把目标文件、库文件或其他目标文件链接起来，形成可执行文件。链接成功后的可执行文件，可在 DOS 系统中直接运行，只要输入相应的文件名即可。

4．汇编语言程序上机调试

汇编语言调试所需的应用程序在 tasm 文件夹，应先进入该文件夹。8086 汇编语言程序编辑、调试大致需要四步。

第一步：使用屏幕编辑软件，输入及编辑源程序，保存为"文件名 .asm"文件。具体操作如下：

（1）在 DOS 提示符下，输入汇编软件名 TASM 或 MASM，回车启动汇编程序。

（2）双击"Ed"应用程序，如有问题，按"确定"、"是"等选项。

（3）进入"Ed"后，在"Options"菜单下的"Set editor options"中，在"Syntax Highlighting"下，选中"Assembler"，之后"OK"。

（4）菜单"File"下，选"Change dir"以改变路径，最好将路径指在该汇编程序路径。

（5）菜单"File"下，选"New"即新建一个空白文件，或"Open"打开一个已存在的文件。

（6）程序输入后，先点击菜单"File"下的"Save"保存，再点击"Exit"退出。

至此，源文件的编辑输入完成。

注意：

（1）保存的文件名是编程者自己定义的便于记忆的名称。

（2）在输入程序时，用"Tab"键来分隔"标号区"、"操作码区"、"操作数区"及"注释区"。

（3）用"jmp　$"指令取代"hlt"指令，以便单步执行。

第二步：对"文件名.asm"源文件进行汇编，形成"文件名.obj"文件。具体操作如下：

（1）进入"MS-DOS"方式。

（2）进入相应的路径。

（3）键入"Tasm /zi 文件名"后回车，开始汇编文件。汇编结束后会显示相关信息。

（4）根据所指出的错误类型及所在行号，进行修改。修改过程同"第一步"的编辑源文件。

（5）修改完成后，重新汇编，直到提示：无错误，无警告。

至此，汇编过程完成。

第三步：对"文件名.obj"文件进行链接，形成"文件名.exe"文件。具体操作如下：

（1）键入"Tlink/v 文件名"，并回车，开始链接文件，形成"文件名.exe"文件。

至此，链接过程完成。可以进行调试。

（2）如果链接不成功，则可以从第一步开始重新查找语法、算法等错误。

第四步：调试。主要观察指令的每一步执行的结果，及整个程序执行后是否到达设计目标。具体操作如下：

（1）键入"Td　文件名"并回车。进入调试界面。界面布局如图 3-2 所示。

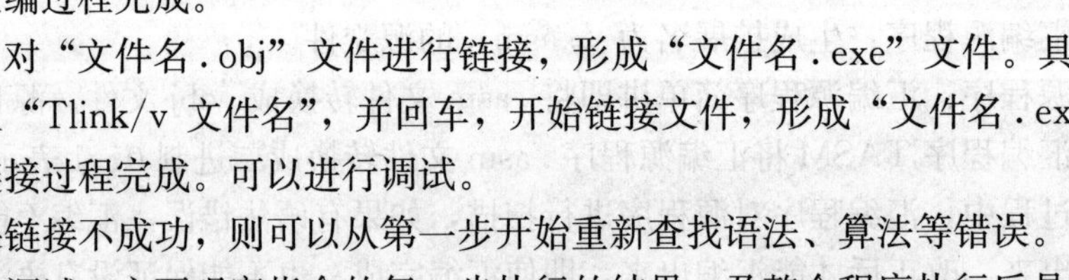

主工具条				
地址	机器码	指令文件(源文件)	CPU内部寄存器	标志位
数据区地址、内容			堆栈地址、内容	
功能键				

图 3-2　调试界面布局图

（2）若界面有所不同，在"View"菜单下，选择打开"CPU"窗口。

（3）用功能键 F8 单步执行，或功能键 F7 跟踪执行，观察 CPU 内部寄存器、标志位、堆栈指针及堆栈区、数据区的相应变化情况。

（4）一个程序调试完成后，可以退出调试界面，也可再调入另一个可执行文件进行调试。

如调试结果与题目要求符合，则整个过程完成。

3.4.2 顺序程序设计

1. 顺序程序的结构形式

顺序结构是最简单的一种用程序设计语言的语句。有序地组合在一起加以描述一个算法的组合方法结构，又称为程序的控制结构或简称为程序结构，在流程图中表示为一个个处理框串行连接，即一个语句紧跟一个语句，如图 3-3 所示。计算机执行顺序结构程序时，按指令书写的先后次序执行从第一个语句开始顺序执行到最后一个语句，因而这种程序也称为直线程序或简单程序。顺序结构程序是最基本的程序结构，只有一个入口和一个出口，主要由数据传送指令、算术运算指令和逻辑运算指令组成。

2. 顺序程序设计

【例 3-5】在内存 DATA 单元存放一个无符号字节数据，编制程序将其拆成两位十六进制数，并存入 DATA+1 和 DATA+2 单元的低 4 位，DATA+1 存放高位十六进制数，DATA+2 单元存放低位十六进制数。

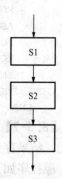

图 3-3 简单顺序程序的控制结构

分析：由于 8086 指令传送数据的最小单位是字节（8 位），不能直接传送 4 位。因此，需要使用逻辑与移位指令。

源程序如下：

```
DSEG    SEGMENT
  DATA  DB  0C2H,0,0
DSEG    ENDS
CSEG    SEGMENT
  ASSUME  CS:CSEG,DS:DSEG
START: MOV AX,DSEG          ;设置数据段地址
       MOV DS,AX
       MOV AL,DATA          ;取数据0C2H
       MOV AH,AL            ;暂存AL的结果,(AH)=0C2H
       MOV CL,04
       SHR AL,CL            ;移至低4位
       MOV DATA+1,AL        ;存高位十六进制结果
       AND AH,FH            ;截取低4位
       MOV DATA+2,AH        ;存低位十六进制结果
       MOV AH,4CH           ;程序结束,返回DOS
       INT 21H
CSEG   ENDS
       END START
```

【例 3-6】有 X、Y 两个 16 位数 3456H 和 0ABCDH，求两数之和，并将结果送到 Z 单元。或：X+Y=Z。

```
DSEG    SEGMENT
```

```
        X  DW  3456H
        Y  DW  0ABCDH
        Z  DW  0
DSEG  ENDS
CSEG  SEGMENT
    ASSUME  DS: DSEG, CS: CSEG
START: MOV  AX, DSEG                ;设置数据段地址
        MOV  DS, AX
        LEA  SI, X
        LEA  DI, Y
        MOV  AX, [SI]
        ADD  AX, [DI]
        MOV  Z, AX
        MOV  AX, 4C00H
        INT  21H
CSEG  ENDS
    END  START
```

【例 3-7】编写程序，计算 Y＝5X＋32H，已知 X 为无符号字节数据，且存放在 NUM 单元，结果存入 RLTY 单元。

源程序如下：

```
DSEG  SEGMENT
    NUM  DB  20H
    RLTY DW  0
DSEG  ENDS
CSEG  SEGMENT
    ASSUME    CS:CSEG,DS:DSEG
START: MOV AX, DSEG                ;设置数据段地址
        MOV DS, AX
        MOV AL, NUM                ;取数
        MOV BL, 05                 ;乘数放入BL中
        MUL BL                     ;AL * BL 即求5X
        MOV BL, 32H
        XOR BH, BH
        ADD AX, BX                 ;5X+32H
        MOV RLTY, AX               ;存结果
        MOV AX, 4C00H              ;程序结束
        INT 21H
CSEG  ENDS
        END START
```

程序中，5X 的运算也可以通过移位和相加的办法来实现，即将 X 左移 2 位与 X 相加，即得 5X。当某数要扩大的倍数小于 10 倍时，采用这种方法简单而且执行速度快。

如果用移位和相加的指令计算 5X，则程序段改为：

```
MOV AL, NUM
XOR AH, AH
MOV BX, AX
MOV CL, 2
SHL AX, CL                  ; * 4
ADD AX, BX                  ; * 5
```

可以看到修改后的程序用了 5 条指令代替了原来的 2 条指令，虽然指令条数增加了，占

用的内存空间较前者多，但是执行的时间却提高了。前者乘法指令执行一次要花费 70～77 个时钟周期，而后者 5 条指令只需要 12 个时钟周期。

【例 3-8】把用压缩 BCD 码表示的数 M，转换为两个相应的 ASCII 码，结果存在紧跟 M 后的两个内存单元，低位在前，高位在后。

分析：压缩 BCD 码是指用 4 位二进制表示十进制数字 0～9，ASCII 码是一种非压缩 BCD 码，是用 8 位二进制表示十进制数，且 0～9 用 30H～39H 表示。因此，在 BCD 码转换 ASCII 码时需要加 30H。

```
DSEG   SEGMENT
   M  DB  36
   N  DB  2  DUP (00)
DSEG   ENDS
CSEG   SEGMENT
   ASSUME  DS:DSEG, CS:CSEG
START: MOV AX, DSEG
       MOV DS, AX
       LEA SI, M
       LEA DI, N
       MOV AL, [SI]
       AND AL, 0FH
       ADD AL, 30H
       MOV [DI], AL
       MOV AL, [SI]
       MOV CL, 4
       SHR AL, CL
       ADD AL, 30H
       MOV[DI+1], AL
       MOV AH, 4CH
       INT 21H
CSEG   ENDS
       END START
```

3.4.3　分支程序设计

1. 分支程序的结构形式

分支程序设计是用一个条件判断语句，计算机执行时，根据判断结果来决定执行两个分支中的哪一个分支，分支结构又称为选择结构。分支程序结构可以有两种形式，如图 3-4 所示。它们分别相当于高级语言中的 IF—THEN—ELSE 语句和 CASE 语句，适用于要求根据不同条件作不同处理的情况。IF—THEN—ELSE 语句可以引出两个分支，CASE 语句则可以引出多个分支，不论哪一种形式，它们的共同特点是：运行方向是向前的，在某一种特定条件下，只能执行多个分支中的一个分支。

2. 分支程序的设计

汇编语言中分支程序设计的基本规律是利用某种操作来影响标志寄存器中相应标志位的状态，然后利用条件转移指令测试这些标志位的值，进而决定是否执行转移操作。通过对分支程序的两大要素（对状态标志位的影响和条件转移指令的运用）的多次组合应用，可以实现任何复杂的分支程序。

【例 3-9】计算函数值

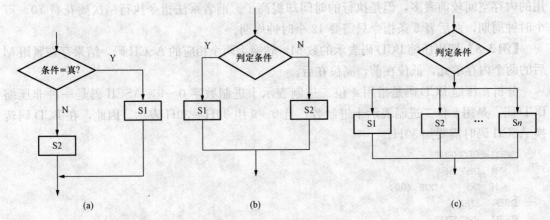

图 3-4　分支程序的结构形式

（a）分支结构；（b）IF＿THEN＿ELSE 结构；（c）CASE 结构

$$Y=\begin{cases} X+1 & 当 X>0 \\ X & 当 X=0 \\ X-1 & 当 X<0 \end{cases}$$

源程序设计如下：

```
DSEG  SEGMENT
   X   DB ?
   Y   DB  ?
DSEG  ENDS
CSEG   SEGMENT
     ASSUME  CS:CSEG, DS:DSEG
START: MOV AX, DSEG
       MOV DS, AX
       LEA SI, X
       MOV AL, [SI]  ;取X 的值
       AND AL, AL    ;AL 与自身相与,影响
                      标志位
       JNS LP1       ;SF=0 转移到分支LP1
       SUB AL, 1     ;SF=1,X<0
       MOV Y, AL
       JMP END1
LP1:   JNZ LP2       ;ZF=0,则X>0 转移
                      到LP2
       MOV Y, 00H    ;ZF=1,则X=0
       JMP EDN1
LP2:   ADD AL,1
       MOV Y, AL     ;保存结果
END1:  MOV AH, 4CH
       INT  21H
       CSEG  ENDS
       END  START
```

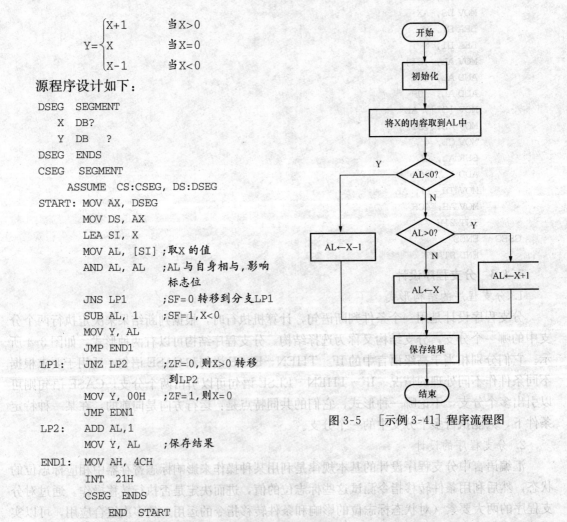

图 3-5　[示例 3-41] 程序流程图

这是一个非常简单的分支程序，但它完整地包含了汇编语言分支程序的所有要素。

【例 3-10】已知在内存中有一个字节单元 X，存有带符号数据，要求计算出它的绝对值后，放入 RESULT 单元中。

题目分析：根据数学中绝对值的概念知道，一个正数的绝对值是它本身，而一个负数的绝对值是它的相反数；要计算一个数的相反数，需要完成减法运算，即用 0 减去这个数。8086 指令系统中有专门的求相反数的指令 NEG，程序流程图如图 3-6 所示。

源程序设计如下：

```
DSEG   SEGMENT
     X DB   25
     R DB   ?
DSEG ENDS
CSEG   SEGMENT
     ASSUME   DS:DSEG,CS:CSEG
START: MOV AX, DSEG
     MOV DS, AX              ;初始化DS
     MOV AL, X               ;X取到AL 中
     TEST AL, 80H            ;测试AL 正负
     JZ LP1                  ;非负,转NEXT
     NEG AL                  ;否则AL 求补
LP1:   MOV R, AL             ;送结果
     MOV AH, 4CH
     INT 21H                 ;返回 DOS
     CSEG ENDS
     END START              ;汇编结束
```

【例 3-11】已知 X 为字数据，存放在 ADR 单元，若 X 中含有偶数个 1，将 FLAG 单元置 1，否则 FLAG 单元置 0。

源程序设计如下：

```
DSEG   SEGMENT
     ADR DW 1044H
     FLAG DB ?
DSEG ENDS
CSEG   SEGMENT
     ASSUME CS:CSEG, DS:DSEG
START: MOV AX, DSEG
     MOV DS, AX
     MOV AX, ADR
     TEST AL, AL
     JP LP1
     TEST AH, AH
     JP LP2
     MOV FLAG, 1
     JMP END1
LP1:   TEST AH, AH
     JP END0
LP2:   MOV FLAG, 0
     JMP END1
END0:  MOV FLAG, 1
END1:  MOV AX,4C00H
     INT 21H
   CSEG ENDS
     END START
```

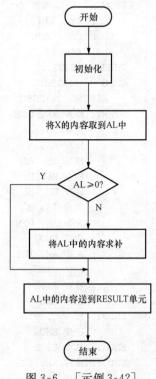

图 3-6　[示例 3-42]
的程序流程图

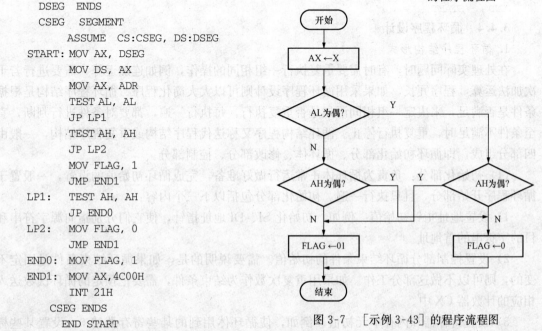

图 3-7　[示例 3-43] 的程序流程图

【例 3-12】 已知字节整数变量 A 和 B 在内存中，试编写完成下列操作的程序：

（1）若两个数中只有一个是奇数，则 C 字节单元送 1；

（2）若两个数均为奇数，则 C 字节单元送 0；

（3）若两个数均为偶数，则 C 字节单元送 2。

```
DSEG    SEGMENT
    A  DB  33H
    B  DB  0ABH
    C  DB  ?
DSEG    ENDS
CSEG    SEGMENT
    ASSUME CS:CSEG, DS:DSEG
START: MOV AX, DSEG
       MOV DS, AX
       MOV AL, A
       MOV AH, AL
       MOV BL, B
       MOV BH, BL
       XOR AL, BL
       AND AH, 01H
       JNZ END3
       AND AH, 01H
       JNZ END2
       MOV C, 2
       JMP END4
END2:  MOV C, 0
       JMP END4
END3:  MOV C, 1
END4:  MOV AH, 4CH
       INT 21H
CSEG   ENDS
END    START
```

3.4.4 循环程序设计

1. 循环程序结构形式

在处理实际问题时，有时需要重复执行一组相同的操作，例如连加运算，需要进行若干次加法运算，程序冗长，如果采用循环程序设计则可以大大简化程序。循环程序结构是根据条件是否满足，来决定一组相同语句是否重复执行，每执行一遍，都要对条件进行判断，直至条件不满足时，重复执行停止。循环结构程序又称迭代程序结构或重复程序结构，一般由四部分组成，即循环初始化部分、循环体、修改部分、控制部分。

（1）初始化部分：负责为循环体正常运行做好准备，完成循环初始值的设置，一般置于循环程序开始部分，且只执行一遍。初始化部分包括以下三个内容：

1）设置地址指针初始值。例如，初始化 SI、DI 地址指针，使它们分别指向源字符串和目的字符串的首地址。

2）设置控制部分循环结束条件的初始值。需要说明的是，如果循环结束条件是固定不变的，则可以不做这部分工作。如果用重复次数作为结束条件，需要把预定的循环次数送入相应的计数器 CX 中。

3）设置寄存器和内存单元初值。例如，使循环体用到的某些寄存器清 0，设置某些标志位的状态或设置内存单元的初值等。

（2）循环工作部分：负责完成循环程序所要实现的功能，即需要重复进行的工作，它是循环程序的主体和核心。循环程序的工作部分可以是顺序结构、分支结构、循环结构。当工作部分是顺序结构或分支结构时，这样的程序称为单重循环程序；当工作部分是循环结构，称这样的程序为多重循环程序。

（3）修改部分：负责配合循环工作部分工作，对参加运算的数据、数据的地址指针及结果单元的地址指针进行适当的修改，以保证每次循环时，参加运算的数据都是正确的，同时能正确地存放运算结果，为下一次重复的执行做准备。

（4）控制部分：保证循环程序按预定的循环次数或某种预定的条件正常循环，且能控制循环程序正常退出，是循环程序的关键部分。

根据循环程序结构组成中，循环工作部分与控制部分执行先后顺序的不同，循环程序有两种结构：DO-UNTIL 结构和 WHILE-DO 结构，如图 3-8 所示。

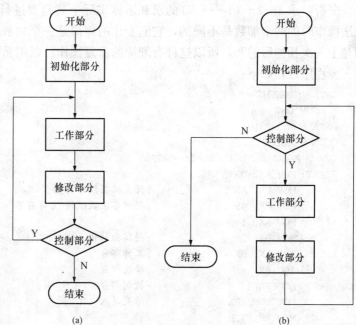

图 3-8 循环程序的结构形式
(a) DO-UNTIL 结构图；(b) WHILE-DO 结构图

从图中可以看出：DO-UNTIL 结构是先执行后判断，至少执行一次；而 WHILE-DO 结构是先判断后执行，有可能一次也没执行。无论哪种结构，循环程序的初始化部分都只执行一次，而工作部分、修改部分、控制部分则有可能重复执行多次，通常把这三部分合称为循环体。

2. 循环程序设计

在进行循环程序结构设计时，要注意下面五个问题：

（1）必须保证在循环程序的循环体内没有转向初始化部分的语句，否则会造成死循环，或者得不到预期结果。

（2）循环程序结构中循环体可以是单个循环体，也可以是多个循环体。如果在循环程序的循环体内还包含一个或多个循环程序结构，那么就把这个程序称为双重或多重循环结构程序，这种情况也被称作循环嵌套。多重循环程序结构要比单重循环程序结构复杂得多。通常设计多重循环时，应从外层循环到内层循环一层一层地进行。在设计外层循环时，先暂时把内层循环看成一个处理粗框，只有当把外层循环的初始化、工作、修改和控制四个部分设计完成后，再将粗框细化出内层循环的四个组成部分。

（3）要合理设置循环控制条件，保证在循环了一定次数后，能退出循环。

（4）根据实际问题，选择结构 DO-UNTIL 或 WHILE-DO 结构。当循环次数可能为 0 时，必须用 WHILE-DO 结构。

（5）选择好的算法并在循环体内尽量采用一些指令周期短、占用字节数少的指令，从而提高循环程序的执行效率。

【例 3-13】 求 $1+2+3+\cdots+50$ 的和，并将结果送入 SUM 字单元中。

分析：求 $1+2+3+\cdots+50$ 的求和运算实际上就是要进行 49 次加法运算，但每次进行加法操作时的两个加数是不同的，它们变化的规律是一个加数每次都递增 1，而另一个加数则是上一次相加后的和，所以这种有规律的重复操作可以用循环结构实现。

源程序设计如下：

```
DATA  SEGMENT
    SUM DW?
DATA ENDS
CODE SEGMENT
    ASSUME CS: CODE, DS:DATA
START: MOV AX, DATA
       MOV DS, AX        ;设置数据段寄存器
       MOV CX, 49        ;将循环次数赋给CX 寄存器
       MOV AX, 1
       MOV BX, 2         ;循环初始化
LP1:   ADD AX, BX        ;工作部分
       INC BX            ;修改部分
       LOOP LP1          ;控制部分
       MOV SUM, AX       ;结果送入SUM
       MOV AH, 4CH
       INT 21H
CODE   ENDS
       END START
```

如果上述求和运算改为按递减顺序进行，即 $50+49+48+\cdots+1$，每次相加时两加数的变化规律是其中一个加数每次都递减 1，它的初始值、变化规律与 CX 寄存器的恰好相同，上面程序中初始化部分、循环工作部分程序段可简化为如下形式：

```
       MOV CX, 50        ;CX 既是计数器又是加数
       MOV AX, 0
LP1:   ADD AX, CX
       LOOP LP1
```

执行循环工作的控制是采用对循环次数计数的方法实现控制。这种方法也叫计数控制法，是循环程序最常用的循环控制方法。其关键条件是循环次数的确定，分为正计数法和倒计数法。

正计数法是将计数器初值设置为 0，每执行一次循环，计数器的值加 1，并与已知的循环次数相比较，若相等，则退出循环，若不等，则继续循环。

倒计数法是将计数器初值设置为已知的循环次数，每执行一次循环，计数器的值减 1，并测试是否为 0，若为 0，则退出循环，若不为 0，则继续循环。

【例 3-14】 试求算式 $(5+N)!$，结果存到 SUM 中。

源程序设计如下：

```
DATA  SEGMENT
```

```
        N DW 7
        SUM DW?
DATA ENDS
CODE SEGMENT
        ASSUME CS: CODE, DS:DATA
START: MOV AX, DATA
        MOV DS, AX                ;设置数据段寄存器
        MOV AX, 5
        ADD AX, N
        MOV CX, AX                ;将循环次数赋给CX 寄存器
        MOV AX, 1
        MOV BL, 1                 ;循环初始化
LP1:   MUL  BL                    ;工作部分
        INC BL                    ;修改部分
        LOOP LP1                  ;控制部分
        MOV SUM, AX               ;结果送入SUM
        MOV AH, 4CH
        INT 21H
CODE   ENDS
        END START
```

注意：循环指令 LOOP 本身就带有计数器功能，每次循环 CX 都自动减 1 计数，因此编写程序时要注意不能再在循环控制中进行减 1 计数了。

【例 3-15】以 ARRAY 开始的字节数组有 10 个带符号数（注：将字节扩展成字），试求出它们的和，并将和送到 SUM 字单元中。

解：
```
DSEG    SEGMENT
        ARRAY  DB  0AH, 33H, 0B5H, 0FFH, 90H
               DB  66H, 12H, 1AH, 59H, 0DDH
        SUM    DW?
DSEG ENDS
CSEG    SEGMENT
        ASSUME CS:CSEG, DS:DSEG
START: MOV AX, DSEG
        MOV DS, AX
        LEA SI, ARRAY
        XOR DX, DX
        MOV CX, 10
DONE:  MOV AL, [SI]
        CBW
        ADD DX,AX
        INC SI
        LOOP DONE
        MOV SUM, DX
        MOV AX,4C00H
        INT 21H
CSEG   ENDS
        END START
```

【例 3-16】编程统计字单元 NUMBER 中二进制数位值为 1 的个数，统计结果存放在 one 单元中。

这个问题实际就是统计 NUMBER 里面有多少个含 "1" 的二进制位。可以先用移位指

令逐次将各二进制位移进 CF 标志位中，然后通过对 CF 标志位进行判断，实现对 "1" 的个数的统计。当然除了移位的方法，还可以用 AND 或 TEST 指令逐位判断。

源程序设计如下：

```
data segment
    number dw  1669h
    one    db  0
data ends
code   segment
    assume  cs:code, ds:data
start: mov  ax, data
       mov  ds, ax
       mov  ax, number
compa: cmp  ax, 0
       jz   fin
       shl  ax, 1
       jnc  compa
       inc  one
       jmp  compa
fin:   mov  ax, 4c00h
       int  21h
code ends
       end start
```

【例 3-17】已知数据段的 2200H～2215H 单元中存放有若干个无符号字数据，试求出其中的最大数，并存入 MAX 字单元。

分析：为了找出这些数据中的最大数，先选第一个数作为最大数并和第二个数比较，若第二个数大，则将第二个数作为最大数的候选存入寄存器 AX 中，否则 AX 中的值不变，继续上述过程，直至最后一个数，当所有的数据都参与比较后，AX 寄存器中存放的就是这些数据中的最大数。因为比较两个数的过程完全相同，所以可以用循环结构实现。题目中没有直接给出循环次数，但根据给出的首、末地址和数据的类型等信息，可以计算出无符号字数据的个数为（2215H－2200H＋1）/2＝10，从而得出比较的次数是 9。求最大值程序流程如图 3-9 所示。

源程序设计如下：

```
DSEG SEGMENT
    ORG  2200H
    NUM  DW  32,-86,156,-21,-210,
         DW  84,-76,56,-12,0
    MAX  DW  ?
DSEG ENDS
CSEG SEGMENT
    ASSUME CS: CSEG,DS:DSEG
BEGIN: MOV AX, DSEG
```

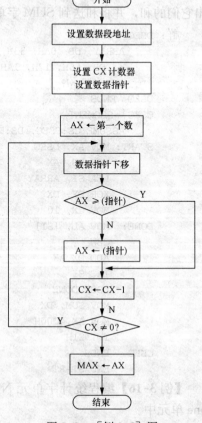

图 3-9　[例 3-6] 图

```
            MOV DS, AX
            MOV CX, 9               ;设置计数器初值
            MOV SI, OFFSET NUMB     ;设置地址指针初值
            MOV AX, [SI]            ;暂定第一个数为最大值
LP1:        INC SI
            INC SI                  ;修改指针,指向下一数
            CMP AX, [SI]            ;两数比较
            JAE NEXT
            MOV AX, [SI]            ;将目前的最大数放入AX
NEXT:       LOOP LP1
            MOV MAX, AX
            MOV AH, 4CH
            INT 21H
CSEG  ENDS
            END BEGIN
```

【例 3-18】内存 DATA 开始连续存放 100 个字节数据。编程统计这些数据中,含"0"和含"1"个数正好相等的数据有多少,将结果存入 NUM 字节单元。

按照设计多重循环的方法,首先设计外层循环,即一个数据、一个数据地检查,当发现有含"0"和含"1"个数相等的数据时,用来统计数据个数的 AH 寄存器就加 1,直到 100 个数据全部检查完毕。AH 的值就是所求的结果。它的粗框图如图 3-10。

怎样才能知道数据中含"0"和含"1"的个数相等呢? 具体处理的方法是:对每一个数据进行逐位检查,一旦发现含"0"的位时,用来统计含"0"个数的 DH 寄存器的值就加 1,直至这个数据的八个二进制位全部检查完毕。不难知道,当 DH 等于 4 时,则含"0"和含"1"的个数一定相等。用图 3-11 替换粗框图中的处理粗框,就形成了整个程序的流程图。

源程序设计如下:

```
DSEG    SEGMENT
  DATA  DB  23,-45, 156,-90, 98,-210...
  NUM   DB  ?
DSEG    ENDS
CSEG    SEGMENT
    ASSUME CS: CSEG,DS: DSEG
BEGIN: MOV AX, DSEG
        MOV DS, AX
        LEA BX, DATA
        MOV CX, 100            ;设置外层循环计数器初值
        XOR AH, AH             ;记录数据个数,初值0
REPT1:  MOV AL, [BX]           ;取数
        MOV DL, 8              ;设置内层循环计数器初值
        XOR DH, 0
REPT2:  SHR AL, 1             ;数移位
        JC NEXT2              ;检查CF是否为1
        INC DH
NEXT2:  DEC DL
        JNZ REPT2
        CMP DH, 4            ;判断含1和0的个数是否相等
        JNZ NEXT1
        INC AH
NEXT1: INC BX
```

```
        LOOP REPT1
        MOV NUM, AH
        MOV AH, 4CH
        INT 21H
CSEG    ENDS
        END BEGIN
```

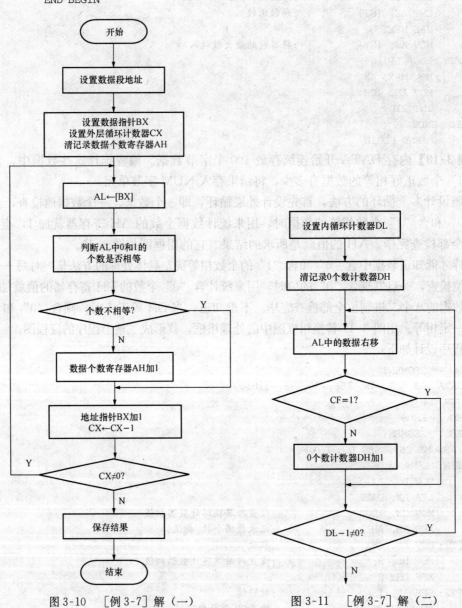

图 3-10　[例 3-7] 解（一）　　　　　图 3-11　[例 3-7] 解（二）

3.4.5　子程序设计

　　子程序（Subroutine）是指可被主程序（调用程序）多次调用的独立程序段，又称为过程（Procedure），它相当于高级语言中的过程和函数。使用子程序能够把具有类似的或相对独立的程序段分离出来，简化源程序结构，使程序结构更加清晰，简化了程序设计和调试工作，极大地提高了编程效率。子程序一般包括子程序定义、现场保护、子程序调用、现场恢复和子程序返回五部分组成。

1. 子程序结构形式以及与主程序的关系

为了便于主程序调用，每个子程序都会有自己的程序名和相应的程序说明。程序名由过程定义伪指令定义的过程给出。子程序说明是为了使子程序便于阅读、维护、使用，为了明确主程序和子程序之间的联系，明确子程序功能，包含以下几项内容：

（1）子程序功能：用自然语言或数学语言等形式简单清楚地描述子程序完成的任务。

（2）子程序技术指标。

（3）子程序入口的符号地址（子程序名）：用过程（子程序）定义伪指令定义该子程序的名字，这时子程序（过程）中第一条语句必须是子程序的入口指令；否则应写子程序入口指令的标号或地址。

（4）入口条件：说明子程序要求有几个入口参数，这些参数表示的意义及存放位置。

（5）出口条件：说明子程序有几个输出参数（运行结果），这些参数表示的意义、存放的位置。

（6）受影响的寄存器：说明子程序运行后，哪些寄存器的内容被破坏了，以便使用者在调用该子程序之前注意保护现场。

子程序的结构与主程序类似，可以采用顺序、分支或循环程序结构。子程序由子程序定义伪指令定义，其格式为：

过程名 PROC 属性(NEAR/FAR)
　　...
过程名 ENDS

其中，过程名是子程序入口的符号地址，与标号的作用相同。属性是指类型属性，包括 NEAR 和 FAR。使用 NEAR 属性时，主程序和子程序在同一个代码段中；当主程序和子程序不在一个代码段中，使用 FAR 属性。

主程序负责调用子程序，汇编语言中为子程序调用设置了专门的指令 CALL，当子程序执行完，返回到主程序调用的位置继续执行，实现"子程序返回"。同子程序调用指令一样，汇编语言中为子程序返回设置了专门的指令 RET 来实现。主程序与子程序之间的关系如图 3-12 所示。

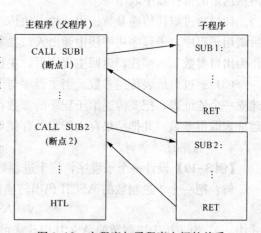

图 3-12　主程序与子程序之间的关系

2. 子程序设计方法

在利用子程序的概念设计程序时，除了要进行子程序定义、调用、子程序返回主程序外，还应考虑现场的保护和恢复。

由于主程序和子程序通常都是分别编写的，在主程序调用子程序前，可能在寄存器中存有一些有用的数据，而这些寄存器在子程序中需要使用，因而当子程序使用这些寄存器时，会将主程序中所需的数据破坏，造成冲突。这些寄存器的值或所需的标志位的值我们称之为现场。显然，子程序执行前需要将现场保护起来，我们称之为保护现场；子程序执行结束返回主程序时需要将现场恢复，这过程我们称之为恢复现场。

保护现场与恢复现场的工作既可在调用程序中完成，也可在子程序中完成。在主程序中保护现场，则一定在主程序中恢复现场；在子程序中保护现场，则一定在子程序中恢复现场。这样可以增强主程序和子程序之间的相对独立性，减少相互依赖，使程序结构清楚，减少错误。

保护现场和恢复现场可以采用以下方法：

（1）利用堆栈。利用 PUSH 压栈指令，将寄存器内容或状态标志位内容保存在堆栈中，完成保护现场操作；利用 POP 出栈指令将已保存在堆栈中现场取出恢复，完成恢复现场操作。这种方法是最为方便，尤其在嵌套子程序设计应用中。

（2）利用内存单元。用传送指令将寄存器内容或状态标志位内容保存在内存单元中，恢复时再用传送指令从内存单元中取出。这种方法使用不方便，因此较少采用。

3. 子程序的参数传递方法

主程序调用子程序时，需要把加工的数据传送给子程序，这些数据称为入口参数；子程序运行完后，要把执行的结果回送给主程序，这些数据称为出口参数。常用的参数传递方法有三种：通过寄存器传递、通过堆栈传递和通过地址表传递。

（1）通过寄存器传递参数。用这种方法传递参数，是指调用程序和子程序之间，事先约定一些存放参数的通用寄存器，当调用程序转向子程序时，先把入口参数放到约定好的寄存器中，然后调用子程序，子程序工作时，直接从约定的寄存器中取参数，当子程序处理完数据后，再将执行结果作为出口参数放入事先约定好的寄存器中。返回调用程序后，调用程序再从约定的寄存器中取结果。

（2）通过堆栈传递参数。用这种方法传递参数，是指主程序先把入口参数压入堆栈，然后调用子程序，子程序从堆栈中弹出入口参数进行处理；子程序处理完数据后再将执行结果作为出口参数压入堆栈，返回主程序后，主程序从堆栈中弹出出口参数进行相应的处理。

（3）通过地址表传递参数。当主程序与子程序之间传递的参数较多时，可以在主程序中建立一个地址表，把要传递给子程序的参数存放在地址表中，然后调用子程序，子程序通过地址表取得参数，并把结果存入指定的存储单元中去。

4. 子程序设计举例

【例 3-19】设计一个子程序，将十进制数的 ASCII 码转换成二进制数。

解：把一个十进制数的 ASCII 码串转换成二进制数的算法为

$$N = N \times 10 + N_i$$

式中，N_i 为一位十进制数的 ASCII 码代表的数值；N 为十进制数据转换的结果值，其初值为 0。

子程序清单如下：

```
;example359
ACHAB   PROC
        PUSH BX          ;保护现场
        XOR CX, CX       ;初始化转换结果
SUB1:   MOV AL, [SI]     ;取一个字符
        CMP AL,'0'       ;判断是数字的ASCII码吗？
        JB RETURN
        CMP AL,'9'
```

```
        JA RETURN
        SUB AL,'0'              ;转换为相应数字
        XOR AH, AH              ;扩展成双字长
        MOV BX, CX              ;将N*10
        SHL CX, 1
        SHL CX, 1
        ADD CX, BX
        SHL CX, 1
        ADD CX, AX              ;计算N
        INC SI                  ;修改地址
        JMP SUB1
RETURN: POP BX                  ;恢复现场
        RET                     ;返回主程序
DATBIN     ENDP
```

【例 3-20】设计一个子程序，将 4 位 BCD 码数转换成二进制数，4 位 BCD 码存放在字单元 DBCD 中，结果存放在 DBIN 单元中。

解：子程序设计如下：

```
;example360
BCDEC      PROC NEAR/FAR
        PUSH DI
        PUSH CX
        PUSH AX
        PUSH BX
        PUSH DX
        MOV CX, 4               ;处理4位BCD码,控制循环次数
        LEA DI, DBIN
        MOV BX, DX              ;取BCD码
        MOV AX,0
R1:     PUSH CX                 ;保存CX值
        MOV CL, 4
        ROL BX, CL             ;BX循环左移4位,最高4位进入最低4位
        POP CX                  ;恢复循环次数
        MOV DL, 10
        MUL DL                  ;累加和乘以权值10送AX
        PUSH BX
        AND BX, 000FH
        ADD AX, BX              ;累加1位BCD码
        POP BX
        LOOP R1
        MOVD BIN, AX            ;存结果
        POP DX
        POP BX
        POP AX
        POP CX
        POP DI
        RET
BCDEC      ENDP
```

【例 3-21】采用子程序设计求 N^2 程序。

解：这是一个简单的程序，子程序可采用顺序程序设计，该程序是一个完整的段定义、主程序、子程序、调用、返回，由于子程序和主程序所用寄存器较少，没有现场保护和恢

复。通过这一题，读者可以体会到主程序和子程序之间的工作关系以及程序设计方法。

源程序设计如下：

```
DSEG   SEGMENT
   N   DB   21H
       RE DW   ?
DSEG   ENDS
CSEG   SEGMENT
       ASSUME  CS:CSEG, DS:DSEG
START: MOV AX, DSEG
       MOV DS, AX
       MOV AL, N
       CALL SUB1
       MOV RE, AX
       MOV AH, 4CH
       INT 21H
SUB1   PROC
       MOV BL,AL
       MUL BL
       RET
SUB1   ENDS
CSEG   ENDS
   END  START
```

【例 3-22】 综合运用循环程序设计、子程序设计：计算 ｜106｜＋｜27｜＋｜－56｜＋ ｜－74｜的值。

解：源程序设计如下：

```
SJD   SEGMENT
    JDZ  DB  106,27,- 56,- 74
    RES DW   ?
SJD   ENDS
DED    SEGMENT  STACK
    DW  100 DUP(0)
DED   ENDS
CSEG  SEGMENT
    ASSUME  CS:CSEG, DS:SJD,SS:DED
YGC   PROC  FAR
START: PUSH DS
       XOR  AX,AX
       PUSH AX
       MOV  AX,SJD
       MOV  DS,AX
       XOR  AX,AX
       MOV  CX,4
       LEA  SI,JDZ
   SUM: MOV  BL,[SI]
       CALL ABSOL
       ADD  AL,BL
       ADC  AH,0
       INC  SI
       LOOP SUM
       RET
```

```
       YGC ENDP
   ABSOL PROC
         OR  BL,BL
         JNS BACK
         NEG BL
   BACK: RET
   ABSOL  ENDP
   DMD EDNS
         END START
```

习　　题

3.1　假设某数据段定义如下，试求数据定义伪指令所分配的内存单元字节数。

(1) DB-1　DW　20 DUP(?)

(2) DB-2　DB　10 DUP('ABCD')

(3) DB-3　DB　10 DUP(4)

(4) DB-4　DW　10,-21,?,'B'

(5) DB-5　DW　2 DUP(2DUP(4),'$ ')

(6) DB-6　DB　'HOW OLD ARE YOU?','T'

(7) ASC_DATA DB '1234'

(8) HEX_DATA DB 1234H

3.2　试指出下列数据定义伪指令的对错，并说明原因。

(1) AND DB "¥"　　　　　　　(2) ADDR　DB　$

(3) DATA　DB F1H,12　　　　 (4) @ DAT　DB　12H,24H

(5) 1-ADDR DW 100　　　　　 (6) DATA-2　DW　VAR

(7) ARRD/2 DB 12H　　　　　 (8) ADR * ADR1 DW　1234H

3.3　已知数据段定义如下，并假设段基址为（DS）＝2000H，试指出下列指令执行后相应寄存器的值。

```
DSEG   SEGMENT
     ORG 200H
DATA1 DB  26H,34H,4DUP("F")
DATA2 DW  1234H,DATA1
DSEG ENDS
```

(1) MOV AH, TYPE DATA2　　　　　　;(AH)=?

(2) MOV AL, TYPE DATA1　　　　　　;(AL)=?

(3) MOV AX, WORD PTR DATA1　　　 ;(AX)=?

(4) MOV SP, SIZE DATA2　　　　　　;(SP)=?

(5) MOV CX, DATA1+ 2　　　　　　　;(CX)=?

(6) MOV SI, OFFSET DATA2　　　　　;(SI)=?

(7) MOV DI, SEG DATA1　　　　　　 ;(DI)=?

(8) MOV BX, LENGTH DATA2　　　　　;(BX)=?

3.4　试求下列指令中目的寄存器的值。

（1）MOV AL, 0FH EQ 0FH　　　　　（2）MOV AL, 0F0H GT 88H

（3）MOV DH, 0F0H EQ 88H　　　　　（4）MOV AL, 0F0H AND 88H

（5）MOV DH, 0F0H OR 88H　　　　　（6）MOV BL, 0F0H XOR 0AH

（7）MOV CX, NOT 88H　　　　　　　（8）MOV AX, 0FFFFH SHL 2

（9）MOV AX, (3 LT 4)AND 1　　　　（10）MOV SI, 12 MOD 5

3.5　根据下列要求编写一个汇编语言程序：

（1）代码段的段名为 COD _ SG

（2）数据段的段名为 DAT _ SG

（3）堆栈段的段名为 STK _ SG

（4）变量 HIGH _ DAT 所包含的数据为 95

（5）将变量 HIGH _ DAT 装入寄存器 AH，BH 和 DL

（6）程序运行的入口地址为 START

3.6　请将下列文件类型填入空格：

（1）.obj　（2）.exe　（3）.crf　（4）.asm　（5）.lst　（6）.map

编辑程序输出的文件有＿＿＿＿＿＿＿；

汇编程序输出的文件有＿＿＿＿＿＿＿；

连接程序输出的文件有＿＿＿＿＿＿＿。

3.7　下列标号为什么是非法的？

（1）GET.DATA　　（2）1 _ NUM　　（3）TEST-DATA

（4）RET　　（5）NEW　ITEM

3.8　编制完整程序：将 AL 中的第 7 位和第 0 位、第 6 位和第 1 位、第 5 位和第 2 位、第 4 位和第 3 位互换。

3.9　编制完整程序计算 X－Y。设 X，Y 为字数据，分别存放在 DAX，DAY 单元，结果存入 DIF 单元。

3.10　编程实现把用压缩 BCD 码表示的数 M，转换为两个相应的 ASCII 码，结果存在紧跟 M 后的两个内存单元，低位在前，高位在后。

3.11　已知 $N\sim N+i$ 的存储区中有一串 ASCII 字符，试编写一个完整汇编语言程序，将此字符串传送到 $M\sim M+i$ 单元中，并使字符串的顺序与原来的顺序相反。

3.12　编制程序将物理地址为 21000H 单元开始有一个 100 个字节的数据块传送到 22000H 开始的存储区中去。试分别使用以下三种方法，并比较三种不同方法的编程效率。

（1）不用串操作指令；

（2）用单个传送的串操作数据传送指令；

（3）用带重复前缀的串操作数据传送指令。

3.13　以 ARRAY 开始的字节数组有 10 个带符号数（注：将字节扩展成字），求出它们的和，并将和送到 SUM 字单元中。

3.14　编写完整程序并画出流程图。已知 X 为字数据，存放在 ADR 单元，若 X 中含有偶数个 1，将 FLAG 单元置 1，否则 FLAG 单元置 0。

3.15　编写程序，比较数组 VALE1 中 5 个无符号数，并根据比较结果在终端上显示如下信息：

（1）没有相等的数，则显示 0；

（2）5 个数中，如果有任意 2 个数相等，则显示 2；

（3）任意 3 个数相等，则显示 3；

（4）5 个数都相等，则显示 1。

3.16　设 STRING 单元开始存储区存放着 100 个无符号字节数，试编程将它们中的最小值、最大值找出来，并分别存放在 MIN 和 MAX 字节单元中。

3.17　用子程序编写一个将键盘键入的 0000H～FFFFH 的十六进制数转换成十进制数的程序，并在屏幕上显示。

3.18　已知整数变量 A 和 B，试编写完成下述操作的程序：

（1）若两个数中有一个是奇数，则将该奇数存入 A 中，偶数存入 B 中；

（2）若两个数均为奇数，则两数分别加 1，并存回原变量；

（3）若两个数均为偶数，则两变量不变。

3.19　用子程序结构编写程序将 4 位 BCD 码转换为二进制数，并调用该子程序。

3.20　编写程序：求 100! 的值。

3.21　编写程序段，比较两个 5 字节的字符串 OLDS 和 NEWS，如果 OLDS 字符串与 NEWS 不同，则执行 NEW _ LESS，否则顺序执行程序。

3.22　在程序的括号中分别填入下列指令：

（1）LOOP L20　　（2）LOOPNE L20　　（3）LOOPE L20

试说明在这三种情况下，当程序执行完后，AX、BX、CX、DX 四个寄存器的内容分别是什么？

```
        TITLE EXLOOP.COM
    CODESG SEGMENT
        ASSUME CS:CODESG, DS:CODESG. SS:CODESG
            ORG 100H
    BEGIN:  MOV AX, 01
            MOV BX, 02
            MOV DX, 03
            MOV CX, 04
    L20:    INC AX
            ADD BX, AX
            SHR DX, 1
            (    )
            RET
    CODESG  ENDS
            END BEGIN
```

第 4 章　8086 微处理器的硬件特性

前面我们介绍了 8086CPU 的内部逻辑组成结构和 8086 系统汇编语言及指令系统。从第 4 章起，我们学习总线工作时序、8086CPU 外部引脚、存储器、I/O 接口电路等外部设备工作原理。

本章主要内容包括总线基本概念及工作时序、8086CPU 外部引脚功能、CPU 最大、最小工作模式及配置。要求重点掌握总线基本概念、时钟周期、总线周期、CPU 操作和工作时序。

我们已经了解到 8086CPU 的 BIU 部分通过三总线（数据、地址、控制）与存储器和 I/O外设相连，实现微型计算机的各种功能。

8086CPU 芯片可以满足各种各样的使用场合，通常有两种工作模式：最小模式和最大模式。最小模式是由一个 8086 微处理器构成，系统中的总线控制电路最少，所有的总线控制信号都直接由 8086 产生。相对最小模式而言，最大模式总是包含有两个或多个微处理器，其中一个是主处理器 8086，其他的处理器协助主处理器工作，称为协处理器，常用的协处理器有两个，一个是数值运算协处理器 8087，一个是 I/O 协处理器 8089。

4.1　8086微处理器总线基本概念

微型计算机系统主要由微处理器、存储器、输入输出接口电路组成，这些部分是通过数据总线、地址总线、控制总线连接起来的。在微机系统和微机应用系统的设计中，了解 CPU 总线上传输的信号类型及其时间关系是很重要的。本节主要讲述系统总线性能以及总线基本概念。要求掌握时序的基本概念及时序分析方法。

4.1.1　总线基本概念及分类

所谓总线，就是一组将计算机各个部件（运算器、控制器、存储器及 I/O 设备）连接起来的信息传输介质，通过总线可以为各个部件提供公共通道，传输数据信息、地址信息、状态信息和各种控制命令。总线就像人类的神经系统一样协助 CPU 工作。通常根据面向对象的不同，总线可以有以下两种分类。

1. 按系统中总线的物理位置划分

按系统中总线的物理位置不同可分为：内部总线、系统总线和外部总线。

（1）CPU 内部总线。内部总线是由芯片厂商设计，封装在 CPU 芯片内部，用来连接片内运算器和寄存器等各功能部件的总线。大多数计算机应用系统设计人员更加关注内部总线的对外引线（即 CPU 总线引脚）。

（2）系统总线。系统总线也称板级总线，是多处理器系统用来连接各 CPU 插件板的信息通道，用来支持多个 CPU 的并行处理，通常所说的总线就是这种总线。当前，最流行的系统总线是 MULTIBUS、STDBUS、VME 等。系统总线在单处理器系统（如 PC）中称为局部总线，包括 EISA、VESA、PCI、AGP 及 PCLE 总线等。系统总线是系统设计中的关键技术，也是微型机系统设计人员和应用人员最关心的一类总线。

（3）外部总线。外部总线也称通信总线，是几个微型机系统之间、微型机和外部设备之间或微机系统和仪器仪表之间的通信通道。例如，微型机系统和打印机、硬盘、扫描仪之间的信息传输就是通过外部总线实现的。外部总线的数据传输率比系统总线低，数据传输方式可以是并行或串行，应用于不同场合的总线标准也是不同的，如有串行总线 RS232-C 和通用串行总线 USB、IEEE1394 等，用于与并行打印机连接的 Centronics 总线，专用于与硬盘连接的 IDE、SCSI 总线等。

2. 按照功能或所传输信号类型来划分

按照功能或传输信号类型的不同，总线可以分为数据总线、地址总线和控制总线。

（1）数据总线。数据总线用来传送数据信息。数据总线是双向的，数据既可以从 CPU 送到其他部件，也可以从其他部件送到 CPU。数据总线的位数是计算机的一个重要指标——字长，通常都与 CPU 的位数相对应。例如，16 位和 32 位的 CPU 所对应的数据总线分别为 16 位和 32 位。数据总线上传输的数据既可以是数值，也可以是指令代码，还可以是状态或控制信息。

（2）地址总线。地址总线用来传送地址信息。由于地址通常是由 CPU 提供的，因此，地址总线一般是单向的。地址总线的位数决定了计算机的另一个重要指标——容量，CPU 可以直接寻址的内存范围。比如，8 位 CPU 的地址总线通常为 16 位，最大内存容量为 2^{16} 字节＝65536 字节，通常称为 64KB；16 位 CPU 的地址总线通常为 20 位，最大内存容量为 2^{20} 字节＝1048576 字节，通常称为 1MB；32 位 CPU 的地址总线通常为 32 位，最大内存容量为 2^{32} 字节，通常称为 4GB。

（3）控制总线。控制总线用于传输控制信息和状态信息。其中主要是 CPU 与存储器和 I/O 接口电路之间传送的控制信号，因此，同数据总线一样，控制总线是双向的，CPU 送往存储器和 I/O 接口电路的控制信号，如读信号、写信号；其他部件送到 CPU 的状态信号，如 I/O 接口电路向 CPU 发出的通信联络信号（中断请求信号、准备就绪信号）等。

关于各类总线及总线标准更为详细的内容，请参看相关资料。

4.1.2　总线的主要性能

伴随着微电子技术的发展，CPU 运算速度不断提高，人们对总线性能的要求也不断地提高。总线的性能参数主要从以下三方面来衡量。

1. 总线宽度

总线宽度是指一次能同时传输的数据位数。例如，16 位总线和 32 位总线，分别指一次能同时传输 16 位二进制数据和 32 位二进制数据。一般来说，总线的宽度越宽，在一定时间中传输的信息量越大。不过，在一个系统中，总线的宽度不会超过 CPU 的字长。

2. 总线频率

总线频率是指总线每秒钟能传输数据的次数。总线工作频率越高，传输速度就会越快。如 ISA、EISA 的频率为 8MHz；PCI 的频率为 33MHz；LPCL2 的频率为 66MHz 等。

3. 总线传输速率

总线传输速率是指在单位时间内总线可传输数据总量，用每秒能传输的字节数来衡量，单位 MB/s。

传输速率与频率、宽度的关系为：总线传输速率＝（总线宽度/8）×总线频率

例如，PCI 总线，宽度为 32b，频率为 33MHz，则

$$总线传输速率=32b/8×33MHz=132MB/s$$

可见，总线宽度越宽，频率越高，则传输率越高，该总线的性能越高。

4.1.3　总线周期、时钟周期和指令周期

前面已经提到，计算机是在定时时钟脉冲 CLK 的统一控制下一步一步按照存放在内存代码段中指令来完成各种任务的。定时时钟脉冲信号 CLK 是各种命令脉冲信号和定时信号的脉冲源。时钟信号在时间上有先后次序，在空间上由不同的输出信号线输出。

1. 时钟周期

时钟周期是 CLK 中两个时钟脉冲下降沿之间持续的时间，它是 CPU 的最小时间计量单位，称为一个 T 状态或 T 周期，由计算机主频决定 T 周期的时间长短。例如，8086 的主频为 5MHz，则 1 个 T 周期就是 200ns，若主频为 100MHz，则 1 个 T 状态就是 10ns。

2. 指令周期

CPU 从内存中将一条指令读出并执行所需要的时间称为指令周期，简单说，指令周期即 CPU 完整地执行一条指令所用的时间。指令不同，其执行时间的长短不同，指令周期也不同。但不论指令周期长或短，一个指令执行都包括取指令、对指令进行译码和执行指令等操作。一个指令周期还可以分成若干个总线周期。

3. 总线周期

8086CPU 执行指令时，都要通过总线完成与存储器或 I/O 接口电路的信息交换。CPU 对存储器或 I/O 端口进行一次访问，读/写一个字节的操作所需要的时间称为总线周期。在通常情况下，8086 系统一个最基本的总线周期由 4 个时钟周期 T_1、T_2、T_3、T_4 组成。当所选中的存储器和外设的存取速度较慢跟不上 CPU 的要求时，会由存储器或外部设备通过 READY 信号线在 T_4 状态启动之前向 CPU 发一个 READY 无效的信号，表示数据未就绪，于是 CPU 将在 T_3 之后插入 1 个或多个附加的时钟周期 T_W。T_W 又叫等待状态。在 T_W 状态，总线上的信息情况维持 T_3 状态的信息情况。当存储器或外部设备完成数据的读/写准备时，便在 READY 线上发出有效信号，CPU 接到此信号会自动脱离 T_W 而进入 T_4 状态。

总线周期和时钟周期的关系，如图 4-1 所示。

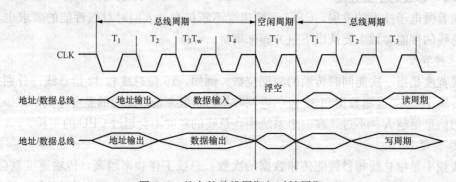

图 4-1　基本的总线周期与时钟周期

4.2　8086芯片引脚及功能

8086CPU 为 40 条引线（PIN）、双列直插式（DIP）封装的集成电路芯片，其各引线的

排列及定义如图 4-2 所示。为了减少芯片的引线，部分引线具有双重定义，实现两种不同功能。双重定义的部分引线其功能转换分两种情况：一种是分时复用，在总线周期的不同时钟周期内其功能不同；另一种是按工作模式来定义引线的功能，同一引线在最小模式和最大模式下，定义不同。8086 引线按功能及特性分为四类：地址/数据总线、地址/状态总线、控制总线、电源和地线。下面介绍 8086 的引线功能。

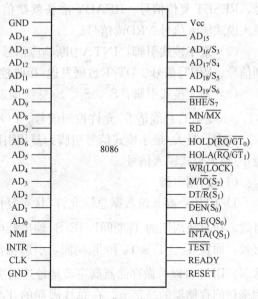

图 4-2 8086 信号引脚

注：括号内定义为 CPU 最大模式。

1. 地址/数据总线

$AD_{15} \sim AD_0$：地址/数据三态复用总线，传送地址时只输出，传送数据时输入输出双向工作。引线功能的转换是分时进行，在总线周期的不同时钟周期内其功能不同。

$AD_{15} \sim AD_0$ 在总线周期的 T_1 状态，用来输出访问存储器或 I/O 端口的地址；在 T_3 状态如果是读周期，则处于浮空（高阻抗）状态；如果是写周期，则为传送数据。在中断响应及系统总线处于"保持响应"周期时，$AD_{15} \sim AD_0$ 被置成高阻抗状态。

特别的，AD_0 在 8086 系统中常作为低 8 位偶地址单元或外设的数据选通信号。在 T_1 状态，AD_0 为低电平，用来传送地址信息，其他状态则用来传送数据。在总线周期的 T_1 状态，CPU 将使用总线的低 8 位和偶地址单元或 I/O 端口交换数据。T_2、T_3、T_4 状态总线传送数据。

2. 地址/状态引线

$A_{19}/S_6 \sim A_{16}/S_3$：地址/状态三态分时复用引线，输出。作地址线用时，输出高 4 位地址，与 $AD_{15} \sim AD_0$ 共同构成 20 位访问存储器的物理地址。作状态线用时，输出状态信息 $S_6 \sim S_3$。S_6 总是为 0，表示 8086CPU 当前与总线相连。S_5 指示当前 IF 的状态，当 $S_5 = 1$ 时，表示当前 IF＝1，允许可屏蔽中断请求；当 $S_5 = 0$ 时，表示 IF＝0，禁止当前可屏蔽中断请求。S_4 和 S_3 引脚组合值表示当前正使用哪个段寄存器，见表 4-1。

表 4-1　　　　　　　　　　　　S_4 和 S_3 引脚组合及对应的段寄存器

S_4	S_3	含　义
0	0	当前正在使用 ES
0	1	当前正在使用 SS
1	0	当前正在使用 ES
1	1	当前正在使用 CS

3. 控制总线

8086CPU 具有控制功能的引脚包括三类：

（1）公用引脚：$\overline{BHE}/S_7$、NMI 非屏蔽中断请求、INTR 可屏蔽中断请求、CLK 时钟信号、RESET 复位信号、READY 准备就绪信号、$\overline{TEST}$测试信号、MN/$\overline{MX}$选择控制最小/最大模式输入信号、$\overline{RD}$读信号。

（2）最小模式引脚：$\overline{INTA}$中断响应信号、$\overline{DEN}$数据允许信号、M/$\overline{IO}$内存/外设访问控制信号、$\overline{WR}$写信号、DT/$\overline{R}$数据发送/接收控制信号、HOLD 保持请求信号。

（3）最大模式引脚：$\overline{S_0}$、$\overline{S_1}$、$\overline{S_2}$总线周期状态信，QS_1、QS_0指令队列状态信号、$\overline{RQ}$/$\overline{GT_0}$、$\overline{RQ}/\overline{GT_1}$总线请求/允许控制信号、$\overline{LOCK}$总线封锁信号。

其中，最大/最小模式信号引脚为复用引脚，其功能转换受控于管脚 MN/$\overline{MX}$ 选择控制最小/最大模式输入信号。

（1）公用引脚。

1）$\overline{BHE}$：高 8 位数据总线允许/状态复用信号输出引脚，$\overline{BHE}$低电平有效，S_7高电平有效。在总线周期的 T_1 期间$\overline{BHE}$/S_7 输出低电平，表示高 8 位数据总线 $AD_{15}\sim AD_7$ 上数据有效，而在 T_2、T_3、T_w 和 T_4 期间，引脚输出 S_7 状态信息。在 DMA 工作方式时它为浮空状态。$\overline{BHE}$可以看做存储器高字节地址选通引脚，接在高 8 位数据总线上设备的片选信号，用来访问存储器的高字节。在总线周期的 T_2、T_3、T_w、T_4 状态，$\overline{BHE}$引脚。注意在 8086芯片设计中，S_7没有赋予实际意义。

$\overline{BHE}$和 AD_0结合起来，指出当前传送的数据在总线上将以何种格式出现，见表 4-2。

表 4-2　　　　　　　　　　$\overline{BHE}$和 AD_0 组合对应的数据操作格式

$\overline{BHE}$	AD_0	数据类型	操　　作
0	0	$AD_{15}\sim AD_0$	经总线 $AD_{15}\sim AD_0$ 访问偶地址开始的一个字
0	1	$AD_7\sim AD_0$	经总线 $AD_7\sim AD_0$ 访问偶地址的一个字节
1	0	$AD_{15}\sim AD_8$	经总线 $AD_{15}\sim AD_8$访问奇地址的一个字节
0 1	1 0	$AD_{15}\sim AD_8$ $AD_7\sim AD_0$	经总线 $AD_{15}\sim AD_8$（第 1 总线周期）、$AD_7\sim AD_0$（第 2 总线周期）访问奇地址开始的一个字

2）NMI：非屏蔽中断请求，输入，上升沿有效，不能由软件进行屏蔽。NMI 靠脉冲触发，只要该引脚上出现一个从低到高的电脉冲就能使 CPU 在当前指令结束，立刻进入中断响应，自动形成中断类型 2，并将中断向量表中的 08H 和 09H 单元的内容送入指令寄存器 IP，将 0AH 和 0BH 单元的内容送入段寄存器 CS，形成非屏蔽中断服务子程序入口地址，转去执行 NMI 中断处理。

3）INTR：可屏蔽中断请求，输入，高电平有效。INTR 靠电平触发，CPU 在每条指令的最后一个时钟周期对 INTR 信号线采样，若发现 INTR 引脚信号为高电平，同时中断允许标志 IF＝1 时，CPU 就进入中断响应周期。若中断允许标志位 IF＝0，即使 INTR 引脚信号为高，CPU 对外界送来的此中断请求信号也不响应。这样可以通过软件复位的方法使 IF＝0，以达到屏蔽中断的目的。

4）CLK：时钟信号，输入，为 CPU 和总线控制器提供定时基准。其中 1/3 脉宽高电平，2/3 脉宽低电平，即时钟信号占空比为 1：3。

5）RESET：复位信号，输入，高电平有效。每当 RESET 为持续 4 个时钟周期的高电平时，8086CPU 将停止正在进行的操作，并使内部寄存器 FR、DS、SS、ES、IP 以及指令队列置 0（00H），CS 设置为 0FFFFH。当 RESET 引脚由高电平变为低电平时，CPU 从代码段的 0FFFFH 开始执行。

6）READY：准备就绪信号，输入，高电平有效。READY 用来实现 CPU 和存储器或 I/O 设备之间的速度匹配，完成数据传送。当 CPU 访问存储器或 I/O 设备时，由于被访问设备速度慢，CPU 无法在规定的时间内完成数据传送时，应使 READY 信号处于低电平，这时 CPU 进入等待状态。当被访问的部件可以完成数据传送时，READY 输入高电平，CPU 继续运行。

7）$\overline{\text{TEST}}$：测试信号，输入，低电平有效。当执行 WAIT 指令时，每隔 5 个时钟，CPU 就对 $\overline{\text{TEST}}$ 信号进行采样。若 $\overline{\text{TEST}}$ 为高电平，就使 CPU 重复执行 WAIT 指令而处于等待状态，一直等到它变为低电平时，CPU 才脱离等待状态，继续执行下一条指令。通常 $\overline{\text{TEST}}$ 引线和 WAIT 指令结合使用，主要用于多处理器环境。

8）MN/$\overline{\text{MX}}$：选择控制最小/最大模式输入信号。该引脚决定构成的系统是最大模式还是最小模式系统。当 MN/$\overline{\text{MX}}$ 接＋5V 时，CPU 按最小模式工作；若 MN/$\overline{\text{MX}}$ 接地，CPU 按最大模式工作。

9）$\overline{\text{RD}}$：读信号，输出，三态，低电平有效。$\overline{\text{RD}}$ 信号有效时，表示 CPU 在读存储器或读 I/O 端口的数据，具体是读取存储器还是读取 I/O 端口数据由 M/$\overline{\text{IO}}$ 信号的状态决定。DMA 方式时，处于浮空状态。

（2）最小模式专用引脚。

1）ALE：地址锁存允许信号，输出，高电平有效。当地址/数据总线分时传送地址信息时，ALE 用来作为把地址信号锁存入 8282、8283 或 74LS373 锁存器的锁存控制信号。在总线周期的 T_1 期间，ALE 出现高电平，选中片外锁存器，而 ALE 的下降沿将地址/数据总线上的地址信息锁存入锁存器。ALE 信号与外部锁存器配合，解决了 $AD_{15} \sim AD_0$ 复用引脚中地址信号和数据信号的分离。DMA 方式时，ALE 不能浮空。

2）$\overline{\text{DEN}}$：数据允许信号，输出，三态，低电平有效。在最小模式系统中，如果用 8286/8287 作为数据总线的双向驱动器时，用 $\overline{\text{DEN}}$ 作为驱动器的选通信号。在每个存储器或 I/O 访问周期以及中断响应周期，$\overline{\text{DEN}}$ 变为有效。DMA 方式时，为浮空状态。

3）M/$\overline{\text{IO}}$：内存/外设访问控制信号，输出，三态。输出 M/$\overline{\text{IO}}$＝0 时，表示总线周期为 I/O 访问周期，输出 M/$\overline{\text{IO}}$＝1 时，表示总线周期为存储器访问周期。DMA 方式时，为浮空状态。

4）$\overline{\text{WR}}$：写信号，输出，三态，低电平有效。$\overline{\text{WR}}$ 信号有效时，表示 CPU 正进行写操作。由 M/$\overline{\text{IO}}$ 信号的状态决定数据是写入存储器还是写入 I/O 端口。DMA 方式时，为浮空状态。

5）DT/$\overline{\text{R}}$：数据发送/接收控制，输出，三态。在最小模式系统中，如果用 8286/8287 作为数据总线的双向驱动时，用 DT/$\overline{\text{R}}$ 控制 8286/8287 的数据传送方向，即当 DT/$\overline{\text{R}}$＝1 时，CPU 发送数据，DT/$\overline{\text{R}}$＝0 时，CPU 接收数据。DMA 方式时，为浮空状态。

6）HOLD：保持请求信号，输入，高电平有效。当 DMA 操作或外部处理器要求通过总线传送数据时，HOLD 信号为高电平，表示外设有请求主 CPU 让出对总线控制权的申请。

7）HLDA：保持响应信号，输出，高电平有效，它是对 HOLD 请求信号的响应。当 CPU 同意让出总线控制权，HLDA 输出高电平信号，通知外界可以使用总线。同时主 CPU

所有具有"三态"的引脚线，都进入浮空状态；当 HOLD 变为低电平时，主 CPU 也把 HLDA 变为低电平，此时它又重新获得总线控制权。

8) $\overline{INTA}$：中断响应信号，是 CPU 对外设中断请求的应答，输出，三态，低电平有效。在每个中断响应周期 T_2、T_3 和 T_w 期间，$\overline{INTA}$ 为有效低电平，通知中断源送出中断向量。外部设备可以用此信号作为读取向量码的选通信号。

（3）最大模式专用引脚。

1) $\overline{S_0}$、$\overline{S_1}$、$\overline{S_2}$：总线周期状态信号，输出，三态。3 个信号的组合产生对当前总线周期中数据传输的控制类型，其状态组合和对应关系如表 4-3 所示。

表 4-3　　　　　　　　　　　　　$\overline{S_0}$、$\overline{S_1}$、$\overline{S_2}$状态组合和对应操作

$\overline{S_0}$	$\overline{S_1}$	$\overline{S_2}$	操　作
0	0	0	发中断响应信号
0	0	1	取指令
0	1	0	写 I/O 端口
0	1	1	写存储器
1	0	0	读 I/O 端口
1	0	1	读存储器
1	1	0	暂停
1	1	1	无源操作，即一个总线操作过程结束，另一个总线操作尚未开始

2) QS_1、QS_0：指令队列状态信号引脚，输出，高电平有效。QS_1 和 QS_0 不同组合状态，反映了 CPU 内部当前总线周期中前一个时钟周期的指令队列状态，以便外部对 8086 的动作进行跟踪。QS_1、QS_0 组合状态及对应含义见表 4-4。

表 4-4　　　　　　　　　　　　　QS_1、QS_0组合状态及对应的含义

QS_1	QS_0	含　义
0	0	无操作
1	0	指令队列无代码
0	1	指令队列中第 1 个字节代码被取走
1	1	除第 1 个字节代码被取走外，后续字节中的代码也被取走

3) $\overline{LOCK}$：总线封锁信号引脚，输出，三态，低电平有效，用来封锁外部主控设备请求。当 8086 的 LOCK 信号为低电平时，系统中其他外部主控设备不能占用总线。这个引脚信号是用指令控制的，在指令前加上前缀 LOCK，则 8086 执行该指令时，$\overline{LOCK}$ 引脚低电平保持到指令结束，防止这条指令执行过程中被打断。此外，2 个中断响应脉冲之间，$\overline{LOCK}$ 引脚自动变为低电平，以确保中断程序顺利执行而不会被间断。在 DMA 工作方式时，$\overline{LOCK}$ 为浮空状态。

4) $\overline{RQ}/\overline{GT_0}$、$\overline{RQ}/\overline{GT_1}$：总线请求/允许控制信号，总线请求信号输入、总线允许控制信号输出，三态，低电平有效。供主 CPU 以外的控制设备（协处理器）发出获得总线控制

权请求和接收 CPU 对总线请求的授权信号，相当于最小模式下的 HDLA 功能引脚。首先由外部控制设备向 8086CPU 输入请求使用总线的信号，然后在同一条线上，8086 输出允许外部主控设备使用总线的回答信号。两条控制线可同时接两个外部控制设备（协处理器），但 $\overline{RQ}/\overline{GT_0}$ 的优先权高于 $\overline{RQ}/\overline{GT_1}$。

4. 电源和地线

第 40 引脚为电源线 V_{CC}，接入的电压为单一的 +5V。8086 有两根地线 GND，第 1、20 引脚，均接地。

4.3　8086 CPU总线工作时序

计算机中执行一条指令，是通过顺序完成指令中若干个最基本的操作来实现。由控制电路各部件完成的基本操作必须有严格的时间先后顺序，这种严格的时间上的先后顺序称为时序。了解 CPU 的操作时序是掌握微机系统的重要基础，从微机的应用角度，学习 CPU 时序的目的可归纳如下：

（1）研究时序有利于深入了解指令的执行过程，CPU 各引脚信号之间的相对时间关系。

（2）研究时序有利于在编写程序时选用适当指令，以减小指令的存储空间和缩短指令的执行时间。

（3）研究时序有利于硬件系统连接和调试，正确实现各功能部件时序上的配合。

（4）学习时序有助于估计或计算 CPU 完成操作所需要的时间，实现微机的过程控制和实时控制。

8086 微型计算机的主要操作可归纳为：

（1）系统复位和启动操作；

（2）暂停操作；

（3）中断操作；

（4）总线操作；

（5）总线保持或总线请求/允许操作。

本节只介绍系统复位/启动操作、暂停操作和中断操作，总线操作和总线请求/允许、保持操作在 4.5 和 4.6 节进行介绍。

1. 系统复位和启动操作

8086 的复位和启动操作是由 8284A 时钟发生器向 8086 RESET 复位引脚输入一个触发信号执行的。RESET 信号一旦进入高电平，8086CPU 就结束现行操作，进入复位状态，直到 RESET 信号变为低电平时为止。8086 要求此 RESET 复位信号至少保持 4 个时钟周期的有效高电平。如果是初次加电引起的复位（又称"冷启动"），则要求此高电平持续时间不少于 $50\mu s$。

在复位状态下，CPU 内部的各寄存器被置为初态。由于复位时代码段寄存器（CS）和指令指针寄存器（IP）分别被初始化为 FFFFH 和 0000H，所以 8086 复位后重新启动时，操作从内存的 FFFF0H 处开始执行，通常系统在 0FFFF0H 处存放一条无条件转移指令，用以转移到系统程序的入口处，使得系统一旦被启动就自动进入系统程序，开始正常工作。

复位信号从高电平到低电平的跳变会触发 CPU 内部的一个复位逻辑电路，经过 7 个时钟周期之后，CPU 就完成了启动操作。复位时，由于标志寄存器（FR）被清零，输入的可屏蔽中断就不能被接受。因此，完成启动后，应在程序中设置一条开放中断的指令 STI，使得 IF=1，以开放可屏蔽中断。

8086 的复位操作时序如图 4-3 所示。

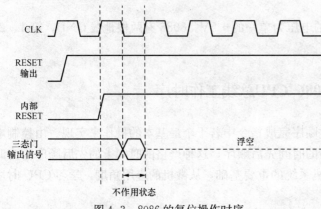

图 4-3　8086 的复位操作时序

2. 暂停操作

当 CPU 执行一条暂停指令 HLT（Halt）时，就停止一切操作，进入暂停状态。暂停状态一直保持到发生中断或对系统进行复位时为止。在暂停状态下，CPU 可在最小模式下接收 HOLD 线上保持请求信号或在最大方式下接收 $\overline{RQ}/GT$ 线上的保持请求信号。当保持请求消失后，CPU 回到暂停状态。

3. 中断操作

8086 有一个强有力的中断系统，可以处理 256 种不同类型的中断，每种中断使用一个类型码以示区别，因此 256 种中断对应的中断类型码为 0～255。这 256 种中断又分为硬件中断和软件中断。

图 4-4 所示为 8086 中断响应总线操作时序。此响应总线周期是由外部设备经中断控制器 8259A 向 CPU 的 INTR 引脚发中断申请而引起的响应周期。中断响应周期为两个总线周期，如果在第一个总周期中，CPU 接收到外部的中断请求 INTR 且中断允许标志 IF=1，此时正好执行完一条指令，则 8086 会在当前总线周期和下一个总线周期中间产生中断响应周期，CPU 的 $\overline{INTA}$ 引脚向外部设备端口（一般是向 8259A 中断控制器）发第一个负脉冲，表明允许该中断申请，插入 2～3 个空闲周期 T_i，然后再发第二个负脉冲。这两个负脉冲都从每个总线周期的 T2 维持到 T4 状态的开始。当中断控制器 8259A 收到第二个负脉冲后，立即就把中断类型码 n 送到它的数据总线的低 8 位 $D_7～D_0$ 上，并通过与之相连的 CPU 地址/数据线 $AD_7～AD_0$ 传给 CPU，其余时间 $AD_7～AD_0$、$\overline{BHE}/S_7$、$A_{19}/S_6～A_{16}/S_3$ 也处于浮空。

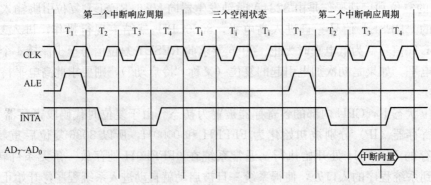

图 4-4　8086 中断响应总线操作时序

4. 总线操作

8086CPU 通过三总线与存储器和 I/O 输入输出接口电路相连，当 CPU 与存储器和 I/O 接口电路进行数据交换或装填指令队列时，CPU 内部的总线接口部件（BIU）执行总线周期，包括读总线操作和写总线操作。否则，BIU 不和总线打交道，将进入总线的空闲周期 T_i。T_i 一般包含 1 个或多个时钟周期。在空闲周期中，状态信息 $S_6 \sim S_3$ 和前一个总线周期相同；地址/数据线 $AD_{15} \sim AD_0$ 则视前一总线周期的读/写操作而不同：若前一周期为读周期，则 $AD_{15} \sim AD_0$ 浮空，若为写周期，则 $AD_{15} \sim AD_0$ 仍为有效传输。

尽管空闲周期 CPU 不执行总线周期，对总线进行空操作，但此时 CPU 内部的执行部件（EU）仍然进行着有效的操作，如在内部寄存器之间传输数据、执行某个运算等等。实际上，总线空操作是总线接口部件对执行部件的等待，等待执行结果的数据传送和执行过程中所需读取数据。

4.4 8086工作模式系统配置

除了学习 8086 芯片各引脚信号的名称和功能之外，我们更关心 CPU 在最小工作模式和最大工作模式下系统硬件是如何配置的？还需要哪些芯片，这些芯片与 CPU 之间是如何连接的，它们之间的工作关系如何？关于 8086 到底工作在最大模式还是最小模式则完全由硬件决定。

4.4.1 最小工作模式

最小模式就是只有 8086 一个微处理器的系统，系统中的总线控制电路可减到最少，这种系统中，所有的总线控制信号只由 8086 产生。最小工作模式典型配置如图 4-5 所示。

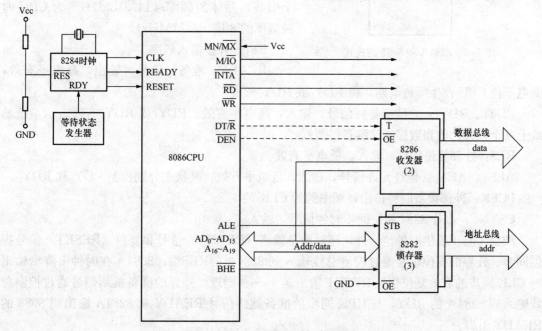

图 4-5　最小工作模式典型配置电路

如图 4-5 所示，在 8086 最小模式中，基本硬件连接主要包括：

（1）MN/$\overline{\text{MX}}$ 端接 +5V，决定了 8086 工作在最小模式。

（2）1 片 8086CPU 作为主处理器。

（3）1 片 8284 时钟发生器。

（4）3 片 8282、8283 或 74LS373，用来作为地址锁存器。

（5）2 片 8286/8287 总线收发器（可选），当系统中所连的存储器和外设较多，需要增加数据总线的驱动能力时选用。

（6）所有的总线控制信号如 M/$\overline{\text{IO}}$、ALE 等由 CPU 直接产生。

下面对 8086 最小系统中的除 8086 处理器以外的其他芯片作简要说明。

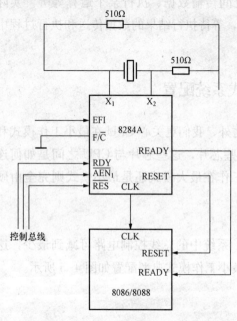

图 4-6　8284A 和 8086 的连接

1. 8284A 时钟发生器

8284A 与 CPU 的连接如图 4-6 所示。

8086CPU 内部没有时钟发生器，8284A 是 Intel 公司设计的单片时钟发生器。8284A 能为 CPU 提供频率恒定的时钟 CLK 信号 8284A 采用 18 个引线（PIN）、双列直插封装，其内部和外部的时间基准信号是从时钟输入端 CLK 引入的。

CLK：系统时钟，输出，频率为晶体频率或外接输入端 EFI 信号频率的 1/3。

F/$\overline{\text{C}}$：频率/晶振选择，输入，当 F/$\overline{\text{C}}$ = 0，选择脉冲发生器产生 CLK；F/$\overline{\text{C}}$ = 1，CLK 由外接输入频率产生。

X_1、X_2：晶体输入，直接接晶体振荡器的两个引线，晶体的频率（14.318MHz）为 CPU 时钟频率的 3 倍（4.77MHz）。

EF_1：外接输入频率。

READY：准备好信号，输出，高电平有效，低电平使 CPU 产生等待周期，由 RDY_1 或 RDY_2 形成。

RDY_1、RDY_2：总线准备好信号，输入，高电平有效。RDY_1 或 RDY_2 有效表示系统总线上某个设备已收到数据或已准备好数据。

$\overline{\text{RES}}$：外部复位信号，输入，低电平有效。

$\overline{\text{AEN}}_1$、$\overline{\text{AEN}}_2$：地址允许信号，输入，低电平有效，其状态分别控制 RDY_1 和 RDY_2。

PCLK：外部设备时钟输出，频率约为 CLK 的 1/2。

CSYNC：多片 8284 相位同步时钟信号，输入。

8284A 除了提供时钟信号外，还对准备就绪（READY）信号和复位（RESET）信号提供同步。外界的复位信号通过控制总线输入到 8284A 的 $\overline{\text{RES}}$ 端，8284A 在时钟下降沿输出与 CLK 同步的有效复位信号 RESET 输出送 8086。同理，外界的准备就绪信号通过控制总线输入到 8284A 的 RDY，与 CLK 同步的准备就绪信号 READY 从 8284A 输出到 8086 的 READY 引脚。

8284A 的另一个作用是向外提供晶体振荡信号（OSC）、外围芯片所需时钟 PCLK 等信号。常用的与 8284A 相连的振荡源有两种，脉冲发生器和晶体振荡器。选用的振荡源不同，8284A 与其连接方式不同。当振荡源选用脉冲发生器时，脉冲发生器的输出端和 8284A 的 EFI 端相连，F/$\overline{C}$接为高电平；若选用晶体振荡器作为振荡源时，将晶体振荡器连在 8284A 的 X_1 和 X_2 两端，F/$\overline{C}$端接地，如图 4-4 所示。这种方法更普遍。然而不管用哪种方法，8284A 输出的时钟频率均为振荡源频率的 1/3。

2. 8282/8283 和 74LS373 地址锁存器

8086CPU 的数据/地址总线和状态/地址总线是分时复用的。所以，在 CPU 占用总线与存储器或 I/O 端口进行数据或状态信息传送前，必须首先输出存储器或 I/O 端口的地址信息，并在对存储器或 I/O 端口进行读/写操作过程中保持不变，因而必须先将地址分离、保存起来，并让出复用总线。除了地址信号外，$\overline{BHE}$信号也需要被锁存。8086 系统中需要对 20 位地址和$\overline{BHE}$信号进行锁存并在整个总线周期应保持有效。

8282/8283 是带有三态缓冲器的 8 位数据典型的锁存器芯片，在 8086 最小模式配置中需要 3 片 8282，用于锁存 20 位地址和$\overline{BHE}$信号并在整个总线周期保持有效。

下面以 8282 为例介绍 8282 锁存器和 8086 的连接。8282 采用 20 条引线（PIN）、双列直插封装，如图 4-7

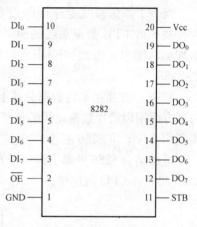

图 4-7 8282 引脚示意图

所示。

8282 锁存器和 8086 的连接如图 4-8 所示。

$DI_7 \sim DI_0$：数据输入端，可接 CPU 的 $AD_7 \sim AD_0$、$AD_{15} \sim AD_8$、$A_{16} \sim A_{19}$ 和$\overline{BHE}$。

$DO_7 \sim DO_0$：数据输出端，接系统的地址总线。

STB：数据锁存信号，输入，高电平有效。当 STB 为高电平时，输出 $DO_7 \sim DO_0$ 随输入 $DI_7 \sim DI_0$ 而变，即起传输作用；当 STB 由高电平变到低电平时，将输入数据锁存。CPU 的地址锁存信号 ALE 端与其相连，CPU 的 ALE 作为 8282 的数据选通 STB 的信号。由 CPU 产生高电平的 ALE 信号将地址信息锁存入 8282 锁存器中。

$\overline{OE}$：数据允许输出端，低

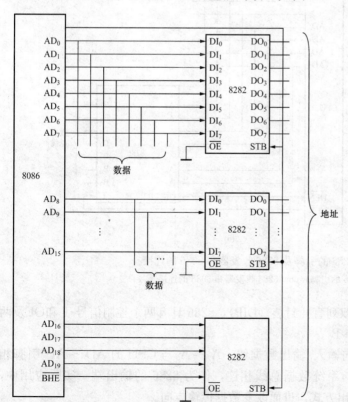

图 4-8 8282 锁存器和 8086 的连接

电平有效。$\overline{OE}$为低电平时，将被锁存的信号输出；$\overline{OE}$为高电平时，8282 输出 $DO_7 \sim DO_0$ 呈高阻状态。在不带 DMA 控制器的 8086 最小模式系统中，将$\overline{OE}$接地，确保允许输出总是有效。

8283 的功能与 8282 完全相同，仅是输入/输出反相，8282 的输出与输入相同，8283 的输出与输入极性相反。

8 位锁存器 74LS373 的功能与 8282/8283 相同，也可实现锁存功能。

3. 8286/8287 并行双向总线收发器

当一个系统总线上连接的设备较多时，由于 8086CPU 输出或接收数据的能力有限，为提高 8086CPU 数据总线的驱动能力，数据总线上需要具有功率放大器的总线收发器来增加驱动能力。为此，Intel 公司开发了一种具有三态输出的 8 位双向总线收发器/驱动器 8286。

8286 一方面用来将数据总线上的数据接收到 CPU 或把 CPU 的数据发送到数据总线上，另一方面用以增加数据总线的负载能力。由于 8086 为 16 位数据总线，所以在 8086 系统中需要用 2 片 8 位 8286 芯片。

下面结合 8286 外部引脚以及 8286 收发器与 8086 的连接图（见图 4-9）简单介绍收发器 8286 和 8086CPU 的连接。

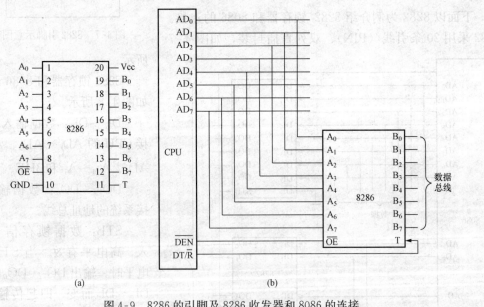

图 4-9 8286 的引脚及 8286 收发器和 8086 的连接

(a) 8286 的引脚；(b) 8286 收发器和 8088 的连接

8286 采用 20 引线（PIN）、双列直插封装（DIP），8286 具有两个控制信号 T 和$\overline{OE}$及两组对称的数据引线 $A_7 \sim A_0$ 和 $B_7 \sim B_0$。

$A_7 \sim A_0$ 和 $B_7 \sim B_0$ 为 8 位双向输入/输出数据线。$A_7 \sim A_0$ 与 CPU 的 $AD_7 \sim AD_0$ 引脚相连，作为 8286 输入端，$B_7 \sim B_0$ 与系统数据总线相连，作为 8286 的输出端。实际应用中，A、B 端受控，可以转换输入/输出方式，进而改变数据传输方向。

T 为传输方向控制端，输入。T 为高电平时，A 为输入端，B 为输出端，CPU 向存储器或 I/O 发送数据；T 为低电平时，A 为输出端，B 为输入端，CPU 从存储器或 I/O 接收数据。在 8086 系统中，T 端与 8086 的数据收发信号 DT/$\overline{\text{R}}$ 相连，控制数据传送的方向。当 CPU 输出数据时，DT/$\overline{\text{R}}$ 为高电平，数据流由 $A_7 \sim A_0$ 进入，从 $B_7 \sim B_0$ 送出。相反，DT/$\overline{\text{R}}$ 为低电平，CPU 接收数据，数据流由 $B_7 \sim B_0$ 进入，从 $A_7 \sim A_0$ 送出。

$\overline{\text{OE}}$ 为数据允许输出端，输出，此信号决定了是否允许数据通过 8286。$\overline{\text{OE}}$ 高电平时，输出呈高阻状态，8286 在两个方向上都不能传送数据；$\overline{\text{OE}}$ 低电平时，允许输出。在 8086 系统中，$\overline{\text{OE}}$ 端和 CPU 的 $\overline{\text{DEN}}$ 端相连，使得只有在 CPU 需要访问存储器或 I/O 端口时才允许数据通过 8286/8287。

8286 两个控制线 T、$\overline{\text{OE}}$ 与 CPU 引脚 M/$\overline{\text{IO}}$、$\overline{\text{RD}}$、$\overline{\text{WR}}$ 的组合决定了系统中数据传输方式。其组合方式及输出类型如表 4-5 所示。

表 4-5　　　　　信号 T、$\overline{\text{OE}}$、M/$\overline{\text{IO}}$、$\overline{\text{RD}}$、$\overline{\text{WR}}$ 和读写操作的对应关系

T	$\overline{\text{OE}}$	M/$\overline{\text{IO}}$	$\overline{\text{RD}}$	$\overline{\text{WR}}$	读 写 操 作
1	0	0	0	1	数据流从 $A_7 \sim A_0$ 到 $B_7 \sim B_0$，I/O 读操作
1	0	0	1	0	数据流从 $A_7 \sim A_0$ 到 $B_7 \sim B_0$，I/O 写操作
0	0	0	1	0	数据流从 $B_7 \sim B_0$ 到 $A_7 \sim A_0$，I/O 写操作
0	0	0	0	1	数据流从 $B_7 \sim B_0$ 到 $A_7 \sim A_0$，I/O 读操作
1	0	1	0	1	存储器读操作，数据流从 $A_7 \sim A_0$ 到 $B_7 \sim B_0$
0	0	1	0	1	存储器读操作，数据流从 $B_7 \sim B_0$ 到 $A_7 \sim A_0$
1	0	1	1	0	存储器写操作，数据流从 $A_7 \sim A_0$ 到 $B_7 \sim B_0$
0	0	1	1	0	存储器写操作，数据流从 $B_7 \sim B_0$ 到 $A_7 \sim A_0$
X	1	X	X	X	$A_7 \sim A_0$、$B_7 \sim B_0$ 均为三态

8287 功能与 8286 完全相同，只是输入和输出是反相的。

8286/8287 在 8086 最小模式系统中是可选的，只有当系统中存储器和外设接口芯片较多时，才需要用总线收发器驱动。

4.4.2　最大工作模式

将 8086 的 MN/$\overline{\text{MX}}$ 引脚接地，就使 CPU 工作于最大模式了。最大模式是相对最小模式而言的，最大模式用在中等规模或大型的 8086 系统中。在最大模式系统中，总是包含有两个或多个微处理器，其中一个为主处理器 CPU，其他微处理器协助主处理器工作，也称外部主控制器或协处理器。最大工作模式典型配置如图 4-10 所示。

如图 4-10 所示，最大模式配置和最小模式配置的主要差别，就是最大模式需要用 8288 总线控制器来对 CPU 发出的控制信号进行变换，以解决主处理器和协处理器之间的协调工作和对总线的控制，以得到对存储器和 I/O 端口的读写信号、锁存器 8282 及总线收发器 8286 的控制信号。8288 内部结构框图及外部引脚如图 4-11 所示。

另外，在最大模式系统中，当系统所含的设备比较多时，一般还有中断优先级管理部件 8259，如图 4-12 中，用 8259A 作为中断优先级管理部件。

下面结合图 4-12 简单介绍总线控制器和 8086 的连接及工作程序。

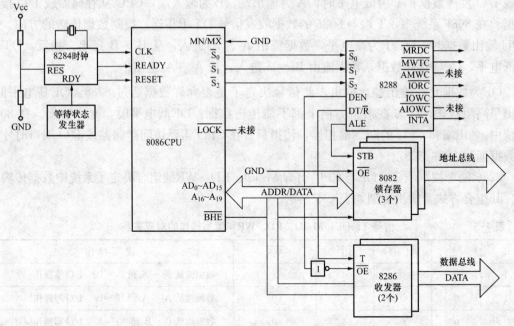

图 4-10　8086 在最大模式下的系统基本配置

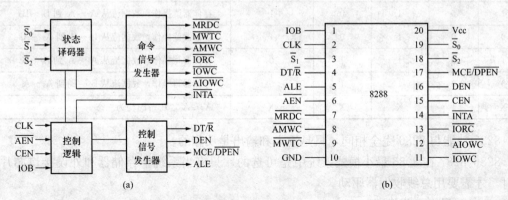

图 4-11　8288 内部结构框图及外部引脚

(a) 8288 逻辑图；(b) 8288 引脚图

1. 来自 CPU 的状态信号（输入）

$\overline{S_0}$、$\overline{S_1}$、$\overline{S_2}$：状态译码信号，分别与 8086CPU 输出的状态信号 $\overline{S_0}$、$\overline{S_1}$、$\overline{S_2}$ 连接。8288 通过对这些状态译码，与输入控制信号 $\overline{AEN}$、CEN 和 IOB 相互配合，输出 CPU 系统所需要的总线命令及控制信号，包括对存储器和 I/O 端口进行读/写的信号、对地址锁存器 8282 和总线收发器 8286 的控制信号，以及中断控制器 8259 的控制信号。

CLK：时钟信号，同 8086CPU 一起接 8284CLK 端，使得 8288 和 CPU 及系统中的其他部件同步。

$\overline{AEN}$：地址允许信号，低电平有效。

CEN：命令允许信号，高电平有效。

IOB：总线方式输入控制信号，IOB 高电平时，为 I/O 总线方式；IOB 低电平时，8288

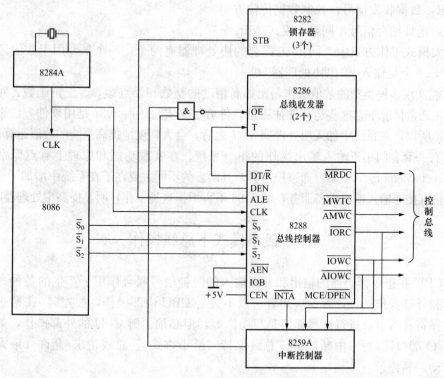

图 4-12　8288 引线及与 8086 的连接

为单处理器总线方式。

2. 总线命令信号（输出）

$\overline{\text{IOWC}}$：写 I/O 命令信号，通知 I/O 外设读取数据总线上的数据。

$\overline{\text{AIOWC}}$：超前写 I/O 命令信号，在总线周期中，由 $\overline{\text{AIOWC}}$ 发出一个 I/O 写命令，通知 I/O 设备执行写命令。功能同 $\overline{\text{IOWC}}$，只是提前一个时钟周期。

$\overline{\text{MWTC}}$：写存储器命令信号。用来通知内存接收数据总线上的数据，并将数据写入所寻址的单元中。

$\overline{\text{AMWC}}$：超前写存储器命令信号。功能同 $\overline{\text{MWTC}}$，只是提前一个时钟周期，以及早通知做好准备。

$\overline{\text{IORC}}$：读 I/O 命令信号。通知 I/O 外设可以将所寻址的端口中的数据放于数据总线上。

$\overline{\text{MRDC}}$：读存储器命令信号。用来通知 I/O 外设去接收数据总线上的数据，并将数据送到所寻址的端口中。

$\overline{\text{INTA}}$：与 8086CPU 的 $\overline{\text{INTA}}$ 引脚类似。

3. 总线控制信号

MCE/PDEN：存储器/外部设备数据允许信号，具有双功能。当 IOB 为低电平时，CEN 接 +5V 有效，MCE 高电平有效。当 IOB 为高电平，接 +5V 时，CEN 接 +5V，此时输出 PDEN 低电平有效，用于控制外设数据，控制 I/O 总线上的数据收发器的开启。

DEN：数据允许信号，控制总线收发器是否开启。与 8086CPU 最小模式相位相反。

DT/$\overline{\text{R}}$：数据收发信号，控制数据传输方向。

ALE：地址锁存信号，同最小模式 ALE 一样。

在最大模式工作方式中，同 8086 配合的协处理器有两个：一个是专用于数值运算协处理器 8087，一个是输入/输出协处理器 8089。

8087 能实现多种类型的数值操作，比如高精度的整数和浮点运算、三角函数、对数函数的计算。在通常情况下，这些运算往往通过软件方法来实现，而 8087 是用硬件方法来完成这些运算的，所以，在系统中加入协处理器 8087 之后，会大幅度地提高系统的数值运算速度。

8089 有一套专门用于输入输出操作的指令系统，在实现功能和原理上有点像带有两个 DMA（Direct Memory Access）通道控制器，其两者的不同主要在于在系统中增加了协处理器 8089，用它直接为输入输出设备服务，使 8086 不再承担这类工作，明显提高主处理器的效率。

4.5　最小模式下总线操作

8086CPU 在指令译码器的输出和外面输入的时钟信号联合作用下产生的各种命令实现控制内部和外部操作。设计者及应用者可以不关心 CPU 内部操作，如控制 ALU 进行算术运算，选择寄存器组，进行读操作还是写操作等，但必须了解 CPU 的外部操作，如存储器读/写、I/O 端口读/写、中断响应、总线保持（最小方式）、总线请求/允许（最大方式）、复位和启动、暂停。

下面介绍最小模式下的总线读操作、总线写操作。

4.5.1　最小模式下的总线读操作

当 8086CPU 进行存储器或 I/O 端口读操作时，BIU 启动一次总线读操作过程，该过程严格按照图 4-13 规定的总线周期时序进行。

在 8086 读周期内，总线信号的变化如下：

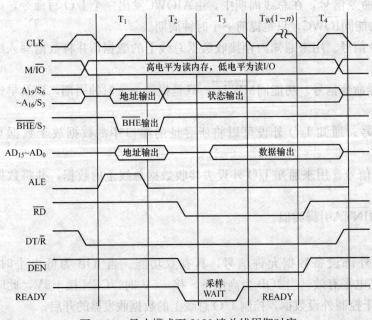

M/$\overline{\text{IO}}$：在 T_1 时钟周期开始，首先用 M/$\overline{\text{IO}}$ 信号指出 CPU 是访问内存还是 I/O 端口。当进行存储器读操作时，M/$\overline{\text{IO}}$ 为高电平；当进行 I/O 端口读操作时，M/$\overline{\text{IO}}$ 为低电平。M/$\overline{\text{IO}}$ 信号的有效电平在整个总线周期内（T_4 时钟周期结束）一直保持。

ALE：在 T_1 状态期间，ALE 引脚上输出一个正脉冲作为地址锁存信号。在 ALE 的下降沿到来之前，M/$\overline{\text{IO}}$ 信号、地

图 4-13　最小模式下 8086 读总线周期时序

址信号均已有效。利用 ALE 的下降沿触发 8282 锁存器对 $AD_0 \sim AD_{15}$、$A_{16}/S_3 \sim A_{19}/S_6$ 中的 20 位地址信息以及 $\overline{BHE}$ 进行锁存，并维持整个总线周期地址不变。

$A_{16}/S_3 \sim A_{19}/S_6$：在 T_1 状态期间，BIU 通过该引脚输出 CPU 要读取的存储单元或 I/O 端口的地址高 4 位。$T_2 \sim T_4$ 输出状态信息 $S_3 \sim S_6$。

$AD_0 \sim AD_{15}$：在 T_1 状态期间，BIU 通过该引脚输出存储单元或 I/O 端口的地址。$AD_0 \sim AD_{15}$ 在 T_2 状态期间变为高阻抗状；在 T_3 状态期间，存储单元或 I/O 端口将数据送到数据总线上，CPU 从 $AD_0 \sim AD_{15}$ 上接收数据。

$\overline{BHE}/S_7$：在 T_1 时钟周期输出低电平信号，表示 $\overline{BHE}$ 有效，高 8 位数据总线上的数据有效。$T_2 \sim T_4$ 输出高电平，表示状态信息 S_7 有效。

$\overline{RD}$：在 T_2 状态期间，BIU 通过 $\overline{RD}$ 引脚输出一个负脉冲提供给被访问的存储器或 I/O 端口来启动数据的读取过程。$\overline{RD}$ 负脉冲持续到 T_3 或 T_W 末尾。

$\overline{DEN}$：在 T_2 状态期间输出有效低电平，打开数据总线缓冲器，实现数据的选通。$\overline{RD}$ 负脉冲持续到 T_3 或 T_W 结束。

$DT/\overline{R}$：在整个总线周期内保持低电平，表示本总线周期为读周期，在接有数据总线收发器的系统中，用来控制数据传输方向。

READY：在 T_3 状态期间，被地址信号选中的存储单元或 I/O 端口准备将数据发送到数据总线 $AD_0 \sim AD_{15}$，当所选中的存储器和外设的存取速度较慢跟不上 CPU 的要求时，由存储器或外部设备通过 READY 信号线在 T4 状态启动之前向 CPU 发一个表示数据未就绪，CPU 会在 T_3 上升沿检测 READY 引脚，若为低电平，CPU 将在 T_3 之后插入 1 个或多个附加的时钟周期 T_W，转入等待状态，直至检测到 READY 变为高电平，结束等待状态，进入 T_4 状态，并结束这个读总线周期操作。

4.5.2　最小模式总线写操作

图 4-14 给出了总线写操作时序。总线写操作的时序与读操作时序相似，其不同处在于：

1）$AD_0 \sim AD_{15}$ 在 T_2 期间没有变为高阻态而直接输出欲写入的数据。

2）在 $T_2 \sim T_4$ 期间 $\overline{WR}$ 引脚输出有效低电平，为存储器或 I/O 接口提早启动数据写缓冲器进行写操作提供条件。

3）$DT/\overline{R}$ 在整个

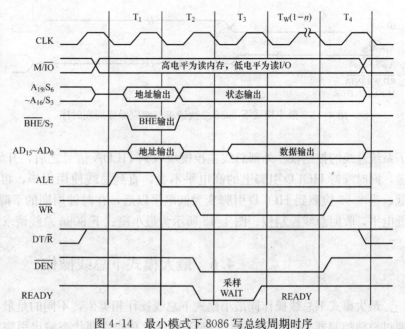

图 4-14　最小模式下 8086 写总线周期时序

总线周期内保持高电平，保证数据总线缓冲器在本总线周期传输方向不变，一直保持写操作。

4) $\overline{DEN}$在T_1期间就输出有效低电平，打开数据总线缓冲器，实现数据的选通。

【例4-1】 若8086CPU工作于最小模式，执行指令MOV [8100H]，AH，试指出以下哪些信号应为低电平：M/$\overline{IO}$、$\overline{RD}$、$\overline{WR}$、BHE/$\overline{S_7}$、DT/$\overline{R}$。若CPU完成MOV AL，[8100H]，则上述哪些信号应为低电平。

解： （1）将AH的内容送到存储单元的操作是CPU进行写存储器操作。所以从8086CPU工作于最小模式下的写时序中可以得出：

信号M/$\overline{IO}$为高电平，表示对存储器进行操作；

信号$\overline{WR}$为低电平，表示CPU写操作；

信号BHE/$\overline{S_7}$为低电平，表示高8位上的数据有效，在T_1期间输出。

（2）将有效地址8100H单元的内容送AL中是CPU进行读存储器操作。所以从8086CPU工作于最小模式下的读时序中可以得出：

信号M/$\overline{IO}$为高电平，表示对存储器进行操作；

信号$\overline{RD}$为低电平，表示CPU是进行读操作；

信号BHE/$\overline{S_7}$为高电平，表示高8位上的数据无效，在T_1期间输出。

4.5.3　最小模式下总线请求与响应

在最小模式下，外部总线主控模块为了取得总线的控制权，通过HOLD引脚向8086微处理器发出总线请求（或称总线保持请求）信号。8086在每个时钟的上升沿检测HOLD引脚的状态。若发现HOLD引脚上为高电平，则在当前总线周期结束时（T_4下降沿）或空闲周期T_w的下降沿处发出总线请求响应（或称总线保持响应）信号HLDA，并使自己的地址/数据及控制总线变成浮动状态，让出

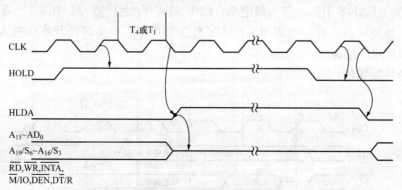

图4-15　最小模式下8086总线请求与响应操作周期时序

了系统总线的控制权。外部总线主控模块收到HLDA信号之后，开始占用总线进行数据传输，同时维持HOLD引脚上的高电平不变，直到总线使用完毕，再把HOLD引脚电平变低，当8086检测到HOLD引脚变为低电平以后，在时钟周期的下降沿使HLDA信号变成低电平，收回总线控制权。图4-15所示为最小模式下8086总线请求与响应操作周期时序。

4.6　最大模式下总线操作

最大模式下总线操作同最小模式下总线操作相类似，不同的是最大模式下总线的控制是通过总线控制器8288实现的，8086CPU通过总线周期状态输出引脚$\overline{S_2}$、$\overline{S_1}$、$\overline{S_0}$的不同组合

控制 8288 产生对存储器和 I/O 接口电路的控制信号。因此,在最大模式总线操作中,在每个总线周期开始之前一段时间,$\overline{S_2}$、$\overline{S_1}$、$\overline{S_0}$ 必定被置为高电平。当总线控制器 8288 一检测到这三个状态信号中的任何一个或几个从高电平变为低电平时,便立即开始一个新的总线周期。最大模式下总线操作包括总线读操作、总线写操作和总线请求/响应操作。

4.6.1　最大模式下的总线读操作

8086 在最大模式下的总线读操作逻辑上同最小模式下总线读操作是相似的,如果存储器或外部设备的速度比较慢,则用 READY 信号来联络。当总线控制器 8288 检测到 $\overline{S_2}$、$\overline{S_1}$、$\overline{S_0}$ 三个状态信号中的任何一个或几个为低电平时,便立即开始一个新的总线周期。如果是总线读周期,则相关各信号之间的时序关系如图 4-16 所示。

图中带 * 号的信号:ALE、DT/$\overline{R}$、$\overline{MRDC}$、$\overline{IORC}$ 和 DEN 都是由 8288 根据 $\overline{S_2}$、$\overline{S_1}$、$\overline{S_0}$ 信号组合产生的。

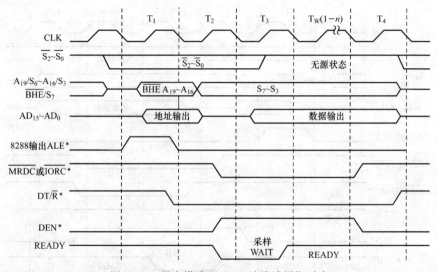

图 4-16　最大模式下 8086 总线读周期时序

(1) 在 T_1 状态,CPU 送出地址,其中,低 16 位地址通过 $AD_{15} \sim AD_0$ 送出,高 4 位地址的通过 $A_{19}/S_6 \sim A_{16}/S_3$ 送出;8288 总线控制器从 ALE 引脚上输出一个正向的地址锁存脉冲指示地址锁存器将地址锁存起来;同时,总线控制器数据传输方向控制信号 DT/$\overline{R}$ 输出低电平信号,为总线收发器提供数据传输方向指示。

(2) 在 T_2 状态,CPU 输出状态信号 $S_7 \sim S_3$ 为输入数据做好准备。总线控制器在 T_2 状态的时钟上升沿处使 DEN 信号有效,启动总线收发器;总线控制器还根据 $\overline{S_2}$、$\overline{S_1}$、$\overline{S_0}$ 的电平组合和 M/$\overline{IO}$ 信号电平发出低电平的读信号 $\overline{MRDC}$ 或者 $\overline{IORC}$,送到存储器或者输入输出设备端口,执行存储器读操作或者输入输出端口读操作,该信号一直持续到 T_4 状态数据从总线上消失。

(3) 在 T_3 状态,如果所读取的存储器或者外设速度足够快,则在 T_3 状态已经把数据送到数据总线上,于是 CPU 就可以获得数据。如果存储器或外部设备的速度比较慢,则用 READY 信号来联络,即在 T_3 状态开始前,READY 仍未就绪,则在 T_3 和 T_4 之间插入 1 个或多个 T_W 状态进行等待。$\overline{S_2}$、$\overline{S_1}$、$\overline{S_0}$ 全部变为高电平即进入一种无源状态,为启动一个新的总线周期作准备。

(4) 在 T_4 状态，数据从总线上消失，状态信号引脚 $S_7 \sim S_3$ 进入高阻状态，而 $\overline{S_2}$、$\overline{S_1}$、$\overline{S_0}$ 则按照下一个总线周期的操作类型产生电平变化。

4.6.2 最大模式总线写操作

在 8086 按最大模式工作时，ALE、DEN、$\overline{S_2} \sim \overline{S_0}$ 的作用及其在总线写操作的时序与最大模式下总线读周期相同，其总线写时序如图 4-17 所示。图中带 * 号的控制信号也是 CPU 通过 8288 产生的。从图 4-17 可以看出，读操作和写操作不同的是：第一，CPU 通过总线控制器为存储器和输入输出设备端口提供两组写信号，其中一组是普通写信号 $\overline{MWTC}$ 和 $\overline{IOWC}$，另一组是提前的写信号 $\overline{AMWC}$ 和 $\overline{AIOWC}$。提前的写信号比普通写信号提前一个时钟周期开始起作用。第二，在 DT/$\overline{R}$ 线上输出的是高电平有效信号，表明数据传输方向为写存储器或 I/O 外设。

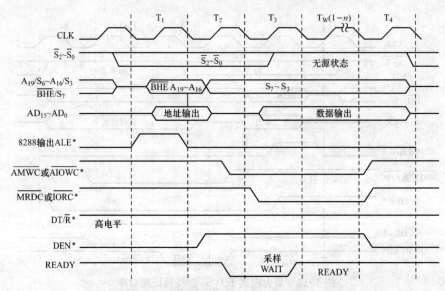

图 4-17 最大模式下 8086 写总线周期时序

从 T_1 状态开始，整个总线周期的时序关系如下：

(1) 在 T_1 状态，CPU 通过 $AD_{15} \sim AD_0$ 和 $A_{19}/S_6 \sim A_{16}/S_3$ 输出要写入的存储器单元或输入输出设备端口地址的低 16 位和高 4 位；若为写入字数据，则数据总线高 8 位有效信号 $\overline{BHE}$ 置为有效低电平；总线控制器使 DT/$\overline{R}$ 输出高电平，以指示数据总线收发器本总线周期进行写操作。

(2) 在 T_2 状态，总线控制器使 DEN 输出高电平启动数据总线收发器；在 DEN 输出高电平的同时，提前的存储器写信号 $\overline{AMWC}$ 或者提前的输入输出端口写信号 $\overline{AIOWC}$ 也为有效低电平并且该信号一直维持到 T_4，提前写信号的设置使得一些较慢的设备或者存储器芯片就可以得到一个额外的时钟周期执行写操作；CPU 开始把数据送到数据总线上。

(3) 在 T_3 状态，总线控制器使普通存储器写信号 $\overline{MWTC}$ 或者普通的输入输出端口写信号 $\overline{IOWC}$ 成为低电平，并且一直维持到 T_4。$\overline{S_2} \sim \overline{S_0}$ 全部为高电平，进入下一个总线周期的准备状态。

（4）在 T_4 状态，CPU 将 $AD_{15} \sim AD_0$ 和 $A_{19}/S_6 \sim A_{16}/S_3$ 设置为高阻状态；两组写信号 $\overline{MWTC}/\overline{IOWC}$ 和 $\overline{AMWC}/\overline{AIOWC}$ 都被撤销；数据允许信号 DEN 也进入低电平使数据总线收发器停止工作。$\overline{S_2} \sim \overline{S_0}$ 按照下一个总线周期的操作类型产生变化，从而启动一个新的总线周期。

4.6.3　最大模式下总线请求与响应

8086 在最大模式下也提供总线主模块之间总线控制权联络信号，与最小模式下不同的是：在最大模式下，总线控制信号不再是 HOLD 和 HLDA，而是功能更加完善的两个双向信号引脚 $\overline{RQ}/\overline{GT_0}$ 和 $\overline{RQ}/\overline{GT_1}$，它们都称为总线请求/总线授权响应信号端，分别连接两个 CPU 以外的其他总线主模块，这些主模块包括协处理器、DMA 控制器，它们可以连接在局部总线上，共享 CPU 和总线之间的共享地址锁存器、数据总线收发器、总线控制器及总线。

$\overline{RQ}/\overline{GT_0}$ 和 $\overline{RQ}/\overline{GT_1}$ 引脚有着完全相同的功能，只是 $\overline{RQ}/\overline{GT_0}$ 和 $\overline{RQ}/\overline{GT_1}$ 都连接了其他总线主模块，当两条引脚上同时出现总线请求时，CPU 会先向 $\overline{RQ}/\overline{GT_0}$ 发出让出总线控制权信号，等到 CPU 收回总线控制权时，才响应 $\overline{RQ}/\overline{GT_1}$ 请求，即 $\overline{RQ}/\overline{GT_0}$ 比 $\overline{RQ}/\overline{GT_1}$ 的优先级高。

最大模式下总线请求与响应操作时序如图 4-18 所示。从最大模式下的总线请求/授权/释放操作时序图可以看出：

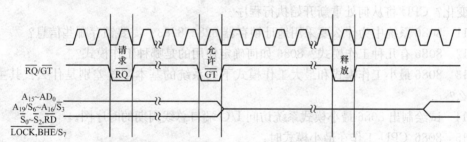

图 4-18　最大模式下总线请求与响应操作时序

（1）CPU 在每个时钟周期上升沿处对 $\overline{RQ}/\overline{GT}$ 引脚进行检测，当 CPU 以外的一个总模块要求使用系统总线时，即可检测出 $\overline{RQ}/\overline{GT}$ 引脚上的负脉冲，脉冲宽度为一个时钟周期。

（2）如果检测到外部有一个总线请求负脉冲，则在下一个 T_4 状态或 T_1 状态通过同一 $\overline{RQ}/\overline{GT}$ 引脚向请求总线使用权的主模块发一个授权负脉冲，其宽度也相当于一个时钟周期。CPU 一旦发出了授权脉冲，各地址/数据引脚、地址/状态引脚以及 $\overline{RD}$、$\overline{S_2} \sim \overline{S_0}$、$\overline{LOCK}$、$\overline{BHE}/S_7$ 便处于高阻状态，逻辑上 CPU 暂时和总线断开。

（3）收到 CPU 发出的授权脉冲后的外部其他总线主模块或协处理器便得到了总线控制权，并可以对总线占用一个或几个总线周期。

（4）当外部主模块准备释放总线时，便在 $\overline{RQ}/\overline{GT}$ 引脚线上向 CPU 发一个负脉冲的释放信号，脉冲的宽度也为一个时钟周期。CPU 检测到该释放脉冲后，在下一个时钟周期收回总线控制权。

总的来说，总线控制权的每次切换都是通过在 $\overline{RQ}/\overline{GT}$ 引线上检测三个负脉冲来实现的，即处理器或其他主模块发总线请求负脉冲，CPU 发授权负脉冲，外部主模块用完总线后发释放负脉冲，这 3 个负脉冲宽度均为一个时钟周期，请求/允许/释放负脉冲构成最大模式下的总线请求与响应操作，但信号传输方向不同：请求和释放负脉冲是外部传给 CPU 的；总线允许负脉冲是 CPU 发给其他外部主模块的。

习　　题

4.1　微机总线有哪些分类？什么是微机的系统总线、局部总线？

4.2　微机的总线结构为它带来了哪些好处？

4.3　什么是时钟周期？机器周期？总线周期？指令周期？

4.4　8086 总线周期由几个时钟周期组成？在各时钟周期中 CPU 分别执行什么动作？

4.5　什么情况下需要插入 T_W 等待周期？在哪儿插入？插入的 T_W 个数取决于什么因素？什么情况会出现总线空闲周期？

4.6　为什么要了解 8086CPU 时序？

4.7　试绘制一个基本的存储器读总线周期的时序图。

4.8　8086CPU 为什么采用地址/数据线分时复用技术？怎样将两种不同的信号分离出来？

4.9　$\overline{BHE}$ 信号的作用是什么？

4.10　8086CPU 被复位后，相关寄存器 IP、CS、FR、DS、ES、SS 以及指令队列的状态如何变化？CPU 将从何处重新开始执行程序？

4.11　8086 系统中为什么要采用地址锁存器 8282/8283？需要锁存哪些信息？

4.12　8086 有几种工作模式？8086 如何确定使用的是哪种工作模式？

4.13　8086 最小工作模式和最大工作模式下的系统的基本配置差别是什么？其主要特点是什么？

4.14　试绘制出 8086 最小模式系统访问 I/O 端口总线周期的时序图。

4.15　8086 CPU 工作在最小模式时：

(1) 当 CPU 访问存储器时，要利用哪些信号？

(2) 当 CPU 访问 I/O 时，要利用哪些信号？

(3) 当 HOLD 有效并得到响应时，CPU 的哪些信号置于高阻状态？

4.16　试绘出 8086 工作在最小模式和最大模式时的系统总线形成示意图。

第5章　半导体存储器

存储器是信息存放的载体，是计算机系统中必不可少的组成部分。正是由于有了存储器，计算机才有了记忆信息的功能。存储器存储容量的大小是计算机的一个重要的性能指标，计算机中大量的操作是 CPU 与存储器之间交换信息，这样存储器的存取速度也是决定计算机工作性能的重要因素。计算机存储器根据用途和特点可以分为两大类：内存储器和外存储器。内存储器，简称为内存或主存，它在主机内部，通常由半导体存储器组成，存放 CPU 当前正要处理的程序和数据，CPU 通过其三总线（地址、数据、控制）直接对它进行访问。其特点是内存存取速度快，但容量受到限制。外存储器，简称为外存或辅助存储器，通常由磁盘存储器、光盘存储器和磁带存储器等组成，它属于计算机的外部设备，常用来存储 CPU 当前操作暂时用不着的信息，它存储的信息要通过接口电路输入到内存储器后才能供 CPU 处理。其特点是容量大，但存取速度比内存慢。由于存储器是微型计算机的重要配件，它的性能是衡量计算机性能不可缺少的指标。

本章以 8086 系统内存储器为背景，讲述存储器的分类、存储器编址、常用存储器器件、8086 存储器组织形式及与 CPU 的连接、存储器扩展、存储器工作时序。

本章重点掌握：存储器的编址，存储器的扩展及与计算机系统的连接。

5.1　存储器和存储器件

5.1.1　存储器的分类

存储器（内存）具有存取速度快、集成度高、功耗小、非破坏性存取、使用方便等特点，目前广泛用作微型计算机的内存。半导体存储器的种类很多：从存取原理来分，有静态和动态存储器；按掉电后存储信息是否丢失来分，有易失和非易失性存储器；按照制造工艺来分，有双极型和 MOS 型存储器；按存储体在计算机中的作用分，有内存储器、外存储器和高速缓冲存储器；按存储介质分，有磁介质存储器、半导体存储器和激光存储器；按存取方式来分，有随机存取存储器 RAM 和只读存储器 ROM，半导体存储器的分类如图 5-1 所示。另外，随着技术的发展，还有一些存储器，如闪速存储器、组合存储器等新型存储器。

1. 随机存取存储器（Random Accessmemory，RAM）

随机存取存储器（Random Accessmemory）主要用来存放各种输入、输出数据以及中间结果和作堆栈用。CPU 在执行程序的过程中能对 RAM 随时进行读出和写

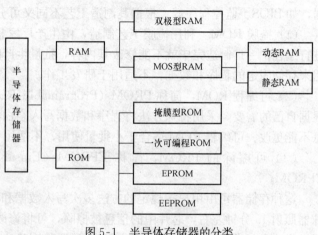

图 5-1　半导体存储器的分类

入或改写操作。RAM 的制造工艺可分为双极型和 MOS 型，双极型 RAM 具有很高的存取速度，通常为几纳秒到几十纳秒（ns），但集成度低、功耗大、单片容量小、价格高，主要用于要求存取时间非常短的特殊应用场合，如高速缓存 Cache。与双极型 RAM 相比，MOS 型 RAM 具有集成度高、功耗低、单片容量大、价格适中，但存取速度较慢等特点。MOS 型 RAM 又可分为静态读写存储器（Static RAM，SRAM）和动态读写存储器（Dynamic RAM，DRAM）。

（1）SRAM。

SRAM 即静态 RAM，存储单元由双稳态触发器构成，可用来存储一位二进制信息。只要不掉电，其存储的信息可以始终稳定地存在，故称其为"静态"RAM。SRAM 有单端口和双端口两种，通常的 SRAM 为单端口存储器，如 6264，只有一个地址输入和一个双向的数据输入/输出。双端口 SRAM 设有两组独立的地址、数据和读写控制信号，使用十分方便，常用在高速数据采集以及高速数字信号处理系统中及采用 DMA 方式和双寻址方式中，典型芯片如 IDT7132。SRAM 的主要特点有：

1）集成度介于双极型 RAM 与动态 RAM 之间，适于不需要大存储容量的微型计算机，例如，单板机和单片机中。

2）工作速度快、稳定可靠，不需要刷新电路。

3）易于用电池作备用电源，以解决断电后继续保存信息的问题。

（2）DRAM。DRAM 即动态 RAM，其存储单元以电容为基础，利用电容存储电荷的原理来保存信息，利用晶体管结电容的充、放电状态表示 0 和 1。由于电容总会逐渐放电存在，时间长了存放的信息会丢失，因此需要由 DRAM 控制器定时提供对存储单元中的内容进行读出、放大再写入信号，完成电容的再充电，这个过程称为"刷新"，刷新间隔为 2ms，所以这种 RAM 称为"动态"RAM。DRAM 主要特点有：电路简单，集成度高、价格便宜、存储容量大、适于大存储容量的计算机。微机中常说的内存条就是由 DRAM 组成，常用的芯片为 2164。

2. 只读存储器（Read Only Memory，ROM）

只读存储器（Read Only Memory）是指信息按特定方法写入后，在程序运行过程中只能读出存储的信息而不能用通常方法写入存储器，故称"只读"。ROM 在掉电后存储信息不丢失，因而 ROM 是非易失性存储器。ROM 在微机系统中主要用于存放固定的程序和数据，如 BIOS、监控程序等。根据其制造工艺不同又可分为以下四种：

（1）掩膜 ROM。利用掩膜工艺制造，由生产厂家根据用户需要用定做的掩膜对存储器进行编程，一旦制造完毕就不能修改其内容，批量生产时，成本很低。掩膜 ROM 只适合于用来存储固定的程序和数据，不适用于研发工作。

（2）可编程 ROM，简称 PROM（Programable ROM）。对于可编程存储器，用户可以根据自己的需要，采用特殊方法将程序和数据写入空白存储器，但只能写入一次，写入后信息不能更改。可编程 ROM 适合于小批量使用，不适用于研发工作。

（3）可擦除的 PROM，简称 EPROM（Erasable Programable ROM），也叫 UV EPROM。

这种存储器可由用户按规定的方法多次写入数据和程序，如编程可用紫外线灯制作的擦抹器照射 15 分钟左右，芯片中的信息被擦除，可将修改后内容再次写入 EPROM。EPROM 通常有三种工作方式，即读方式、编程方式和检验方式。读方式就是对已经写入数据的

EPROM 进行读取。编程方式就是对 EPROM 进行写操作，从地址端输入要寻址的单元的地址，在数据端输入数据，便可进行编程。检验方式是与编程方式配合使用的，用来在每次写入一个数据字节后，检查写入的信息是否正确。EPROM 在研制、开发和科研领域应用广泛。常用芯片有 2764。

（4）电擦除的 PROM，简称 EEPROM 或 E² PROM（Electrically Erasable PROM）。

这种存储器可用特定的电信号以字节为单位进行擦除和改写，不过因其写入时电压要求一般为 20～25V，且写入速度较慢。E² PROM 通常有 4 种工作方式，即读方式、写方式、字节擦除方式和整体擦除方式。读方式是 E² PROM 最常用的工作方式；写方式下，对 E² PROM 进行编程；字节擦除方式下，可擦除指定字节；整体擦除方式下，可使整片的内容全部擦除。常用芯片有 2864。

注意：E² PROM 虽然能够多次进行写入操作，但仍不能像 RAM 那样进行随机存取存储器使用。

5.1.2　半导体存储器芯片的组成

常用的存储芯片由存储体、地址译码器、控制逻辑电路、数据缓冲器四部分组成。一般存储芯片的组成示意图如图 5-2 所示。

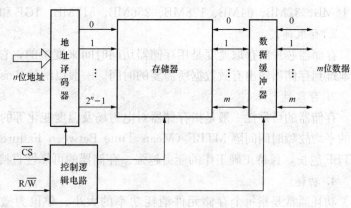

1. 存储体

存储体是存储芯片的主体，由若干个存储单元按照一定的排列规则构成。每个存储单元又由若干个基本存储电路组成，每个存储电路可存放一位二进制信息。通常，一个存储单元为一个字节，存放 8 位二进制信息，即以字节来组织。

图 5-2　存储芯片组成示意图

存储体内基本存储单元的排列结构通常有两种方式：一种是“多字一位”结构（简称位结构），即将多个存储单元的同一位排在一起，其容量表示成 N 字×1 位。例如，1KB×1 位，4KB×1 位。另外一种排列是“多字多位”结构（简称字结构），即将一个单元的若干位组合在一起，其容量表示 N 字×n 位/字。

2. 地址译码器

接收来自 CPU 的 n 位地址，经译码后产生 2^n 个地址选择信号，实现对片内存储单元的选择。

3. 控制逻辑电路

接收片选信号$\overline{CS}$及来自 CPU 的读写控制信号，用于选择存储芯片，形成芯片内部控制信号，控制数据的读出和写入。

4. 数据缓冲器

用于暂存来自 CPU 的写入数据或从存储体内读出的数据，协调 CPU 和存储元件之间速度上的差异。

5.1.3　存储器性能指标

衡量半导体存储器的指标很多，有存储器芯片的容量、存取速度、功耗、易失性、只读性、电源种类、可靠性等。在设计系统时，半导体存储器的性能指标也是选择存储器件主要考虑的因素。下面介绍存储器的主要指标。

1. 存储容量

存储器的容量也称位容量，是指存储器芯片上能存储的二进制数位数。如果一片芯片上的存储单元个数为 N，每个单元可存放 M 位二进制数，存储器芯片的存储容量用"存储单元个数 N×每存储单元的位数 M"来表示。例如，容量为 1024×1 的芯片，表示该芯片上有 1024 存储单元，每个单元存储 1 位二进制数。SRAM 芯片 6264 的容量为 8K×8b，即它有 8K 个单元，每个单元存储 8 位二进制数据。

存储容量的单位以字节来表示，如 512KB、2GB。存储容量与存储集成度有关，各半导体器件生产厂家为用户提供了许多种不同容量的存储器芯片，用户在构成计算机内存时，可根据需要任意选择。PC 机中的内存条是将多片内存装在一块印刷电路板上组成的，常见的内存条有 32 位数据宽度、72 引线的 SIMM（Single Inline Memory Module），如 4MB、8MB、16MB 等。还有 64 位数据宽度、168 引线的 DIMM（Dual Inline Memory Module），如 16MB、32MB、64MB、128MB、256MB、512MB、1GB 和 2GB。

2. 存取速度

存储器芯片的存取速度是用存储器访问时间来度量的，它是指从 CPU 给出有效的存储器地址到存储器输出有效数据所需要的时间。一般以纳秒（ns）为单位。

3. 可靠性

存储器的可靠性一般是指存储器对电磁场及温度变化等的抗干扰能力，常用两次故障之间的平均故障时间间隔 MTBF（Mean Time Between Failure）来衡量。MTBF 可以理解为 MTBF 越长，保持正确工作的能力越强。存储器的可靠性直接与它的芯片构成有关。

4. 功耗

功耗通常是指每个存储元件消耗功率的大小，单位为微瓦/位（μW/B）或者毫瓦/位（mW/B）。功耗取决于所采用芯片的类型，和接口电路的复杂程度有关，由功耗低的存储芯片构成的存储体，可靠性也会有所提高。

5.1.4　常用存储器芯片

1. 静态 RAM

典型的静态 RAM 芯片包括 Intel 6116、6264、2114 和 2142 等，不同的 SRAM 芯片内部结构基本相同。图 5-3 所示为 SRAM 基本组成示意图。下面主要介绍 Intel 6116 和 Intel 6264。

（1）Intel 6116。

Intel 6116 是 CMOS 型 SRAM 芯片，存储容量为 2K×8b，属双列直插式 24 引脚封装，其引脚及功能如图 5-4 所示，24 根引脚中包括 11 根地址线、8 根数据线、3 根控制线以及电源、接地各 1 根。

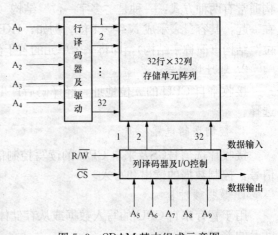

图 5-3　SRAM 基本组成示意图

$A_0 \sim A_{10}$：11 根地址信号线，输入，用于选择存储芯片上 2K 个存储单元中的一个。一个存储芯片上地址线的多少决定了该芯片有多少个可供选择的存储单元。11 根地址线能实现的最大地址编码为 2^{11}，即 2048（2K）个。这 11 根地址线经内部译码器对其进行行、列地址译码，其中 7 根用于行译码地址输入，共有 $2^7 = 128$ 行，4 根用于列译码地址输入，共有 $2^4 = 16$ 列，每条列选择线控制 8 根数据线，共有 $16 \times 8 = 128$ 行，从而形成 128×128 的存储矩阵，如图 5-4 所示。也就是说，芯片的 11 根地址线上经过芯片的内部译码，可以决定选中 6116 芯片上 128×128（2K）存储单元中的某一个。在与系统连接时，这 11 根地址线通常接到系统地址总线的低 11 位上，以便 CPU 能够寻址芯片上的各个单元。

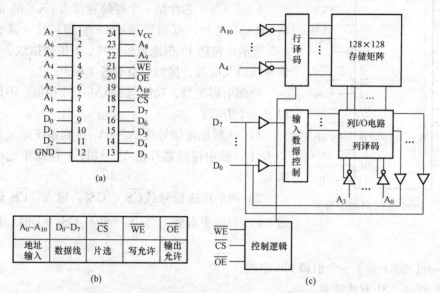

图 5-4   Intel 6116 外部引脚及内部结构图

(a) 引脚图；(b) 引脚名称；(c) 内部结构

$D_0 \sim D_7$：8 根双向数据线，用于确定 CPU 可读出或写入芯片各存储单元的位数。对于 SRAM 芯片来讲，数据线的根数决定了芯片上每个存储单元的二进制位数，8 根数据线说明 6116 芯片的每个存储单元中可存储 8 位二进制数。在与 CPU 连接时，这 8 根数据线与系统的数据总线相连。

$\overline{CS}$：片选信号，输入，低电平有效。当 CS 为低电平，存储芯片被选中，CPU 才可以对它进行读写操作。不同类型的芯片，其片选信号的数量不一定相同，必须芯片上所有的片选信号同时有效才能选中该芯片。在与 CPU 连接时，接 $\overline{BHE}$ 或 A_0 信号线。

$\overline{OE}$：输出允许信号，输入，低电平有效。只有当 $\overline{OE} = 0$ 时，芯片中的数据可由 $D_0 \sim D_7$ 端输出，CPU 才能读取芯片中数据。通常与系统总线的 $\overline{MEMR}$ 相连。

$\overline{WE}$：写允许信号，输入，低电平有效。当 $\overline{WE}$ 为低电平时，允许数据通过 $D_0 \sim D_7$ 端写入芯片。通常与系统总线的 $\overline{MEMW}$ 相连。

其他引脚：V_{CC} 为 +5V 电源，GND 是接地端。

可见，数据的读出或写入将由 $\overline{CS}$ 片选信号、写允许信号 $\overline{WE}$ 以及数据输出允许信号 $\overline{OE}$ 一起控制。当 $\overline{CS} = 0$、$\overline{OE} = 1$、$\overline{WE} = 0$，芯片执行写入操作；当 $\overline{CS} = 0$、$\overline{OE} = 0$、$\overline{WE} = 1$，芯片执行读出操作。Intel 6116 工作方式参见表 5-1。

表 5-1　　　　　　　　　　　　　　　**Intel 6116 工作方式**

$\overline{CS}$	$\overline{OE}$	$\overline{WE}$	工作方式	$D_0 \sim D_7$ 引脚
1	X	X	未选中	高阻
0	0	1	读出	D_i 输出
0	X	0	写入	D_i 输入

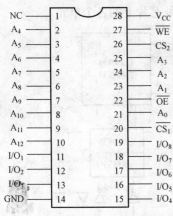

图 5-5　Intel 6264 外部引脚图

(2) Intel 6264。

Intel 6264 芯片是一个存储容量为 8K×8b 的 CMOS 型 SRAM 芯片，双列直插式 28 引脚封装，其引脚如图 5-5 所示，包括 13 根地址信号线、8 根数据线、4 根控制信号线以及电源、接地、空端各 1 根。

外部引脚类型、功能与 RAM6116 相似，不同之处为以下三个方面：

1）13 根地址信号线 $A_0 \sim A_{12}$ 接到系统地址总线的低 13 位上，选中存储芯片上 $2^{13} = 8K$ 个存储单元中的一个单元。

2）两个片选信号线 $\overline{CS_1}$、CS_2，输入，$\overline{CS_1}$ 低电平有效、CS_2 高电平有效。当 $\overline{CS_1} = 0$ 且 $CS_2 = 1$ 时，该芯片被选中。

3）Intel 6264 多了一个引脚 NC 空端。

Intel 6264 工作方式见表 5-2。

表 5-2　　　　　　　　　　　　　　　**Intel 6264 工作方式**

$\overline{CS_1}$	CS_2	$\overline{OE}$	$\overline{WE}$	工作方式	$D_0 \sim D_7$ 引脚
1	X	X	X	未选中	高阻
X	0	X	X	未选中	高阻
0	1	1	1	禁止输出	高阻
0	1	0	1	读出	D_i 输出
0	1	1	0	写入	D_i 输入
0	1	0	0	写入	D_i 输入

2. 动态 RAM

典型的 DRAM 芯片包括 Intel 2164 和 Intel 2118 等，DRAM 与 SRAM 类似，都是按行、列将基本存储元排列成存储矩阵。与 SRAM 不同的是：DRAM 芯片的每个存储单元只有一位数据，如 4K×1b、8K×1b、64K×1b 等，这一结构特点降低芯片功耗、减少芯片对外数据线引脚数目、便于刷新控制。

DRAM 需要定时刷新，刷新信号由专门的 DRAM 控制器定时给出。常用的 DRAM 控制器包括 Intel 8203、Intel 8207 和 Intel 8209 等。下面介绍常用的 DRAM 芯片 Intel 2164。

Intel 2164 是 64K×1b 的 DRAM 芯片，双列直插式 16 引脚封装，其引脚如图 5-6 所示,包括 8 根地址信号线、2 根数据线、3 根控制信号线以及电源、接地、空端等 34 根。

$A_0 \sim A_7$ 为 8 根地址信号线,输入,用于选择存储芯片上 64K 个存储单元中的某一个。如何用 8 根地址线来寻址 64K 个存储单元呢? 这是由芯片结构决定的,DRAM 为了减少封装引脚,将地址线进行分时复用,片内有行和列地址锁存器,由行地址选通信号 $\overline{RAS}$ 将先送入的 8 位行地址送到片内行地址锁存器,然后由列地址选通信号 $\overline{CAS}$ 将后送入的 8 位列地址送到片内列地址锁存器,行地址信号通过片内译码选择一行,列地址信号通过片内译码选择一列,两地址共同作用决定了选中的存储单元。

64K 个存储单元由 4 个 128×128 存储矩阵组成。7 位行地址可以选择 128 行中

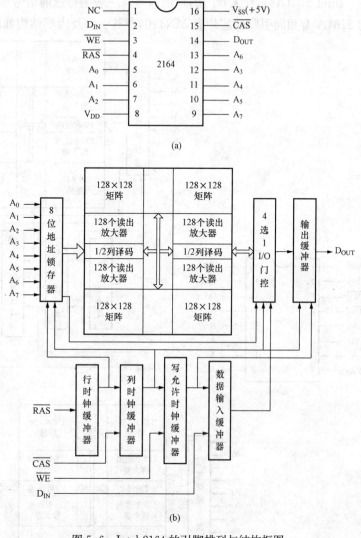

(a)

(b)

图 5-6 Intel 2164 的引脚排列与结构框图
(a) 引脚排列图;(b) 结构框图

的一行,7 位列地址选择 128 列中的一列。7 位行地址即地址总线 $A_6 \sim A_0$ 和 7 位列地址即地址总线 $A_{15} \sim A_8$ 可同时选中 4 个存储矩阵中各一个存储单元,然后由地址总线中的 A_7 和 A_{15} 经 4 选 1 门电路选中 1 个单元进行读写。而刷新时,在送入 7 位行地址时选中 4 个存储矩阵的同一行,即每 2ms 对 4×128＝512 个存储单元进行刷新,每次刷新 512 个存储单元。

D_{IN} 和 D_{OUT} 为芯片的 2 根数据线。其中 D_{IN} 为数据输入线,数据传输方从 CPU 到存储单元。同样,D_{OUT} 是数据输出线,数据传输方向从存储单元到 CPU。

$\overline{RAS}$ 为行地址锁存信号。该信号将行地址锁存在芯片内部的行地址锁存器中。

$\overline{CAS}$ 为列地址锁存信号。该信号将列地址锁存在芯片内部的列地址锁存器中。

$\overline{WE}$ 为写允许信号。当 $\overline{WE}＝0$ 时,D_{IN} 可用,允许将数据写入;当 $\overline{WE}＝1$ 时,D_{OUT} 可用,允许将数据读出。

Intel 2164A 芯片无专门的片选信号，一般用行选通信号和列地址选通信号起片选作用。与 2164A 有相同引脚的芯片有 MN4164，其引脚及内部结构如图 5-7。

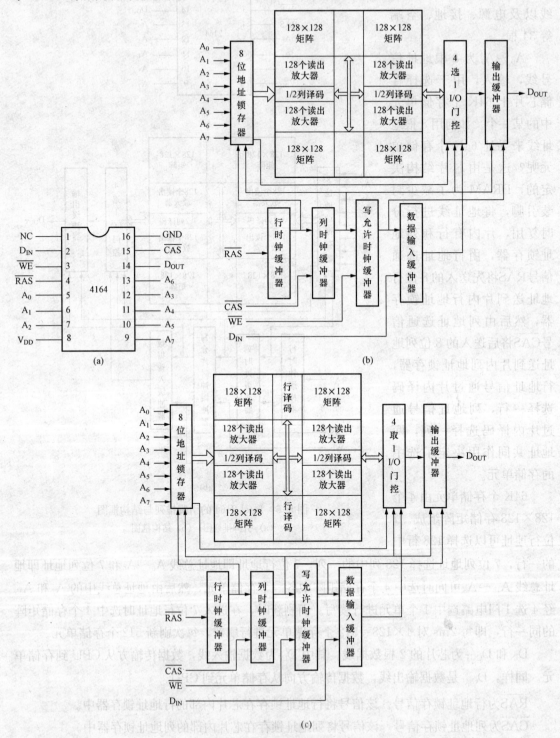

图 5-7　MN4164 的引脚排列与结构框图

(a) 引脚排列图；(b) 结构框图；(c) 结构框图

3. EPROM

常见的 EPROM 芯片包括 Intel 2716（2K×8）、2732（4K×8）、2764（8K×8）、27128（16K×8）、27256（32K×8）和 27512（64K×8）。下面我们介绍三种有代表性 EPROM 芯片。

（1）Intel 2716 芯片

Intel 2716 是 2K×8b 的 EPROM，它在 5V 的单电源下正常工作，其存储时间为 450ns，引脚图见图 5-8。

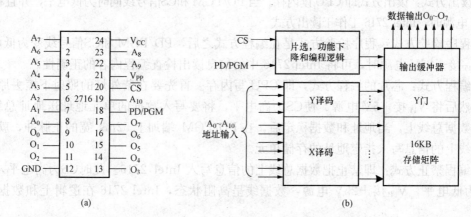

图 5-8 Intel 2716 芯片引脚及内部结构图

(a) 引脚图；(b) 内部结构框图

1）2716 的引脚功能如下：

$A_0 \sim A_{10}$ 为 11 根地址信号线，输出，用于选择存储芯片上 16K 存储单元中的一个。如 2716 结构框图 5-8 所示，7 条地址线接 X 译码器，产生 128 条行选择线，4 条接 Y 译码器，产生 16 条列选择线。

$D_0 \sim D_7$ 为 8 位数据输出线，编程时，作为数据输入线。这 8 条数据线受控于 Y 译码器产生的 16 条列选线，形成 128 位列输出，与行矩阵一起组成 128×128 的存储矩阵，形成 16K 存储空间。

$\overline{CS}$ 片选信号，低电平有效。

V_{PP} 为编程电压输入端，接＋5V 电源，可对 Intel 2716 读出；接＋25V 电源，可对 Intel 2716 写入。

PD/PGM 功率下降/编程，这是一个复用引脚，与 $\overline{CS}$、V_{PP} 配合控制 Intel 2716 的工作方式。

2）Intel 2716 工作方式。Intel 2716 有 6 种工作方式，详见表 5-3。

表 5-3   **Intel 2716 工 作 方 式**

信号线 方式	$\overline{CS}$	PD/PGM	V_{PP}	V_{CC}	$D_0 \sim D_7$ 状态
读出	0	0	＋5V	＋5V	输出
程序检验	0	0	＋25V	＋5V	输出
编程写入	1	0→1 跳变	＋25V	＋5V	输入

信号线 方式	$\overline{CS}$	PD/PGM	V_{PP}	V_{CC}	$D_0 \sim D_7$状态
编程禁止	1	0	+25V	+5V	高阻
未选中	1	任意	+5V	+5V	高阻
待机	任意	1	+5V	+5V	高阻

①读出方式：读出方式即 CPU 读内存。当 PD/PGM 和$\overline{CS}$信号线同时为低电平，并且将 V_{PP} 接＋5V 电源时，Intel 2716 工作于读出方式。

②程序检验方式：程序检验方式是在编程方式之后，PD/PGM 和$\overline{CS}$信号线变为低电平，且将 V_{PP} 接＋25V 电源时，可将 Intel 2716 中的信息读出检查编程内容的正确性。

③编程方式：芯片的编程方式，即 CPU 写内存。首先要在紫外灯的照射下擦去原有的内容，然后将 V_{PP} 接＋5V 电源、使$\overline{CS}$为高电平，将要写入数据的单元地址送地址总线上、数据送数据总线上，当地址和数据稳定后，在 PD/PGM 端加上 52ms 宽的正脉冲，就可以将数据线上的信息写入指定地址的存储单元。

④编程禁止方式：即禁止把数据总线上的信息写入 Intel 2716。此时$\overline{CS}$为高电平，PD/PGM 为低电平，V_{PP} 接＋25V 电源，数据线呈高阻状态，Intel 2716 在逻辑上和数据总线分离。

⑤待机方式：待机方式又称静止等待方式。PD/PGM 为高电平，$\overline{CS}$可高可低，V_{PP} 接＋5V 电源，数据线呈高阻状态，Intel 2716 处于待用状态，此时，工作电流约从 110mA 降到 26mA，功耗也降至 130mW。

⑥未选中方式：未选中方式与待机方式相类似，$\overline{CS}$为高电平，PD/PGM 可高可低，V_{PP}接＋5V 电源，数据线呈高阻状态，无工作电流。

（2）Intel 2764 芯片。

Intel 2764 是 Intel 27 系列 EPROM 芯片之一，芯片引脚数与 Intel 2716 相同，都是 24 脚。其不同之处如下：

1）容量不同：Intel 2764 为 8K×8B。

2）芯片引脚功能差异：Intel 2764 具有$\overline{OE}$输出允许引脚。

3）工作方式不同：Intel 2764 有八种不同工作方式，具体见表 5-4。Intel 2764 编程模式下，PGM 引脚必须提供一个 50ms 宽度的负脉冲，而 Intel 2716 则是需要正脉冲。Intel 2764 增加了独有的两种操作模式：Intel 编程模式和 Intel 标识符模式。编程模式是 Intel 公司开发的一种新的 EPROM 编程算法，可大大缩短编程时间；在标识符模式下，可读出制造厂和器件类型的编码。

表 5-4　　　　　　　　　　　Intel 2764 工 作 方 式

信号 模式	$\overline{CS}$	$\overline{OE}$	$\overline{PGM}$	A_9	V_{PP}	V_{CC}	$D_0 \sim D_7$状态
读出	0	0	0	任意	+5V	+5V	输出
程序检验	0	0	1	任意	+25V	+5V	输出
输出禁止	0	1	1	任意	+5V	+5V	高阻

续表

模式 \ 信号	$\overline{CS}$	$\overline{OE}$	$\overline{PGM}$	A_9	V_{PP}	V_{CC}	$D_0 \sim D_7$状态
编程写入	0	1	1→0	任意	+25V	+5V	输入
编程禁止	1	任意	任意	任意	+25V	+5V	高阻
未选中	1	任意	任意	任意	+5V	+5V	高阻
待机	任意	任意	1	任意	+5V	+5V	高阻
Intel 编程	0	1	0	任意	+25V	+5V	输入
Intel 标识	0	0	1	高	+5V	+5V	编码

（3）Intel 27128 芯片。

Intel 27128 的单片容量为 16K×8B，存取时间为 250ns，使用单一的+5V 电源，$\overline{CE}$为高电平则芯片未被选中，这时其功耗为有效状态时的 1/3。

1）Intel 27128 芯片引脚图如图 5-9（b）所示，Intel 27128 和 Intel 2716 不同之处在于它增加了一条输出允许引脚$\overline{CE}$，并且有 14 位地址线。

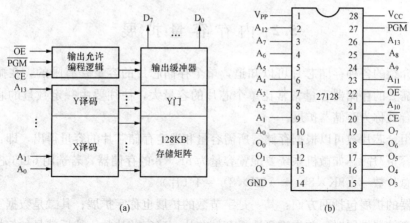

（a）

（b）

图 5-9　Intel 27128 引脚及结构图

（a）内部结构框图；（b）外部引脚图

2）Intel 27128 工作模式：Intel 27128 的模式选择见表 5-5。

表 5-5　　　　　　　　　　Intel 27128 的 模 式 选 择

线模式 \ 信号	$\overline{CE}$	$\overline{OE}$	$\overline{PGM}$	V_{PP}	V_{CC}	$D_0 \sim D_7$状态
读出	0	0	1	+5V	+5V	输出
程序检验	0	0	1	+21V	+5V	输出
编程写入	0	任意	1→0 跳变	+21V	+5V	输入
编程禁止	1	任意	任意	+21V	+5V	高阻
未选中	1	任意	任意	+5V	+5V	高阻
待机	1	任意	任意	+5V	+5V	高阻

由上述 3 种 Intel 27 系列的 EPROM 芯片的引脚的介绍可以看出：各种 EPROM 芯片的引脚类型和功能大同小异，且管脚封装排列上是相互兼容的，各种 EPROM 芯片的外部引脚主要有以下几类：

地址线：地址线数量随存储容量及其构成方式而定。

数据线：$D_0 \sim D_7$ 为 8 位数据输出线。

片选线：$\overline{CS}$或$\overline{CE}$，低电平有效。

数据输出允许线：$\overline{OE}$，低电平有效。

编程控制线：$\overline{PGM}$。

电源线：V_{CC}工作电源接＋5V；V_{PP}编程电源，编程时应在该端加上编程高电压。不同的芯片对 V_{PP}的值要求的不一样，一般有＋12.5V、＋15V、＋21V、＋25V 等。实际使用时应查有关技术手册，以免损坏芯片。在线工作时该引脚接＋5V 电源。

GND：信号地线。

存储器的数据输出、编程以及各种工作方式由 3 条控制线，即片选线$\overline{CS}$、输出允许线$\overline{OE}$和编程控制线$\overline{PGM}$控制。

5.2　内　存　容　量　扩　展

从前面介绍的各种存储芯片可以知道，单个存储芯片的容量是有限的，在微型机系统中，存储器需要的存储器容量常常比单个芯片的容量大，往往要由一定数量的芯片组合构成，这种组合就称为存储器扩展。

存储器组合芯片数可以根据存储器所需容量和选定存储芯片的容量得出，即：总片数＝总容量÷（容量/片）。如微机系统要配置容量为 8K×8 的存储器，若选用 6116 芯片（2K×8），则需要总片数＝（8K×8）÷（2K×8）＝4（片）。

内存储器的扩展包括两方面：其一是字节数的扩展也称字扩展；其二是数据宽度的扩展即位扩展。存储器扩展时，首先需要选择存储芯片、确定芯片数，然后就是如何把芯片连接在一起，存储器扩展连接涉及地址线、数据线和控制线（包括片选信号线、读/写信号线）的连接。

5.2.1　字扩展

计算机中内存每个存储单元是按字节来进行组织的。字扩展是指用多片字长为 8 位的存储芯片构成仅在字数方向进行的存储空间扩展。当存储芯片上每个存储单元的字长已为 8 位，只需增加存储单元的个数，即字数扩展。字扩展将多个芯片的地址线、数据线、读/写线连在一起，由片选信号来区分各个芯片。

例如，若选用 16k×8b 的 EPROM 芯片 27C128 组成 64k×8b 存储器。在这里，芯片字长已满足要求 8b，只是容量不够，所以需要进行的是字节数扩展。所需芯片个数为：总片数＝（64K×8）÷（16K×8）＝4（片）。

在这种情况下，CPU 将提供 16 根地址线、8 根数据线与存储器相连，而存储芯片有 14 根地址线，8 根数据线。8 个芯片的地址线 $A_{13} \sim A_0$、数据线 $D_7 \sim D_0$ 及$\overline{WE}$等读写信号控制线都是同名信号并联在一起。高位地址线 A_{14}、A_{15} 经过一个地址译码器产生 4 个片选信号 $\overline{CE_i}$（$i=1$，2，3，4），分别选中 4 个芯片中的一个。表示由 $16k \times 8b$ 芯片组成 $64k \times 8b$ 的存储器的连接方式如图 5-10 所示。

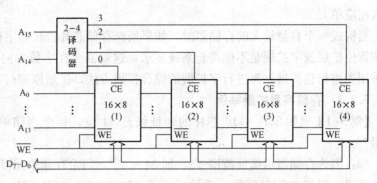

图 5-10　字扩展存储芯片连接

5.2.2　位扩展

位扩展是指只在位数方向上加大字长扩展，而芯片的字数和存储器的字数是一致的。之所以要进行位扩展，是因为实际的存储芯片，其每个单元的位数不是 8 位，不能满足存储器系统的每个单元的字长，如 DRAM 芯片 Intel 2164 为 $64k \times 1b$，SRAM 存储芯片 2114 为 $1k \times 2b$ 等，因此构成存储器系统，必须进行位扩展以达到存储单元字长要求。

位扩展构成的存储器系统的每个单元中的内容被存储在不同的存储器芯片上。例如，在用 8 片 $8k \times 1b$ 的存储器芯片经位扩展构成 $8k \times 8b$（64kb）的存储器中，每个单元中的 8 位二进制数被分别存在 8 个芯片上。

位扩展的连接方式是将各存储芯片的地址线、片选线和读/写线相应地连接在一起，而将各芯片的数据线单独列出。图 5-11 是用 $8k \times 1b$ 芯片组成 $8k \times 8b$ 的存储器的连接。

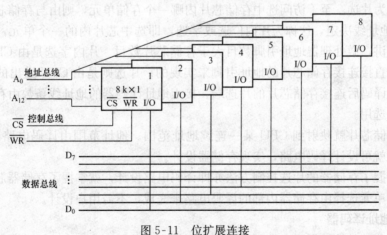

图 5-11　位扩展连接

在这种情况下，CPU 将提供 13 根地址线（$2^{13} = 8k$），8 根数据线与存储器相连；而存储芯片仅有 13 根地址线，1 根数据线，故不存在片选问题。具体的连接方法是：8 个芯片的地址线 $A_{12} \sim A_0$ 分别连在一起，各芯片的片选信号 $\overline{CS}$ 以及读/写控制信号 $\overline{WR}$ 也都分别连到一起，将各芯片的数据线单独列出，分别输出 $D_0 \sim D_7$ 数据位。

当 CPU 访问该存储器时，其发出的地址和控制信号同时传给 8 个芯片，选中每个芯片的同一单元，相应单元的内容被同时读至数据总线的各位，或将数据总线上的内容分别同时写入相应单元。

当构成一个容量较大的存储器时，如果所选存储芯片位长和字长都需要进行扩展，有时只依靠位扩展或字扩展是不能符合系统要求，这就需要在字数方向和位数方向上同时扩展，则采用先进行位扩展，再进行字扩展的综合扩展方法，扩展原理与字扩展、位扩展相同。

5.2.3　存储容量扩展举例

【例5-1】已知单片6116芯片的地址线是11位，每个存储单元是8位，试求其存储容量？

解：因为存储器可编址范围2^{11}，即$M=2^{11}$，每个存储单元可存8位，即$N=8$，

所以，6116的存储容量 $=2^{11}\times8=2\times1024\times8=2K\times8b=2KB$

【例5-2】若要组成64kb的存储器，采用以下芯片各需几片？

(1) 6116（2K×8）；

(2) 4416（16K×4）。

解：(1) 64kb的存储器需6116芯片数＝（64K×8）÷（2K×8）＝32（片）

(2) 64kb的存储器需4416芯片数＝（64K×8）÷（16K×4）＝8（片）

5.3　存储器地址译码

存储器系统设计另一个主要内容是存储芯片片选信号的连接及存储芯片选择。那么，微处理器访问存储单元输出地址是如何选中存储芯片的某一存储单元呢？我们知道，CPU要实现对存储单元的访问，首先要选择存储芯片，只要片选信号有效，CPU就可以访问该存储芯片，这称为片选。至于访问选中存储芯片内哪一个存储单元，则由与存储芯片直接相连的CPU输出地址线决定，这称为片内位选或字选，即选中芯片内的一个单元，进行数据的存取。一般来讲，微处理器地址引脚数目大于存储芯片数目。片内字选是由CPU送出的N条低位地址线直接连接存储芯片的地址引脚来实现的；片选则是由CPU送出的高位地址通过地址译码器译码后连接存储芯片的片选端。接入地址译码器的地址线条数由存储器设计者根据具体情况选用。

这样，存储芯片就映射到CPU某一连续地址范围。地址范围由译码电路决定；反之，给定存储范围就可设计译码电路，实现存储器设计。

可见，掌握了存储器的片选控制方法亦即译码电路设计，就掌握了存储器芯片应用的精髓。片内存储单元选择由存储器内部的译码电路来完成，不需用户设计。

5.3.1　地址译码器

存储芯片片选的地址译码电路可以采用小规模集成的门电路组合而成，当需要多个片选信号时，采用专用的译码器比较简单。集成电路器件中有不少专用译码器，如3∶8译码器、2∶4译码器等，其中74LS138经常作为存储器的译码器件。下面以74LS138译码器为例介绍译码电路的设计原理及方法。

74LS138译码器是典型的3∶8译码器，其功能是3→8译码，即输入端3个、输出端8个。其引脚图如图5-12所示。

从外部引脚图可以看到，74LS138译码器引脚少，只有14个引脚。其中G_1、$\overline{G_{2A}}$、$\overline{G_{2B}}$为译码控制输入端，也称使能输入端，决定译码器是否工作。A、B、C为3个译码输入端，

连接 CPU 输出的高位地址。$\overline{Y_0}$、$\overline{Y_1}$、$\overline{Y_2}$、$\overline{Y_3}$、$\overline{Y_4}$、$\overline{Y_5}$、$\overline{Y_6}$、$\overline{Y_7}$为 8 个译码输出端，低电平有效，可以分别作为 8 片存储器芯片的片选端。译码器 3 个输入端和 8 个输出端之间关系的真值表见表 5-6。

从真值表看出，只有当译码控制端 $G_1=1$、$\overline{G_{2A}}=0$、$\overline{G_{2B}}=0$ 时，74LS138 才能对输入端 C、B、A 的 3 位二进制码译码，使 $\overline{Y_0} \sim \overline{Y_7}$ 中的对应输出低电平。否则 $\overline{Y_0} \sim \overline{Y_7}$ 均输出高电平。

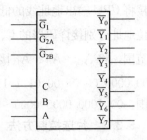

图 5-12　74LS138 外部引脚图

表 5-6　　　　　　　　　　**74LS138　真　值　表**

译码控制			译码输入			译码输出							
G_1	$\overline{G_{2A}}$	$\overline{G_{2B}}$	C	B	A	$\overline{Y_0}$	$\overline{Y_1}$	$\overline{Y_2}$	$\overline{Y_3}$	$\overline{Y_4}$	$\overline{Y_5}$	$\overline{Y_6}$	$\overline{Y_7}$
1	0	0	0	0	0	0	1	1	1	1	1	1	1
1	0	0	0	0	1	1	0	1	1	1	1	1	1
1	0	0	0	1	0	1	1	0	1	1	1	1	1
1	0	0	0	1	1	1	1	1	0	1	1	1	1
1	0	0	1	0	0	1	1	1	1	0	1	1	1
1	0	0	1	0	1	1	1	1	1	1	0	1	1
1	0	0	1	1	0	1	1	1	1	1	1	0	1
1	0	0	1	1	1	1	1	1	1	1	1	1	0
0	X	X	X	X	X	1	1	1	1	1	1	1	1
X	1	X	X	X	X	1	1	1	1	1	1	1	1
X	X	1	X	X	X	1	1	1	1	1	1	1	0

【例 5-3】 8086 微型机系统，其 RAM 由 2 片 Intel 6116（2K×8b）组成，要求存储器地址范围 0000H～0FFFH，利用 74LS138 作译码器件实现存储器设计。

图 5-13 为 74LS138 作译码器的件存储器连接图。存储芯片 6116 有 11 根地址线，因此可

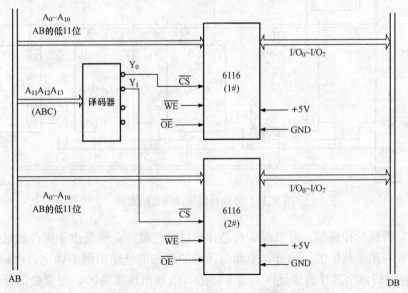

图 5-13　74LS138 作译码器件存储器连接图

直接将 CPU 输出地址线的低 11 位 $A_0 \sim A_{10}$ 接到芯片地址线上，作为片内单元地址选择。CPU 高位地址分别接译码器的 C、B、A 译码输入端、输入使能端 G_1、$\overline{G_{2A}}$、$\overline{G_{2B}}$。根据所要求的地址范围，将 A_{11}、A_{12}、A_{13} 接 C、B、A，译码输出端 $\overline{Y_0}$ 作为 1＃ 6116 的片选，其地址范围：00 0000 0000 0000～00 0111 1111 1111（即 0000H～07FFH），$\overline{Y_1}$ 作为 2＃ 6116 的片选，其地址范围：00 1000 0000 0000～00 1111 1111 1111（即 0800H～0FFFH）。

5.3.2 片选控制方法

存储器片选控制的地址译码方式可以分为三种：线选法、部分地址译码、全地址译码。

1. 线选法

线选法是指利用地址总线的高位地址中的一位作为存储芯片的片选信号，而用地址线的低位实现片内寻址的方法。

线选法的优点是结构简单，需要增加的硬件电路最少，甚至不需增加任何硬件。但由于高位地址未全参加译码，为保证每次只选中一个芯片，每次选片只能有一位有效，因此会出现一个存储单元出现多个地址的地址重叠现象，选择的芯片地址具有不连续性，大大浪费地址空间。

用线选法来设计片外地址译码电路的方法，应用于存储容量较小的系统中，如单片机系统等。

2. 部分译码法

部分译码法是指用一部分高位地址送片外译码器译码产生片选信号的方法，如图 5-14 所示。

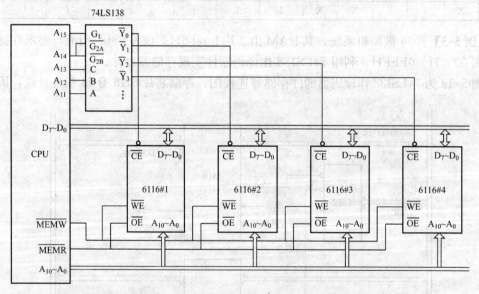

图 5-14 部分译码法译码电路实例

采用部分译码的存储器，可以保证各芯片地址的连续性，但是由于高位地址并没有全部参加译码，只利用了其中的一部分，未参与译码的高位地址输出值不确定，可以是 1，也可以是 0，这样使得每个芯片的地址区不是唯一的，依然出现重叠区，而重叠部分的使用会造成总线竞争而使微机无法正常工作，必须空着不准使用，这就破坏了可用地址空间的连续性，浪费了大量地址空间。

部分地址译码方式的优点是其译码器的构成比较简单，成本较低，但这是以牺牲可用内存空间为代价。

3. 全地址译码方式

全译码法是指将 CPU 输出的地址总线中除片内地址以外的全部高位地址接到译码器产生各芯片片选信号的方法。全译码法的特点是各芯片的地址范围是确定的，每个存储单元的地址都是唯一的、连续的、无地址重叠区、便于扩展，但译码电路较复杂，连线也较多。图 5-15 所示为采用全译码法进行地址译码的存储器连接电路。

综上所述，在高位地址片选译码中，参加译码的高位地址越少，译码器就越简单，而

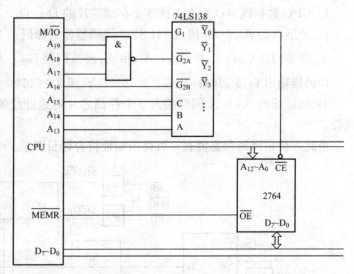

图 5-15　采用全译码进行地址译码的存储器连接电路

同时所构成的存储器所占用的内存地址空间就越多。在实际设计中，采用哪一种地址译码方法，应根据具体情况来定。如果为降低成本，少用或不用外接硬件电路，并且地址资源充足，可考虑用线选方式。如果为使电路简单同时地址资源充足，可考虑用部分地址译码方式。如果要充分利用地址空间，则可采用全地址译码方式。

5.4　存储器系统设计

存储器地址译码电路的设计一般遵循如下步骤：

（1）根据系统中实际存储器容量，确定存储器在整个寻址空间中的位置；

（2）根据所选用存储芯片的容量，画出地址分配图或列出地址分配表；

（3）根据地址分配图确定译码方法；

（4）选用合适器件，画出译码电路图。

【例 5-4】设计一个 8 位微处理器系统，要求 EPROM 采用 2764 芯片，存储器容量为 8KB，地址范围为 FE000H～FFFFFH；RAM 选用 6264 芯片，容量为 16KB，地址范围为 F0000H～F3FFFH。设计全译码方式下的译码电路。

解：系统存储器实际容量、寻址空间、芯片类型以及译码方法题中已给出，下面需要确定芯片数量、地址线引脚连接和译码器选择。

（1）确定所需存储芯片数量。

1）EPROM 芯片数量：2764（8K×8），系统所需容量为 8KB，因此所需 EPROM 的片数为（8K×8）÷（8K×8）＝1（片）。

2）RAM 芯片数量：6264（8K×8），系统所需容量为 16KB，因此所需 RAM 的片数为

（16K×8）÷（8K×8）＝2（片）。

（2）选择 74LS138 译码器。

（3）确定译码地址线连接方案，如图 5-16 所示。

1）CPU 数据线 $AD_7 \sim AD_0$ 接 3 个存储芯片的 $D_7 \sim D_0$；

2）地址线的 $A_{19} \sim A_{13}$ 接入 74LS138 译码器参与译码：

A_{19} 经非门接 G_1；A_{18} 接 $\overline{G_{2A}}$；A_{17} 和 A_{16} 经或门接 $\overline{G_{2B}}$；A_{15} 接 C；A_{14} 接 B；A_{13} 接 A。

译码器输出 $\overline{Y_7}$ 接 2764；$\overline{Y_0}$ 接 1♯6264；$\overline{Y_1}$ 接 2♯6264。

3）地址线的 $A_{12} \sim A_0$ 同时接入 3 个存储芯片的地址线的 $A_{12} \sim A_0$ 作为片内地址单元的选择。

由此，根据译码器真值表，可得出地址符合题目要求。

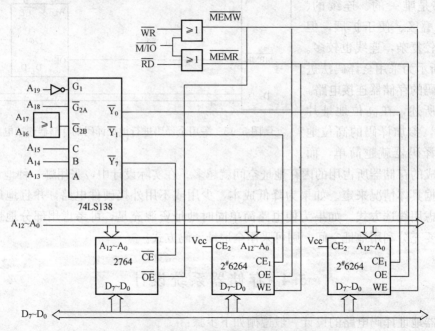

图 5-16　全译码方式下的系统存储器设计

【例 5-5】图 5-17 所示为 8086 系统的存储器连接图，试确定其中各芯片的地址空间。

解：（1）27128 是 ROM，没有 $\overline{WR}$，$\overline{Y_0}＝0$ 选中该片；该片 14 条地址线，其基本地址为：00 0000 0000 0000～11 1111 1111 1111。高 6 位为：$A_{19}A_{18}＝00$；$A_{17}＝1$；$A_{16}A_{15}A_{14}＝000$。所以，27128 地址范围为：0010 0000 0000 0000 0000～0010 0011 1111 1111 1111 即 20000H～23FFFH。

（2）6264 是 SRAM，13 条地址线，用 2 片，基本地址为：0 0000 0000 0000～1 1111 1111 1111。$A_{13}＝0$ 且 $\overline{Y_4}＝0$ 有效选中此片。1♯6264 的高 7 位为：则 $A_{16}A_{15}A_{14}＝100$；$A_{19}A_{18}＝0$；$A_{17}＝1$；1♯6264 地址范围为：0011 0000 0000 0000 0000～0011 0001 1111 1111 1111 即 30000H～31FFFH。

（3）$A_{13}＝1$ 且 $\overline{Y_4}＝0$ 有效选中此片。2♯6264 的高 7 位为：$A_{16}A_{15}A_{14}＝100$；$A_{19}A_{18}＝00$；$A_{17}＝1$；

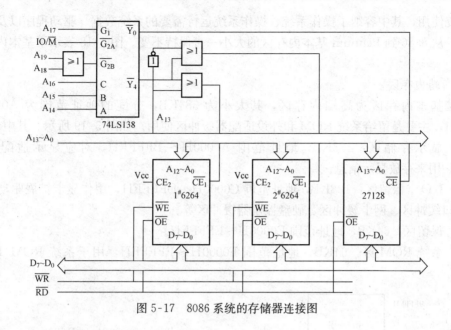

图 5-17 8086 系统的存储器连接图

2#6264 地址范围为：0011 0010 0000 0000 0000～0011 0011 1111 1111 1111
即 32000H～33FFFH。

5.5 8086 存 储 器

上一节介绍了存储器的分类、芯片引脚功能，这一节我们学习 8086 微型计算机的存储器组织结构、译码电路以及与 CPU 连接方式，目的在于能够通过本节学习掌握微机中存储器的构成及设计。

5.5.1 存储器地址分配

微机系统中，把速度不同、容量不同、存储技术也可能不同的存储设备分为几层，通过硬件和管理软件组成一个整体，即将存储器总体结构层次化，以便更好地实现功能分区和存储器地址的分配。这种层次化结构不但体现在内存结构中，也体现在计算机系统存储器总体结构中。

一、内存的分区结构

系统所能配置的内存容量取决于 CPU 的地址总线位数，如，16 位地址线，可寻址内存最大容量 2^{16}（64K）；20 位地址总线，可寻址的最大内存容量为 2^{20}（1MB）；32 位地址线，可寻址最大内存容量为 2^{32}（4GB）；36 位地址线，可寻址最大内存容量可达 2^{36}（64GB）。

在微机系统中，内存主要由 DRAM 组成的，并将内存进行功能化分区，有利于软件的开发和系统的维护。通常，根据存放的不同内容和用途，内存分为基本内存区（Conventional Memory）、高端内存区（Upper Memory）和扩展内存区（Extended Memory）。

1. 基本内存区

基本内存区为 640KB，分配的地址范围从 00000H～9FFFFH，主要供 DOS、Windows

操作系统使用，其中容纳了操作系统、操作系统运行需要的系统数据、驱动程序以及中断向量表等。从 8086 到 Pentium 基本内存区的大小一直保持不变。图 5-18 表示了基本内存区的组织。

2. 高端内存区

紧接基本内存区为高端内存区，其大小为 384KB，分配的地址范围为 A0000H～FFFFFH，主要是留给系统 ROM 和外设适配器缓冲区使用。如图 5-19 所示。其中：

（1）显示存储区：128KB，地址范围 A0000H～BFFFFH，对应显示适配器上的 VRAM，用来存放显示信息。

（2）I/O 卡保留区：128KB，地址范围 C0000H～DFFFFH，用作显卡扩展驱动 ROM、USB 接口缓冲区、网卡缓冲区、硬盘控制器缓冲区等。

（3）保留区：64KB，地址范围 E0000H～EFFFFH。

（4）系统 ROM 区：64KB，地址范围 F0000H～FFFFFH，用于系统 ROM BIOS 的存放。

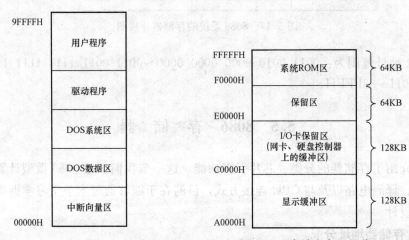

图 5-18　基本内存组织分区　　　　　　　　图 5-19　高端内存组织分区

3. 扩展内存区

扩展内存区用于扩展 1MB 以上的内存空间。扩展内存区大小随 32 位 CPU 具体系统的内存配置而定。

二、存储器总体结构

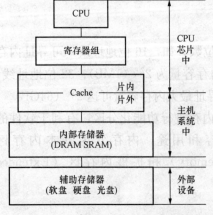

图 5-20　存储器的层次化总体结构

随着 CPU 和总线速度的不断提高，构成内存的 DRAM 存储速度远远不能与之匹配。为此，综合考虑速度、价格、向下兼容等因素，采用将主存储器向上下两个方向扩充的策略构成层次化存储器，如图 5-20 所示。这种结构的思想是向上用高速缓存 CACHE 与 CPU 直接相连、向下用慢速辅助存储器（外存储器）来构成层次化的存储系统，按使用频度将数据分为不同的档次分放在不同的存储器中，3 个层次的存储器之间可以互相传输。

高速缓存是 SRAM 类型存储器，存取速度和 CPU 相匹配，但价格高、容量小。CPU 运行时，自动将要运行的指令和数据装入高速缓存。高速缓存的内容不断更新，CPU 所需信息大多数都可在高速缓存找到。

辅助存储器即外存就是硬盘、USB、光盘这些存储设备，速度比内存慢得多，但容量比内存大得多。当前，计算机的硬盘容量通常配置 70～360GB，USB 的容量也有为 64MB～8GB，光盘的容量为 800MB。

为了使高速缓存、内存和外存构成协调工作的存储体系，用虚拟存储技术实现内存和外存之间的映射，用高速缓存技术实现高速缓存和内存之间的映射。三者之间的内容通过高速缓存技术和虚拟存储技术自动转换和调度。

5.5.2 8086 内存的组织结构

内存储器是微机系统的重要组成部分，是微机中 CPU 与之交换数据最多的部件。因此，微机存储器系统设计的好坏将直接影响到微机的性能。通常微机存储器系统设计包括以下三项内容：①了解内存储器组织结构；②选择存储器芯片；③解决存储器同 CPU 三大总线的正确连接与时序匹配问题。存储芯片选择与地址总线的连接，本质上就是在存储器地址分配的基础上实现地址译码，以保证 CPU 能对存储器中的所有单元正确寻址。

内存储器组织结构是指采用单存储体结构还是多存储体结构。在微机系统中，存储器一般都以字节为单位构成，其数据宽度为 8 位。对于 CPU 的外部数据总线为 8 位的微机或单片机（如 8088 系统、MCS-51 系列单片机等），其存储器采用单体结构；而对于 CPU 的外部数据总线为 16 位的微机系统（如 8086、80286 系统、MCS96 系列单片机等），则需用两个 8 位存储体才能实现 16 位的数据传送。

8086CPU 字长为 16B，有 16 条数据总线，可以传送字节或字数据；20 条地址线可寻址内存空间 $2^{20}=1MB$。为了能够实现 16 位的数据传送，将 1MB 物理地址空间的存储器分为 512KB 偶地址存储体和 512KB 奇地址存储体。图 5-21 所示为 8086 存储器结构。

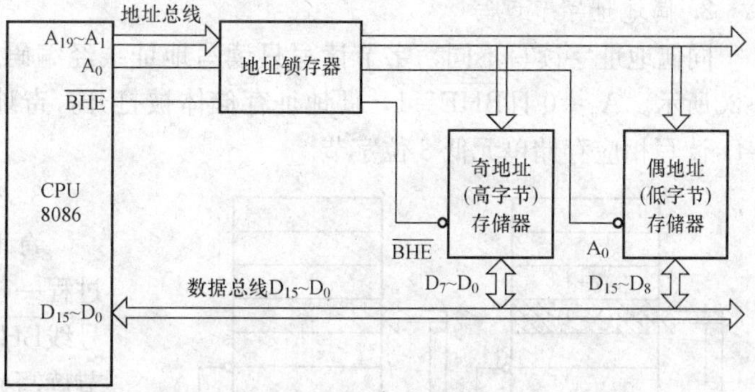

图 5-21 8086 存储器结构

偶地址存储体的数据线与系统数据总线 $D_7～D_0$（低 8 位）连接，奇地址存储体的数据线与系统数据总线 $D_{15}～D_8$（高 8 位）连接。系统地址总线中 $A_{19}～A_1$ 可以同时通过连到两个存储体的存储单元。A_0 接偶地址存储体的体选择端，作为偶存储体的片选信号，当 $A_0=0$ 时可以访问低字节数据。系统的 $\overline{BHE}$（高字节允许）信号线接奇地址存储体的体选择端，作奇存储体的片选信号，当 $\overline{BHE}=0$ 时，CPU 可以访问高字节数据。

5.5.3 CPU 对内存的访问

8086 系统中，存储器是分体结构，1M 字节的存储空间分成两个 512K 字节的存储体，一个是偶数地址存储体，一个是奇数地址存储体，两个存储体采用字节交叉编址方式并且数据的存放是从偶地址开始，偶地址是字边界。如果在存储器中存放的数据安排不合适，会造成访问存储器的操作时间延长。图 5-22 所示为奇偶地址体示意图。

在 8086 中，所有运算指令和传送指令可以按字节为单位也可以按字为单位处理数据。因此，CPU 对存储器的访问分为按字节访问和按字访问两种。CPU 对存储单元的访问由 $\overline{\text{BHE}}$、AD_0 的代码组合确定访问的是偶地址存储体还是及奇地址存储体。

1. 偶地址字读写

偶地址字读写是指从偶地址开始读/写一个字。如图 5-23 所示，$A_0 = 0$ 且 $\overline{\text{BHE}} = 0$，此时偶/奇地址存储体均被打开，CPU 对 $A_{19} \sim A_1$ 地址线经地址编码器所指偶/奇地址存储单元内容经数据线 $D_0 \sim D_7$ 和 $D_8 \sim D_{15}$ 进行字访问。由于数据低 8 位存储在偶地址单元，高 8 位存储在奇地址单元，这样 16 位的数据访问在一个总线周期内即可完成。

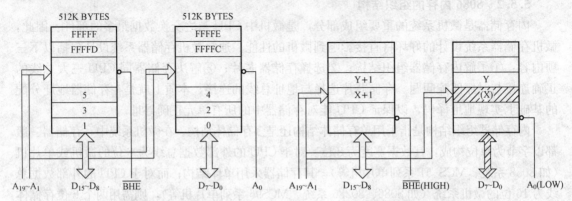

图 5-22　奇偶地址体示意图　　　　　图 5-23　偶地址字节读写

2. 偶地址字节读写

同偶地址字读写不同，字节读写只读写地址线经编码后所指的偶地址存储单元。如图 5-23 所示。$A_0 = 0$ 且 $\overline{\text{BHE}} = 1$，偶地址存储体被打开，奇地址存储体被关闭。CPU 通过 $D_0 \sim D_7$ 读写相应存储单元低 8 位字节。

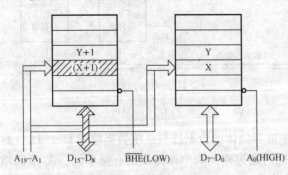

图 5-24　奇地址字节读写

3. 奇地址字节读写

奇地址字节读写与偶地址字节读写过程一样，不同的是存储体选择控制信号线 $\overline{\text{BHE}} = 0$，打开奇地址存储体，高字节读写允许。而 $A_0 = 1$，偶地址存储体被关闭，数据读写为高 8 位字节，如图 5-24 所示。

4. 奇地址字读写

奇地址字读写是指从奇地址存储体起访问内存的一个字。首先 $A_0 = 1$ 且 $\overline{\text{BHE}} = 0$，CPU 访问奇地址存储体，高 8 位数据线传输数据；其次，$A_0 = 0$ 且 $\overline{\text{BHE}} = 1$，CPU 访问偶地址存储体，低 8 位数据线传输数据，完成一次字访问。与偶地址字读写不同的是字的边界没有对准在偶地址，在传输 16 位数据过程中 $\overline{\text{BHE}}$ 与 A_0 的状态组合发生一次变化，因此用两个总线周期才能完成一次字访问。如果在存储器中存放的数据安排不合理，会使访问存储器的操作时间延长。

习 题

5.1 半导体存储器可分为哪几个类型？试分别说明它们各自的特点。

5.2 试列出半导体存储器的主要性能指标。

5.3 随机存取存储器由哪几个部分组成？

5.4 某 RAM 芯片的存储容量为 1024×8 位，该芯片的外部引脚最少应为多少？其中几条地址线？几条数据线？

5.5 若已知某 RAM 芯片引脚中有 13 条地址线，8 条数据线，那么该芯片的存储容量是多少？

5.6 用下列 RAM 芯片组成所需的存储容量，各需多少 RAM 芯片？$A_{19} \sim A_0$ 中哪些参与片内寻址？哪些参与作芯片组的片选择信号？

(1) 512×4 位的芯片，组成 $8K \times 8b$ 的存储容量；

(2) 1024×2 位的芯片，组成 $32K \times 8b$ 的存储容量；

(3) $4K \times 1$ 位的芯片，组成 $64K \times 8b$ 的存储容量。

5.7 若分别用以下芯片组成 $64KB \times 8b$ 的模块，试指出分别需要多少芯片？

(1) Intel 2114（$1K \times 4b$）；　　(2) Intel 6116（$2K \times 8b$）；

(3) Intel 3148（$4K \times 8b$）；　　(4) Intel 2164（$64K \times 1b$）。

5.8 某微机系统的 CPU 为 8086，且工作于最小方式，原有系统 RAM 存储器模块的容量为 128KB，其首地址为 20000H，现需扩展成容量为 16KB 的存储器模块，其地址和原有 RAM 模块的地址相同，设计扩展的 RAM 模块（注：选择 RAM 芯片，地址译码可选用 3：8 译码器、与门、或门及非门等）。

5.9 在有 20 根地址总线的微机系统中画出下列情况下存储器的地址译码和连接图：

(1) 采用 $8K \times 1b$ 芯片，组成 64K 字节存储器；

(2) 采用 $4K \times 1b$ 芯片，组成 32K 字节存储器；

5.10 若某微机系统的系统 RAM 存储器由 4 个模块组成，每个模块的容量为 128KB，假定 4 个模块的地址是连续的，其最低地址为 20000H，试指出每个模块的首末地址，绘出地址译码电路。

5.11 若用 2116 芯片组成 2KB RAM，地址范围为 3000H～37FFH，问地址线应如何连接？

5.12 某 8086 系统用 2764ROM 芯片和 6264SRAM 芯片构成 64KB 的内存。其中 ROM 的地址范围为 0FE000H～0FFFFFH，RAM 的地址范围为 0F000H～0F1FFFH。试画出存储器与 CPU 的连接图。

第 6 章　输入／输出系统

在微型计算机系统中，CPU 需要不断地与外部设备交换信息，由于外部设备的多样性、

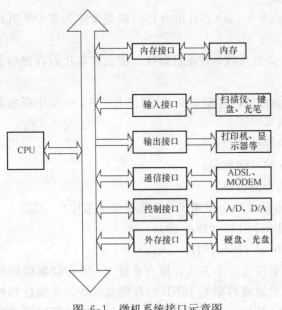

图 6-1　微机系统接口示意图

复杂性，因此这种信息交换必须通过连接 CPU 与外部设备的输入/输出接口来实现，如图 6-1 所示。计算机与外部设备不断交换数据的过程称为输入/输出；而把外部设备同计算机连接起来实现数据交换的控制电路称为接口电路，简称 I/O 接口；把外部设备和接口以及相应的软件组成的系统称为输入/输出系统，实现输入/输出功能。常用的外部设备有键盘、鼠标、A/D 转换器、D/A 转换器、扫描仪、打印机、磁带机、软盘和硬盘驱动器、显示器、各种数字化仪器和 X-Y 记录仪等。输入与输出设备是微型计算机系统的重要组成部分。

本章主要介绍了 I/O 接口的概念和功能、输入输出设备间的信号分类、CPU 与 I/O 之间的接口信号类型、CPU 和外设之间的数据传送方式、端口编址和寻址方式、接口部件的 I/O 端口基地址译码。

本章重点掌握输入输出设备间的信号，CPU 和外设之间的数据传送方式，接口部件的 I/O 端口及地址译码。

学习本章内容，应该能够熟练掌握各种 I/O 控制方式，根据要求完成 CPU 和接口芯片之间地址线、数据线、控制线的连接，编写输入/输出简单处理程序。

6.1　概　　述

CPU 与外部设备进行信息交换，为什么不能将 CPU 与外设之间直接连接，进行信息交换呢？一方面，随着微型计算机技术的发展，外设种类繁多，有机械式的、电动式的、电子式的或其他形式的，设备设计不依赖于具体 CPU 硬件结构。另一方面，CPU 与外设两者之间工作速度差异很大（CPU 工作速度快、外设工作速度慢）、两者工作时序不同、处理信息的格式及类型不同。因此，为了解决 CPU 与外部设备在连接时存在的矛盾，必须有一个专门的接口电路，协调两者之间的差异，承担协调 CPU 与外设的工作，减轻 CPU 负担，提高 CPU 的效率，实现 CPU 与外设之间高效、可靠的信息交换。

6.1.1　输入/输出接口功能

各类外部设备和存储器，都是通过各自的接口电路连到微机系统总线上去的，因此用户

可以根据自己的需要，选用不同类型的外设，设置相应的接口电路，构成不同用途、不同规模的系统。CPU 与外设之间的接口应具有如下功能。

1. 地址译码和设备选择功能

一般微机系统中都具有多台外设，一台外设也可能有多个 I/O 接口，若干个 I/O 接口均挂在同一总线上，而接口的另一端连接外围设备，因此 I/O 接口必须提供设备地址译码以及确定其端口的功能。

2. 信息的输入与输出

接口能够根据 CPU 发来的读/写控制信号决定当前进行的是输入操作还是输出操作，并且能据此从总线上接收来自 CPU 的数据和控制信息并传送给相应外设，或者将外设的数据或状态信息由接口转送到总线上供 CPU 读取并处理。

3. 信号格式的转换功能

转换信号格式功能主要有两种：串/并转换、并/串转换和 A/D 或 D/A 转换。通常情况下计算机内部数据传输是并行的，外部设备是串行的，因此在串行信息传送系统中，接口要把 CPU 输出的并行格式数据转换成串行数据，而把外设输入的串行数据格式转换成并行数据传输给 CPU。A/D 或 D/A 转换即从外设来的模拟信号经接口转换成数字信号后给 CPU，或从 CPU 发送的数字信号经接口转换成模拟信号后给外设。

4. 协调定时信号差异

接口电路接收来自 CPU 的控制信号及定时信号，实现对外部设备的控制和管理，外部设备的工作状态和应答信号也通过接口及时返回给 CPU，以保证主机和外部 I/O 的操作同步。

5. 信号电平转换功能

外部电路采用的电平多种多样，包括 TTL、CMOS、RS-232 等，接口电路必须提供计算机同外设间的电平转换和驱动功能。

还有若外部设备其电气信号电平不是 TTL 电平或 CMOS 电平，常用光电耦合技术实现电平的转换；也可采用 Intel 1488 芯片或 Intel 1411 芯片进行电平转换，来实现计算机与外部设备进行串行通信。

6. 通信联络功能

协调数据传送的状态信息，如设备"就绪"、"忙"、"选通"、"应答"、"数据缓冲器空或满"等。

7. 调节速度差异功能

CPU 工作速度快、外设工作速度慢，接口设备应设置数据缓冲把数据准备在缓冲区，在需要的时刻完成传送。

对于不同配置和不同用途的微机应用系统，接口电路的复杂程度也各不相同，其所实现的具体功能也不一样。但任何用途的接口功能必定提供数据缓冲、实现信息格式的相容性变换、管理数据传送、进行地址译码选择设备及实现电气特性的适配，除此之外，还有中断管理功能、时序控制功能等。

6.1.2　输入输出接口信号类型及基本结构

如图 6-2 所示，CPU 与 I/O 之间的接口信号一般包括数据、状态信息和控制信息三大类。

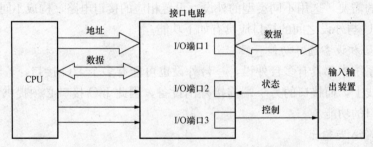

图 6-2　I/O 接口电路结构及传输示意图

1. 数据

数据是 CPU 和外部设备交换的基本信息。在微型机系统中，数据通常包括数字量、模拟量和开关量三种类型

（1）数字量：数字量是指以 8 位、16 位和 32 位二进制的数以及 ASCII 码表示的数或字符，例如，键盘、扫描仪、数据采集器等输入的信息或向打印机、CRT 显示器、绘图仪等输出的信息，及从软、硬盘、光盘读/写的信息。

（2）模拟量：模拟量是指由传感器等把非电量的自然信息转换成连续变化的电信号，如模拟的电压、电流。这些模拟量不能直接送入计算机，必须再由 A/D 转换器转换成数字量后输入计算机。同样计算机的控制输出也必须先经过 D/A 转换才能去控制执行机构。

（3）开关量：开关量是一种特殊形式的数字量，用"0"或"1"来表示两种状态。如开关的打开或关断、电机的运转或停止、阀门的打开或关闭、汽车的运动或停止等。

2. 状态信息

状态信息是接口电路自动生成的，用来反映外部设备当前所处的工作状态，通常是外设通过接口送往 CPU 供 CPU 查询。例如对于输入设备来说，常用准备好（READY）来表明待输入的数据已准备就绪，CPU 可以读取外部数据；对于输出设备来说，常用忙（BUSY）信号表示输出设备处于忙状态，不可接收 CPU 送来的信息。

3. 控制信息

控制信息是 CPU 通过接口传送给外设的，用于控制 I/O 接口工作方式以及外设启动和停止的信息。

6.1.3　I/O 端口类型

为了能够区分并存放数据、状态信息和控制信息，I/O 接口电路为每类信息分配一个寄存器（缓冲器），每个寄存器就是一个 I/O 端口，对应三类接口信息，I/O 接口电路提供数据口、状态口和控制口三个端口。

（1）数据口是数据信息对应数据端口，简称数据口，双向传输。

（2）状态口是状态信息对应状态端口，简称状态口，单向输入。

（3）控制口是控制信息对应控制端口，简称控制口，单向输出。

每个端口都有各自的端口地址，这样 CPU 可以分别对数据、状态、控制三种端口寻址，并与之交换信息，如图 6-2 所示。不同外设状态和控制信息可共用一个物理端口，但端口地址不同，即绝不允许两个端口共用一个地址，否则 CPU 访问这些外设端口的过程（寻址）时将发生混乱。通常一个外设数据端口是 8 位，而状态与控制端口都仅有 1 位或 2 位，故不同外设的状态与控制信息可共用一个端口。

6.1.4 I/O 端口编址方式

CPU 通过访问外设相对应的端口来实现与该外设之间的信息交换。通常计算机对 I/O 端口的编址有两种方式：统一编址方式和独立编址方式。

1. 统一编址方式

统一编址也称为存储器映射编址，是从存储空间划出一部分地址空间给 I/O 设备，所有访问存储器的指令都可用于 I/O 端口的访问，即把端口当作存储器单元一样进行访问。MCS-51/96 系列单片机、Motorola 系列、Apple 系列微型机和一些小型机就是采用这种编址方式。

这种编址方式的优点是不需设置专门的 I/O 指令，使 I/O 编程更加灵活；端口地址空间设置比较灵活，从而使外设的数目几乎可以不受限制。缺点是端口地址占用了一部分存储器地址空间，使可用的内存空间减少，地址译码电路必须采用全译码方式，增加了译码电路复杂性。

2. 独立编址方式

独立编址也称为 I/O 映射编址，是对接口中的端口单独编址而不占用存储空间，使用专门的 IN、OUT 指令对端口进行寻址操作。这种编址方式适合于大型计算机系统，如 Intel 公司的 8086 及以后 PC 系列就是采用这种 I/O 编址方式。

CPU 对 I/O 端口的寻址通过专门的读写控制信号 $\overline{\text{IOR}}$ 和 $\overline{\text{IOW}}$ 实现。这种编址方式优点是存储器全部地址空间都不受 I/O 寻址的影响。地址译码电路设计使用 8～10 根地址输入线即可区分全部可用端口，地址译码较简单，寻址速度快。使用专用 I/O 指令，可使接口程序清晰，便于理解和检查。缺点是只能用 I/O 指令对端口进行读写操作，处理能力不如存储器映射方式强。

6.2 数据传送方式

微机与外部设备之间的信息传送实际上是 CPU 与接口之间的信息传送。传送方式不同，CPU 对外设的控制方式也不同，从而使接口电路的结构及功能不同，所以要设计接口电路，就要了解和熟悉 CPU 与外设之间数据传送的方式。数据传送方式按是否需要编程实现分为两类：程序传送方式和 DMA（直接存储器存取）方式。其中程序传送方式又分为无条件方式、程序查询方式和程序中断方式。

6.2.1 无条件传送方式

无条件传送是指 CPU 在访问 I/O 端口时，不需要查询外设当前状态，直接执行 IN、OUT 指令传送数据。在这种传送方式下，CPU 总是认定外设一直作好输入或输出准备，不需要传送状态信息，在 CPU 和外设之间只有数据信息的传送，硬件接口电路和程序设计都很简单。

如图 6-3 所示，接口电路也比较简单，只有数据的通道，一般就只有输出锁存器和输入缓冲器。

输入时，假定来自外设的开关量已稳定出现在三态缓冲器的输入端。CPU 执行 IN 指令，指定的端口地址经系统地址总线低位送至地址译码器，译码后产生端口选通信号。端口选通信号与端口读控制信号 $\overline{\text{IOR}}$ 均为低电平时，CPU 进入读周期，两信号经逻辑门后产生负脉冲，去选通三态缓冲器，把外设的数据送入系统数据总线，随后 CPU 在负脉冲的后沿从系统数据总线上读取数据到 CPU 的累加器，完成数据输入。

输出时，接口电路中的三态缓冲器，改为使用数据锁存器，以保证锁存器的选通端电平有效时，其输出端将 CPU 输送的数据送到外设。

无条件传送常用于简单的外部设备控制。

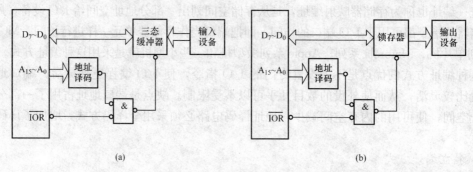

(a)   (b)

图 6-3 无条件传送

（a）无条件传送输入；（b）无条件传送输出

6.2.2 条件传送方式

条件传送方式是指 CPU 在访问 I/O 端口时，CPU 先查询外设是否已准备好数据，然后根据查询结果，满足数据传送条件即外设处于准备就绪状态，执行 IN、OUT 指令传送数据，故这种传送方式也称为程序查询方式。查询式传送的一般流程如下：

（1）CPU 先执行一条输入指令，从状态口读取外设的状态信息。

（2）若外设未准备好数据或处于忙状态，CPU 进入循环等待，直到准备好，从外设读取数据或往外设输出数据。

（3）若外设已经准备就绪，那么 CPU 就可以执行 IN、OUT 指令，才开始数据的输入/输出。

CPU 判断外设是否准备好是通过所读取状态口信息的某一标志位来确定。若系统中有多个端口的状态需查询，可采用轮询办法。此时，CPU 将按照既定的顺序依次查询各标志位，若某个标志位就绪，则对其进行服务，服务完成后继续进行查询。

1. 查询式输入

查询式输入接口电路框图如图 6-4 所示。查询式输入的接口电路包含两个端口：输入数据口和状态口。输入数据口由一个 8 位锁存器和一个 8 位三态缓冲器构成，该接口的输入端连接输入设备，输出端直接与系统的数据总线相连。状态口则由一个 D 触发器和一个三态门构成。两个口分别由 I/O

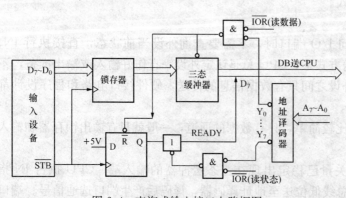

图 6-4 查询式输入接口电路框图

端口译码器的两个选通信号与$\overline{IOR}$（状态）和$\overline{IOR}$（数据）信号
一起控制选通。

图 6-5   查询式输入
程序流程图

    当输入设备的数据准备好以后，发出一个负脉冲形式的数据
选通信号。该信号一方面把数据送入锁存器，另一方面使 D 触发
器置"1"，表明输入数据已经存入数据口，输入设备准备就绪，
并将此信号送至状态口的输入端。图 6-5 所示为查询式输入电路
框图，相应的查询式输入程序段如下：

```
SCAN1: MOV   DX,STATUS PORT1    ;DX 指向状态端口1
       IN    AL,DX              ;读状态端口信息
       TEST  AL,80H             ;测试状态标志位D₇,
                                ;检查数据口是否就绪
       JZ    SCAN1              ;D₇= 0,外设未准备好,
                                ;继续查询,转到SCAN1,
                                ;否则继续执行
       MOV   DX,DATA PORT1      ;DX 指向数据端口
       IN    AL,DX              ;读入数据端口1中的数据
       RET
```

2. 查询式输出

    查询式输出接口电路框图如图 6-6 所示。查询式输出的接口电路也包含两个端口：输出
数据口和状态口。输出数据口由一个 8 位锁存器构成，该接口的输入端直接与系统的数据总
线相连，输出端连接输出设备。状态口则由一个 D 触发器和一个三态门构成。由于 CPU 对
状态口只进行读操作、对数据口只进行写操作，因此两个口可以合用 1 个口地址选通信号分
别与$\overline{IOR}$（状态）和$\overline{IOW}$（数据）信号一起控制选通。

    查询式输出时，当 CPU 准备向外部设备输出数据时，它先执行 IN 指令读取状态口的
信息，看外设是否"忙"或数据缓冲区中的数据是否已输出，这时，端口地址信号使 I/O
译码器的状态口片选信号$\overline{CS_1}$变低，$\overline{CS_1}$再与有效的$\overline{RD}$信号经门 1"相与"后输出低电平，
开启三态门，从数据线的 D_1 位读入 BUSY 位的状态，若 BUSY＝1，则表示外部设备正处
在忙状态。当 CPU 检查到 BUSY＝0 时，则 CPU 执行 OUT 指令，将数据送往数据输出
口。这时，低电平的 M/$\overline{IO}$使 I/O 译码器的状态口片选信号$\overline{CS_2}$变为低电平，再同$\overline{WR}$信号
经门 2"相与"后输出低电平的选通信号，用来选通数据锁存器，将数据送往外部设备。同
时，选通信号的下降沿还使 D 触发器翻转，使 Q 端置 1，即把状态口的 BUSY 位置 1，表示
缓冲区处于"忙"状态。在输出设备尚未完成输出之前，一直维持 D 触发器输出为 1，阻止
CPU 输出新的数据。当输出设备将数据输出后，会发出一个$\overline{ACK}$信号，使 D 触发器翻转为
0。CPU 查询到这个状态信息后，知道外设空闲，于是就再次执行 OUT 指令，将新的输出
数据送至 8 位锁存器。同时，将 D 触发器置为 1，通知外设进行数据输出操作。

    查询式输出的程序流程如图 6-7 所示。相应的查询式输出程序段如下：

```
SCAN1: MOV   DX,STATUS PORT1    ;DX 指向状态端口1
       IN    AL,DX              ;读状态端口信息
       TEST  AL,01H             ;测试状态标志位D₀,检查数据口是否就绪
       JNZ   SCAN1              ;D₀= 1,外设未准备好,继续查询,转到SCAN1,否则
                                ;继续执行
       MOV   DX,DATA PORT1      ;DX 指向数据端口
       OUT   AL,DX              ;读取数据端口1,向外设输出数据
       RET
```

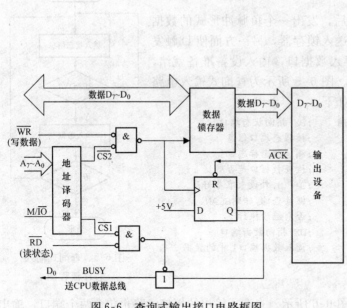

图 6-6　查询式输出接口电路框图　　　　图 6-7　查询式输出的程序流程

6.2.3　中断方式数据传送

在查询传送方式中，CPU 与外设之间是一种交替进行工作，工作可靠性比无条件传送高，且控制编程简单，因此使用场合也较多。但 CPU 要不断主动地读取状态信息、检测状态位，若外设未准备好，CPU 就必须反复查询，进入等待循环状态，且不能处理其他任务，这些过程占用了 CPU 大量工作时间，尤其对某些数据输入或输出速度很慢的外部设备，如键盘、打印机等更是如此。因此，浪费 CPU 资源、降低工作效率。另外，在实时工业控制系统以及多个外设的系统中，则更不宜采用查询传送方式。

为了提高 CPU 的效率和提高多台外设的工作效率以及 CPU 实时处理输入输出能力，可以采用中断传送方式。所谓中断传送方式，是指由外设主动向 CPU 申请服务，打断 CPU 当前正在执行的程序，转而处理外设申请的服务程序，这样的数据传送方式，即为中断方式。

对于有多个外部设备及需要实时处理输入输出时尤其重要。在中断传送方式中，CPU 平时可以执行主程序，当输入设备已将数据准备好，或者输出设备可以接收数据时，便向 CPU 发出中断请求信号，在 CPU 可以响应外部中断的条件下，CPU 中断正在执行的程序转去执行中断服务程序，完成一次 CPU 与外设之间的数据传送。待输入操作或输出操作完成后，CPU 返回被中断的主程序，从断点处继续执行主程序。如果某一时刻有几台外设同时发出中断请求，CPU 可以根据预先设定的顺序来处理几台外设的数据传送，这样可实现几个外设的并行工作。

中断方式不要求 CPU 查询或等待，这就大大提高了 CPU 工作效率，但接口电路比较复杂。关于中断的详细内容将在第 8 章进行讨论。

6.2.4　DMA 数据传送方式

尽管中断传送方式比程序控制方式中的无条件传送方式和查询方式在一定程度上实现

CPU 与外设的并行工作,提高了 CPU 的工作效率,但是仍有以下不足:

(1)数据传送仍需通过 CPU 执行指令来完成,每条指令的执行均需要一定的周期,CPU 响应每次中断都要执行一次中断服务程序,占用大量 CPU 工作时间。这在一定程度上限制了数据交换的速度。

(2)在大量数据以数据块的形式进行传送时,则频繁中断响应的现场保护、恢复现场、修改地址指针和计数器等将进一步降低传输速度,将大大增加系统的开销。

(3)CPU 的指令系统仅支持 CPU 与存储器或外设间的数据传送。当外设需要与存储器之间进行数据交换时,都需要借助 CPU 进行中转。不适于高速传送大量外设数据。

为解决外设与内存之间大量数据的高速传送问题,提出了直接存储器存取数据传送方式,即 DMA(Direct Memory Access)传送方式。

1. DMA 工作原理

在 DMA 方式下,当外设把数据准备好以后,便向 DMA 控制器发出 DMA 请求信号(DMARQ);DMA 控制器收到此信号后,便向 CPU 发出 HOLD 信号,提出接管总线控制权的总线请求;CPU 在当前的总线周期结束后,发出 HLDA 响应信号,系统转变为 DMA 工作方式,CPU 把总线控制权交给 DMA 控制器,DMA 控制器收到 HLDA 信号后便接管总线控制权,并向 I/O 设备发出 DMA 响应信号(DMAAK),完成外设与存储器的直接连接。于是在 DMA 控制器的管理下,由 DMA 控制器发送存储器地址,并决定传送数据块的长度,外设和存储器直接进行数据交换,并循环检查传送是否结束,直至数据全部传送完毕。DMA 控制器自动撤销 HOLD,使总线响应信号 HLDA 和 DMA 的响应信号(DMAAK)相继失效。此时,CPU 恢复对总线的控制权,继续执行正常操作。在整个 DMA 工作期间,不同传送周期有不同的时序要求,且随 DMA 芯片的不同而有所差异。可见在外设与存储器间传送数据时,CPU 交出总线控制权后,其现场不受影响,整个传送过程不需 CPU 干预,由专门的硬件装置——DMA 控制器来完成,数据传送的速度基本上取决于外部设备和存储器的存取速度。这样可以大大提高数据传送速度和工作效率。

DMA 传送方式接口框图如图 6-8 所示。

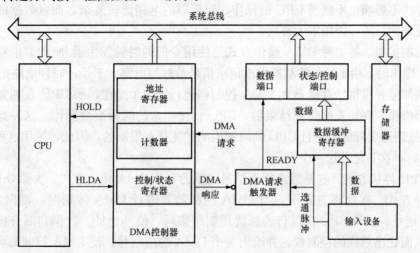

图 6-8 DMA 传送方式接口框图

2. DMA 操作方式

DMA 控制器有三种常见的操作方式：单字节方式、字节组方式和连续方式。

（1）单字节方式。

单字节方式是指每次 DMA 控制器请求获得总线控制权后，只传送一个字节数据，每传送完一个字节，就撤除 DMA 请求信号，释放总线，总线控制权还给 CPU。简单说即遵循每一次获得总线控制权，只传送一个字节。在单字节传送工作方式下，即使要传送一个数据块，也只能传送完一个字节后，由 DMA 控制器重新向 CPU 申请总线。

（2）字节组方式。字节组方式是指每次 DMA 请求获得总线控制权后，可连续传送一个数据块，待规定长度的数据块传送完毕、或检索到一个结束匹配字节或结束信号时，才撤销 DMA 请求信号，释放总线控制权。在传送过程中，若 DMA 请求失效，则 DMA 控制器立即释放总线，停止数据传送。这种方式也称为请求方式或查询方式。

（3）连续方式。连续方式是指在数据块传送的整个过程中，不管 DMA 请求是否撤销，DMA 控制器始终控制着总线。在传送过程中，即使当 DMA 请求失效时，DMA 控制器停止数据传送，但不释放总线，将等待 DMA 变为有效，继续进行数据传送。除非传送结束或检索到匹配字节，才把总线控制权交回 CPU。

从 DMA 操作角度来看，上述三种操作方式中，以连续方式最快，单字节方式最慢。但从 CPU 的使用效率来看，则以单字节方式最好，连续方式最差。因为在单字节方式下，每传送完一个字节，CPU 就会暂时收回总线控制权，并利用 DMA 操作的间隙，进行中断响应、查询等工作；而在连续方式下，CPU 一旦交出总线控制权，就必须等到 DMA 操作结束，这将影响 CPU 的其他工作。因此，应根据不同应用中具体需要来选择 DMA 控制器操作方式。

3. DMA 操作占用的总线周期

（1）周期挪用。实现 DMA 传送的一种方法是把 CPU 不访问存储器的那些周期挪用过来进行 DMA 操作。在这种方式下，DMA 控制器可以使用总线而不用通知也不影响 CPU，这种方法称为周期挪用。

使用这种方法的主要问题是如何识别可挪用的周期，以避免与 CPU 的操作发生冲突。这种操作方式不影响也不减慢 CPU 的操作，但所需的电路比较复杂，而且数据的传送是不连续和不规则的，所以应用不太普遍。

（2）周期扩展。第二种 DMA 操作方式是使用专门的时钟发生器/驱动器电路。当需要进由 DMA 操作时，由 DMA 控制器发出请求信号给时钟电路。于是，时钟电路把供给 CPU 的时钟周期加宽并提供给存储器和 DMA 控制器进行 DMA 操作，而 CPU 在加宽的时钟周期内不进行操作。在加宽的时钟结束后，CPU 仍按正常的时钟继续操作。这种操作方法会使 CPU 的处理速度降低，而且 CPU 的时钟周期加宽是有限制的，因此，采用这种方法进行 DMA 传送，一次只能传送一个字节。

（3）CPU 停机方式。这是最常用也是最简单的一种 DMA 传送方式，大部分 DMA 控制器采用这种方式。在这种方式下，当 DMA 控制器要进行 DMA 传送时，则向 CPU 发出 DMA 请求信号，使得 CPU 在现行的总线周期结束后，使其地址、数据和部分控制引脚处于三态，从而让出总线的控制权，并给出一个 DMA 响应信号，使 DMA 控制器可以控制总线进行数据传送，直到 DMA 控制器完成传送操作使 DMA 信号无效以后，CPU 再恢复对系统总线的控制，继续进行被中断了的操作。这种操作方式中，CPU 让出总线控制权的时间，取决于 DMA 控制器保持 DMA 请求信号的时间，所以既可以进行单字节传送，也可以进行数据块的传送。不过，在这种方式下会降低 CPU 的利用率，而且会影响 CPU 对中断（包括非屏蔽中断）的响应和动态存储器的刷新。

4. 8086 系统中 DMA 方式

在 8086 系统中，CPU 通过 HOLD 引脚接收 DMA 控制器的总线请求，而在 HLDA 引脚上发出对总线请求的允许信号。当 DMA 控制器往 HOLD 引脚发一个高电平信号时，就相当于发总线请求；当 DMA 控制器接收到 HLDA 信号后就成了控制总线的元件，此时，DMA 控制器向地址总线发出地址信号，在数据总线上给出数据，并给出存储器写命令，这样就把外部设备输入的数据写入存储器。然后，修改计数器，修改地址指针，检查传送是否结束。若计数器已减为 0，则当 DMA 控制器将 HOLD 信号变为低电平时，便放弃对总线的控制，8086 检测到 HOLD 信号变为低电平后，也将 HLDA 信号变为低电平，于是 CPU 又控制系统总线。

随着大规模集成电路技术的发展，DMA 传送已不局限于存储器与外部设备间的信息交换，而可以扩展为在存储器的两个区域之间或两种高速外部设备之间进行 DMA 传送。

综上所述，四种传送数据的方式各有特点，应用场合也各有不同。无条件传送方式无论硬件结构和软件设计均很简单，但传送时可靠性差，常用于同步传送系统和开放式传送系统中；查询方式传送数据时可靠性很高，但计算机的使用效率很低，常用在任务比较单一的系统中；中断方式传送数据的可靠性高、效率也高，常用于外设的工作速度比 CPU 慢很多且传送数据量不大的系统中；DMA 方式传送数据其可靠性和效率都很高，但硬件电路复杂、开销较大，常用于传送速度高、数据量很大的系统中或存储器与外部设备之间、存储区与存储区之间以及两种高速外部设备之间的数据传送。

6.3 I/O端口地址译码与读写控制

PC 系列微机系统中，基于总线的接口电路设计选用低 10 位地址线 $A_0 \sim A_9$ 参加 I/O 端口编址，端口数目最多为 1024 个，可分配端口地址空间是 000H～3FFH。CPU 如何访问接口电路中的寄存器（端口），是接口电路设计中应该解决的问题。CPU 和外设之间进行数据交换时，为了对 I/O 口进行读/写操作，需确定与自己交换信息的端口地址，并能通过 CPU 发出的地址来识别和确认端口，端口地址的选择通常通过地址信号和控制信号的不同组合来实现，这就是所谓的端口地址译码。

端口地址译码是接口的基本功能之一。通常外设接口的端口地址线分为两部分进行译码：一部分是高位地址线与 CPU 的控制信号组合，经译码电路产生 I/O 接口芯片的片选信号 CS 实现片间寻址；另一部分是低位地址线直接连到 I/O 接口芯片，实现 I/O 接口芯片的片内寻址。

I/O 译码电路通常有两种地址形式：固定式地址译码和可选式地址译码。固定式地址译码形式是指接口中用到的端口地址是不能随意更改的，即这类外设的接口地址以后不会和其他设备产生冲突。固定式地址译码的实现方式有门电路译码和译码器译码两种方法。可选式地址译码是指端口地址不是固定的，而是通过开关或跳线来实现端口地址。常用的实现方法也有两种：使用跳线实现地址译码和比较器开关组合实现地址译码。

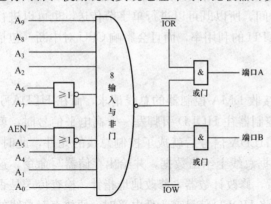

图 6-9　门电路译码及端口读写示意图

本节主要介绍固定式地址译码的两种实现方式：门电路译码和译码器译码。

6.3.1　用门电路设计端口地址译码

端口地址译码电路可以用一般的组合逻辑门电路实现，如通过与门、与非门、或非门、反相器等实现，这是最基本的地址译码方法。

【例 6-1】要产生输入端口 A 和输出端口 B 口地址 11，0000，1111B，则外设地址译码电路如图 6-8 所示的，试确定端口和端口的地址，并说明其是输入端口还是输出端口。

解：当地址线出现：$A_9A_8A_7A_6A_5A_4A_3A_2\ A_1A_0$＝11，0000，1111B、CPU 执行

```
MOV  DX,11,0000,1111B
IN   AL,DX
```

指令时，AEN 为低电平，逻辑门地址译码电路输出也为低电平，由 IN 指令产生的$\overline{IOR}$也为低电平，实现对 A 端口寄存器的读出操作。

当 CPU 执行

```
MOV  DX,11,0000,1111B
OUT  DX,AL
```

指令时，AEN 为低电平，逻辑门地址译码电路输出也为低电平，由 OUT 指令产生的$\overline{IOW}$也为低电平，实现对 B 端口寄存器的写入操作。

6.3.2　用译码器设计端口地址译码电路

当接口电路需要有多个端口地址时，常采用译码器设计端口地址译码电路。同存储器地址译码电路设计一样，译码器通常采用 74LS138。

【例 6-2】用 74LS138 译码器设计端口地址译码电路。产生 4 个端口地址 3A8H～3AEH 的低电平输出。

解：设计共分为三个步骤。

（1）展开端口地址空间，写成二进制形式，便于分析各地址线引脚的连接。

端口地址	M/$\overline{IO}$	A_9	A_8	A_7	A_6	A_5	A_4	A_3	A_2	A_1	A_0
3A8H	0	1	1	1	0	1	0	1	0	0	0
3AAH	0	1	1	1	0	1	0	1	0	1	0
3ACH	0	1	1	1	0	1	0	1	1	0	0
3AEH	0	1	1	1	0	1	0	1	1	1	0

（2）根据地址展开式和 138 真值表选择地址线作为 138 译码器的译码输入和译码控制，地址线的不同选择，译码电路的结构不同。

（3）设计接口译码电路如图 6-10 所示。

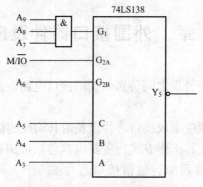

图 6-10 设计接口译码电路

习 题

6.1 CPU 与外设之间为什么要设置输入、输出接口？

6.2 什么是接口？微型计算机的接口一般具有哪些功能？

6.3 什么是端口？I/O 端口的编址方式有哪两种？I/O 端口的寻址方式有几种？各有何特点？

6.4 CPU 与外设传送的信息有哪几种？

6.5 什么情况下两个端口可以共用一个地址？

6.6 微机输入输出传送方式有几种？各自用在什么场合，它们的特点有哪些？

6.7 简述查询工作方式的工作过程。

6.8 简述中断方式的优点？和 DMA 方式相比，中断方式又有何不足？

6.9 为什么要在输入接口电路中加三态缓冲器，而输出接口电路加锁存器？

6.10 有一输入设备，其数据端口的地址为 0FEE0H；状态端口地址为 0FEE2H，当其 D_3 位为 1 时表明输入数据准备好。试编写采用查询方式进行数据传送的程序段，要求从该设备读取 20 个字节并输入到从 2000H：0100H 开始的内存中。

6.11 试设计一个查询式输出接口，画出电路图并写出相应的输出程序。

6.12 设某接口电路的输入端口地址为 0200H，它的状态端口地址为 0220H，状态口中第 4 位为 "1" 表示输入缓冲器中有一个字节数据准备就绪，可输入，试编写用查询方式实现数据输入的程序，并且画出程序流程图。

6.13 什么是 DMA？DMA 操作可分为几个主要步骤？

6.14 试用 74LS138 译码器及其他门电路设计一个外设端口地址译码器，使 CPU 能寻址如下 4 个地址范围：(1) 340H～347H；(2) 348～34FH；(3) 350H～257H；(4) 368H～36FH。

6.15 试用组合逻辑电路设计一译码电路，使片选信号 CS 在 300H～3FFH 的 I/O 地址范围内有效。

6.16 试用完全译码方式设计一电路图，要求产生 8 个片选信号，使 3F0H～3F3H 为输出端口，03F4H～03F7H 为输入端口。

第7章 外围接口器件及应用

输入/输出接口是CPU与外设之间传送数据的接口电路，其功能和基本原理已经在第6章中介绍。

本章主要介绍常用的大规模集成接口芯片以及由其构成的接口电路，并且在不改变硬件连接的条件下，通过编程改变其工作方式。主要内容包括可编程定时器/计数器8254、可编程并行接口芯片8255A、可编程串行通信接口芯片8251A、DMA控制器8237A和D/A、A/D转换器。

本章重点掌握：计数器/定时器8254及应用、并行通信及接口器件8255应用、串行通信及接口和接口器件的初始化编程。

7.1 可编程定时器/计数器8254

微机系统中的定时技术可分为软件定时和硬件定时两种。软件定时一般是执行一段循环程序，通过调整循环次数控制定时长短。其特点是不需专用硬件电路，因此成本低、操作简单方便，但需耗费CPU的工作时间，降低了CPU的工作效率。硬件定时是采用通用的定时/计数器或单稳延时电路。其特点是定时时间长、使用灵活且不占用CPU的时间，因此在微机系统中得到广泛应用。目前定时/计数的可编程集成电路芯片种类很多，其中8254是Intel公司开发的可编程定时器/计数器，兼容PC系列微型机中普遍使用的定时器/计数器芯片Intel 8253，且比8253的性能更强，8254增加了一个读出命令，最高计数频率约为8253的4倍。

8254内部有3个独立的16位减法计数器，各计数器都有6种不同工作方式可供选择，且每个计数器均可按二进制或者BCD码计数，工作方式和计数值可编程控制，计数脉冲频率最高为10MHz。

7.1.1 8254的内部结构

8254内部有6个模块，3个公共控制模块和3个计数器模块组成，其结构框图如图7-1所示。

1. 公共控制模块

（1）数据总线缓冲器。

数据总线缓冲器是一个三态双向8位寄存器，用于将8254与CPU系统数据总线$D_7 \sim D_0$相连，它是8254与CPU之间的数据接口模块。CPU通过数据总线缓冲器写入或从数据总线缓冲器读取数据和状态信息。

数据总线缓冲器有三个基本功能：

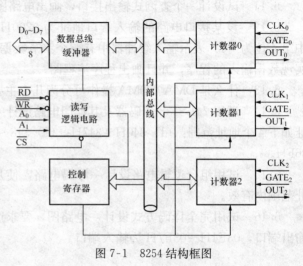

图7-1 8254结构框图

向 8254 控制寄存器写入控制字；向 8254 计数器写入计数初值；读出计数器的初值或当前值。

（2）读/写控制逻辑电路。

读/写控制逻辑电路是用来控制 8254 计数器、控制字数据的读写操作。在片选信号 $\overline{CS}$ 有效的条件下，进行读写操作。读/写控制字接收 CPU 发来的读、写信号、端口地址选择信号（A_1、A_0）和片选信号 $\overline{CS}$，选择读出/写入的寄存器，并且确定是读出还是写入数据。

（3）控制字寄存器。

控制字寄存器是用来存放控制每个计数器工作方式的控制字。在对 8254 初始化编程时，控制字寄存器接收 CPU 送来的控制字，用来选择计数器及相应的工作方式。控制字寄存器只能写入，不能读出。

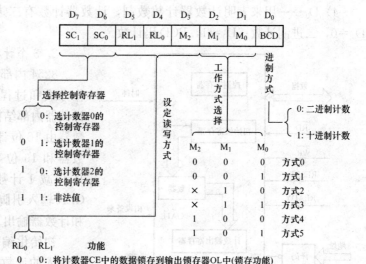

图 7-2　8254 工作方式控制字

工作方式控制字是通过一字节的不同位的组合实现标识不同的工作方式，其格式如图 7-2 所示：

1）$D_7 D_6$——选择计数器标识：

$D_7 D_6 = 00$ 选 0 号计数器的控制寄存器；

$D_7 D_6 = 01$ 选 1 号计数器的控制寄存器；

$D_7 D_6 = 10$ 选 2 号计数器的控制寄存器；

$D_7 D_6 = 11$ 非法、不选择计数器。

2）$D_5 D_4$——用来控制计数器读/写的字节数，规定了初值的写入高低字节顺序和计数值的读出高低字节顺序。

$D_5 D_4 = 00$ 锁存命令；

$D_5 D_4 = 01$ 仅读/写一个低字节；

$D_5 D_4 = 10$ 仅读/写一个高字节；

$D_5 D_4 = 11$ 读/写一个字，先低后高。

3）$D_3 D_2 D_1$——用来选择计数器的 6 种工作方式。

$D_3 D_2 D_1 = 000$ 方式 0；

$D_3 D_2 D_1 = 001$ 方式 1；

$D_3 D_2 D_1 = 010$ 方式 2；

$D_3 D_2 D_1 = 011$ 方式 3；

$D_3 D_2 D_1 = 100$ 方式 4；

$D_3D_2D_1 = 101$ 方式 5；

$D_3D_2D_1 = 110$ 方式 2；

$D_3D_2D_1 = 111$ 方式 3。

4）D_0——用来表明计数器计数数制，计数器计数有二进制和 BCD 码两种数制可选。$D_0 = 0$，二进制计数；$D_0 = 1$，BCD 码计数。

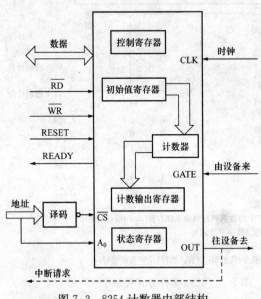

图 7-3　8254 计数器内部结构

2. 3 个计数器

8254 内部有 3 个内部结构完全相同而工作方式和过程相互独立的计数器 0、1、2，计数器内部结构如图 7-3 所示。该图表示计数器由 16 位计数初值寄存器、16 位减 1 计数器和 16 位当前计数值输出锁存器组成。16 位减 1 计数器外有 3 个引脚：计数脉冲 CLK 输入引脚、门控信号 GATE 输入引脚和计数器输出 OUT 引脚。

初始化编程时，首先把 CPU 向计数通道装入的计数初值送到计数初值寄存器中保存，然后送到减 1 计数器。GATE 允许，计数器启动后，在计数脉冲 CLK 作用下，进行减 1 计数，直到计数值减为 0 或减少到设定值时，输出端 OUT 有信号输出，计数结束。在计数过程中，计数初值寄存器的内容保持不变，当前计数值输出锁存器内容跟随减 1 计数器变化而变化，当接到锁存命令时，锁存器中内容被锁定，锁存器锁定计数值被读取后，锁存器的值又跟随计数器变化。

根据不同需要，CPU 对 8254 的读取操作有以下两种情况：

（1）读入的计数初值。若要了解计数初值，在不干扰实际计数过程的情况下，只对选定的计数器执行 IN 指令，便可从计数初值寄存器直接读取。分两次读取，第 1 次读取低字节，第 2 次读取高字节。

（2）读当前计数值。若想知道计数过程中当前计数值，则需要先发一条锁存命令，将当前计数值送锁存器锁定，然后通过执行 IN 指令，读出输出锁存器锁存的当前计数值。此操作必须先锁存后读取。

【例 7-1】设 0 号计数器数据口地址为 0200H，控制口寄存器地址为 0206H，计数器采用 8 位计数，设计一程序段，要求读出并检查 0 号计数器的当前计数值是否是全"1"。

其程序段为：

```
CHE: MOV  AL,01000000B    ;1号计数器的锁存命令
     MOV  DX, 0206H
     OUT  DX, AL
     MOV  DX, 0200H
     IN   AL, DX
     CMP  AL, 0FFH        ;比较
     JNE  CHE             ;非全'1',再读
     HLT                  ;是全'1',暂停
```

7.1.2 8254 引脚功能

8254 是 24 引脚，双列直插式封装，电源＋5V，其引脚排列如图 7-4 所示。各引脚的功能定义如下。

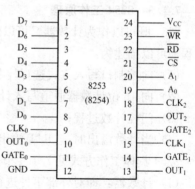

图 7-4 8254 引脚图

1. 与 CPU 连接引脚

（1）数据线 $D_0 \sim D_7$：三态输出，与系统数据总线相连，供 CPU 向 8254 读写命令和状态信息。

（2）控制线有 5 个引脚，分别为：

1）片选信号$\overline{CS}$：输入，低电平有效，与端口地址译码器输出端相连。

2）读信号$\overline{RD}$：输入，低电平有效，与系统控制线$\overline{IOR}$相连，由 CPU 发出，用于控制对 8254 寄存器读操作。

3）写信号$\overline{WR}$：输入，低电平有效，与系统控制线$\overline{IOW}$相连，由 CPU 发出，用于控制对 8254 寄存器写操作。

4）地址译码线 A_1、A_0：这两根线接到系统地址总线的 A_1、A_0 上，用于选择 8254 内部计数器 0、1、2 和控制字寄存器，以便对它们进行读写操作。8254 内部寄存器与地址码 A_1、A_0 的关系见表 7-1。

表 7-1   8254 内部寄存器与地址码 A_1、A_0 的关系

$\overline{CS}$	$\overline{RD}$	$\overline{WR}$	A_1	A_0	选中寄存器	口地址	操作
0	1	0	0	0	0 号计数器	40H	向 T/C_0 写入'计数初值'
0	1	0	0	1	1 号计数器	41H	向 T/C_1 写入'计数初值'
0	1	0	1	0	2 号计数器	42H	向 T/C_2 写入'计数初值'
0	0	0	1	1	控制字	43H	向控制字寄存器写入'方式选择控制字'
0	0	1	0	0	0 号计数器	40H	从 T/C_0 读'当前计数值'
0	0	1	0	1	1 号计数器	41H	从 T/C_1 读'当前计数值'
0	0	1	1	0	2 号计数器	42H	从 T/C_2 读'当前计数值'
0	0	1	1	1	X	X	无操作
0	1	1	X	X	X	X	无操作
1	X	X	X	X	X	X	禁止

2. 与外部设备连接引脚

（1）时钟信号 CLK：输入，是计量的基本时钟，每输入一个时钟信号 CLK，8254 定时或计数值减 1。3 个计数器各有一独立的编号，分别为 CLK_0、CLK_1、CLK_2。

（2）门选通信号 GATE：输入，作用是用来禁止、允许或开始计数过程。每个通道都有自己的门选通信号，分别为 $GATE_0$、$GATE_1$、$GATE_2$。

（3）计数器输出信号 OUT：输出，可作为外部定时、计数控制信号引到 I/O 设备。当定时或计数值减为 0 或计数已到时，即在 OUT 引脚线上输出 OUT 信号。3 个计数器各有一独立输出端，分别为 OUT_0、OUT_1、OUT_2。

7.1.3　8254 工作原理

8254 既可以作为计数器又可以作为定时器。不论作为计数器或是计时器，8254 的工作流程都可以描述为：

(1) 向控制口写入方式选择控制字；

(2) 向 16 位计数器通道写入计数初值 N；

(3) 门控计数过程；

(4) 当计数溢出时，OUT 输出波形。

8254 具体工作方式见 7.1.4 节。计数初值设置如下：

(1) 计数器：即对外部事件进行计数。外部事件可以脉冲方式从 CLK_i 端输入，计数器值作相应减 1。计数初值可以预置到所用通道计数器中。

(2) 定时器：8254 作为定时器使用时，允许从 CLK_i 端输入的时钟脉冲频率为 1～2MHz。其计数初值或定时系数为：

$$计数初值或定时系数＝所需要的定时时间/时钟脉冲周期$$

7.1.4　8254 工作方式

8254 有 6 种工作方式可供选用，这 6 种工作方式的主要区别有 3 点：一是启动计数器的触发方式（启动方式）不同；二是计数过程中门控信号 GATE 对计数操作的影响不同；三是输出波形不同。

8254 的触发方式有两种：硬件触发和软件触发。硬件触发是指由 GATE 门控信号的变化启动计数器，其过程是在 GATE 为低电平时写入计数初值，当 GATE 信号出现 0 到 1 的跳变时，计数器开始计数。软件触发是指由指令控制计数初值的写入启动计数器工作，即在 GATE 为高电平时，写入计数初值后，计数器开始计数。

每个计数器的使用必须进行初始化编程，编程步骤分两步：向控制字寄存器写入控制字；向计数器写入计数初值。

现结合各种操作实例，分别讨论不同工作方式的特点及编程方法。

1. 方式 0 —计数结束中断方式

方式 0 是软件触发减 1 计数方式，无初值自动重装功能，方式 0 工作时序如图 7-5 所示，其工作特点如下：

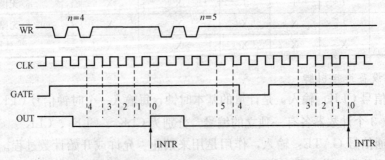

图 7-5　方式 0 工作时序波形

(1) 当控制字写入控制寄存器后，输出 OUT 变为低电平。写完计数初值，在 CLK 作用下，门控信号 GATE 为高电平，CLK 下降沿开始减 1 计数。当计数器减到 0 时，OUT

立即输出高电平。

（2）计数过程中，当 GATE 变为低电平时，停止计数，此时计数值保持不变，直至 GATE 信号恢复高电平，才继续减 1 计数。

（3）在计数过程中，如果要重新写入新的计数值，新初值在写入命令控制下，在 CLK 下降沿装入，计数器将按新写入的计数值重新工作。

【例 7-2】 使用 8254 计数器 2 工作于方式 0，进行 16 位 BCD 计数，计数初值为 1000，端口地址分别是 320H、321H、322H 和 323H，设计初始化程序段。

根据所给条件，得到控制字各位的值：选择计数器通道 2，$D_7 D_6 = 10$；16 位计数方式，$D_5 D_4 = 11$；选择工作方式 0，$D_3 D_2 D_1 = 000$；BCD 计数，$D_0 = 1$。所以控制字为 10110001 = B1H。

控制口地址为 323H。则程序段为：

```
MOV   AL,10110001B      ;控制字送 AL
MOV   DX,323H           ;控制口地址送 DX
OUT   DX,AL             ;向控制口写入控制字
MOV   AL,322H           ;2 号计数器数据口地址
MOV   AL,00H            ;低 8 位计数初值
OUT   DX,AL             ;向 2 号计数器写入计数初值低 8 位
MOV   AL,10H            ;高 8 位计数初值
OUT   DX,AL             ;向 2 号计数器写入计数初值高 8 位
```

2. 方式 1——程序可控单稳态工作方式

方式 1 为硬件触发减 1 计数方式，可重复触发，无初值自动重装功能，又称为重复触发可编程单稳态计数方式。其工作特点如下：

（1）控制字写入控制寄存器后，输出 OUT 变成高电平，写入计数初值后不计数，直到门控信号 GATE 出现 0 到 1 的正脉冲启动信号后的下一个 CLK 的下降沿开始减 1 计数，此时输出 OUT 变成低电平。当计数初值减为 0，OUT 立即输出高电平，从而在 OUT 端输出一个宽度为 $N \times T_{CLK}$ 的负脉冲（N 为计数初值，T_{CLK} 为计数脉冲周期）。

（2）计数过程中，当 GATE 又出现一个 0 到 1 的上升沿时，原计数初值重新装入，计数器重新开始计数。重新装入原计数初值可分两种不同情况，其输出 OUT 波形不同。

1）在当前计数值为 0 时，重新装入原初值，输出 OUT 波形为多个脉宽相同的负脉冲。

2）计数过程中重装计数初值，OUT 输出负脉冲波形宽度加宽。

（3）在计数过程中，如果要重新写入新的计数值，新初值在写入命令控制下，在 CLK 下降沿装入，则要等到当前的计数值为 0 且门控信号再次出现上升沿后，才按新写入的计数值开始工作，输出 OUT 波形脉宽不等的负脉冲。

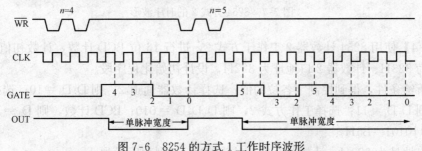

图 7-6　8254 的方式 1 工作时序波形

【例 7-3】使用 8254 计数器 2 工作于方式 1，进行 8 位二进制计数，计数初值为 0A4H，控制口地址为 323H、计数器 2 口地址为 322H。设计初始化程序段。

根据所给条件，得到控制字各位的值：选择计数器通道 2，则 $D_7 D_6 = 10$；选择低 8 位计数方式，高 8 位自动补 0，则 $D_5 D_4 = 01$；选择工作方式 1，则 $D_3 D_2 D_1 = 001$；二进制计数，则 $D_0 = 0$。所以控制字为 10010010＝92H。

控制口地址为 323H、计数器 2 口地址为 322H，则程序段为：

```
MOV  DX,323H          ;控制口地址送 DX
MOV  AL,10010010B     ;控制字送 AL
OUT  DX,AL            ;向控制口写入控制字
MOV  AL,322H          ;2 号计数器数据口地址
MOV  AL,0A4H          ;低 8 位计数初值
OUT  DX,AL            ;向 0 号计数器写入计数初值低 8 位
```

3. 方式 2——频率发生器

方式 2 是软件启动方式，并具有自动装入计数初值。由于方式 2 能够自动地连续工作，如果计数初值为 N，则每经历 N 个 CLK 脉冲，则输出一个负脉冲，故方式 2 也称为分频器。常用于为自动控制系统中的实时检测、实时控制提供时钟信号。其工作特点如下：

（1）控制字写入后，输出 OUT 为高电平，且计数器计数期间保持高电平不变。当计数器减为 1 时，输出 OUT 变为低电平，维持一个 CLK 周期，计数值减为零后，输出 OUT 高电平并自动重新装入原计数值，重新开始计数。因此，OUT 可输出间隔时间为 $N \times T_{CLK}$ 的连续负脉冲。8254 方式 2 的时序波形如图 7-7 所示。

（2）门控信号 GATE 为高电平时允许计数。若在计数过程中，门控信号变为低电平，则计数器停止计数，待 GATE 恢复高电平后，计数器重新装入原计数初值并开始计数。

（3）计数过程中，如果向此计数器写入新的计数值，则计数器不是立即按新写入的计数值计数。而是仍按原计数值计数，直到计数结束，当前计数值为 0，并在输出一个时钟周期的低电平之后，才按新写入的计数值计数。

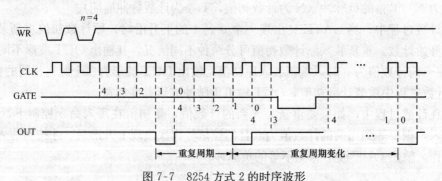

图 7-7　8254 方式 2 的时序波形

【例 7-4】使用 8254 计数器 2 工作于方式 2，进行 16 位 BCD 计数，计数初值为 50，控制口地址为 323H、计数器 2 口地址为 322H，设计初始化程序段。

根据所给条件，得到控制字各位的值：选择计数器通道 2，则 $D_7 D_6 = 10$；选择 16 位计数方式，则 $D_5 D_4 = 11$；选择工作方式 2，则 $D_3 D_2 D_1 = 010$；BCD 计数，则 $D_0 = 1$。所以控制字为 10110101＝B5H。

控制口地址为 323H、计数器 2 口地址为 322H，则程序段为：

```
MOV  DX,323H              ;控制口地址送 DX
MOV  AL,B5H               ;控制字送 AL
OUT  DX,AL                ;向控制口写入控制字
MOV  AL,322H              ;2 号计数器数据口地址
MOV  AL,50H               ;低 8 位计数初值
OUT  DX,AL                ;向 2 号计数器写入计数初值低 8 位
MOV  AL,00H               ;高 8 位计数初值
OUT  DX,AL                ;向 2 号计数器写入计数初值高 8 位
```

4. 方式 3——方波发生器

方式 3 与方式 2 工作基本相同，也具有自动装入计数初值的能力，不同之处在于：方式 3 在计数开始后，输出 OUT 不是一个宽度为 T_{CLK} 的负脉冲，而是占空比为 1∶1 或近似 1∶1 的方波。即计数到计数初值的一半时输出 OUT 低电平，直到计数值为 0，又变为高电平并重新装入初值计数。由于计数初值有奇数和偶数之分，因此 OUT 输出有方波和近似方波，其工作时序如图 7-8 所示。

（1）当计数初值为偶数时，输出 OUT 在前一半的计数过程中为高电平，在后一半的计数过程中为低电平，输出 OUT 为完全对称方波。

（2）当计数初值为奇数时，在前 $(N+1)/2$ 的计数过程中，输出为高电平；后 $(N-1)/2$ 的计数过程中为低电平。输出 OUT 为非对称方波——近似方波。例如，若计数初值设为 3，则在前两个时钟周期中，输出 OUT 为高电平，而在后 1 个时钟周期中则输出低电平。

8254 的方式 2 虽然可以作分频电路，但其输出是窄脉冲，如果是方波，就只有选方式 3。方式 3 和方式 2 一样，都是最为常用的工作方式。

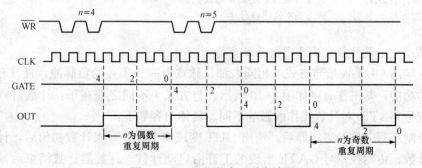

图 7-8　8254 的方式 3 时序波形

5. 方式 4——软件触发的选通信号发生器

方式 4 是一种由软件触发的闸门式计数方式，也称软件触发单脉冲发生器。即由写入计数初值触发工作，没有自动重装计数初值的功能。其特点如下：

（1）控制字写入后，输出 OUT 为高电平，GATE 为高电平，写入计数初值，计数器开始减 1 计数，且计数期间输出 OUT 保持高电平不变。当计数器减为 0 时，计数完毕输出 OUT 变为低电平，维持一个 CLK 周期后，输出 OUT 又恢复高电平。但计数器不再计数，输出也一直保持高电平不变。图 7-9 所示为 8254 的方式 4 时序波形图。

（2）门控信号 GATE 为高电平时允许计数。若在计数过程中，门控信号变为低电平，则计数器停止计数，待 GATE 恢复高电平后，计数器从被中断的计数值继续开始减 1 计数。

（3）计数过程中，如果向此计数器写入新的计数值，则不影响当前的计数状态，直到计数结束，当前计数值为 0，并在输出一个时钟周期的低电平之后，才按新写入的计数初值计数。一旦新一次计数完毕，计数器将停止工作。

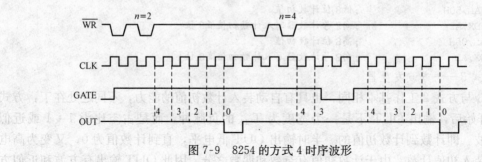

图 7-9　8254 的方式 4 时序波形

【例 7-5】使计数器 1 工作在方式 4，进行高 8 位二进制计数，且口地址为 202H～208H，计数初值为 0B5H，设计初始化程序段。

根据所给条件，得到控制字各位的值：选择计数器通道 1，则 $D_7 D_6 = 01$；选择高 8 位计数方式，则 $D_5 D_4 = 10$；选择工作方式 2，则 $D_3 D_2 D_1 = 100$；二进制计数，则 $D_0 = 0$。所以控制字为 01100100＝68H。

其程序段为：

```
MOV  DX, 208H        ;控制口地址
MOV  AL, 01101000B   ;方式字
     OUT DX, AL      ;控制字写入口地址
MOV  DX, 202H        ;计数器1数据口地址
     OUT AL, 0B5H    ;高8位计数值
MOV  DX, AL
```

6. 方式 5——硬件触发的选通信号发生器

方式 5 输出 OUT 波形与方式 4 相同，都是脉宽为一个 T_{CLK} 的负脉冲，且没有自动重装计数初值的功能，其工作时序如图 7-10 所示。与方式 4 不同之处在于：计数过程启动及启动后门控信号 GATE 对计数操作的影响不同。具体内容如下：

（1）控制字写入控制寄存器后，输出 OUT 变成高电平，写入计数初值后，计数器并不立即开始计数，由门控信号 GATE 出现的上升沿启动计数。计数器计数结束后，将在输出一个时钟周期的负脉冲后恢复高电平。

（2）在计数过程中（或者计数结束后），如果门控信号 GATE 再次出现上升沿，则计数器将从原设定的计数初值重新计数。

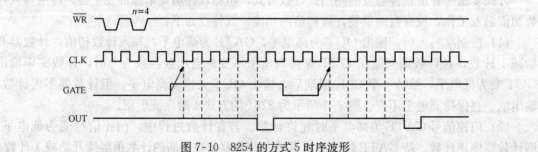

图 7-10　8254 的方式 5 时序波形

7. 六种工作方式的比较

上面分别说明了 8254 芯片 6 种方式的工作过程，现在来对比分析这六种方式的特点和彼此之间的差别，以便在应用时，有针对性地加以选择。

(1) 方式 0 (计数结束中断) 和方式 1 (可控单稳)：这两种方式的输出波形类似，它们的 OUT 在计数开始变为低电平，在计数过程中保持低电平，计数结束立即变高电平，此输出作为计数结束的中断请求信号，或作单稳延时，两者均无自动重新装入能力。它们的不同点主要在于启动计数器的触发信号。方式 0 由写信号 $\overline{WR}$ 的上升沿触发，方式 1 由门控信号 GATE 上升沿触发。

(2) 方式 2 (频率发生器) 和方式 3 (方波发生器)：这两种方式共同的特点是具有自动重装能力。即减 1 计数至 0 时，计数初值被自动装入减 1 计数器继续计数，于是 OUT 可输出连续的波形。输出信号的频率都是 (fm/初值)。两者的区别在于方式 2 在计数过程中输出高电平，而在每当减 1 计数至 0 时输出宽度为 T_{CLK} 的负脉冲。方式 3 是在计数过程中，输出 1/2 初值×T_{CLK} 的高电平，若初值为奇数，则是 1/2 (初值＋1) ×T_{CLK} 的高电平；然后输出 1/2 初值×T_{CLK} 的低电平，若初值为奇数，则是 1/2 (初值－1) ×T_{CLK} 的低电平，于是 OUT 的信号是占空比为 1：1 的方波 (或近似方波)。

(3) 方式 4 (软件触发选通) 和方式 5 (硬件触发选通)：OUT 输出波形相同，在计数过程中 OUT 为高电平，在计数结束输出一个宽度为 T_{CLK} 的负脉冲，这个脉冲可作为选通脉冲。计数启动的触发信号不同，前者由写信号 $\overline{WR}$ 启动计数。后者由 GATE 的上升沿开始计数。

从上面分析的各种方式工作过程和特点可知，当作定时器应用时，通常选用方式 2、3；当选用于计数器时，一般选用方式 0、1、4、5。

7.1.5 定时器/计数器 8254 的应用举例

定时器/计数器 8254 的编程原则如下：

① 设置初值前必须先写控制字

② 初值设置要符合控制字中的格式规定

编程命令有读出命令和写入命令两类。

设置控制字命令

设置初始值命令

锁存命令

【例 7-6】设 8254 的端口地址为 0AEF8H～0AEFBH，令通道 0 工作在工作方式 1，采用 BCD 计数，计数初值为 5080，根据已知条件编写 8254 初始化程序。

分析：通道 0 计数器地址为 0AEF8H，D_7D_6＝00；

控制寄存器地址：0AEFBH；

16 位计数且先写计数值低 8 位，再写高 8 位：D_5D_4＝11；

工作方式 1：$D_3D_2D_1$＝001；

BCD 码计数：D_0＝1；

计数初值设定：5080H (BCD 码)

则，(1) 方式控制字为：00110011B＝33H；

(2) 初始化程序如下：

```
MOV    DX,0AEFBH
MOV    AL,33H
OUT    DX,AL
MOV    DX,0AEF8H
MOV    AL,80H
OUT    DX,AL
MOV    AL,50H
OUT    DX,AL
```

【例 7-7】 设 8254 口地址为 200H～203H，GATE$_0$ 为高电平，CLK$_0$ 接 2MHz 方波，要求 OUT$_0$ 端输出 500Hz 的连续脉冲。

分析：0 号计数器，地址：200H，D$_7$D$_6$＝00；

控制寄存器地址：203H；

16 位计数且先写计数值低 8 位，再写高 8 位：D$_5$D$_4$＝11；

工作方式 2：D$_3$D$_2$D$_1$＝010；

二进制计数：D$_0$＝0

计数值设定：2MHz/500Hz＝4000

则，（1）方式控制字为：00110100B

（2）初始化程序如下：

```
MOV    DX, 203H          ;控制端口
MOV    AL, 00110100B     ;二进制
OUT    DX, AL
MOV    DX, 200H          ;计数器0
MOV    AX, 4000
OUT    DX, AL
MOV    AL, AH
OUT    DX, AL
```

【例 7-8】 系统扬声器发出 800Hz 的音响，当主机键盘按下任意键时停止。电路条件：PC 机分配给 8254 的地址：40H～43H；CLK$_0$～CLK$_2$ 频率：1.193182MHz；GATE$_0$，GATE$_1$ 接 ＋5V；系统外接还有 8255A。试根据电路条件绘制电路图，并编制 8254 初始化程序。

分析：（1）根据电路条件，绘制电路原理图如图 7-11 所示。

（2）8254 的地址范围为 40H～43H，如果选用通道 2 作为定时脉冲，方式 3 工作，输出一定频率的方波，经放大、滤波驱动扬声器，计数初值为 1.193182MHz/800Hz＝1491。8255A 的 B 端口 PB$_0$ 连接 8254 通道 2，并使能计数器通道 2；PB$_1$ 使能与门，当与 PB$_0$ 同时输出为 1 时，可以驱动扬声器发生。

（3）8254 计数器 2 的控制字：10110110B

（4）8254 初始化程序段为

```
MOV    AL,10110110B
OUT    43H,AL
MOV    AX,1491
OUT    42H,AX
```

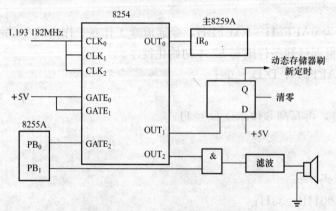

图 7-11   8254 控制音响电路图

【例 7-9】 图 7-12 所示为

8254 用作方波发生器与 8086 总线的接口方法。图中仅用 A7～A2 作为 8253 片选地址线，产生片选信号 $\overline{Y1}$ 与 8253 的 $\overline{CS}$ 端相连。要求计数器 2 用作方波发生器产生 40KHz 方波输出。已知 CLK2 时钟端输入信号频率为 2MHz。现有一个高精密晶体振荡电路，输出信号是脉冲波，频率为 1MHz。要求利用 8254 做一个秒信号发生器，其输出接一发光二极管，以 0.5s 点亮，0.5s 熄灭的方式闪烁指示。设 8254 的通道地址为 80H～86H（偶地址）。

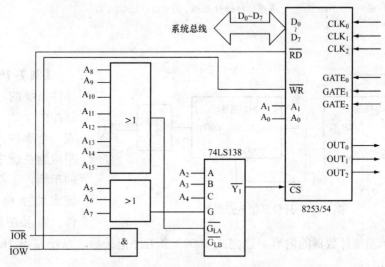

图 7-12　8254 与 8086 总线的连接

解：（1）时间常数计算：

这个例子要求用 8254 作一个分频电路，而且其输出应该是方波，否则发光二极管不可能等间隔闪烁指示。频率为 1MHz 信号的周期为 1 微秒，而 1Hz 信号的周期为 1 秒，所以分频系数 N 可按下述进行计算：

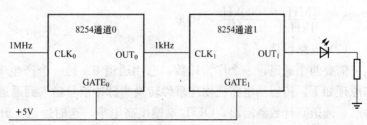

图 7-13　秒信号发生器

由于 8254 一个通道最大的计数值是 65536，所以对于 $N=1000000$ 这样的大数，一个通道是不可能完成上述分频要求的。由于 $N=1000000=1000\times1000=N_1\times N_2$，即采取两个计数器，采用级联方式。

（2）电路：

（3）工作方式选择：

由于通道 1 要输出方波信号推动发光二极管，所以通道 1 应选工作方式 3。对于通道 0，只要能起分频作用就行，对输出波形不做要求，所以方式 2 和方式 3 都可以选用。这样对于通道 0，我们取工作方式 2，BCD 计数；对于通道 1，我们取工作方式 3，二进制计数（当然也可选 BCD 计数）

（4）程序如下：

```
mov al,00110101b          ;通道0控制字
```

```
    out 86h,al
    mov al,00                    ;通道0初始计数值
    out 80h,al
    mov al,10h
    out 80h,al
    mov al,01110110b             ;通道1控制字
    out 86h,al
    mov al,0e0h                  ;通道1初始计数值,03E8H= 1000BCD
    out 82h,al
    mov al,03h
    out 82h,al
```

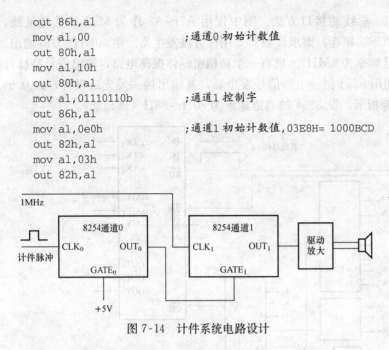

图 7-14　计件系统电路设计

【例 7-10】计件系统。计件系统的功能就是记录脉冲的个数。一个脉冲代表一个事件，比如交通道路检测系统中通过检测点的车辆，工业控制系统中流水线上已加工好的工件。要求在计件过程中，PC 机可以显示当前计数器的内容，当完成 10000 个工件记录后，系统发出 1kHz 信号推动喇叭发音通知用户。

解：（1）时间常数设计

$N_0 = 1000$

$$N_1 = \frac{1\text{MHz}}{1\text{kHz}} = \frac{1000\text{kHz}}{1\text{kHz}} = 1000$$

（2）电路设计

需要两个通道，一个作为计数，选用通道 0。另一个产生 1kHz 信号，选用通道 1。工作原理如下，传感器电路把物理事件转换为脉冲信号输入到通道 0 计数，当记录 10000 个事件后，通道 0 计数器溢出，OUT$_0$ 端输出高电平，这时通道 1 开始工作，产生 1kHz 信号推动喇叭发音。

（3）工作方式选择

对于通道 1，由于要产生 1kHz 信号，故选用工作方式 3。对于通道 0，要求初始计数值写入计数通道后，计数器就可以工作，则通道 0 的启动方式应是软件启动。另外由于要求计数溢出后产生一个信号来启动一个事件，即喇叭发音，故可选的工作方式为方式 0 和方式 4，对于图 7-14 所示方案，通道 1 的 GATE 信号由通道 0 的 OUT 信号产生，这个 OUT 信号应该是电平型的，所以通道 0 应选用方式 0。

7.2　可编程并行接口芯片 8255A

8255A 是 CPU 与 I/O 接口之间进行数据并行传输的可编程接口芯片，具有很强的功能。所谓可编程芯片，是 8255A 可以用软件编程的方法选择芯片中与外设连接的端口数、选择端口中作输入或输出的引脚、选择端口与 CPU 之间传送数据的工作方式等。

所谓并行传输，即计算机按字节或字进行传输，并行传输具有传输速度快、信息率高、可靠性高，使用电缆多的特点，一般不用于长距离数据传输。比如按字节传送数据，在无条件传送时需 8 根线路，而查询式传送时，至少需 10 根传送线路，远距离传送时，线路所用电缆投资十分庞大。因此，并行传输主要用于近距离数据传输，如磁盘、光盘、打印机、扫描仪以及计算机与各种仪器设备之间的通信等。

可编程并行接口芯片 8255A 具有广泛的适应性及很高的灵活性，在微机系统中得到广泛应用。

7.2.1　并行通信基础

1. 并行通信

并行通信是指一个字符的各数位用几条线同时进行传输，在同样的传输速率下，传输速度快、信息率高，适用于数据率要求高、传输距离短的场合。

2. 并行接口

并行接口是实现并行通信的接口，分为单输入接口、单输出接口和输入/输出接口 3 种。其中输入/输出接口可以用两种方法实现，其一用一个接口的两个通路，一个输入、一个输出；其二是用一个双向的通路实现输入输出功能。

3. 并行接口组成

并行接口包括控制寄存器、状态寄存器、输入缓冲寄存器和输出缓冲寄存器。图 7-15 所示为并行接口组成以及与 CPU 和外设连接示意图。

4. 并行接口工作过程

并行接口工作过程包括输入过程和输出过程。其中，输出/输入过程又可细分为外设到并行接口的输入/输出过程和并行接口到 CPU 的输入/输出过程。

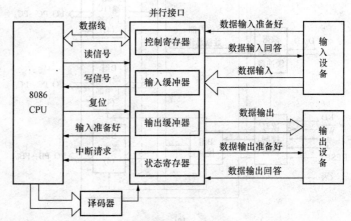

图 7-15　并行接口组成以及与 CPU 和外设连接

（1）输入过程：

1）外设将数据送到并行输入接口并置状态线"数据输入准备好"为高电平；

2）并行接口将数据放入缓冲寄存器的同时，使"数据输入回答"线为高电平，通知外设接口已接收到数据；

3）外设接收到"数据输入回答"信号后，就撤除数据和"数据输入准备好"信号，完成外设到并行接口之间的数据传送；

4）并行接口将数据放入缓冲寄存器的同时，在接口状态寄存器中设置"输入准备好"状态位，供 CPU 软件查询。或者利用中断方式通知 CPU 读取并行接口输入缓冲寄存器中的数据；

5）CPU 从接口读取数据后，接口自动清除状态寄存器中"输入准备好"状态位，使数据总线处于高阻状态，完成一次接口与 CPU 之间的数据传送。接口等待接收下一个输入过程。

（2）输出过程：

1）当并行接口为空或外设取走一个数据后，接口会将状态寄存器中"输出准备好"位置1，供 CPU 软件查询；

2）CPU 输出数据到达接口缓冲器后，自动撤销"输出准备好"，同时接口向外设发一个"数据输出准备好"信号启动外设；

3）外设接收到数据，向接口发"数据输出回答"信号；

4）接口接收到"数据输出回答"信号后，重新置"输出准备好"位为1，以便接收 CPU 发出的下一个数据。

7.2.2 8255A 内部结构与外部引脚

1. 8255A 内部结构

8255A 的内部结构如图 7-16（a）所示。它由数据端口 A、B、C，A 组和 B 组控制电路，数据总线缓冲器和读写控制逻辑四个部分组成：

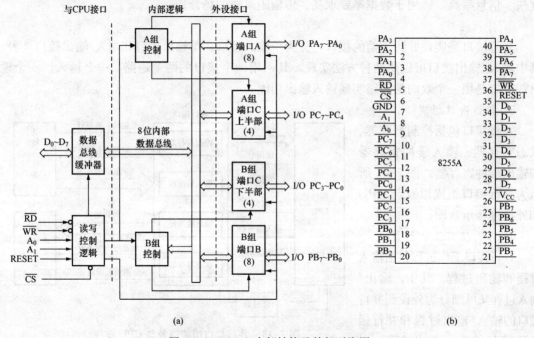

图 7-16 8255A 内部结构及外部引脚图

（a）内部结构；（b）外部引脚

（1）数据端口 A、B、C。8255A 有 3 个 8 位端口，即端口 A、B、C，每个端口对应 1 个 8 位数据输入锁存器和 1 个 8 位输出锁存器/缓冲器。通常使用方法为：端口 A、B 作为独立的输入或者输出端口，端口 C 配合端口 A、B。

（2）A 组和 B 组控制电路。这是两组控制 A、B 和 C 三个端口的工作方式电路，有控制寄存器可以接收 CPU 发出的命令字和对 C 口的置位或复位操作按位控制命令。A 组控制电路控制 A 口和 C 口的高 4 位（$PC_7 \sim PC_4$），B 组控制电路控制 B 口和 C 口的低 4 位（$PC_3 \sim PC_0$）的工作方式和输入输出。

（3）数据总线缓冲器。这是一个三态双向 8 位缓冲器，它是 8255A 与 CPU 系统数据总线之间的接口模块。CPU 与外设之间的数据发送与接收，CPU 写入控制字寄存器的控制字以及 CPU 接收的状态信息都是通过该缓冲器传送的。

（4）读写控制逻辑。接收 CPU 的读、写命令和 $A_1 A_0$ 端口选择信号，在片选信号$\overline{CS}$有效的前提下，控制总线的开放与关闭以及信息传送的方向，以便把 CPU 的控制命令或输出数据送到相应的端口 ，或把外设的信息或输入数据从相应的端口送到 CPU。

2. 8255A 外部引脚

8255A 是一个 40 根引脚的双列直插式组件，其外部引脚如图 7-16（b）所示。

作为接口电路的 8255A 具有面向外设和面向 CPU 两个方向的连接能力。除电源和地以外，其他信号可以分为两组：

（1）与外设一侧相连的信号：

$PA_7 \sim PA_0$：端口 A 的输入输出数据信号。

$PB_7 \sim PB_0$：端口 B 的输入输出数据信号。

$PC_7 \sim PC_0$：端口 C 的输入输出数据信号。

这 24 根信号线均可用来连接 I/O 设备，通过它们可以传送数字量或开关量信息。

（2）与 CPU 一侧相连的信号：

8255A 与 CPU 系统总线的连接有以下几个连线：

$D_7 \sim D_0$：双向数据信号。CPU 通过它向 8255A 发送命令、数据；8255A 通过它向 CPU 回送状态、数据。

$\overline{RD}$：读信号，低电平有效。CPU 通过执行 IN 指令，发读信号将数据或状态信号从 8255A 读至 CPU。

$\overline{WR}$：写信号，低电平有效。CPU 通过执行 OUT 指令，发写信号将命令字或数据写入 8255A。

$\overline{CS}$：选片信号，低电平有效，由系统地址总线经 I/O 地址译码器产生。CPU 通过发高位地址信号使它变成低电平时，才能对 8255A 进行读写操作。当$\overline{CS}$为高电平时，切断 CPU 与芯片的联系。

A_1、A_0：芯片内部端口地址信号，与系统地址总线低位相连。该信号组合用来寻址片内口 A、B、C 数据寄存器和控制寄存器。8255A 引脚信号与内部寄存器读写操作见表 7-2。

RESET：复位信号，高电平有效。它将 8255A 的端口 A、B、C 均置为输入方式，清除控制寄存器，复位状态寄存器并且屏蔽中断请求；这种状态一直持续到重新写入方式命令字才能改变，使其进入用户所需的工作方式。

表 7-2   8255A 引脚信号与内部寄存器的读写操作

$\overline{CS}$	$\overline{RD}$	$\overline{WR}$	A_0	A_1	读写操作
0	0	1	0	0	从 A 口读数据送 CPU
0	0	1	0	1	从 B 口读数据送 CPU
0	0	1	1	0	从 C 口读数据送 CPU
0	1	0	0	0	CPU 向 A 口写数据
0	1	0	0	1	CPU 向 B 口写数据
0	1	0	1	0	CPU 向 C 口写数据
0	1	0	1	1	CPU 向控制口写控制字
0	0	1	1	1	不允许读写控制口的非法操作
1	X	X	X	X	8255A 未被选中

7.2.3　8255A 的编程命令字与初始化编程

8255A 的编程命令字包括各端口工作方式选择控制字和 C 口置 0/置 1 控制字，它们是用户使用 8255A 来组建各种接口电路的重要工具。

由于这两个命令都写入 8255A 的同一个控制字寄存器，为了便于识别是哪个命令，采用特征位 D_7 的方法。若写入的控制字的最高位 $D_7 = 1$，则是工作方式选择控制字；若写入的控制字 $D_7 = 0$，则是 C 口置 0/置 1 控制字。

1. 方式选择控制字

方式选择控制字作用是利用工作方式字的不同功能位代码组合，选择 A 组和 B 组的工作方式和各端口的输入输出，其格式及每位的定义如图 7-17 所示。

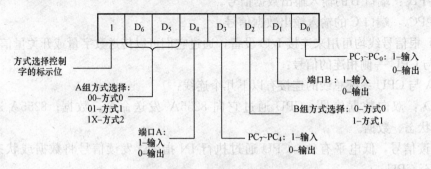

图 7-17　方式选择控制字格式

从方式选择控制字格式可知，8255A 有三种基本工作方式，即

方式 0——基本型输入输出方式（端口 A、B、C 均有）

方式 1——选通型输入输出方式（端口 A、B 具有）

方式 2——双向选通型输入输出方式（只有端口 A 口具有）

方式选择控制字总是将 3 个数据端口分成两个组来设置工作方式，即端口 A 和端口 C 高 4 位为 A 组，有 3 种方式，由 D_6、D_5 位组合对 A 组工作方式进行选择；而端口 B 和端口 C 低 4 位为 B 组只有两种工作方式，由 D_2 位的 0/1 选择 B 组工作方式。端口 C 由于只有一种工作方式，所以没有方式选择位。

D_4、D_3 和 D_1、D_0 分别指定 A 组和 B 组的输入/输出方向，置 1 指定为输入，置 0 指定为输出。同一组的两端口可分别工作在输入和输出方式。

【例 7-11】把 A 口指定为方式 1，输入；C 口上半部定为输出；B 口指定为方式 0，输出；C 口下半部定为输入，若端口地址为 300H～306H，试编制初始化程序。

解：工作方式字为：10110001B 或 B1H

初始化的程序段为：

```
MOV  DX,306H      ;8255A 控制口地址
MOV  AL,0B1H      ;
OUT  DX,AL        ;工作方式控制字送到控制口
```

2. C 端口置 1/置 0 控制字

C 端口置 1/置 0 控制字的作用是指定端口 C 的某一特征位输出高电平还是低电平。其格式及每位的定义如下：

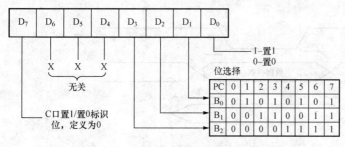

图 7-18 C 端口置 1/置 0 控制字格式

置 0/置 1 控制字必须写入控制口；D_0 位决定置 1 或置 0；D_3、D_2、D_1 位决定了对哪一位操作；D_7 位必须为 0。

【例 7-12】 若要把 C 口的 PC_3 引脚置高（置位），则命令字应该为 00000111B 或 07H，将该命令字的内容写入 8255A 的控制字寄存器（控制口地址为 323H），就实现了将 PC 口的 PC_3 脚置位的操作：

```
MOV  DX,323H    ;8255A 控制口地址
MOV  AL,05H     ;使 PC3=1 的控制字
OUT  DX,AL      ;控制字送到控制口
```

按位置 1/置 0 命令产生的输出信号，可作为控制开关的通/断，继电器的吸合/释放，马达的启/停等操作的选通信号。也可用其使 8255A 的状态字中的"中断允许触发器"置 1 或置 0。

3. 8255A 初始化编程

8255A 有 3 种工作方式和 3 个端口，根据不同工作方式，8255A 初始化编程内容不同。不论采用哪种工作方式，初始化编程的第 1 步都是写方式控制字到控制端口，确定端口的工作方式。如选择端口的工作方式在方式 1 或方式 2，则初始化编程需要第 2 步设置端口 C，写 C 端口置 1/置 0 控制字到控制寄存器，进一步明确 CPU 与端口之间的数据传输方式。若为查询方式，按位置 1/置 0 控制字使内部中断允许触发器置 0，禁止中断；若为中断方式，按位置 1/置 0 控制字使内部中断允许触发器置 1，允许端口发出中断请求。

7.2.4 8255A 的工作方式

8255A 有 3 种工作方式和 3 个端口，在使用 8255A 时，除了对 3 个并行端口设置输入或输出之外，还要考虑输入输出的方式。方式不同，信号引脚的定义不一样，工作时序也不一样，硬件连接和软件编程也不一样，所以要研究和分析 8255A 的工作方式，以便在接口设计和应用中灵活选择。

1. 方式 0——基本型输入输出方式

方式 0 的工作特点如下：

（1）8255A 的 24 根 I/O 线全部由用户分配功能，不设置专用联络信号，只能用于无条件数据传送方式。输出有锁存、输入有缓冲。

（2）单向 I/O，端口一次只能指定一种传输方向，输入或输出。

（3）8255A 分成彼此独立的两个 8 位（A 口、B 口）和两个 4 位（C 口）并行口，这 4 个并行口都能被指定作为输入或者作为输出用，共有 16 种不同的使用组态。特别强调 C 口只能是高 4 位为一组或低 4 位为一组同时输入或输出。

（4）端口信号线之间无固定的时序关系，由用户根据数据传送的要求决定输入输出的操作过程。没有设置固定的状态字。

方式 0 的工作时序及各参数说明如图 7-19 所示。

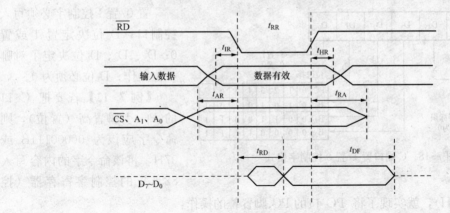

参 数	说 明	最小时间（ns）	最大时间（ns）
t_{RR}	读脉冲宽度	300	
t_{IR}	输入数据领先于$\overline{RD}$的时间	0	
t_{HR}	读信号过后数据保持的时间	0	
t_{AR}	地址稳定领先于读信号的时间	0	
t_{RA}	读信号无效后地址信号保持的时间	0	
t_{RD}	从读信号有效到数据稳定的时间		250
t_{DF}	读信号撤除后数据保持的时间	10	150

(a)

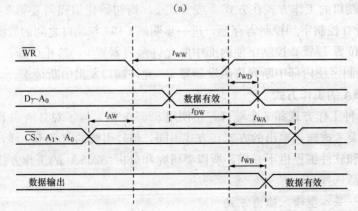

参 数	说 明	最小时间（ns）	最大时间（ns）
t_{WW}	写脉冲宽度	400	
t_{DW}	数据有效的时间	100	
t_{WD}	数据保持的时间	30	
t_{AW}	地址稳定领先于写信号的时间	0	
t_{WA}	写信号无效后地址继续保持的时间	20	
t_{WB}	从写信号无效到数据有效的时间		350

(b)

图 7-19 方式 0 工作时序图

(a) 方式 0 输入时序图；(b) 方式 0 输出时序图

2. 方式 1——选通型输入输出

（1）方式 1 通常用于查询传送或中断传送，其特点如下。

1）端口 A、B 可分别工作在方式 1 或同时工作在方式 1，端口 C 配合。数据的输入输出都有锁存能力。

2）有两个数据端口 A 和 B，而端口 C 口的部分引脚被借用作 CPU 与外设的联络线，其本身的状态信息可供 CPU 查询。

3）8255A 引脚的功能分配和方式 0 不同。在与 I/O 设备相连的 24 根线中，有部分引脚分配作为专用的中断请求和联络信号线，这些专用线在输入和输出时定义各不相同、对于不同端口 A 和 B 的定义也不相同。

4）各联络信号线之间有固定的时序关系，传送数据时，要严格按照时序进行。

（2）方式 1 下的输入。

1）输入时的引脚定义。

当 A 口和 B 口为输入时，各指定了 C 口的 3 根线作为 8255A 与外设及 CPU 之间的应答信号，与 A 口相配合的是 C 口的 PC_3、PC_4、PC_5 引脚，与 B 口相配合的是 C 口的 PC_0、PC_1、PC_2 引脚。如图 7-20 所示。

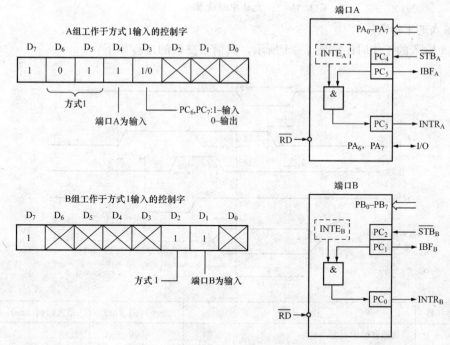

图 7-20　方式 1 输入时引脚定义及控制字

由图可见：PC_3 和 PC_0 分别是 A 口和 B 口的中断请求输出端；PC_4、PC_5 和 PC_2、PC_1 分别是 A 口和 B 口与外设之间的一对联络线，其中 PC_4 和 PC_2 接外设送到 8255A 的"输入选通 $\overline{STB}$"信号，低电平有效，当外设向 A 口发送 $\overline{STB}$ 信号时，输入数据被存入端口 A 的输入缓冲寄存器。

PC_5 和 PC_1 接送到外设的"输入缓冲器满 IBF"信号，高电平有效。当 IBF＝1 时，说明外部数据已送到口内的输入缓冲器，但尚未被 CPU 取走，通知外设不能送新数据同时让 CPU 了解可以执行 IN 指令读取端口输入缓存数据；只有当 IBF＝0 时，即 CPU 已读取数据，输入缓冲器变空时，才允许外设传送新数据。IBF 信号由 $\overline{STB}$ 置位，由 $\overline{RD}$ 信号的上升沿复位。

INTR 是 8255A 送到 CPU 的"中断请求"信号，高电平有效。当 INTR 为高电平时，CPU 响应请求从 8255A 读数，此时 $\overline{RD}$ 信号的下降沿将 INTR 降为低电平。INTR 引脚是在 $\overline{STB}$ 选通信号将数据送入输入缓冲器，且 IBF、INTE 均为高电平时才被置为高电平，即当数据已打入 8255A 且输入缓冲器满信号有效同时中断请求被允许，INTR 才向 CPU 发出中断请求。

INTE"中断允许"信号是 8255A 为控制中断而设置的内部控制信号，高电平有效。该信号由向 C 口写入按位置 1/置 0 命令来设置并且在端口初始化编程定义为方式 1 之后设置：

端口 A：当控制字"00001001B"时，$INTE_A＝1$；当控制字"00001000B"时，$INTE_A＝0$。

端口 B：当控制字"00000101B"时，$INTE_B＝1$；当控制字"00000100B"时，$INTE_B＝0$。

若允许 A 口输入中断请求，则必须设置 INTE＝1；其程序段为：

```
MOV DX,323H          ;8255A 命令口地址
MOV AL,00001001B     ;置INTE= 1，允许中断请求
```

2）输入的工作时序。

方式 1 输入的工作时序如图 7-21 所示，其信号交接的过程如下：

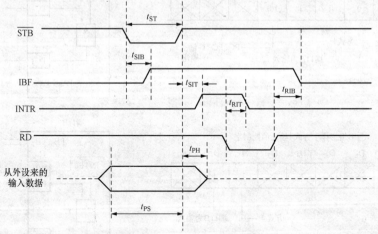

参　数	说　　明	最小时间（ns）	最大时间（ns）
t_{ST}	选通脉冲的宽度	500	
t_{SIB}	选通脉冲有效到 IBF 有效的时间		300
t_{SIT}	$\overline{STB}＝1$ 到 INTR 有效的时间		300
t_{RIB}	读信号无效到 IBF 为 0 的时间		300
t_{RIT}	读信号有效到 INTR 撤销的时间		400
t_{PH}	数据保持的时间	180	
t_{PS}	数据有效的选通无效的时间		300

图 7-21　方式 1 输入时工作时序图

①方式1数据输入是从 $\overline{STB}$ 信号有效开始的。当外设准备好数据并放到数据线上时，首先发 $\overline{STB}$ 信号输送到8255A。

②在 $\overline{STB}$ 的下降沿，数据已锁存到8255A的锁存器后，最多经过约300ns延时，使 IBF 变成高电平，禁止输入新数据。

③ $\overline{STB}$ 低电平维持最少经过 500ns 时间后，在 $\overline{STB}$ 的上升沿约 300ns，在片内中断允许（INTE=1）的情况下，IBF 的高电平产生中断请求，使 INTR 上升变成高电平。

④CPU 执行 IN 操作时，$\overline{RD}$ 的下降沿读取输入缓冲器的数据并使 INTR 复位，撤销中断请求，为下一次中断请求做好准备。$\overline{RD}$ 信号的上升沿延时约 400ns 时间后清除 IBF 使其变低，允许外设输入新数据。

（3）方式1下的输出。

1）输出时的引脚定义。

当 A 口和 B 口为输出时，各指定了 C 口的 3 根线作为8255A与外设及 CPU 之间的应答信号，与 A 口相配合的是 C 口的 PC_3、PC_6、PC_7 引脚，与 B 口相配合的是 C 口的引脚与输入时的引脚一样，但功能定义不同。A 口和 B 口输出时的引脚定义如图 7-22 所示。

由图可见：PC_3 和 PC_0 两条联络线同方式 1 输入时的功能一样——中断请求输出端；PC_6、PC_7 和 PC_2、PC_1 分别是 A 口和 B 口与外设之间的一对联络线，其中 PC_7 和 PC_1 接外设送到 8255A 的"输出缓冲器满 $\overline{OBF_A}$ 和 $\overline{OBF_B}$ 信号，低电平有效，表示 CPU 已将数据写到 8255A 输出端口，通知外设来取数。

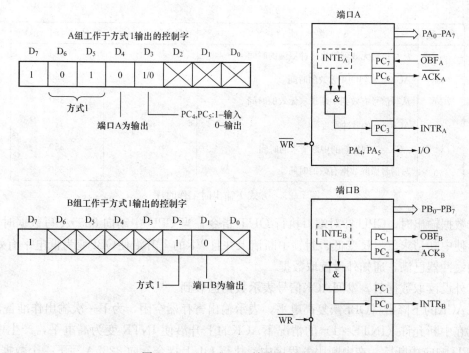

图 7-22　A 口和 B 口输出时引脚定义

PC_6 和 PC_2 接外设发给 8255A 的"应答 $\overline{ACK}$"信号，低电平有效，是对 $\overline{OBF}$ 的一种应答，表示外设已经从 8255A 的端口接收到了数据。

INTR 是 8255A 送到 CPU 的中断请求信号，高电平有效，表示请求 CPU 向 8255A 写数。

同方式 1 输入一样，INTE 为片内"中断允许"信号，由向 C 口写入按位置 1/置 0 命令来设置，B 口控制字与方式 1 输入相同，A 口不同：当控制字"00001101B"时，INTE$_A$ = 1；当控制字"00001100B"时，INTE$_A$ = 0。

2）输出的工作时序。

方式 1 输出的工作时序，如图 7-23 所示，其信号交接的过程如下：

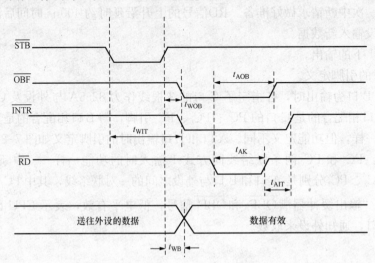

参 数	说 明	最小时间（ns）	最大时间（ns）
t_{WOB}	从写信号无效到输出缓冲器满的时间		650
t_{AOB}	$\overline{ACK}$有效到$\overline{OBF}$无效的时间		850
t_{WIT}	从写信号有效到中断请求无效的时间		350
t_{AK}	$\overline{ACK}=0$ 的脉冲宽度	300	
t_{AIT}	$\overline{ACK}=1$ 到发新的中断请求的时间		350
t_{WB}	写信号撤除数据有效的时间		350

图 7-23   方式 1 输出时工作时序

①数据输出时，CPU 针对端口执行 OUT 指令，当 CPU 主动向 8255A 写数据时，$\overline{WR}$ 结束，使中断请求 INTR 变低、封锁中断请求并且$\overline{WR}$的上升沿使$\overline{OBF}$变为低电平有效，表示输出缓冲器已满，通知外设读取数据。

②外设读取数据后，发回$\overline{ACK}$信号表示数据已收到。

③$\overline{ACK}$的下降沿将$\overline{OBF}$恢复高电平，表示输出寄存器空闲，为下一次输出作准备。

④在中断允许（INTE=1）的情况下$\overline{ACK}$的上升沿使 INTR 变为高电平，产生中断请求。CPU 响应中断后，在中断服务程序中，执行 OUT 指令，向 8255A 写下一个数据。

（4）方式 1 的接口方法。

在方式 1 下，首先根据实际应用的要求确定 A 口和 B 口是作输入还是输出，然后把 C 口中分配作联络的专用应答线与外设相应的控制或状态线相连。如果采用中断方式，则还要把中断请求线接到微处理器或中断控制器；若采用查询方式，则中断请求线可以空着不接。

方式 1 的中断处理，由于 8255A 不能直接提供中断矢量，所以一般都通过系统中的中断控制器来提供寻找中断服务程序入口地址的中断类型号。当然，对于不采用矢量中断的微处理器，可以将 INTR 线直接连到 CPU 的中断线，如单片机系统。

方式 1 下 CPU 采用查询方式时，对输入通过 C 口检查 IBF 位的状态，对输出查 $\overline{OBF}$ 位的状态或者查的 INTR 位的状态。

3. 方式 2——双向数据传输

(1) 方式 2 的特点。

方式 2 与方式 0、方式 1 最大不同之处在于方式 2 是双向选通输入/输出，一次初始化可指定端口既作输入又为输出口，双向数据传输分时进行，而且仅有端口 A 可工作在方式 2。其他如设置专用的联络信号线和中断请求信号线，可采用中断方式和查询方式与 CPU 交换数据等与方式 1 基本相同。

(2) 方式 2 下引脚定义及时序。

1) 引脚信号。

当 A 口设置为方式 2，将 C 口的 5 根线（$PC_3 \sim PC_7$）作为专用控制和状态信号（联络线）。双向传送方式下所设置的联络线，实质上就是 A 口在方式 1 下输入和输出时两组联络信号线的组合。故各个引脚的定义也与方式 1 的相同，只有中断请求信号 INTR 既可以作为输入的请求中断，也可以作为输出的请求中断。其引脚定义如图 7-24 所示。

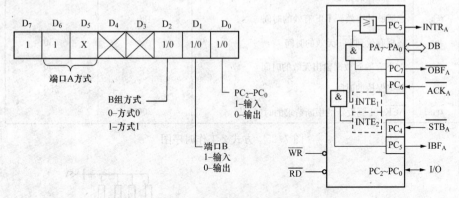

图 7-24 方式 2 的引脚定义

2) 工作时序。

方式 2 的时序基本上也是方式 1 下输入时序与输出时序的组合。输入/输出的先后顺序可根据实际传送数据的需要确定。输出过程是由 CPU 执行 OUT 指令向 8255A 写数据（$\overline{WR}$）开始的，与方式 1 输出相同；而输入过程则是从外设向 8255A 发选通信号 $\overline{STB}$ 开始的，与方式 1 输入相同。因此，只要求 CPU 的 $\overline{WR}$ 在 $\overline{ACK}$ 以前发生；$\overline{RD}$ 在 $\overline{STB}$ 以后发生就行。

7.2.5 8255A 应用举例

【例 7-13】8255A 的 A 口和 B 口工作在方式 0，A 口为输入端口，接有四个开关。B 口为输出端，接有一个七段发光二极管，连接电路如图 7-26 所示。试编一程序要求七段发光二极管显示开关所拨通的数字。

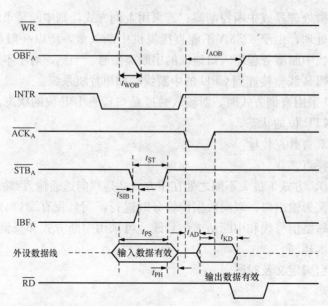

图 7-25 方式 2 工作时序图

参　　数	说　　　　明	最小时间（ns）	最大时间（ns）
t_{WOB}	从写信号无效到 OBF 有效的时间	500	
t_{AOB}	$\overline{ACK}$有效到 OBF 无效的时间		300
t_{ST}	选通脉冲的宽度	0	
t_{SIB}	选通脉冲有效到 IBF 有效的时间	180	
t_{PS}	数据有效到$\overline{STB}$无效的时间		650
t_{AD}	$\overline{ACK}$有效到数据输出无效的时间		350
t_{KD}	数据保持的时间		350
t_{PH}	$\overline{ACK}=1$到发新的中断请求的时间	200	

解：

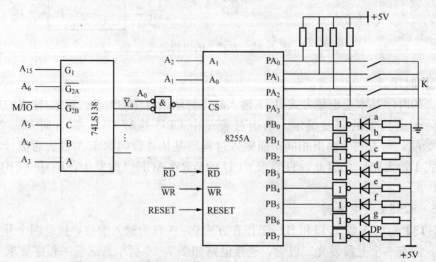

图 7-26 七段发光二极管显示开关所拨通的数字电路连接

（1）方式控制字：10010000B＝90H

（2）程序段：

```
...
mov  al,90h              ;设置8255方式字
mov  dx,ctrl_port
out  dx , al
mov dx,a_port
in al,dx                 ;取键盘信息
not  al
and al,0fh               ;屏蔽高4位
mov bx,offset tab1       ;取段码表首地址
xlat                     ;查表得段码
mov dx,b_port            ;输出显示
out dx,al
```

【例 7-14】 常用的显示为动态显示，它采用动态扫描、分时循环显示技术，可以使硬件开销降低很多。对于一个 8 位数据显示，它只需要两个输出端口就可以了，一个 8255A 端口同时接 8 个 LED 的段信号选通，称为段信号通道，它用来输出要显示数据的段码；一个 8255A 端口作为位信号通道，用来决定当前要显示数据的位置。其电路如图 7-27 所示。试编制初始化程序。

解：如图 7-27 所示，本例题中采用供阳极连接方式的 8 位 LED 动态显示电路，8255A 端口

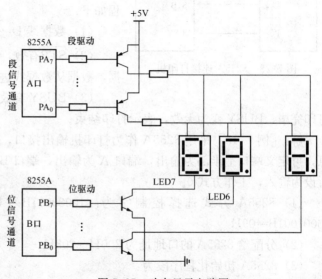

图 7-27　动态显示电路图

A 送段码；端口 B 送位码，并控制位码的显示，当输出低电平时，相应位显示。

设计相应的接口电路驱动程序，建立相应的待显示字符段码表和再建立一个显示数据缓冲区。设数据缓冲区首址为 BUFF，段码表首址为 SEGLED。

初始化程序：

```
        LEA SI,BUFF          ;取显示缓冲区首地址
        MOV CL,0FEH          ;指向LED7显示
        MOV AL,0FFH          ;将0FFH送位码寄存器
        OUT PORTB,AL
DISP:   MOV AL,[SI]          ;取显示字符
        MOV BX,SEGLED        ;其段码表首址
        XLAT
        OUT PORTA,AL         ;将段码送端口A
        MOV AL,CL            ;位码送端口B
        OUT PORTB,AL
        PUSH CX
        MOV CX,0100H
```

```
KKK:  LOOP KKK
      POP CX
      ROL CL,1
      CMP CL,0FEH        ;显示到LED0?
      JZ SEND            ;否,指向下一位显示字符
      INC SI
      JMP DISP
SEND:RET
```

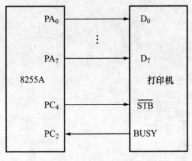

图 7-28　8255A 连接打印机

【例 7-15】 在某一 8086 系统中接有一个打印机，8255A 作为输出接口，工作在方式 0。试编一程序将缓冲区 BUFF 内的 400H 个字节的 ASCII 码送打印机打印。

打印机与 8255A 连接如图 7-28 所示，具体工作过程如下：

(1) 数据线 $D_7 \sim D_0$ 出现有效数据；

(2) $\overline{STB}$ 有效，通知打印机，接口给打印机一个数据，数据从数据线进入打印机；

(3) BUSY 有效，告诉接口，打印机正在打印数据。打印完毕，BUSY 变为无效，表示打印结束。

解：[例 7-15] 采用 8255A 作为打印机输出接口，可以使用端口 C 传送控制和状态信息，可定义端口上半部为输出，端口 A 为输出，端口 B 可以为输入，也可以为输出，本例暂设为输入，工作方式 0。

(1) 8255A 方式选择控制字为：10000011B ＝ 83H；C 口置 1/置 0 控制字为：00001001B＝09H

(2) 分配给 8255A 的口地址为 200H～203H

(3) 8255A 初始化程序段为：

```
 MOV AL,83H            ;写8255A 的命令控制字
MOV DX,203H
OUT DX,AL
MOV AL,09H             ;PC4置高,使STB= 1
OUT DX,AL
```

(4) 打印机驱动程序段为：

```
TPC2: MOV DX,202H        ;读C 口状态
      IN  AL,DX
      TEST AL,04H        ;打印机是否空闲
      JNZ TPC2           ;如果忙,则等待;不忙,则向A 口送数据
      MOV SI,BUFF        ;设置打印机内存首地址
      MOV CX,400H        ;设置打印字符个数
LP1:  MOV DX,200H        ;取A 口地址
      MOV AL,[SI]        ;取第一个数据
      OUT DX,AL
      MOV AL,08H         ;置STB= 0
      MOV DX,202H
      OUT DX,AL
      INC AL             ;置STB= 1
```

```
        OUT DX,AL
        INC SI
        LOOP LP1
        HLT
```

【例 7-16】 如图 7-29 所示为矩阵式键盘电路连接图，其特点是由按键组成一个矩阵，矩阵的行线和列线分别作为两个传输方向相反的 I/O 接口信号线，例如，行线作为输入接口信号线，列线作为输出接口信号线，或反之。

解：如图 7-29 所示的键盘扫描电路连接，键盘的行线接在 C 口的上半部 $PC_0 \sim PC_3$，键盘的列线接在 C 口的下半部 $PC_4 \sim PC_7$，定义上半部为输出，下半部为输入。采用行扫描的方法确定按下的键，即由程序对键盘进行逐行扫描，若 $PC_0 \sim PC_3$ 都为 0，读取 $PC_4 \sim PC_7$ 数据，只要有按下的键，则该位必为 0，这样可以通过检查列线是否为 0

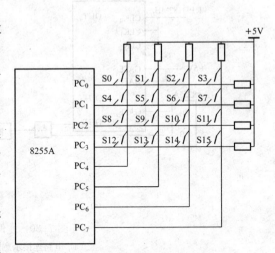

图 7-29　矩阵式键盘电路连接图

来判断是否有按下的键，若列线有 0，则行列交叉点的键号为按下的键。

判断有无键按下的程序：

```
        MOV AL,10001010B      ;设置8255A控制字,方式0,PC0~PC3输出,PC4~PC7输入
        OUT PORT-CTRL,AL      ;控制字送控制口地址
        MOV AL,0              ;使各行线为0
        OUT PORT-C,AL
L1:     IN  AL,PORT-C         ;读列线数据
        CMP AL,0FH            ;判断是否有列线处于低电平
        JZ  L1
        MOV CX,1F00H          ;设置延时时间
KKK:    LOOP KKK              ;软件延时,消除抖动
```

按键识别程序略，读者可以参阅其他相关资料。

【例 7-17】 8255A 与 8254 综合编程举例。用计算机模拟钢琴 C 调音阶，其电路连接示意图如图 7-30（a）所示，程序流程图如图 7-30（b）所示。

解：如图 7-30 所示，8255A 的 B 端口 PB_0 连接 8254 通道 2，并使能计数器通道 2；PB_1 使能与门，当 PB_1 与 PB_0 同时输出为 1 时，可以驱动扬声器发生，当 8254 输出不同频率的方波时，扬声器发出不同的音调，这就使得计算机可以模拟钢琴 C 调音阶。

计数初值 N＝计数器输入频率/音符频率值。

设 8254 端口地址为 40H、41H、42H；8255A 端口地址为 60H、61H、62H、63H。

音　阶	1	2	3	4	5	6	7	8
计数初值	2251	2006	1787	1690	1504	1340	1193	1125

计算机模拟钢琴 C 调音阶程序：

```
TB   DW 2251,2006,1787,1690,1504,1340,1193,1125
START: MOV AH,1
```

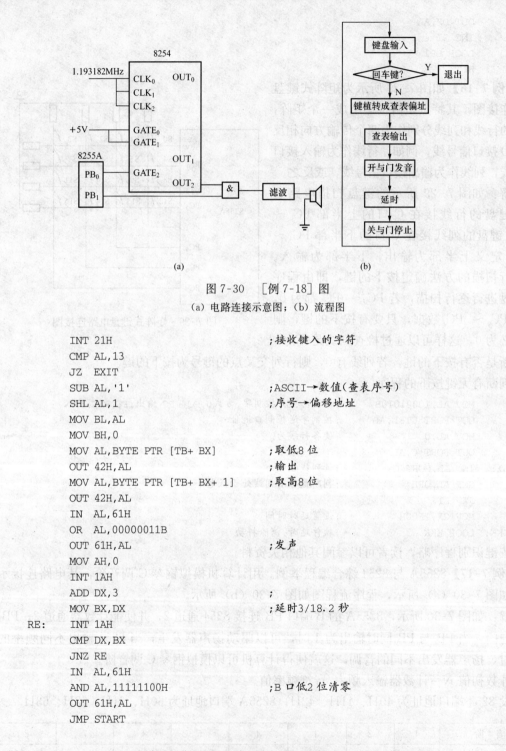

图 7-30　［例 7-18］图

（a）电路连接示意图；（b）流程图

```
        INT 21H                        ;接收键入的字符
        CMP AL,13
        JZ EXIT
        SUB AL,'1'                     ;ASCII→数值(查表序号)
        SHL AL,1                       ;序号→偏移地址
        MOV BL,AL
        MOV BH,0
        MOV AL,BYTE PTR [TB+ BX]       ;取低8位
        OUT 42H,AL                     ;输出
        MOV AL,BYTE PTR [TB+ BX+ 1]    ;取高8位
        OUT 42H,AL
        IN  AL,61H
        OR  AL,00000011B
        OUT 61H,AL                     ;发声
        MOV AH,0
        INT 1AH
        ADD DX,3                       ;
        MOV BX,DX                      ;延时3/18.2秒
RE:     INT 1AH
        CMP DX,BX
        JNZ RE
        IN  AL,61H
        AND AL,11111100H               ;B口低2位清零
        OUT 61H,AL
        JMP START
```

7.3　串行通信及可编程串行通信接口芯片 **8251A**

通信数据传输的基本方式有并行通信和串行通信两种。并行通信具有速度快、使用电缆多，一般不用于长距离数据传输的特点，而串行通信则是将一个数据的各个数据位在一根传

输线上按时间顺序一位一位地传输，传输速率较并行通信慢，但特别适合于远距离传输，能够节省大量传输线投资。

本节通过介绍数据串行传输的基本知识，介绍可编程串行通信接口芯片 8251A 的内部结构及引脚功能，工作原理及接口设计。

7.3.1 串行通信基础

1. 数据传输方式

在串行通信中，按数据传送方向及线路的使用方式可有两种基本传送方式：半双工方式和全双工方式。

（1）半双工方式：输入和输出使用同一通路，在同一根传输线上，虽然双方都具有接收数据和发送数据的能力，但不能同时进行数据发送和接收。如对讲机。

（2）全双工方式：收发双方用两根传输线进行通信，双方可同时进行数据的发送和接收。接收和发送用不同的通路。如电话。

2. 同步通信方式和异步通信方式

串行通信可以分为两种同步方式：同步通信和异步通信。

（1）同步通信。串行同步通信简称同步通信，以数据块（帧）为单位，将要传输的若干数据组成一个数据块，数据块开始有 1～2 个同步字符，数据块末尾是校验字符。同步字符、数据块和校验字符组成一个信息帧，收发双方在同一个时钟信号控制下发送和接收信息帧，信息帧之间以同步字符填充。同步通信有效数据的信息量比较大、数据传输效率高，但是同步通信要求发送器时钟和接收器时钟严格同步，需单独传输时钟信号，硬件电路比较复杂。

（2）异步通信。串行异步通信简称异步通信，以字符为单位。传输一帧字符需要在字符前附加 1 个起始位，其后附加 1 位奇偶校验位以及 1、1.5、2 位停止位。每帧所携带的数据字符位 5～8 个。

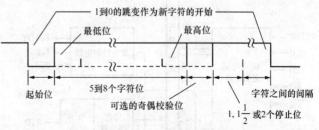

图 7-31　标准的异步通信数据格式

异步通信附加的信息量约占 20%，数据传输效率比较低。但是异步通信不需要收发双方的时钟信号严格同步，需从接收数据帧中提取同步，硬件电路比较简单。

3. 串行通信的传输速率

传输速率是指每秒钟传送的二进制数据位数，也称为波特率，单位"波特"。常用的标准波特率有：110、150、300、600、1200、2400、4800bps 和 9600bps。

数据传输速率用来确定发送时钟和接收时钟的频率。在串行传送中每发送一位数据的时间长度由发送时钟决定，每接收一位数据的时间长度由接收时钟决定，发送/接收时钟频率和波特率之间有如下关系：

$$发送/接收时钟频率＝M×波特率$$

式中，M 叫做波特率系数或波特率因子。

【例 7-18】异步传输中假设每个字符对应 1 个起始位、7 个信息位、1 个奇偶校验位和 1 个停止位，如果波特率为 1200bps，那么，每秒钟能传输的最大字符数为 1200/10＝

120个。

【例7-19】 同步传输中，工作波特率为1200bps，用4个同步字符作为信息帧头部，但不用奇偶校验，那么，传输100个字符所用的时间为7（100＋4）/1200＝0.6067s，这就是说，每秒钟能传输的字符数可达到100/0.6067＝165个。

可见，在同样的传输率下，同步传输时实际字符传输率要比异步传输时高。

7.3.2　可编程串行通信接口芯片8251A

串行通信的实现是需要串行接口芯片支持的，8251A是英特尔公司为微处理器进行数据通信而设计的通用串行接口芯片，8251A是可编程的同步/异步收发器。8251A进行同步通信时最高通信速率为64K波特，进行异步通信时最高通信速率为19.2K波特，时钟频率可为通信速率的1倍、16倍和64倍，即波特率因子为1、16和64。8251A是全双工，具有双缓冲收发器。8251A没有内置的波特率发生器，依赖外部输入发送器时钟（T_xC）和接收器时钟（R_xC）。

1. 8251A 的内部结构

图7-32（a）所示为8251A的内部结构。8251A主要有5个部分：数据总线缓冲器、读写控制、数据发送器、数据接收器还有调制解调控制模块。

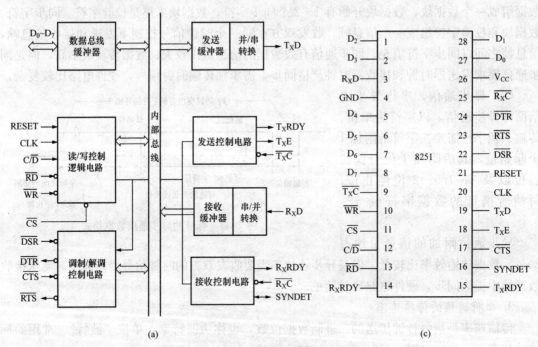

图7-32　8251A 内部结构及引脚图

(a) 内部结构；(b) 外部引脚

（1）数据总线缓冲器：数据总线缓冲器是8位的双向、三态缓冲器，它是8251A与CPU系统数据总线的接口模块，含有数据缓冲器和命令缓冲器。CPU通过它向8251A写入控制命令、读取状态信息、发送和接收数据。

（2）读写控制模块：读写控制模块接收地址选中信号、读写命令和控制信号。对CPU输出的控制信号进行译码并提供对调制解调控制模块的控制。

（3）调制解调控制器：该模块产生并接收 MODEM 控制信号。

（4）发送器：在发送控制模块的作用下，发送缓冲器通过数据总线缓冲器接收来自 CPU 的并行数据并将其转换成串行数据从 $T_x D$ 端子发出。

（5）接收器：在接收控制模块的作用下，接收缓冲器从 R×D 端接收串行数据并转换成并行数据送 CPU。

2. 8251A 的引脚功能

8251A 为 28 脚双列直插式封装，使用＋5V 电源，引脚如图 7-32（b）所示。

（1）与 CPU 连接的信号引脚除三态双向数据线 $D_7 \sim D_0$、片选信号输入端$\overline{CS}$、读写信号$\overline{RD}$、$\overline{WR}$信号外，还有以下几种：

1）CLK 时钟信号输入端，CLK 信号用来产生 8251A 内部时序。同步方式时，CLK 时钟信号频率至少要比发送/接收的通信速率高出 30 倍以上。异步方式时，CLK 频率要大于发送和接收频率的 4.5 倍。

2）RESET 复位信号输入端，高电平使 8251A 处于空闲状态，直到写入新的控制字定义它的功能。

3）C/$\overline{D}$控制/数据选择端，读出和写入 8251A 的信息分两类：一类是控制信息，它包括写入的命令字和读出的状态字；另一类是数据信息，即发送和接收的数据。在$\overline{CS}$＝0 的条件下，C/$\overline{D}$＝1 选中 8251A 内部的控制寄存器和状态寄存器。在$\overline{CS}$＝0 的条件下，C/$\overline{D}$＝0 选中 8251A 内部的数据寄存器。在$\overline{CS}$＝0 的条件下，C/$\overline{D}$、$\overline{RD}$和$\overline{WR}$3 个控制信号见表 8-3，共同完成对 8251A 的读写操作。

表 7-3　　　　　　　　　　8251A 读 写 操 作

$\overline{CS}$	C/$\overline{D}$	$\overline{RD}$	$\overline{WR}$	操　作
0	0	0	1	从 8251A 读取数据
0	0	1	0	向 8251A 输出数据
0	1	0	1	从 8251A 读取状态字
0	1	1	0	向 8251A 写入控制字
0	X	X	X	无操作
1	X	X	X	禁止

4）$R_x RDY$ 接收器准备好，高电平有效。该信号为 8251A 的接收中断请求信号，当初始化编程写入的工作命令字 D_0＝1（允许接收）时，8251A 收到一帧数据之后，RxRDY 引脚输出高电平。

5）$T_x RDY$ 发送器准备好，高电平有效。该信号是 8251A 的发送中断请求信号。当初始化编程写入的工作命令字 D_0＝1（发送允许位）时，输入引脚$\overline{CTS}$为 0、发送缓冲器空闲这 3 个条件都满足的时候，TxRDY 引脚输出高电平。

6）$\overline{R_x C}$接收器输入时钟，工作在异步方式下，时钟频率为波特率系数与波特率之积，其中，波特率系数为 1、16、64，由方式选择命令字确定。

7）$\overline{T_x C}$发送器时钟信号输入端，与$R_x C$使用同一个时钟源。

8）$T_x E$ 发送器空闲，高电平有效。发送器中并串转换已完成，一帧串行数据已发送时，发送器空闲，$\overline{T_xE}$ 引脚输出高电平。该信号也可以作为 8251A 的发送中断请求信号。

9）SYNDET 为双功能双向引脚，用于同步字符或间断信号检测，高电平有效。该引脚的传输方向取决于初始化程序设定的同步方式。8251A 工作在内同步方式时作为输出端，当 8251A 检测到同步字符时，SYNDET 输出高电平，表示接收已经和发送同步。8251A 工作在外同步方式时为输入端，由外部输入一个正跃变作为同步信号，此后 8251A 开始接收数据。

（2）与外设或调制器相连的信号引脚

8251A 与系统总线的连接如图 7-33 所示。8251A 提供 4 个与调制解调器相连的控制信号以及两个数据收发信号：

1）TxD 串行数据发送端。

2）RxD 串行数据接收端。

3）$\overline{RTS}$ 请求发送，输出，低电平有效。用于 8251A 通知 MODEM 要发送数据，由控制字 $D_5 = 1$，使 $\overline{RTS} = 0$。

4）$\overline{CTS}$ 允许发送，输入，低电平有效。是 MODEM 对 8251A 的 $\overline{RTS}$ 信号的应答，当 $\overline{CTS} = 0$ 时，8251A 可发送数据。

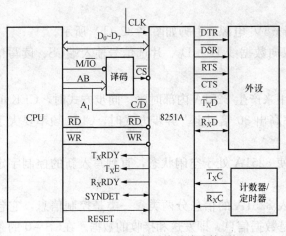

图 7-33　8251A 与系统总线连接图

5）$\overline{DTR}$ 数据终端准备好，输出，低电平有效。初始化编程时，由控制字 $D_1 = 1$，就能使 $\overline{DTR}$ 输出低电平，向外部通报 8251A 做好了数据发送和接收的准备工作。

6）$\overline{DSR}$ 数据设备准备好，输入，低电平有效。用来表示 MODEM 已准备好，CPU 读取 8251A 的状态信息 D_7 可以查询 $\overline{DSR}$ 引脚的输入电平。

3. 8251A 的控制字与初始化编程

8251A 在使用之前要进行初始化，用来设定通信方式（同步方式、异步方式）、数据传输速率、数据位长度、停止位长度、奇偶校验等。初始化编程时，CPU 需向控制口写入命令字，并从 8251A 状态口读取当前口的状态字。8251A 有两个命令字和一个状态字。两个命令字：方式选择命令字和工作命令字，由于它们没有特征位，必须按先后顺序写入控制口。状态口与控制口使用一个口地址。

（1）方式选择命令字

图 7-34 为工作方式选择命令字的格式，用来指定串行通信的通信方式和各同步方式下的数据帧格式。

$D_1 D_0$ 用以确定通信方式是同步方式还是异步方式。当 $D_1 D_0 = 00$ 时为同步方式，当 $D_1 D_0 \neq 00$ 时为异步方式，且 $D_1 D_0$ 的三种组合用以选择输入时钟频率与波特率之间的比例系数。

$D_3 D_2$ 用以确定 1 个数据包含的位数。

$D_5 D_4$ 用以确定要不要校验以及奇偶校验的性质。

$D_7 D_6$ 在同步和异步方式时的意义是不同的。异步时，$D_7 D_6$ 位的组合用来选择一帧数据停止位的长度；同步时，$D_7 D_6$ 位的 4 种组合用来定义内同步还是外同步，以及同步字符的个数。

【例 7-20】某异步通信中，其数据格式采用 7 位数据位，1 位起始位，2 位停止位，奇校验，波特率系数是 64，其方式选择命令字为 11011011B。控制口地址为 224H。则初始化程序段：

```
MOV  DX,224H        ;8251A 命令口
MOV  AL,11011011B   ;异步方式选择
                     命令字
OUT  DX,AL
```

【例 7-21】某同步通信中，若数据帧格式采用字符长度 8 位，1 个同步字符，内同步方式，偶校验，则其方式选择命令字为 10111100B。

```
MOV  DX,224H        ;8251 命令口
MOV  AL,10111100B  ;同步方式选择
                     命令字
OUT  DX,AL
```

（2）工作命令字

工作命令字用来控制 8251A 进行哪种实际操作，包括发送、接收、检测同步字符、内部复位或者是使 8251A 处于某种状态。其命令字格式如图 7-35 所示。

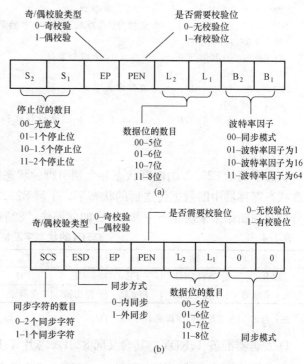

图 7-34 8251A 方式选择命令字格式

(a) 异步方式；(b) 同步方式

| D₇ | D₆ | D₅ | D₄ | D₃ | D₂ | D₁ | D₀ |

D_7	D_6	D_5	D_4	D_3	D_2	D_1	D_0
EH	IR	RTS	ER	SBRK	RxE	DTR	TxEN
进入搜索方式	内部复位	发送请求	错误标志复位	发中止字符	接收允许	数据终端准备好	发送允许

图 7-35 8251A 工作命令字格式

D_0 允许发送 TxEN：$D_0=1$，允许发送。$D_0=0$，禁止发送。可作为发送中断屏蔽位。

D_1 数据终端准备就绪 DTR：$D_1=1$，强置 $\overline{DTR}$ 有效（低电平），表示终端设备已准备好。$D_1=0$，$\overline{DTR}$ 无效（高电平）。

D_2 允许接收 RxE：$D_2=1$，允许接收。$D_2=0$，禁止接收。可作接收中断屏蔽位。8251A 发送数据时，$D_0=1$；8251A 接收数据时，$D_2=1$；在全双工方式时，$D_0=1$ 且 $D_2=1$。

D_3 发中止字符 SBRK：$D_3=1$，使 TxD 输出端长时间输出连续的空号，$D_3=0$，正常操作。

D_4 错误标志复位 ER：$D_4=1$，使错误标志（PE/OE/FD）复位。

D_5 发送请求 RTS：$D_5=1$，置 $\overline{RTS}=0$，表明发送请求 $\overline{RTS}$ 有效。$D_5=0$，置 $\overline{RTS}=1$，无效。

D_6 内部复位 IR：$D_6=1$，命令字为 40H 时，8251A 内部复位，回到方式选择命令字状态。$D_6=0$，不回到方式命令字。

D_7 进入搜索方式 EH：$D_7=1$，启动搜索同步字符。$D_7=0$，不搜索同步字符。

【例 7-22】若要使 8251A 内部复位，并且允许接收，又允许发送，则程序段为

```
MOV    DX,324H        ;8251A 命令口
MOV    AL,00H         ;空操作,因写入 8251A 中的第1个控制字为方式选择控制字
OUT    DX,AL
MOV    AL,01000000B   ;置D₆=1,使内部复位
OUT    DX,AL
MOV    AL,0DEH        ;工作方式字
OUT    DX,AL
MOV    AL,00000101B   ;置D₀=1 且D₂=1,允许接收和发送
OUT    DX,AL
```

（3）状态字

状态字表示 8251A 的内部状态和个别引脚的状态电平，8251A 通过执行 IN 指令读取存放在状态寄存器中的数据传送后的状态字，了解 8251A 的内部状态和个别引脚的状态电平，以分析和判断结果来决定下一步 CPU 如何操作。8251A 的状态字格式见表 7—4。

表 7-4　　　　　　　　　　　　　　　　8251A 的状态字及格式

D_7	D_6	D_5	D_4	D_3	D_2	D_1	D_0
DSR	SYBDET	FE	OE	PE	TxE	RxRDY	TxRDY
数据准备就绪	同步检出	格式错	溢出错	奇偶错	发送器空	接收准备好	发送准备好

注：与 8251A 芯片相同引脚的 D_1、D_2、D_6。

D_0 发送器准备 T_xRDY：其含义同 8251A 芯片 T_xRDY 引脚的含义不同。状态位 T_xRDY 只要发送缓冲器一空就置位；而引脚 T_xRDY 还要满足 $\overline{CTS}=0$ 和 $TxE=1$，即满足 3 个条件时才置位。

D_1 接收器准备好 RxRDY：其含义与 8251A 芯片的 RxRDY 引脚状态相同。与 8251A 芯片同名引脚的功能相同的状态位还有 D_2、D_6。

D_3 奇偶错 PE：当奇偶错被检测出来时，PE=1，PE 有效并不禁止 8251A 工作，它由工作命令字中的 ER 位复位。

D_4 溢出错 OE：OE=1 表明当前一字符尚未被 CPU 取走，后一个字符已变为有效。OE 有效不禁止 8251A 的操作，但是被溢出的字符丢掉了，OE 被工作命令字的 ER 位复位。

D_5 帧格式出错 FE：只用于异步方式。若在任一字符的结尾没有检测到规定的停止位，则 FE=1。格式出错不影响 8251A 的操作，该位由工作命令字的 ER 位复位。

D_7 数据装置准备好 DSR：反映 8251A 芯片的 $\overline{DSR}$ 引脚是否有效。$D_7=1$，表明 $\overline{DSR}$ 引脚输入低电平，有效。

（4）8251A 的初始化编程

8251A 进行数据通信之前，必须完成初始化编程，由 CPU 依次向 8251A 写入命令字。初始化执行是在芯片复位的前提下进行的。由于 8251A 有两种不同的工作方式，因此编程步骤也不完全一样。

在同步方式下，应依次向控制口写入方式选择命令字、1~2 个同步字符、工作命令字。

在异步方式下，应依次向控制口写入方式选择命令字、工作命令字。初始化编程步骤如下：

①向控制口写入 3 个 0。

②向控制口写入 40H 令 8251A 复位。

③延时（延时时间应大于 8251A 时钟周期的 28 倍）等待内部状态转换完毕。

④依次向控制口写入方式选择命令字和工作命令字。

7.4 DMA 控制器 8237A

直接存储器存取（DMA）是一种外设与存储器之间直接传输数据的方法，适用于需要数据高速批量传送的场合。DMA 数据传送利用 DMA 控制器进行控制，不需要 CPU 直接参与。

一般来说，DMA 控制器应具有以下功能：

（1）能够与 CPU 协商接管总线控制权，并在结束 DMA 方式后释放总线，归还总线控制权；

（2）能够与外设进行通信，接收外设的 DMA 服务请求；

（3）能够输出地址信息并修改地址信息；

（4）能够发出相应的读/写控制信号；

（5）能够控制传输字节数，并判断 DMA 是否结束。

Intel 8237A 是一种高性能的可编程 DMA 控制器芯片。在 4MHz 的时钟频率下，其传送速率可达 1.6Mbps。每个 8237A 芯片有 4 个独立的 DMA 通道，即有 4 个 DMA 控制器（DMAC）。每个 DMA 通道具有不同的优先权，并可以通过编程分别设定允许或禁止。每个通道有 4 种工作方式，一次传送的最大长度可达 64KB。多个 8237A 芯片可以级联，编程设定主、从两种工作状态，任意扩展通道数目。

7.4.1 8237A 外部引脚

8237A 芯片要在 DMA 传送期间作为系统的控制器部件，如图 7-36（a）所示，Intel 8237A 是 40 个引脚的双列直插式器件，其各引脚作用如下：

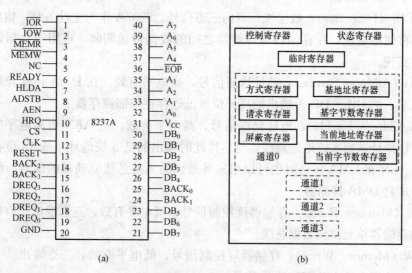

图 7-36 8237A 芯片的内部结构及外部引脚排列

(a) 8237A 芯片外部引脚排列；(b) 8237A 芯片内部结构图

（1）请求和响应信号。

这组信号接收和响应外设 DMA 请求，同时向处理器提出总线请求并接收总线响应。

$DREQ_0 \sim DREQ_3$（DMA Request）：DMA 通道请求输入信号，有效的电平由编程选

择。当外设通过 I/O 接口需要请求 DMA 服务时，由 I/O 接口产生将 DREQ 信号变成有效电平，并要保持到 DMA 控制器产生响应信号。I/O 接口才能撤销 DREQ 的有效电平。8237A 芯片被复位后，初始为高电平有效。

HRQ（Hold Request）：总线请求信号，高电平有效。对任一个 DREQ 有效，且允许该通道产生 DMA 请求，即相应通道的屏蔽位为 0，则 8237A 输出有效的 HRQ 高电平，表示向 CPU 发出对系统总线控制权的申请。

HLDA（Hold Acknowledge）：总线响应信号，高电平有效。当 8237A 向 CPU 发出总线请求信号时，至少在一个时钟周期后，8237A 才能接收到来自 CPU 的响应信号 HLDA。当 HLDA 有效时，表示 8237A 取得了总线的控制权。

DACK$_0$~DACK$_3$（DMA Acknowledge）：DMA 通道响应信号。这是每个 DMA 通道送给外设的 DMA 响应信号。8237A 一旦获得 HLDA 有效信号后，便使请求服务的通道产生相应的 DMA 响应信号通知相应的外设接口。DACK 输出信号的有效极性也可通过编程选择。8237A 被复位后，初始为低电平有效。

（2）DMA 传送控制信号。

在 DMA 传送期间，这组信号控制系统总线，完成数据传送。它们与处理器控制数据传送有关信号非常类似。

A$_0$~A$_7$（Address）：地址线。A$_0$~A$_3$ 是双向信号端，8237A 作为主设备时，输出低 4 位地址；8237A 作为从设备时，这 4 条线作为输入端对该 8237A 控制器内部寄存器进行寻址。A$_4$~A$_7$ 三态地址输出线，在 DMA 传送时输出高 4 位地址；在 8237A 作为从设备时，这 4 条线处于高阻状态。

DB$_0$~DB$_7$（Date Bus）：数据线，双向三态信号。8237A 作为主设备时，输出当前寄存器中高 8 位存储器地址，在存储器与存储器之间的数据传送期间，也用于数据传送。可对 8237A 编程实现。

ADSTB（Address Strobe）：地址选通信号，高电平有效。在 DMA 传送开始时，此信号输出高电平，把 DB$_0$~DB$_7$ 上输出的高 8 位地址锁存在外部锁存器中。

AEN（Address Enable）：地址允许信号，高电平有效。当 AEN 为高电平时，表示将锁存的高 8 位地址送到系统地址总线，与芯片此时输出的低 8 位地址组成 16 位存储器地址的偏移量。AEN 在 DMA 传送时也可以用来屏蔽别的系统总线驱动器的信号，使得地址总线上的信号来自 DMA 控制器。

$\overline{\text{MEMR}}$（Memory Read）：存储器读控制信号，低电平有效，三态输出。有效时将数据从所选中的存储器单元读到数据总线。

$\overline{\text{MEMW}}$（Memory Write）：存储器写控制信号，低电平有效，三态输出。有效时将数据总线上的内容写入选中的存储器单元。

$\overline{\text{IOR}}$（Input/Output Read）：I/O 读信号，低电平有效，三态输出。有效时 8237A 将数据从外设读出送到内部寄存器，CPU 读取 8237A 内部寄存器数据。

$\overline{\text{IOW}}$（Input/Output Write）：I/O 写信号，低电平有效，三态输出。有效时 CPU 通过 8237A 将数据写入外设。

READY：准备就绪信号输入，高电平有效。一般外设或存储器速度比较慢，则需要延长读/写周期操作，使 READY 信号输出低电平，8237A 在 DMA 传送的第 3 时钟周期的下降沿检测 READY 线为低时，则插入等待状态 TW 直到 READY 为高才进入第 4 个时钟周期 T4 进行数据传输。

$\overline{EOP}$（End Of Process）：DMA 传输过程结束，双向信号，低电平有效。在 DMA 传送时，当字节数寄存器的计数值从 0 减到 0FFFFH 时，在 $\overline{EOP}$ 引脚上输出一个有效脉冲，内部 DMA 过程结束。另外若由外部输入一个 $\overline{EOP}$ 有效信号，则 DMA 传送被强行终结。不论是内部还是外部产生有效的 $\overline{EOP}$ 信号，都会终止 DMA 数据传送。

$\overline{CS}$（Chip Select）：片选信号，低电平有效。当 $\overline{CS}$ 有效时，CPU 与 8237A 通过数据线通信，主要完成对 8237A 的编程。当 8237A 作为主控信号时，$\overline{CS}$ 被自动禁止。

RESET：复位信号，高电平有效。8237A 芯片复位时，除屏蔽寄存器被置位外，其余寄存器均被清除，且 8237A 芯片处于空闲周期。

CLK：时钟输入端，8237A 时钟频率为 4MHz。

7.4.2 8237A 内部结构寄存器

从应用角度看，图 7-37（b）所示内部结构主要由两类寄存器组成：一类是通道寄存器，另一类是控制和状态寄存器。通道寄存器均为 16 位寄存器，包括地址寄存器、字节数寄存器和基地址寄存器、基字节数寄存器；控制和状态寄存器包括每个通道都有一个 6 位方式寄存器、8 位命令寄存器、8 位状态寄存器、4 位屏蔽寄存器、4 位请求寄存器、8 位临时寄存器。

8237A 端口地址是由 $A_0 \sim A_3$ 4 条输入地址线提供，内部有 16 个端口可供 CPU 访问，常记作 DMA+0～DMA+15。在 PC/XT 中，8237A 占用的 I/O 端口地址为 00H～0FH。各寄存器端口地址分配见表 7-5。

表 7-5   **8237A 寄存器端口地址**

通道	端 口	地 址	读（$\overline{IOR}$）	写（$\overline{IOW}$）
通道 0	DMA 地址+0	00H	读当前地址寄存器	写基地址寄存器
	DMA 地址+1	01H	读当前字节计数寄存器	写基字节计数寄存器
通道 1	DMA 地址+2	02H	读当前地址寄存器	写基地址寄存器
	DMA 地址+3	03H	读当前字节计数寄存器	写基字节计数寄存器
通道 2	DMA 地址+4	04H	读当前地址寄存器	写基地址寄存器
	DMA 地址+5	05H	读当前字节计数寄存器	写基字节计数寄存器
通道 3	DMA 地址+6	06H	读当前地址寄存器	写基地址寄存器
	DMA 地址+7	07H	读当前字节计数寄存器	写基字节计数寄存器
公用	DMA 地址+8	08H	读状态寄存器	写控制寄存器
	DMA 地址+9	09H	——	写请求寄存器
	DMA 地址+10	0AH	——	写屏蔽寄存器
	DMA 地址+11	0BH	——	写工作方式寄存器
	DMA 地址+12	0CH		写清除先/后触发器命令
	DMA 地址+13	0DH	读临时寄存器	写主清除命令
	DMA 地址+14	0EH		清除 4 屏蔽位的屏蔽字命令
	DMA 地址+15	0FH	——	写置 4 屏蔽位的屏蔽字命令

（1）现行地址寄存器。保持 DMA 传送的当前地址值，每次传送后这个寄存器的值自动加 1 或减 1。这个寄存器的值可由 CPU 写入和读出。

（2）现行字节数寄存器。保持 DMA 传送的剩余字节数，每次传送后减 1。这个寄存器的值可由 CPU 写入和读出。当这个寄存器的值从 0 减到 0FFFFH 时，终止计数。

（3）基地址寄存器。存放着与现行地址寄存器相联系的初始值。CPU 同时写入基地址寄存器和现行地址寄存器，但是基地址寄存器不会自动修改且不能读出。

（4）基字节数寄存器。存放着与现行字节数寄存器相联系的初始值。CPU 同时写入基字节数寄存器和现行字节数寄存器，但是基字节数寄存器不会自动修改且不能读出。由于字节数寄存器从 0 减到 0FFFFH 时，计数才终止；所以，实际传送的字节数要比写入字节数寄存器的值多 1。因此，如果需要传送 N 个字节，初始化编程时写入字节数寄存器的值应为 N−1。

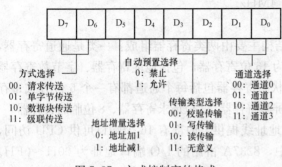

图 7-37　方式控制字的格式

（5）工作方式寄存器。每个通道有一个 8 位方式寄存器，用来存放相应通道的方式控制字。方式控制字的格式如图 7-37 所示。它选择设定 DMA 通道的工作方式。

D_1D_0 位用于选择 DMA 通道。

D_3D_2 位设置 DMA 数据传送类型，包括 DMA 读、DMA 写和 DMA 校验。DMA 读是由存储器往外设写数据，D_3D_2 =10。DMA 写是由外设接口往存储器写数据，D_3D_2 =01。DMA 校验只产生地址信号，不进行数据传送只校验 8237A 功能是否正常，D_3D_2 =00。当 D_7D_6 =11 时，无意义。

D_4 位表明是否自动初始化。当 D_4 =1，具有自动初始化功能，即每当产生 $\overline{EOP}$ 信号时，通道将自动重新把基址寄存器的值装入当前地址寄存器，基本字节计数器的值装入当前字节计数器，通道的屏蔽位保持 0 状态不变；当 D_4 =0 时，通道为非重装方式，当前地址寄存器和字节计数器在 $\overline{EOP}$ 有效时不恢复初值，而是将通道的屏蔽位置 1。

D_5 位设置地址增量或地址减量。地址增量是指一个数据传送完后，现行地址寄存器的值加 1，地址减量则是减 1。当 D_5 =1 时，地址减量，基地址寄存器值为存储器区域末地址；当 D_5 =0 时，地址增量，基地址寄存器值为存储器区域首地址。

D_7D_6 位设置 DMA 通道工作方式。特别地，当 D_7D_6 =11 时，D_3D_2 无效。

（6）控制寄存器。4 个通道共用一个，用来存放 8237A 的命令字。命令字格式如图 7-38 所示。它设置 8237A 芯片的操作方式，复位时控制寄存器清零。

当 D_0 =1 时将选择存

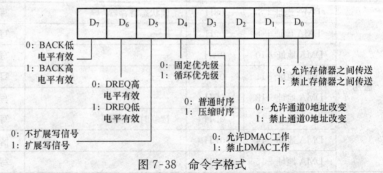

图 7-38　命令字格式

储器到存储器的传送方式。此时，通道 0 的地址寄存器存放源地址。若同时 $D_1 = 1$，则禁止通道 0 地址寄存器值改变，整个存储器到存储器的传送过程始终保持同一个源地址，实现将一个目的存储区域设置为同一个值。

D_2 用于启动或禁止 8237A 工作。当置 $D_2 = 1$，8237A 可以作为 DMA 控制器进行 DMA 传送；当置 $D_2 = 0$，8237A 将不能进行 DMA 传送。

D_3 决定 8237A 工作时序类型。8237A 有两种工作时序：普通时序（$D_3 = 0$）和压缩时序（$D_3 = 1$）。压缩时序是指在系统能允许的范围内，为获得较高的传输效率，8237A 能将每次传输时间从正常时序的三个时钟周期变为压缩时序的两个时钟周期。

D_4 设置 8237A 各通道优先级管理方式。8237A 有两种优先级管理方式：固定方式（$D_4 = 0$）和循环方式（$D_4 = 1$）。

D_5 设置是否延长写信号的时序。

$D_7 D_6$ 设置 DACK 和 DREQ 有效电平极性。$D_7 D_6$ 的值取决于外设接口对 DACK 和 DREQ 信号的极性要求。

（7）请求寄存器

除了可以利用硬件通过 DREQ 信号引脚提出 DMA 请求外，当工作在数据块传送方式时也可以通过软件发出 DMA 请求。另外，若是存储器到存储器传送，则必须由软件请求启动通道 0。

图 7-39 请求字格式

请求寄存器用来存放软件 DMA 请求字。CPU 通过请求字写入请求寄存器，请求字格式如图 7-39 所示。

$D_1 D_0$ 决定写入的通道。

D_2 决定是置位（请求）还是复位。每个通道的软件请求位分别设置，是非屏蔽的。

（8）屏蔽寄存器

屏蔽寄存器用于存放控制硬件 DMA 请求或软件 DMA 请求是否被响应的屏蔽字，当一个通道的屏蔽位为 1 时，这个通道就不能接收 DMA 请求，各个通道互相独立。对屏蔽寄存器的写入有两种方法：

1）单通道屏蔽字：只对一个 DMA 通道屏蔽位进行设置，如图 7-40 所示。

2）主屏蔽字：对 4 个 DMA 通道屏蔽位同时进行设置，如图 7-41 所示。

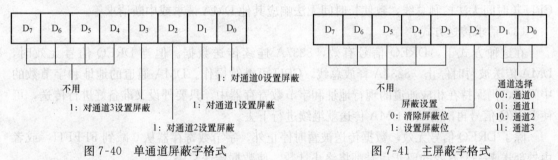

图 7-40 单通道屏蔽字格式　　　　　　图 7-41 主屏蔽字格式

（9）状态寄存器

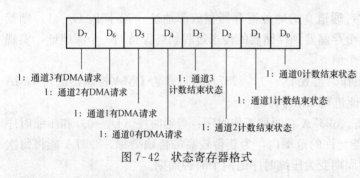

图 7-42 状态寄存器格式

8237A 中有一个可由 CPU 读取的状态寄存器。它的低 4 位反映 4 个通道的计数结束状态。为 1 时，表示该通道传送结束；高 4 位反映每个通道的 DMA 请求情况，为 1 时，表示该通道有请求。其格式如图 7-42 所示。这些状态位在复位或被读出后，均被清零。

（10）临时寄存器。

在存储器到存储器的传送方式下，临时寄存器保存从源存储单元读出的数据，该数据又被写入到目的存储单元。传送完成，临时寄存器只会保留最后一个字节，可由 CPU 读出。READY 信号可使其复位。

7.4.3 8237A 的工作方式

8237A 在有效周期内进行 DMA 传送有 4 种工作方式（也称为工作模式）。

（1）单字节传送方式。

单字节传送方式是每次 DMA 传送时仅传送一个字节。传送一个字节之后，字节数寄存器减 1，地址寄存器加 1 或减 1，HRQ 变为无效。此时 8237A 释放系统总线，将控制权还给 CPU。若传送后使字节数从 0 减到 0FFFFH（简称过零），终止计数并终结 DMA 传送或重新初始化。

通常，在这种方式下，DACK 信号引脚变为有效之前，DREQ 必须保持有效。如果在整个传输过程中，DREQ 保持有效，HRQ 也会变成无效，在传送一个字节后释放总线。但 HRQ 很快再次变成有效，8237A 接收到新的 HLDA 有效信号后，又开始传送下一个字节。

单字节方式的特点是：一次传送一个字节，效率略低，但可保证在两次 DMA 传送之间 CPU 有机会重新获取总线控制权，至少执行一个 CPU 总线周期。

（2）数据块传送方式。

在这种方式下，8237A 由 DREQ 启动，连续地传送数据，直到字节数寄存器从 0 减到 0FFFFH 终止计数，或者由外部输入有效的 $\overline{EOP}$ 信号结束 DMA 传送。DREQ 只需维持有效到 DACK 有效。

数据块方式的特点是：一次请求传送一个数据块，效率高，但在整个 DMA 传送期间，CPU 长时间无法控制总线，致使长时间无法响应其他 DMA 请求或中断请求等。

（3）请求传送方式。

在这种方式下，DREQ 信号有效，8237A 连续传送数据。但当 DREQ 信号无效时，DMA 传送被暂时停止，8237A 释放总线，CPU 可继续操作。DMA 通道的地址和字节数的中间值，仍保持在相应通道的现行地址和字节数寄存器中。只要外设又准备好进行传送，可使 DREQ 信号再次有效，DMA 传送就继续进行下去。

除了 DREQ 信号无效，数据传送被暂时停止外，字节数寄存器从 0 减到 FFFFH，或者由外部送来一个有效的 $\overline{EOP}$ 信号都将终止计数，使数据传送暂停。

请求方式的特点是：DMA 操作可由外设利用 DREQ 信号控制传送的过程。

（4）级联方式。

这种方式用于通过多个 8237A 级联以达到扩展通道的目的。如图 7-43 所示，第二级的 HRQ 和 HLDA 信号连到第一级某个通道的 DREQ 和 DACK 上。第二级芯片的优先权等级与所连的通道相对应。在这种情况下，第一级起优先权管理的作用并负责向 CPU 输出 HRQ 信号和传递 HLDA 信号。实际的操作由第二级芯片完成，若有需要还可由第二级扩展到第三级等。

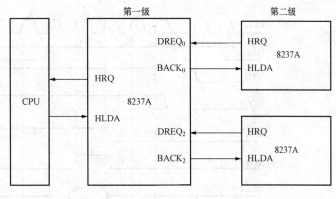

图 7-43　8237A 控制器级联

7.4.4　DMA 通道的优先权方式

8237A 有 4 个 DMA 通道，它们的优先权有固定优先权和循环优先权两种方式。但不论采用哪种优先权方式，当某个通道提供服务时，其他通道无论其优先权高低，均被禁止，直到已服务的通道结束传送为止。DMA 传送不存在嵌套。

1）固定优先权方式：4 个通道的优先权是固定的，即通道 0 优先权最高，通道 1 其次，通道 2 再次，通道 3 最低。

2）循环优先权方式：4 个通道的优先权是循环变化的，最近一次服务的通道在下次循环中变成最低优先权，其他通道依次轮流获得相应的优先权。

DMA 传送有 3 种类型：DMA 读、DMA 写和 DMA 校验。

1）DMA 读：把数据由存储器传送到外设。当 $\overline{MEMR}$ 有效，从存储器读出数据；当 $\overline{IOW}$ 有效把这一数据写入外设。

2）DMA 写：把外设输入的数据写入存储器。当 $\overline{IOR}$ 有效，外设输入数据；当 $\overline{MEMW}$ 有效把这一数据写入存储器。

3）DMA 检验：这是一种空操作。8237A 并不进行任何检验，而只是像 DMA 读或 DMA 写传送一样产生时序、产生地址信号，但是存储器和 I/O 不进行数据传送，外设利用这样的时序进行 DMA 校验。

7.4.5　8237A 工作时序

8237ADMA 操作周期时序图如图 7-44 所示。8237A 有两种工作状态，从时间顺序上看，两个操作周期：DMA 空闲周期和 DMA 有效周期。

DMA 空闲周期是当 DMAC 作为从属工作状态时所处的周期，其一直保持为空闲状态 Si。

DMA 有效周期是当 DMAC 处于主动工作状态时所占用的操作周期，DMA 周期从 S_1 状态开始，至少包含 4 个状态 $S_1 \sim S_4$，必要时可在 S_3 和 S_4 之间插入 S_w。8237A 有两种传输时序：普通时序和压缩时序。普通时序使用 S_2、S_3、S_4 状态；压缩时序使用 S_2、S_4 状态。

另外，在 DMA 空闲周期到 DMA 有效周期过渡过程中，还有一个过渡准备状态 S_0。

8237A 通道操作过程如下：

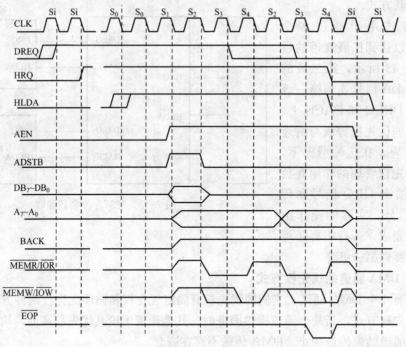

图 7-44　8237A 工作时序

从属工作状态时的 8237A 一直保持为空闲状态 Si。当任一通道检测到一个 DMA 请求 DREQ 有效时，8237A 将在下一个 Si 状态时向 CPU 发出总线请求信号 HRQ，向 CPU 提出总线申请，于是 8237A 进入过渡准备状态 S_0。CPU 在当前总线周期结束时，向 8237A 回送总线允许信号 HLDA，将总线控制权交给 8237A，8237A 脱离 S_0 进入 S_1 状态，开始进入主控状态。当 8237A 获得总线控制权，输出 AEN 信号，在 DMA 总线周期占用期间，AEN 一直保持有效信号，因此，通常情况下，仅在 8237A 首次进入 DMA 周期时才执行 S_1 状态，一旦获得总线控制权，数据传送过程中跳过此状态，直接进入 S_2 状态。在 S_2 状态期间，通过数据总线 $D_7 \sim D_0$ 将高 8 位地址线锁存到 8212 锁存器中，低 8 位地址直接从 $A_7 \sim A_0$ 输出，形成访问存储器的 16 位地址码，到 S_3 状态期间发出读存储器（$\overline{\text{MEMR}}$）或读外设（$\overline{\text{IOR}}$）命令，可将需要传送的数据读出，在随后产生的写外设·（$\overline{\text{IOW}}$）或写存储器（$\overline{\text{MEMW}}$）命令控制下可完成传送一个数据字节的功能，需要传送多少个字节，就需要执行多少个这样的 DMA 周期。待整个数据块传送结束，在最后一个 DMA 周期的状态 S_4 上升沿，8237A 的总线请求 HRQ 将无效，CPU 将 HLDA 置成无效，收回总线控制权，8237A 重新回到空闲状态 Si。

8237A 在每一个 DMA 周期的 S_4 状态查询 $DREQ_i$，如果同时有多个 $DREQ_i$ 有效，8237A 将为优先级最高的通道服务，而且允许高级的请求打断低级的请求而被优先服务。只要较低优先级的通道能保持它的请求有效，待较高优先级的通道传送结束，控制将自动转到较低优先级的通道去服务。

7.4.6　存储器到存储器的传送

8237A 可编程设定为存储器到存储器的传送工作方式。这时 8237A 要固定使用通道 0

和通道 1。通道 0 的地址寄存器存源数据区地址，通道 1 的地址寄存器保存目的区地址，通道 1 的字节数寄存器存传送的字节数。传送由设置通道 0 的软件请求启动，8237A 按正常方式向 CPU 发出 HRQ 请求信号，待 HLDA 响应后传送就可以开始。每传送一字节需用 8 个时钟周期，前 4 个时钟周期用通道 0 地址寄存器的地址从源区读数据送入 8237A 的临时寄存器，后 4 个时钟周期用通道 1 地址寄存器的地址把临时寄存器中的数据写入目的区。每传送一个字节，源地址和目的地址都要加（或减）1，且字节数减 1。传送一直进行到通道 1 的字节数寄存器从 0 减到 0FFFFH，终止计数在 $\overline{EOP}$ 端输出一个脉冲。存储器到存储器的传送也允许由外部送来一个 $\overline{EOP}$ 信号停止数据传送过程。

7.4.7 8237A 的编程

对 DMA 接口电路的编程就是读写其内部寄存器。对 8237A 的编程分初始化编程和 DMA 通道的 DMA 传送编程两种。

1）8237A 芯片的初始化编程：只要写入控制寄存器。必要时，可以先输出主清除命令，对 8237A 进行软件复位，然后写入控制字，控制影响所有 4 个通道的操作。

2）DMA 通道的 DMA 传送编程：需要多个写入操作，其编程步骤如下：

（1）使用主清除命令使控制寄存器、状态寄存器、请求寄存器、临时寄存器、基地址寄存器、基字节数计数器清零，使屏蔽寄存器置位；

（2）将存储器起始地址写入基地址寄存器；

（3）将本次 DMA 传送的数据个数写入基字节数寄存器（个数要减 1）；

（4）确定通道的工作方式，写入方式寄存器；

（5）写入屏蔽寄存器；

（6）写入控制寄存器。

若不是软件请求，则在完成编程后，由通道的引脚输入有效 DREQ 信号，启动 DMA 传送过程。若用软件请求，需再写入请求寄存器，就可开始 DMA 传送。

注意，每个通道都需要进行 DMA 传送编程。如果不是采用自动初始化工作方式，每次 DMA 传送也都需要这样的编程操作。8237A 芯片的 DMA 传送编程可采用自动初始化方式，即指当 DMA 过程结束 $\overline{EOP}$ 信号产生时（不论是内部终止计数还是外部输入该信号），都用基地址寄存器和基字节数寄存器的内容，使相应的现行寄存器恢复为初始值，以作好下一次 DMA 传送的准备。

【例 7-23】在 8086 系统中，利用通道 0 由外设输入 16K 的一个数据块，传送到内存实际地址位为 06000H 开始的区域，采用增量、块连续传送方式，传送不完自动初始化。设 DERQ、DACK 低电平有效，8237A 对应的端口地址位 0000H～000FH，设计 8237A 的初始化程序。

1）根据对已知条件的分析，得到有关控制字的值如下：

方式控制字：10001000B＝88H

屏蔽字：00000000＝00H

命令字：01100000＝60H

$16K = 2^{14} = 0100000000000000B = 4000H$

2）初始化程序

```
OUT 0DH,AL        ;发主清除命令
MOV AL,00H        ;送当前低8位地址
OUT 00H,AL
```

```
MOV AL,60H        ;送当前高8位地址
OUT 00H,AL
MOV AL,00H        ;送当前计数初值的低8位
OUT 01H,AL
MOV AL,4OH        ;送当前计数初值的高8位
OUT 10H,AL
MOV AL,88H        ;输出方式控制字
OUT OBH,AL
MOV AL,00H        ;输出屏蔽字
OUT OAH,AL
MOV AL,60H        ;输出命令字
OUT OAH,AL
```

【例 7-24】 利用 8237A 的通道 2，由一个输入设备输入一个 32KB 的数据块至内存，内存的首地址为 34000H，采用增量、块传送方式，传送完不自动初始化，输入设备的 DREQ 和 DACK 都是高电平有效。请编写初始化程序，8237A 的首地址用标号 DMA 表示。

解：设存储器页面寄存器内容已被置为 3。

8237A 初始化程序如下：

```
MOV AL,06H        ;屏蔽通道2
MOV DX,DMA+ 0AH
OUT DX,AL
MOV AL,80H        ;写通道2命令字:DREQ、
MOV DX,DMA+ 08H   ;DACK 高电平有效,正常
DUT DX,AL         ;时序、固定优先级、允许8237A 工作等
MOV AL,86H        ;写通道2模式字:块传输、写传输、
MOV DX,DMA+ 0BH   ;地址增、禁止自动预置等
OUT DX,AL
MOV DX,DMA+ 0CH   ;置0 先/后触发器
OUT DX,AL
MOV AL,00H        ;设通道2基地址为4000H
MOV DX,DMA+ 04H
OUT DX,AL
MOV AL,40H
OUT DX,AL
MOV AL,0FFH       ;设通道2基字节数为
MOV DX,DMA+ 05H   ;7FFFH (32767D)
OUT  DX,AL
MOV AL,7FH
OUT DX,AL
MOV AL,02H        ;清除通道2屏蔽
MOV DX, DMA+ 0AH
OUT  DX,AL
MOV AL,06H        ;通道2发DMA 请求
MOV DX,DMA+ 09H
OUT DX,AL
```

7.5 D/A、A/D 转换器

一些连续变化的模拟量（如温度、压力、流量、位移、速度、光亮度、湿度、声音等）的输入/输出是生产过程中计算机实时控制系统、在线测量系统、过程监控系统以及对图像、

声音的处理等系统的重要组成部分，也是计算机与控制对象之间的一种重要接口。

在自动控制系统中，需要测量和控制的参数往往是连续变化的模拟信号，如温度、压力、流量、速度等。这些物理量经传感器变成连续变化的电压、电流后，必须经过模/数（A/D）转换器变换成数字量才能被数字计算机识别。变换后的数字量在计算机内经过运算处理，得到一个数字形式的控制量，将该控制量再经过数/模（D/A）转换器，变成模拟的电压或电流信号送到执行机构去驱动相应的设备，实现对生产过程的自动控制。

典型计算机控制系统组成框图如图 7-45 所示。

其中，传感器是一个能够把现场的各种物理量转换成为电量模拟信号的转换装置，其输出信号通常较弱，一般无法提供足够的模拟信号幅度，故应使用运算放大器将传感器的

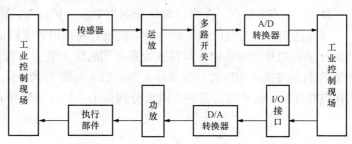

图 7-45　典型计算机控制系统组成框图

输出变换为适合于微型计算机接口的标准电信号，如 0～+5V 的电压信号或 0～10mA、4～20mA 等统一的电流信号。

这些模拟电压、电流信号不能直接输入计算机，必须经过 A/D 转换器把电压信号转换成与其对应的数字量，CPU 接收。CPU 采集现场数据后通过数据运算处理，输出一个数字量对现场控制对象进行控制。一般来说现场的执行部件需要由电量模拟信号来驱动，同样 D/A 转换器的输出信号通常也不足以驱动现场执行部件，所以需要再经功率放大后送到执行部件完成控制。

在生产过程中，要监测或控制的模拟量往往不止一个，当有很多变化缓慢的输入模拟量信号时，对应这类模拟信号的采集，可采用多路转换开关，使多个模拟信号共用一个 A/D 转换器进行采样和转换，以降低成本。

采样/保持电路：该电路具有两个状态，一是跟踪输入信号的采样状态；二是暂停跟踪输入信号并保持已采集到的输入信号的保持状态，以确保在 A/D 转换期间加在 A/D 转换器入口的信号值保持不变。

7.5.1　数/模（D/A）转换器

1. D/A 转换器的工作原理

D/A 转换器的功能是将数字量转换成模拟量。数字量由若干个数位构成，每个数位都有一定的权，如 8 位二进制数的最高位的权为 $2^7=128$，只要 $D_7=1$，就表示具有了 128 这个数值。把一个数字量变成模拟量，就是要把每一位的代码按照权值转换为对应的模拟量，再把各位所对应的模拟量相加，其和便是数字量所对应的模拟量。

在集成电路中，通常采用 T 型网络实现将数字量转换成模拟电流，然后由运算放大器完成模拟电流到模拟电压的转换。有些 D/A 转换器芯片已经包含了这两个部分，其输出即是模拟电压。也有些 D/A 转换器芯片仅完成了把数字量转换为模拟电流，这样的 D/A 芯片应该外接运算放大器，才能转换为模拟电压。

T 型电阻解码网络如图 7-46 所示，其特点是整个电阻网络中只有 R 和 2R 两种阻值的电阻。

图 7-46 中，运算放大器的输入由四条支路构成，各支路经由开关 S_0、S_1、S_2、S_3 控制通断。若开关接到左边的接点，支路中的电阻就接地；若开关接到右边接点，支路中的电阻接运算放大器的虚地，可以给运算放大器的输入端提供电流。

在 T 型电阻解码网络中，A 点的左边为两个 2R 的电阻并联，它们的等效电阻为 R；B 点的左边也是两个 2R 的电阻并联，等效电阻也是 R；C 点的左边也是两个 2R 的电阻并联，等效电阻也是 R；最后的 D 点等效于一个电阻 R 连接在标准参考电压 V_{REF} 上。根据分压原理，D 点、C 点、B 点、A 点的电位分别为 V_{REF}、$V_{REF}/2$、$V_{REF}/4$、$V_{REF}/8$。

现在已知各节点电位和等效电阻，就很容易推出各支路的电流值。当右边第一个支路的开关 S_3 和右边接点相连时，运算放大器得到的输入电流 I_3 为 $V_{REF}/2R$。当右边第二个支路的开关 S_2 和右边接点相连时，运算放大器的输入电流 I_2 为 $V_{REF}/4R$。同理，开关 S0、S1 和右边接点相连时，运算放大器输入电流分别为 $I_1 = V_{REF}/8R$ 和 $I_0 = V_{REF}/16R$。

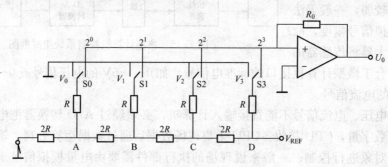

图 7-46　T 型电阻解码网络

由四位二进制数来控制开关 S0、S1、S2、S3，当某位为 1 时，该位所对应的开关接通右边；当其为 0 时，相对应的开关接通左边。如四位二进制数是 1111，则各开关均与右边节点相连，这时流入运算放大器的电流为：

$$I = I_0 + I_1 + I_2 + I_3 = V_{REF}/16R + V_{REF}/8R + V_{REF}/4R + V_{REF}/2R$$
$$= V_{REF}/2R\ (2^{-3} + 2^{-2} + 2^{-1} + 2^0)$$

输出电压为

$$U_0 = -R_0 \times I = -\ (R_0/2R)\ \times V_{REF}\ (2^{-3} + 2^{-2} + 2^{-1} + 2^0)$$

从上式可以看出，输出电压除了与输入的二进制数值大小有关外，还与运算放大器的反馈电阻 R_0 和标准参考电压 V_{REF} 有关。通常，电阻 R 在设计 D/A 芯片时已经确定，在实际应用中，选取不同的标准参考电压和反馈电阻 R_0 便可以调节输出电压的范围。

2. D/A 转换器的主要参数

(1) 分辨率。

分辨率是 D/A 转换器对数字输入量变化的敏感程度的度量。由于数字量是不连续的，数字量的变换对应模拟量的阶梯变化，因而用分辨率表示输入每变化一个最低有效位时，输出变化的程度，即最低有效位对应的电压值与输入数字量等于最大值时的满度电压值之比。例如，一个 n 位的 D/A 转换器，其满度电压值为 V，其最低有效位对应的电压值就为 $V/(2^n-1)$，则该位的 D/A 转换器的分辨率等于 $1/(2^n-1)$，当 $n=4$、8、10 时，其 D/A 分辨率分别约为 6.67%、0.39%、0.10%。实际工程中，常用数字量的位数来表示，如 8、

10、12、16 位 DAC。

（2）转换精度。

转换精度表示由于 D/A 转换器的引入而使其输出和输入之间产生的误差。分为绝对转换精度和相对转换精度。

绝对转换精度（绝对误差）是指 D/A 转换器实际测得的模拟输出值与理论输出值之间的误差。该误差是由 D/A 的增益误差、零点误差、线性误差和噪声等综合因素引起的，一般应低于 $2^{-(n+1)}$ 或 1/2LSB。绝对精度一般与标准电源精度、权电阻的精度有关。

相对转换精度是绝对转换精度与满量程输出之百分比，是常用的描述输出电压接近理想值程度的物理量，更具有实用性，常用最低有效位的几分之几表示。例如，一个 D/A 转换器的绝对转换精度为 0.5V，若输出满刻度值为 5V，则其相对转换精度为 10％。

（3）转换时间。

转换时间是指数据变化量是满刻度时，达到终值 ±1/2LSB 时所需的时间。对于输出电流的 D/A 转换器，转换时间很快；对于输出为电压的 D/A 转换器，其主要转换时间是其输出运算放大器的响应时间。

（4）温度系数。

在规定的温度范围内，对应于温度每变化 1℃时，增益、线性度、零点及偏移（对双极性 D/A）等参数的变化量。它们分别是增益系数、线性温度系数、零点温度系数和偏移温度系数。温度系数直接影响着转换精度。

（5）转换速率。

转换速率是指模拟输出电压的最大变化速度，一般取决于运算放大器的参数，单位为 V/μS。

3. 数/模转换器 DAC0832

目前市场上常用的 D/A 转换器有 8 位、12 位、16 位芯片。根据各种 D/A 芯片是否能直接和系统总线相连，DAC 可分为两类：一类片内带有数据输入寄存器，具有数据锁存能力，可以直接与数据总线连接，如 DAC0832、AD7524 等；一类片内不带数据输入寄存器，不具备数据锁存能力，不能直接与数据总线连接，需通过并行接口芯片 74LS273、8255A 等连接。D/A 转换器的型号很多，它们的基本原理和功能都是一致的。下面以 DAC0832 为例说明这类芯片的应用。

DAC0832 是美国数据公司典型的 8 位双缓冲电流输出型 D/A 转换器，片内带有输入数据寄存器，可与微处理器直接接口。DAC0832 内部结构和外部引脚如图 7-47 所示。

（1）内部结构。

DAC0832 片内有两个输入数据寄存器：第一级为 8 位输入寄存器；第二级为 8 位 DAC 寄存器。一个 8 位 D/A 转换器。

（2）引脚含义：

DAC0832 是 20 线芯片，其引脚含义如下：

$D_0 \sim D_7$：8 位数据输入线。

$\overline{\text{CS}}$：片选信号，低电平有效，输入。常与 ILE 信号引脚一起使用决定 $\overline{\text{WR}}_1$ 是否有效。

ILE：输入寄存器选通命令，输入，与 $\overline{\text{CS}}$、$\overline{\text{WR}}_1$ 一起将要转换的数据送入输入寄存器。

$\overline{\text{WR}}_1$：输入寄存器的写入控制信号，低电平有效。

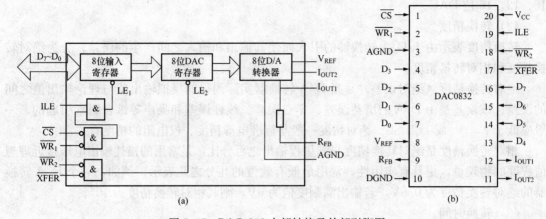

图 7-47 DAC0832 内部结构及外部引脚图

（a）DAC0832 内部结构；（b）DAC0832 外部引脚

$\overline{WR_2}$：数据转换（DAC）寄存器写入控制信号，低电平有效，$\overline{WR_2}$ 必须与 $\overline{XFER}$ 同时有效。

$\overline{XFER}$：传送控制信号，低电平有效，与 $\overline{WR_2}$ 一起把输入寄存器的数据装入到数据转换寄存器。

I_{OUT1}：模拟电流输出端，当 DAC 寄存器中内容为全 1 时，I_{OUT1} 电流最大；DAC 寄存器中内容为 0 时，I_{OUT1} 电流最小。

I_{OUT2}：模拟电流输出端，DAC0832 位差动电流输出，通常，I_{OUT1} 与 I_{OUT2} 互补，I_{OUT1} + I_{OUT2} = 常数。

R_{FB}：反馈电阻引出端，接运放的输出。

V_{REF}：参考电压输入端，要求其电压值要相当稳定，一般在 $-10V \sim +10V$ 之间。

V_{CC}：芯片的电源电压，范围为 $+5 \sim +15V$，最佳工作状态为 $+15V$。

AGND：模拟信号地。

DGND：数字信号地。

（3）DAC0832 工作方式及应用。

根据实际应用的需要，DAC0832 可采用两种工作方式，即单缓冲工作方式和双缓冲工作方式。

单缓冲方式：在两级锁存器中有一个且只有一个寄存器作 DAC 数据锁存器，处于受控状态（缓冲状态）；而另一个寄存器则工作在透明方式，处于直通状态。例如，输入寄存器处于受控状态，而 DAC 寄存器处于直通状态，工作在不锁存状态，因而 DAC 只使用一级缓冲。当 $\overline{WR_2}$ 和 $\overline{XFER}$ 都为低电平，当 $\overline{WR_1}$ 来一个负脉冲时，就可完成一次变换。其外部连接如图 7-48 所示。

其中将 V_{REF} 接到 $-5V$ 上，对应于 8 位二进制数字量 00H~FFH，

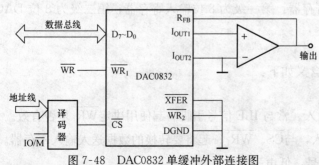

图 7-48 DAC0832 单缓冲外部连接图

其输出电压为 0～+5V，ILE 接高电平，$\overline{CS}$、$\overline{WR_1}$ 引脚在 CPU 执行输出指令时，由 CPU 发出的控制信号使其处于有效电平，从而控制 D/A 转换器锁存数据、进行 D/A 转换。

双缓冲方式：当系统有多个模拟输出通道，并且需要多个模拟输出通道能同时改变，需采用双缓冲方式，即两个寄存器都处于受控（缓冲）状态，能够在对一个数据进行 D/A 转换输出模拟信号的同时，输入下一个要转换的数据，可以有效地提高转换速度。其外部连接如图 7-49 所示。

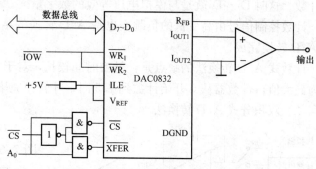

图 7-49　DAC0832 双缓冲外部连接图

【例 7-26】当 $\overline{WR_2}$ 和 $\overline{XFER}$ 接地时，其内部第二级缓冲器成为直通状态。此时，可由 ILE、$\overline{CS}$、$\overline{WR_1}$ 控制向其输入寄存器写入数据。外部连接如图 7-49。设 D/A 转换的端口地址是 DAPORT，为使其完成一次 D/A 转换程序为

```
MOV   AL,80H
MOV   DX,DAPORT
OUT   DX,AL
```

7.5.2　A/D 转换器

模/数转换器是将连续变化的模拟量转换成为数字量的电路，以便于送入计算机中进行处理，常用于数据采集。实现模/数转换的方法很多，常用的方法有计数法、双积分法和逐次逼近法等。

1. A/D 转换器的工作原理

（1）计数式 A/D 转换法

计数式 A/D 转换的工作原理如图 7-50 所示。

其中，V_i 是模拟输入电压，V_o 是 D/A 转换器的输出电压，C 是计数器的计数控制端，当 C=1 时计数器开始计数，当 C=0 时则停止计数，$D_7 \sim D_0$ 是计数器的当前计数值，是一个 D/A 转换器的输入。$D_7 \sim D_0$ 同时也是 A/D 转换器的输出。

电路工作过程如下：

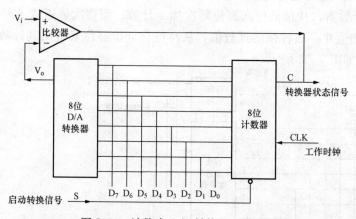

图 7-50　计数式 A/D 转换的工作原理

启动转换信号 S 由高变低，使计数器清零；当启动转换信号 S 恢复高电平时，计数器开始计数。因为计数器已被清零，即 $D_7 \sim D_0$ 为 0，使得 D/A 转换器输出 $V_o=0$。此时，若 $V_i>0$，则比较器输出高电平，使计数控制信号 C=1。这样，计数器开始对 CLK 进行计数。

随着计数值的不断增大，D/A 转换器的输出 V_o 不断上升。当 V_o 上升到某值时，第一次出现 $V_o > V_i$ 的情况，此时比较器的输出变为低电平，使计数控制信号 C＝0，导致计数器停止计数。这时 $D_7 \sim D_0$ 就是与模拟电压等效的数字量。

计数控制信号由高变低的负跳变也是 A/D 转换的结束信号，它可以用来通知计算机一次 A/D 转换完成。

计数式 A/D 转换法的缺点是：转换时间较长，对于一个 8 位 A/D 转换器，若输入模拟量为最大值，计数器从 0 开始计数到 255 时，才转换完毕，即要用 256 个计数脉冲周期。

（2）双积分式 A/D 转换法

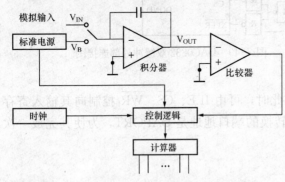

图 7-51　双积分式 A/D 转换器的工作原理

双积分式 A/D 转换器的工作原理如图 7-51 所示。

电路中的主要部件包括积分器、比较器、计数器和标准电压源。电路工作过程如下：

积分器对 V_i 进行固定时间的积分。因为积分时间固定，所以积分器的输出值大小与 V_i 大小有关。然后，积分器再对标准电压进行积分，标准电压的极性与 V_i 相反，使积分器的输出由某一值向 0 变化，故称此阶段为反向积分阶段。由于标准电压是稳定不变的，所以反向积分的斜率固定，反向积分的时间 T 正比于 V_i。用标准的高频时钟脉冲测定反向积分花费的时间，就可以得到相应于输入电压的数字量，即实现了 A/D 转换。

（3）逐次逼近式 A/D 转换法

逐次逼近式 A/D 转换法，是一种广泛应用的 A/D 转换方法。它与计数式 A/D 转换法有相似之处：也是用输出电压与输入电压进行比较产生 A/D 结果。不同之处是：计数式 A/D 转换器内计数器为普通的加 1 计数器，从最低位向高位每次加 1 计数；而逐次逼近式 A/D 转换器用一个逐次逼近寄存器产生并存放转换的计数值，从高位自低位逐位确定出其计数值。逐次逼近式 A/D 转换原理如图 7-52 所示。

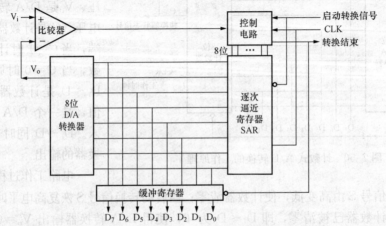

图 7-52　逐次逼近式 A/D 转换原理

以 8 位的逐次逼近式 A/D 转换器为例，当启动转换信号由高电平变为低电平时，逐次逼近寄存器复位，当启动转换信号由低电平变为高电平时，逐次逼近寄存器采用对分搜索法确认其数字量是 0 还是 1，其顺序从高位到低位逐位进行。

在第一个时钟脉冲时，控制电路使逐次逼近寄存器的最高位为 1，其输出为 10000000B，这个数字量进入 D/A 转换器，使 V_o 输出值为满量程电压的一半。逐次逼近寄存器试探模拟量的大小，如果 $V_o > V_i$，则比较器输出低电平，控制电路根据此信号清除逐次逼近寄存器中的最高位；如果 $V_o < V_i$，则比较器输出高电平，控制电路据此保留最高位的 1。如果最高位的 1 被保留下来，下一个时钟脉冲控制电路则使次高位 D_6 为 1。

这样逐次逼近寄存器的内容变为 11000000B，这个数字使 D/A 转换器输出电压值为满量程的 3/4。此时，如果 $V_o > V_i$，比较器输出低电平，控制电路据此使 D_6 位复位；如果 $V_o < V_i$，比较器输出高电平，控制电路据此保留 D_6 位的 1。再下一个时钟脉冲时，控制电路使 D_5 位为 1，……重复上述过程，直到确定出 D_0 位。

经过 N 次比较以后，逐次逼近寄存器中的数据就是与输入模拟量相应的 A/D 结果。逐次逼近式 A/D 转换法的特点是：速度快、转换精度高。

2. 模/数转换器的主要参数

(1) 转换精度

转换精度反映了 A/D 转换器的实际输出接近理论输出的精确程度。由于模拟量是连续的，而数字量是离散的，一般是某个范围中的模拟量对应一个数字量。例如，有一个 A/D 转换器，理论模拟量为 5V 时对应的数字量为 800H，而实际转换中发现 4.997V～4.999V 也对应数字量 800H。这就反映出一个转换精度问题。A/D 转换的精度通常用数字量的最低有效位（LSB）来表示。设数字量的最低有效位对应于模拟量 A，则称 A 为数字量最低有效位的当量。

如果模拟量在 $\pm A/2$ 范围内都产生相对应的唯一的数字量，则 A/D 转换的精度为 ± 0LSB。如果模拟量在 $+3/4A$ 和 $-3/4A$ 范围内都产生相同的唯一的数字量，则转换精度为 $\pm 1/4$LSB。如果模拟量在 $-A$～$+A$ 范围内都产生相同的唯一的数字量，则其转换器的精度为 $\pm 1/2$LSB。这意味着和精度为 0LSB 的 A/D 转换器相比，现在的模拟量的允许误差范围扩展了 $\pm A/2$。

(2) 分辨率

分辨率是指 A/D 转换器能够分辨最小量化信号的能力。一个 N 位的 A/D 转换器，其分辨率等于模拟量输入的满量程值除以 2^N。例如，8 位 A/D 转换器，若满量程值为 5.0V，则分辨率为 $5.0V/2^8 = 0.0195V$，即当模拟输入低于此值时，转换器不能进行分辨。此值又称为最低有效位 LSB。

显然，A/D 转换器位数越长，分辨率越高。所以也常用 A/D 转换器的位数来表示其分辨率。

(3) 转换时间和转换率

所谓转换时间是指完成一次 A/D 转换所需要的时间。

转换率为转换时间的倒数，它们都表示了 A/D 转换的速度。例如，完成一次 A/D 转换所需要的时间是 $50\mu s$，则其转换率应为 20kHz。

3. ADC0809 A/D 转换器

ADC0809 是 CMOS 型、8 位逐次逼近式 A/D 转换器，片内有 8 路模拟开关和三态输出锁存缓冲器，可控制选择 8 个模拟量输入中的一个，可直接连至系统数据总线。转换时间为 $100\mu s$，具有较高的转换速度。

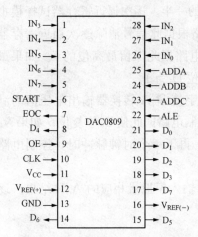

图 7-53　ADC0809 外部引脚图

（1）ADC0809 外部引脚

ADC0809 是一个具有 28 引脚的双列直插式芯片，外部引脚图如图 7-53 所示，各引脚的信号功能如下：

$IN_7 \sim IN_0$：8 路单极性模拟电压输入端。

$D_7 \sim D_0$：8 位数据输出端。

START：启动 A/D 转换命令输入端，START 信号的上升沿到来，所有内部寄存器清零；START 信号的下降沿到来，开始进行 A/D 转换。在 A/D 转换期间 START 应为低电平。

OE：输出使能信号输入端，高电平有效。只有该信号有效，才能打开输出三态门，转换结果才能从 ADC0809 芯片送至系统数据总线。

EOC：转换结束输出信号。在中断方式下，此信号可以向 CPU 发出中断请求。在查询方式下，此信号可以作为 A/D 转换完毕的状态指示信号：EOC＝0 表示转换正在进行中，EOC＝1 表示转换完成。

CLK：时钟脉冲输入端。ADC0809 内部没有时钟电路，所需时钟信号由外部电路提供，典型值为 640kHz。

V_{CC}：供电电源，接＋5V。

GND：地。

VREF（＋）：参考电压输入端。

VRE（－）：参考电源地。

ADDC、ADDB、ADDA 选择模拟输入的编码信号端。它们应在 ALE 引脚信号的选通下实现锁存。

ALE：地址锁存允许信号输入端。在 ALE 信号的上升沿，ADDC、ADDB、ADDA 端的状态进入内部地址锁存器中，经片内译码电路译码后，控制选通 8 路模拟量中的 1 路。

（2）DAC0809 应用

DAC0809 与系统总线连接电路图如图 7-54 所示，其转换公式为

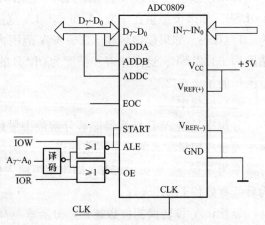

图 7-54　DAC0809 与系统总线连接电路图

$$N = \frac{V_I - V_{REF-}}{V_{REF+} - V_{REF-}} \times 2^8 \tag{7-1}$$

【例 7-27】用 ADC0809 实现对 8 路模拟信号的循环数据采集，转换结果存放在以

0200H 为首地址的存储单元中，采用中断方式传输。

解：主程序：

```
START: MOV  BX,0200H      ;设置输入缓冲指针
       MOV  CX,8          ;设定采集转换次数
       MOV  AH,0
LOOP1: MOV  AL,AH
       OUT  030H,AL       ;启动A/D转换
       STI                ;开中断
       HLT
       ...
       INC AH
       LOOP LOOP1
```

中断程序：

```
AINT1  PROC
       STI
       PUSH  AL
       PUSH  DS
       MOV  AX,DSEG
       IN   AL,30H        ;读A/D数字量
       MOV  ADCASH,AL     ;送A/D缓冲区
       MOV  AL,20H        ;发送EOI命令
       OUT  20H,AL
       POP  DS
       POP  AL
       IRET
AINT1  ENDP
```

习　　题

7.1　8254 主要由哪几个部分组成？

7.2　8254 有哪几种工作方式？各有何特点？其用途如何？

7.3　一般情况下，定时信号可以有几种方法获得，它们分别是什么？

7.4　试比较定时控制的软件、硬件和可编程方式的特点。

7.5　8254 内部有几个通道？简述 CLK、OUT 和 GATE 引脚的含义。

7.6　某系统要求利用 8254 提供 2ms 的定时中断，8254 使用通道 2，工作在方式 2，CLK 输入端的时钟周期为 $0.8\mu s$，分配的端口地址为 0FCH～0FFH，试写出初始化程序段。

7.7　假设一个 8254 芯片三个计数器及控制口的地址分别为 42H、44H、46H、48H，CLK＝1MHz，在不增加硬件芯片的条件下，想要计数器产生 1s 的对称方波，试画出连接电路图，并按照硬件电路连接图编写 8254 的初始化程序段。

7.8　假设 8086 系统中有一片 8254，其分配的端口地址为 01A0H～01A6H。通道 0 工作于方式 1，采用 BCD 计数，计数初值为 100；通道 1 作为 N 分频输出，试写出初始化程序段。

7.9　并行接口有何特点？一般应具有哪些功能？其应用场合如何？

7.10　8255A 是由哪几个主要部分组成？

7.11　8255A 有哪几种工作方式？各有何特点？在微机系统中连接方法是否相同？若不同有何差别？

7.12　8255A 的端口 A 工作在方式 2，B 端口可工作在哪几种方式？

7.13 为什么8255A三个端口中，只有端口A可以工作在方式2（双向）？

7.14 8255A有哪两个编程命令字？其命令格式及每位的含义是什么？

7.15 如何区分写入8255A控制端口的是方式选择控制字还是置位/复位控制字？

7.16 8255A工作在方式1或方式2时，端口C哪些引脚负责中断允许或中断禁止？

7.17 从8255A的C端口读出数据时，其控制信号线$\overline{CS}$、A_0、A_1、$\overline{RD}$、$\overline{WR}$的状态如何？

7.18 8255A的A端口工作于方式2时，CPU如何区分执行输入操作还是输出操作？

7.19 设8255A端口地址为300H～306H，试按下列情况编写初始化程序。

（1）将A、B端口设置为方式0，A口输入、B、C口输出；

（2）将A、B端口设置为方式1，A口为输入，B口为输出，C口的低4位为输入，高4位为输出；

（3）将A、B端口设置为方式1，A、B口均为输入，C口的PC_6～PC_7为输出，允许B口中断，禁止A口中断；

（4）将A端口设置为方式2，B端口设置为方式1，且A口为输入，B口为输出。

7.20 请编一段输出程序，使8255A的C口的PC_1输出占空比为1∶2的周期脉冲。

7.21 用8255A设计一个十字路口机动车交通指挥灯自动控制管理系统，每个路口有红、黄、绿三种颜色交通指挥灯各一盏。要求：

南北方向：绿灯亮180s→黄灯亮10s→红灯亮60s

东西方向：红灯亮90s→绿灯亮60s→黄灯亮5s…

请画出硬件原理图并写出相应程序，其中定时器可采用8253或8254，中断控制器可选用8259。

7.22 什么是串行通信？试比较串行通信与并行通信的优缺点。

7.23 设串行传输速率为2400波特，则数据位的时钟周期是多少？

7.24 串行通信有哪几种工作方式？

7.25 假设8086系统中的一个异步串行发送器，1个奇偶校验位、2位停止位，发送7位数据位的字符。若每秒发送100个字符，则其波特率、位周期和传输效率各为多少？若传送4KB数据，需要多长时间？

7.26 Intel 8251A芯片是什么芯片？简述其一般功能。

7.27 若系统提供的时钟信号为1MHz，利用8251A进行异步通信，采用1个奇偶校验位、2位停止位的数据格式，发送8位数据位字符，波特率因子选择16，利用8254提供收、发时钟。8254的端口地址为01A0H～01A4H，8251的端口地址为01A8H～01A9H。

（1）试编写8254及8251A的初始化程序段。

（2）若要求以查询方式将BUFFER开始的100个字符发送出去，试编写相应的程序段。

7.28 8255A的A口和B口分别工作在方式1和方式0，A口为输入端口，接有8个

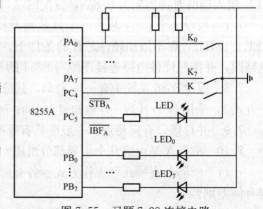

图7-55 习题7.28连接电路

开关。B 口为输出端，接有 8 个发光二极管，现要求用方式 1 把改变后的键信息输入到 CPU 并通过 B 口显示。连接电路如图 7-55 所示。试写出初始化程序段。

7.29　DMA 控制器应具有哪些功能？

7.30　8237A 只有 8 位数据线，为什么能完成 16 位数据的 DMA 传送？

7.31　8237A 的地址线是单向还是双向？为什么？

7.32　说明 8237A 单字节 DMA 传送数据的全过程。

7.33　8237A 单字节 DMA 传送与数据块 DMA 传送有什么不同？

7.34　8237A 什么时候作为主模块工作，什么时候作为从模块工作？在这两种工作模式下，各控制信号处于什么状态，试作说明。

7.35　说明 8237A 初始化编程的步骤。

7.36　8237A 选择存储器到存储器的传送模式必须具备哪些条件？

7.37　什么是 D/A，A/D 转换器？在微型计算机系统中所起的作用是什么？

7.38　实现 D/A、A/D 转换的常用方法有哪些？

7.39　D/A 转换电路有哪些参数？

7.40　什么叫 A/D 转换精度？转换率？分辨率？

7.41　什么叫绝对转换精度？什么是相对转换精度？它们各自的功用是什么？

7.42　数模转换的步骤是什么？转换过程都需要哪些电路？

7.43　对应 1 个 12 位的 D/A 转换器，其分辨率是多少？若输出 5V 电平信号，则一个最低有效位对应的电压值是多少？

第8章 中 断 系 统

中断是 CPU 和外部设备交换数据的主要方式之一。不管什么型号的 CPU，都要有处理中断的能力。

本章首先介绍了中断的概念、中断方式及中断系统，中断向量，中断响应过程。然后，具体讨论 8259 中断控制器及其具体应用。

本章重点内容：中断的作用、与中断有关的触发器，中断源、中断源分类，中断优先级，中断向量表，中断的处理过程。

8.1 中断基本概念

中断是 CPU 和外部设备交换数据的一种方式，是计算机系统中普遍使用的概念和方法，用户可以选择这种方式来设计应用程序。不同的 CPU，中断的具体做法是不一样的。

8.1.1 中断

所谓中断，就是 CPU 在执行当前程序的过程中被打断，转去执行另外一段程序，这个过程称为中断。中断是 CPU 和外部设备交换数据的一种方式。

CPU 响应中断能力的发展提高了计算机系统的应用范围和多处理能力，提高了计算机系统的性能。

(1) 分时操作。CPU 可以命令多个外部设备同时工作，这样就大大提高了 CPU 的效率。

(2) 实时处理。计算机可以随时为实时控制系统服务。

(3) 故障处理。当计算机出现故障，CPU 可以不停机地转去执行故障处理程序。

随着微型计算机的发展，中断系统新的功能还在不断增加。

8.1.2 中断源

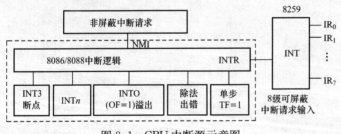

图 8-1　CPU 中断源示意图

能够导致 CPU 产生中断的来源称为中断源。按照引起 CPU 中断方式的不同，中断源可分为两大类：外中断源和内中断源。图 8-1 所示为 CPU 中断源的示意图。

1. 外中断源

外中断源也称为硬中断源，是由外部设备在 CPU 的引脚上产生的中断请求，包括外部设备请求中断、实时时钟电路请求中断、掉电等外部故障请求中断等。由于外中断是由外部事件引起的，CPU 预先不知道外设何时产生，因此，这类中断具有随机性。

2. 内中断源

内中断源也称为软中断源或异常，是 CPU 执行程序过程中由指令或状态标志位产生的中断请求，如 INT 指令、除数为 0 产生除法溢出等。

CPU 硬中断源数量取决于 CPU 接受硬中断请求的引脚和具体的中断接口的数量；软中

断源也可以不止一个。如何识别众多中断源，是用户或开发人员选择和使用中断接口进行程序设计的合理规划。

8.1.3 中断处理过程

一个完整的中断处理过程应该包括中断请求、中断排队（或称中断判优）、中断响应、保护现场、中断处理、恢复现场及中断返回等环节，下面分别进行讨论。

1. 中断请求

中断请求是中断源通过接口电路向 CPU 中断请求输入引脚上发出一个符合规定的电平信号或边沿变化的申请中断信号。发出中断请求信号的外设应具备两个条件：①外部设备已将数据送到接口电路的数据寄存器；②外设接口逻辑有一个中断允许触发器，当该触发器置位时，允许外设发出中断请求。中断允许触发器的状态通常由程序管理。

2. 中断排队

系统通常具有多个中断源，且各中断源申请中断是随机的。当多个中断源同时请求中断，中断源必须排队等候 CPU 处理。一般是把最紧迫和速度最高的设备排在最优先的位置上。CPU 首先响应优先级别最高的中断源，当中断处理完毕，再响应级别低的中断申请。

中断排队可以采用硬件的方法，也可以采用软件的方法。硬件方法目前均采用专用中断管理接口芯片如 8259A 等，其特点速度快，但需要增加硬设备；软件方法无须增加硬设备，常采用查询方法，但速度慢，特别是中断源很多时尤为突出。

3. 中断响应及现场保护

经中断排队后，CPU 收到优先级别最高的中断请求信号，如果允许 CPU 响应中断，在执行完一条指令后，就中止执行当前程序，而响应中断申请。

此时首先由硬件电路保护断点，将断点处下一条指令（即中断返回时要执行的指令）的 CS、IP、FR 压入堆栈保存起来，断点处的现场保护除在 CPU 响应中断时还需要保存中断处理程序运行过程中需要使用的各类寄存器内容。然后关闭 CPU 内的允许中断触发器 IF=0，寻找中断服务程序入口地址。

4. 中断处理

中断响应并完成现场保护，CPU 进入中断处理，即执行中断服务程序。如果在中断服务程序中允许嵌套，还应用 STI 指令将 IF=1（即开中断）。

5. 恢复现场和中断返回

恢复现场是为执行完中断处理程序后返回到断点作准备的，它是保护现场的逆过程，也就是用 POP 指令将现场保护过程中压入堆栈的寄存器信息恢复到相应的寄存器中。在这个过程中要注意从堆栈弹出的顺序，否则会破坏程序的正常执行。

通常中断服务程序结束后要开中断并且执行一条中断返回指令 IRET 返回原来被中断的程序。IRET 指令可以使堆栈弹出断点处的 IP、CS 和 FR，从而控制转移到产生中断前的下一条指令。这样，被中断的程序就可以从断点处继续执行下去。CPU 从中断服务程序又回到了被中断的主程序。

在有多重中断的应用系统中，中断可以嵌套。CPU 执行某一中断服务程序时，若又有优先级别更高的中断源申请中断，此时，CPU 暂停正在执行的中断服务，而去处理优先级别比它更高的中断申请，处理完毕再返回中断点，继续处理较低优先级的中断。这种在低级中断中还嵌套有高级中断的多重中断方式，对实时处理系统是很有用的。

8.1.4 中断优先级

当系统允许具有多个不同优先级的中断源，则系统必须具有识别中断源、判断其优先级别的能力，以便实现高优先级的申请优先处理。

CPU 识别中断优先级的方法有两种：软件查询方法、硬件查询方法、编码方法。

1. 软件查询方法

软件查询中断是指将多个外部设备的中断请求信号通过或门，送到 CPU 的 INTR 端，同时把各外部设备的中断请求状态位组成一个端口，并给它分配端口号。当某一外部设备有中断请求时，CPU 响应中断，进入中断服务程序后，CPU 读入锁存器的内容，逐位查询端口的每位信息，如果查到某一位是高电平（有申请）就转入相应的中断服务程序，处理完毕后返回来继续查询，直到查询完毕，退出服务程序。查询的次序决定了外部设备优先级别的高低，先测试的中断源优先级别最高。查询次序常用软件查询程序中移位或屏蔽法来改变连接中断源输入端的位置。使用软件查询中断方式的接口电路及程序流程图如图 8-2 所示。

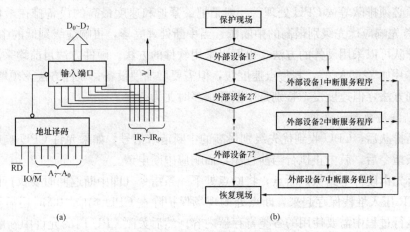

(a)　　　　　　　　　　　　　　(b)

图 8-2　软件查询中断方式的接口电路及程序流程
(a) 软件查询中断；(b) 软件查询中断流程图

显然，软件查询中断对硬件要求较低，编程也简单，但是不够灵活，当中断源增加或者减少的时候需要对整个服务程序进行修改。

2. 硬件查询方法

硬件查询法也称矢量法。硬件查询中断优先权排序是根据接口的位置决定，如常用的菊花链排队法。

菊花链法是查询中断优先级的一个简单而且常用的硬件方法。其做法是在每一个外部设备对应的接口上连接一个逻辑电路，这些逻辑电路构成一个链，称为菊花链，由菊花链来控制中断响应信号的通路。图 8-3 为一

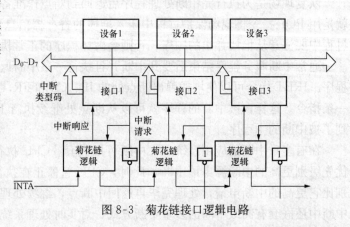

图 8-3　菊花链接口逻辑电路

个使用菊花链实现中断优先级识别的例子。

由图可知，CPU 响应中断请求信号 $\overline{\text{INTA}}$，沿着菊花链往后传递，而发出中断请求信号的接口截取 $\overline{\text{INTA}}$ 信号后撤销中断请求信号并封锁较低级的中断源。接收 $\overline{\text{INTA}}$ 的中断源向总线上发中断类型码，CPU 由此找到相应的中断处理子程序入口，转入中断处理子程序的执行。

显然，当有两个设备同时发中断请求时，距离 CPU 最近的接口先得到中断响应 $\overline{\text{INTA}}$，而排在后面的接口则被封锁，收不到中断回答信号，从而实现中断优先级的排队识别。

硬件查询中断响应块，使用灵活，但对硬件要求较高，接口电路复杂。

8.2 8086 中断系统

这一节具体介绍 8086 的中断系统，也希望通过介绍 8086 的中断系统，使读者进一步理解上一节介绍的中断基本概念。

8.2.1 8086 的中断类型

8086 系统可以处理 256 个不同的中断，每个中断都分配一个中断类型号，其取值为 0～255，即 0000H～03FFH。根据中断处理方式不同，256 种中断可分为软件中断和硬件中断两类。

1. 硬件中断

硬件中断是通过外部硬件电路产生的中断，也称外部中断。硬件中断又分为可屏蔽中断和非可屏蔽中断两类。

（1）非屏蔽中断 NMI。

非屏蔽中断 NMI 是指从 CPU 的 NMI 引脚输入的中断请求引发的中断。NMI 采用边沿触发的输入信号，只要输入高电平脉冲持续时间大于两个时钟周期，就能被 8086 锁存。对 NMI 请求的响应不受中断标志位 IF 的控制，只要 NMI 信号有效，CPU 在当前指令执行结束后，立即响应非屏蔽中断 NMI 请求。非屏蔽中断也是无条件中断，常用于紧急情况下的故障处理。NMI 的优先级别高于可屏蔽中断 INTR。中断类型号为 2，这是由芯片内部设置的。

CPU 响应非屏蔽中断的条件为：

1）系统没有 DMA 请求，有 NMI 请求；

2）CPU 当前指令执行完毕。

（2）可屏蔽中断 INTR。

可屏蔽中断是指从 CPU 的 INTR 引脚输入的中断请求引发的中断。INTR 是采用电平触发的输入信号，CPU 是否响应 INTR 引脚输入的中断请求受状态标志寄存器 IF 状态控制。当 IF＝1，CPU 开中断，响应 INTR 请求；反之，当 IF＝0，CPU 关中断，不响应 INTR 请求，屏蔽 INTR 引脚。因此，可屏蔽中断 INTR 也称条件中断。

CPU 响应可屏蔽中断的条件为：

1）系统没有 DMA 请求，没有 NMI 请求，有 INTR 请求；

2）CPU 当前指令执行完毕；

3）中断允许标志 IF＝1，CPU 开中断。

微型计算机重点开发的是硬件可屏蔽中断，由于 CPU 只有一个硬件可屏蔽引脚，因而当系统有多个外设中断时，需要引入可编程中断控制芯片 8259A 管理和控制多个中断。

2. 软件中断

8086 的软件中断也称内部中断，是指通过执行指令"INT n"或在程序执行过程中对状态标志寄存器进行了专门设置（如单步中断）或发生某些异常，CPU 都要暂停当前执行的程序，转去执行 CPU 内部软件中断处理过程。软件中断产生和处理过程不受中断允许标志位 IF 的影响。软件中断的特点：

（1）中断类型号是由 CPU 内部自动提供，不需要执行中断响应总线周期去读取类型号。

（2）除单步中断外，所有内部中断都不可以用软件屏蔽，即都不能通过执行 CLI 指令使 IF 清 0 来禁止对它们的响应。但单步中断可以通过软件将 TF 标志置 1 或清 0，以控制一条指令执行后是否引起单步中断。

（3）从中断响应的优先顺序上，除单步外，所有内部中断的优先级别均高于外部中断。

3. 硬件中断和软件中断的区别

硬件中断和软件中断的区别可以从 4 个方面分析：

（1）中断的引发方式不同。硬件中断是由外部设备向 CPU 引脚 INTR 或 NMI 发出的中断请求而引发的；软件中断是由 CPU 执行"INT n"指令而引发的。硬件中断具有随机性；软件中断是由安排在程序中的中断指令引起的，中断何时引发是事先知道的，不再具有随机性。

（2）CPU 获得中断类型码的方式不同。响应硬件可屏蔽中断后，中断类型码是由 8259A 提供的；响应软件中断后，中断类型码是由"INT n"指令提供或 CPU 内部自动提供。

（3）CPU 响应中断请求的条件不同。CPU 只在中断允许标志 IF＝1 的前提下才响应硬件可屏蔽中断，非屏蔽中断和软件中断的响应不受中断允许标志 IF 限制。

（4）中断处理的结束方式不同。在硬件可屏蔽中断的服务程序中，中断处理结束后要做两件事：一是通知 8259A 结束本次中断；二是执行 IRET 指令中断返回；在软件中断服务程序中，中断处理结束后，只需执行 IRET 指令中断返回。

硬件中断和软件中断除上述的区别之外，也具有相同之处：CPU 响应中断的处理方式是一样的。CPU 首先把现行程序的断点地址压入堆栈，即依次把标志寄存器的内容、断点的段基址、断点的偏移地址压入堆栈；然后根据获得的中断类型码 n，从中断向量表的 4n～4n＋3 单元取出中断向量，存入 IP、CS，依靠中断向量的引导作用，转入相应的中断服务程序。

8086 中断的优先级是固定的：除法溢出中断→INT n →INTO→NMI→INTR→单步中断（最低）；8086 本身不处理外中断的优先级，连接有 8259A 中断控制器的外中断的优先级由 8259A 来处理。

表 8-1　　　　　　　　　　8086 规定的特殊中断类型号及其用途

中断类型号	用　　途	对应的指令	说　　明
0	除法溢出	无	
1	单步中断	无	通过 TF＝1 来启动
2	非屏蔽中断	无	
3	断点中断	INT 3	是单字节指令
4	溢出中断	INT 4	单字节指令

8.2.2　8086 的中断向量表

8086 中断系统把 256 种类型中断处理程序的入口地址集中存放在存储器起始区域的

（00000H～003FFH）地址，共 1024 字节。通常把 256 种类型的中断处理程序的入口地址称为中断向量，而由中断向量按序排列组成的表为中断向量表。

每个中断向量即中断处理程序入口地址占用中断向量表中连续 4 个字节存储单元，其中低地址两个字节用来存放中断入口的偏移地址（IP 中内容），高地址的两个字节用来存放中断入口的段地址（CS 中内容）。

每个中断向量的存放地址与"INT n"指令中的中断类型码相互对应：中断类型码的 4 倍为该中断向量在向量表中的首地址。这样，CPU 执行类型为 n 的中断时，从地址 n×4 开始的两个字节读出 n 号中断服务程序入口的偏移地址；从地址 n×4＋2 开始的两个字节读出 n 号中断服务程序入口的段地址。例如，66H 型中断向量存放在地址 0000：0198H～0000：019BH 4 个字节单元中，其中 198H、199H 两低字节单元存放的是中断服务程序入口的偏移地址（内容送 IP）；19AH、19BH 两高字节单元存放的是中断服务程序入口的段地址（内容送 CS），于是 CPU 从 CS：IP 开始执行中断服务程序。

如果已经知道中断类型号 n，不仅 CPU 可以读取中断服务程序地址信息，而且程序员可以用同样的计算方法向中断向量表写入 n 号中断的入口地址。写入中断向量表的方法有许多，常用的有直接写入法和 DOS 功能调用写入法。

在图 8-4 中的 256 种类型中断向量，其中地址区域 00000H～00013H 的 20 个字节单元为系统设置的具有专门用途的中断，类型号 0～4，它们分别对应除法出错、单步、非屏蔽中断、断点溢出中断，其用途见表 8-1。从 00014H 开始的 27 个字节单元为 Intel 公司保留的中断向量区域。从 00080H 开始，其余的 224 个字节存储单元空间供用户使用，既可以分配给软件中断使用，也可以分配给硬件可屏蔽中断使用。

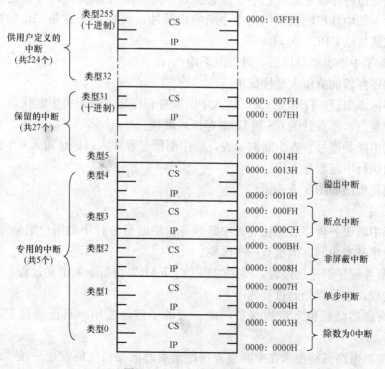

图 8-4   8086 中断向量表

8.2.3　中断处理过程

8086 的中断过程仍然是中断申请、中断响应、中断服务和中断返回，只是 8086 有一些自己的特点。

1. 中断申请

外中断申请（NMI、INTR）都是高电平有效，高电平延续的时间不能小于两个 CPU 的时钟周期。但是，高电平信号在中断返回前必须结束，否则 CPU 会认为是又收到一次新的中断申请。

2. 中断响应

可屏蔽中断请求 INTR 受标志位 IF 的影响，而非屏蔽中断 NMI 和内部中断不受 IF 的影响，因此，8086CPU 对可屏蔽中断、非屏蔽中断和内部中断的响应是不同的。但无论是哪一种中断申请，CPU 都要在执行完当前指令后，开始响应中断并且 CPU 获取了中断类型码之后，操作完全一样。下面分别介绍三种情况下，CPU 响应中断请求的过程。

1）CPU 响应 INTR 请求

外部设备向 CPU 发出中断请求的时间是随机的，而 CPU 在执行每条指令的最后一个时钟周期采样中断请求信号 INTR。若 CPU 内部的标志位 IF＝1，并且中断接口电路中的中断屏蔽触发器未被屏蔽，那么 CPU 在收到 INTR 且当前指令执行完后就立即响应中断。

2）CPU 响应 NMI 请求

CPU 在当前指令周期的 T 状态采样中断请求输入信号，当有 NMI 请求时，CPU 直接在内部自动产生类型码为 2 的中断向量，然后转入相应的处理程序入口。

3）内部中断的处理

内部中断是由程序设定的，它不受标志位 IF 的影响。中断类型码可直接提取，CPU 响应中断后，对外部中断控制器发出两个中断响应脉冲，而 8259A 在第二个脉冲时把中断类型码通过数据线送给 CPU。

8086 获取了中断类型号以后，进行以下操作：

（1）标志寄存器的值压入堆栈保护。

（2）清零标志 IF 和 TF，使 CPU 进入中断服务程序后，处于关中断状态。

（3）保护断点，断点处的 CS 和 IP 内容压入堆栈。

（4）根据中断类型号，查中断向量表，将中断服务程序入口地址写入 CS 和 IP。

（5）开始执行中断服务程序。

中断处理流程图如图 8-5 表示。

3. 中断服务

开始执行中断服务程序后，就进入中断服务。中断服务程序是用户根据需要而编写的，和一般的子程序基本相同，但也有一些区别：

1）中断服务程序都是远过程，要用 "PROC FAR" 伪指令来定义过程，而一般的子程序可以是近过程，也可以是远过程。

2）标志寄存器已经推入堆栈保护，而一般的子程序要用户自己通过 PUSHF 指令来保护。

3）中断接口电路可能要求在中断服务程序结束时向接口电路发送一条 "结束中断" 的命令，一般子程序没有这个问题。

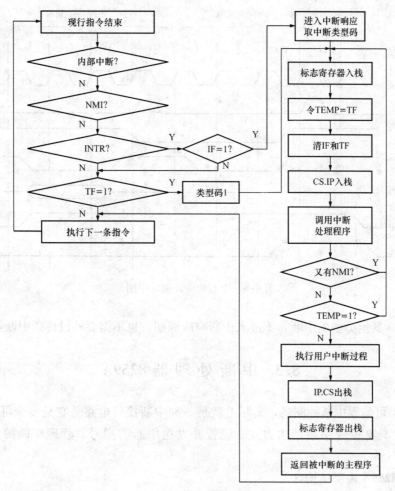

图 8-5　8086 中断处理流程

4）中断返回指令是 IRET，一般子程序的返回指令是 RET。

由于进入中断服务程序时 CPU 是关中断状态，如果希望允许中断嵌套，在中断服务程序的开始时，写一条开中断指令 STI。

4. 中断返回

中断返回是在中断服务程序结束时，将保存起来的断点地址重新写入 CS 和 IP。

8.2.4　中断响应周期

8086 可屏蔽中断的响应要进入中断响应周期。中断响应周期需要两个总线周期，共 8 个 T 状态。中断响应周期的时序如图 8-6 所示。

8086 收到 INTR 引脚上的中断请求，如果状态标志寄存器标志位 IF＝1，CPU 就进入可屏蔽中断的响应周期。在第一个总线周期，CPU 向外设发出一个低电平的中断应答信号 $\overline{\text{INTA}}$，要求外设准备传送中断类型号。在第二个总线周期 T_1 状态的下降沿，8086 采样数据总线，读入外设发送过来的中断类型号。

对于可屏蔽中断的接口电路，必须能够做到在收到第一个 $\overline{\text{INTA}}$ 应答信号后，立即向 CPU 传送相应外设的中断类型号。

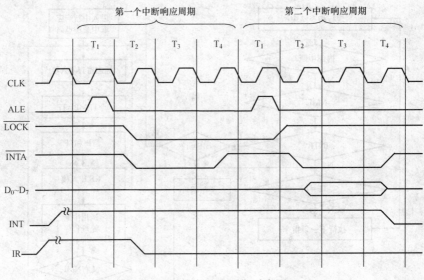

图 8-6   中断响应周期时序图

对于 8086 其他类型的中断，不进入中断响应周期，也不需要外设传送中断类型号。

8.3   中断处理器 8259A

8259A 是可编程中断控制器，实际上就是一种中断接口电路。它是多个可屏蔽中断源的中断接口，具有设置中断请求方式、设置并发送中断类型号、管理中断源的优先级等功能。

8.3.1   8259A 内部结构

8259A 的内部结构如图 8-7 所示。实现 8259A 中断控制的主要模块，包括：

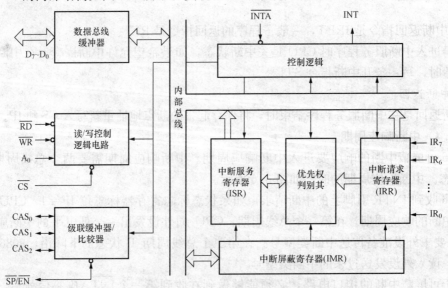

图 8-7   8259A 的功能框图

1. 中断请求寄存器 IRR

中断请求寄存器 IRR 保存还没有得到处理的外部中断源的申请。可以通过查询 IRR 的状态了解已发出中断请求但尚未得到 CPU 响应的中断源。

2. 中断服务寄存器 ISR

中断服务寄存器 ISR 用于记录 CPU 正为之服务的是哪些中断源。由于中断可以嵌套，所以在 ISR 寄存器中登记的中断源可以不止一个。

3. 优先级判别器 PR

优先级判别器 PR 用于判别多个同时申请中断的中断源，谁的优先级最高，还要判别 CPU 正为之服务的中断源和新进入判别器的中断源哪一个优先级更高。

4. 中断屏蔽寄存器 IMR

中断屏蔽寄存器 IMR 是外部中断申请是否可以进入 8259A 的 IRR 一道屏障。8259A IMR 共有 8 位，每一位控制一个外部中断源申请。当某一位为 1 时，相应的中断源的申请就被屏蔽，不能进入 IRR 寄存器进行登记。

5. 控制逻辑

控制逻辑接收 CPU 发送过来的控制信息，按照这些控制信息决定 8259A 的工作方式，完成整个中断控制的各项工作。

6. 数据总线缓冲器

数据总线缓冲器是 8 位双向三态缓冲器，用来和 CPU 的 8 条数据线相连接。当 8259A 不访问数据总线的时候呈高阻抗状态。

7. 读/写逻辑

读/写逻辑是接收 CPU 发来的读/写控制信息，以完成控制信息的写入和状态信息的读出。地址线 A_0 是对 8259A 两个内部端口的寻址。片选信号 $\overline{CS}$ 应该连接到译码器的输出，决定对 8259A 寻址时的高位地址。

8. 级联缓冲/比较器

级联缓冲/比较器主要用于多片 8259A 级联的时候使用，为各片 8259A 之间提供通信和联络。

8.3.2　8259A 外部引脚

8259A 的引脚信号可分为三组：和 CPU 的接口信号、连接外设中断源中断请求信号以及用于多个 8259A 级联的级联信号。

8259A 的引脚图如图 8-8 所示。除电源和地以外，其他引脚上的信号和含义如下：

1. 与 CPU 相连的接口信号

（1）$\overline{CS}$：片选信号，输入，低电平有效。$\overline{CS}=0$ 时，8259A 和 CPU 的数据线连通，可以和 CPU 交换信息。$\overline{CS}=1$ 时，8259A 的数据线处于高阻抗状态。$\overline{CS}$ 应该连接到译码器的输出。

（2）$\overline{WR}$：写入信号，输入，低电平有效。和 CPU 的写控制输出 $\overline{IOW}$ 相连，用来向 8259A 写入初

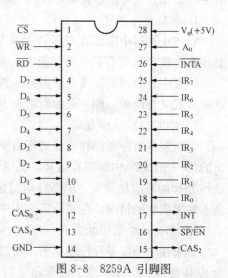

图 8-8　8259A 引脚图

始化命令和操作命令。

（3）$\overline{RD}$：读出信号，输入，低电平有效。和 CPU 的读控制输出 $\overline{IOR}$ 相连。用以实现 CPU 对 8259A 的 IRR、IMR、ISR 寄存器状态的读取。

（4）$D_7 \sim D_0$：数据线，双向三态。一般和 CPU 的数据总线直接相连，用以和 CPU 交换信息。

（5）INT：中断请求，输出，高电平有效。与 CPU 的 INTR 引脚相连，用于向 CPU 发中断请求信号。

（6）$\overline{INTA}$：中断响应，输入，低电平有效。连接 8086CPU 的 $\overline{INTA}$ 引脚。在 CPU 发出第 2 个 INTA 时，8259A 将最高级别中断请求的中断类型码送给 CPU。

（7）A_0：地址选择信号，输入。可直接与 CPU 系统地址线 A_0 相连，同 $\overline{WR}$、$\overline{RD}$ 配合，用来指出当前 8259A 的 7 个寄存器中哪个被访问。一片 8259A 需要两个端口地址来选择不同的寄存器，其中一个为较高的奇地址，另一个为较低的偶地址。$A_0 = 0$ 选择一个端口，$A_0 = 1$ 选择另一个端口。

2. 与外设中断源相连的中断请求信号

$IR_0 \sim IR_7$：I/O 中断请求信号，输入，有效电平由程序设定。可以接受 8 个外部中断请求，在主从 8259A 的级联系统中，主片的 $IR_0 \sim IR_7$ 分别与各从片的 IMR 端相连，接收从片的中断请求。

3. 其他联络信号

（1）$CAS_0 \sim CAS_2$：用于构成 8259A 的主-从式级连控制结构。在多片 8259A 级联时，同名的 CAS 线互连，用于多片级联的 8259A 之间交换信息。

（2）$\overline{SP}/\overline{EN}$：主从定位/缓冲允许信号，双向。当用于主从定位 SP 时，输入，$\overline{SP} = 1$，该 8259A 是主片；$\overline{SP} = 0$，为从片。当用作缓冲允许信号 EN 时，输出，低电平有效，连接到外接的缓冲器，作为外部数据总线缓冲器的启动信号。

8.3.3　中断工作方式

作为一个可编程的中断控制器，8259A 提供了多种工作方式供用户选择。了解 8259A 的主要工作方式才能够正确地使用 8259A。

1. 中断结束方式

8259A 通过中断服务寄存器 ISR 登记正在进行处理的中断。当中断处理程序结束时，必须清除在 ISR 寄存器中的登记位，表明一次中断服务的结束。

结束中断处理的方式有两类：一类是自动结束方式，另一类是非自动结束方式。非自动结束方式又有两种，即一般中断结束方式和特殊中断结束方式。

1）中断自动结束方式

中断服务寄存器的相应位清零由硬件自动完成。当某一级中断被 CPU 响应后，CPU 输出的第一个 INTA 中断应答信号，就使 ISR 的对应位置 1。当第二个 $\overline{INTA}$ 负脉冲结束时，自动将 ISR 的对应位清零。中断自动结束方式只适用于有单片 8259A 工作的系统，并且各中断不发生嵌套的情况。在实际的应用中，自动结束中断方式并不经常使用。

2）非自动结束中断方式

要求在中断服务程序结束前，通过指令向 8259A 发送一个结束中断的命令，一般就称为 EOI 命令。8259A 收到这个命令后，才会清除正在服务的中断在 ISR 寄存器中的登记。

这种结束中断方式，可以保持在 ISR 寄存器中的状态和实际中断服务的状态相一致。只有在中断服务结束了，ISR 寄存器中的相应的登记才被复位。在实际应用中经常使用这种结束中断的方式。

2. 优先权管理方式

8259A 对于中断优先权的管理有两种方式、三种具体的做法。

(1) 全嵌套方式。

这是 8259A 默认的优先权设置方式，也称固定优先级方式。在全嵌套方式下，8259A 所管理的 8 级中断优先权是固定不变的，从 IR_0 接入的中断源优先级最高，从 IR_7 接入的中断源优先级最低。

在请求中断的中断源中，CPU 响应优先级最高的中断源后，使中断服务寄存器 ISR 中的对应位置 1，而且把它的中断类型号送至系统数据总线。在此中断源的中断服务完成之前，与它同级或优先级低的中断源的中断请求被屏蔽，只有优先级比它高的中断源的中断请求才是允许的，从而出现中断嵌套而且这种嵌套的方式是唯一的。这就是为什么这种方式称为"全嵌套"方式的原因。

(2) 特殊全嵌套方式。

特殊全嵌套方式与全嵌套方式基本相同，所不同的是：当 CPU 处理某一级中断时，如果有同级中断请求，那么 CPU 也会做出响应，从而形成了对同一级中断的特殊嵌套。

特殊全嵌套方式通常应用在有 8259A 级联的系统中。在这种情况下，对主 8259A 编程时，通常使它工作在特殊全嵌套方式下。这样，一方面，CPU 对于优先级别较高的主片的中断请求是允许的；另一方面，CPU 对于来自同一从片的优先级别较高的中断请求也是允许并能够响应的。

特殊全嵌套方式，一般只用在主 8259A 的优先级管理。从 8259A 还是要使用一般全嵌套方式。

(3) 循环优先级方式。

这是一种非固定优先级方式。初始时，仍然是按 IR_0 连接的中断源优先级最高，IR_7 连接的中断源的优先级最低。一旦某个中断请求被响应了，这个中断输入对应的优先级就降到最低，原来比这个输入低一级的输入的优先级升为最高，其余各个输入对应的优先级仍然依次排列。

这种优先级管理的出发点就是平等优先级：每个输入的优先级都可以是最高，也可以是最低，互相平等相待。

若实际的外中断源在重要性上没有多大差别的情况下，可以采用这种优先级管理方式。

3. 中断屏蔽方式

中断屏蔽就是对某些中断申请加以屏蔽，不容许它们在中断屏蔽寄存器登记，当然也不能对这些申请作出中断响应。

(1) 一般屏蔽方式。

8259A 的每个中断请求输入，都要受到屏蔽寄存器中对应位的控制。若对应位为 1，则中断请求无法送至 CPU。屏蔽是通过对屏蔽寄存器 IMR 的编程（操作命令字 0CW1）来设置和改变的。

在实际应用中，有效的中断申请一般是不应该屏蔽的。屏蔽寄存器只是在没有有效的中断申请的时候起作用，可以防止一些干扰信号作为中断申请错误地输入到 8259A。

另外是高优先级中断对低优先级中断的屏蔽。如果 CPU 正在响应高级中断，低级中断的申请就被屏蔽了。

（2）特殊屏蔽方式。

8259A 还可以设置一种特殊屏蔽方式。在这样的屏蔽方式中，高优先级的中断不对低优先级中断产生屏蔽。即希望在中断服务程序运行过程中，动态地改变系统中的中断优先级结构，所以称为"特殊屏蔽方式"。这种方式在正常的应用系统中很少使用。

4. 8259A 和系统数据总线连接的方式

8259A 的数据线和系统数据总线连接有两种方式：非缓冲方式和缓冲方式。

（1）非缓冲方式。

在非缓冲方式下，8259A 的数据线直接和系统的数据总线相连接。一般的应用场合都可以使用这种连接方式。这种连接方式，不需要$\overline{\text{SP}}/\overline{\text{EN}}$作为输出信号控制外接的数据缓冲器。$\overline{\text{SP}}/\overline{\text{EN}}$作为输入信号来标识 8259A 是主 8259A 还是从 8259A：$\overline{\text{SP}}/\overline{\text{EN}}$接高电平，为主 8259A；$\overline{\text{SP}}/\overline{\text{EN}}$接低电平，为从 8259A。

（2）缓冲方式。

在缓冲方式下，8259A 的数据线通过数据缓冲器和系统的数据总线相连。数据缓冲器的选通端连接到 8259A 的$\overline{\text{SP}}/\overline{\text{EN}}$引脚。在这种应用场合，$\overline{\text{SP}}/\overline{\text{EN}}$引脚的功能是$\overline{\text{EN}}$，也就是输出低电平的选通信号，在需要进行数据传输的时候，打开所连接的数据缓冲器。

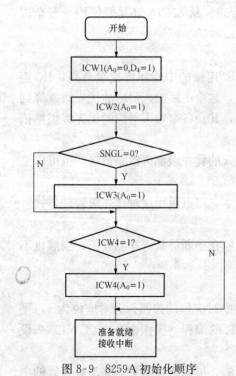

图 8-9　8259A 初始化顺序

8.3.4　初始化编程及命令字

可编程中断控制器 8259A 的工作方式和操作方式，需要在 CPU 的控制命令下确定。8259A 接收 CPU 的控制命令有两类：初始化命令字 ICW 和操作命令字 IOW。

1. 初始化命令字 ICW1～ICW4

初始化命令字 ICW1～ICW4 设置 8259A 的基本工作方式，每个初始化命令字要按照一定顺序写入 8259A 的不同端口（初始化顺序如图 8-9）。ICW1 写到偶地址端口（$A_0=0$），其余初始化命令字写到奇地址端口（$A_0=1$）。若有多个 8259A 级联，则必须写入 ICW2、3、4，单片 8259A，则无须写入 ICW3。

完成一次初始化编程后，8259A 就按照所设置的方式工作，直到重新进行初始化，才可以改变所设置的基本工作方式。

（1）ICW1。

基本功能：规定初始化内容是否需要 ICW3/ICW4，设置中断触发方式。ICW1 的格式如图 8-10 所示。

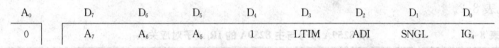

A_0	D_7	D_6	D_5	D_4	D_3	D_2	D_1	D_0
0	A_7	A_6	A_5	1	LTIM	ADI	SNGL	IG_4

图 8-10　ICW1 初始化命令字的格式

$A_0 = 0$、$D_4 = 1$ 标志初始化命令字为 ICW1。

D_0 和 D_1 决定后续的初始化过程中是否需要 ICW3 和 ICW4。$D_1 = 1$，单片 8259A，不需要 ICW3 命令字；$D_1 = 0$，多片 8259A，需要 ICW3。

D_0 为 IC_4 位：$IC_4 = 0$，不要 ICW4；$IC_4 = 1$，需要 ICW4。

D_3 设置 IR 触发方式：$D_3 = 1$，电平触发；$D_3 = 0$，边沿触发。

D_2、D_5、D_6、D_7 在 8086 系统中不使用。这几个控制位在 8080/8085CPU 环境下使用时。

（2）ICW2。

基本功能：写入 8 个中断源的中断类型号的高 5 位。ICW2 的格式如图 8-11 所示。

A_0	D_7	D_6	D_5	D_4	D_3	D_2	D_1	D_0
1	T_7	T_6	T_5	T_4	T_3	X	X	X

图 8-11　ICW2 初始化命令字的格式

ICW2 是紧接着 ICW1 写入到 8259A 的命令字，是 8259A 初始化过程中必须写入的命令字之一。

ICW2 的高 5 位 $T_7 \sim T_3$ 决定了 8 个中断源中断类型号的高 5 位，由用户编程写入 ICW2 的 $D_7 \sim D_3$ 位。输入的中断源中断类型号的低 3 位分别是 $000 \sim 111$。8259A 规定 8 个中断类型号的高 5 位是相同的，只有低 3 位不同。8259A 的 8 个中断源的中断类型号一定是连续的。

ICW2 的低 3 位 $D_2 \sim D_0$ 的组合编码对应中断源 $IR_0 \sim IR_7$，由 8259A 芯片硬件电路自动产生。

（3）ICW3。

基本功能：在多片 8259A 的系统中，即 ICW1 的 $D_1 = 1$ 时，ICW3 说明主、从 8259A 之间的连接关系。ICW3 格式根据主、从 8259A 的不同有两种，如图 8-12 所示。

主 8259A：

A_0	D_7	D_6	D_5	D_4	D_3	D_2	D_1	D_0
1	IR_7	IR_6	IR_5	IR_4	IR_3	IR_2	IR_1	IR_0

$IR_i = 1$，表示 IR_i 输入接从 8259A 的 INT 输出。

$IR_i = 0$，表示 IR_i 输入直接接中断源。

从 8259A：

A_0	D_7	D_6	D_5	D_4	D_3	D_2	D_1	D_0
1	0	0	0	0	0	ID_2	ID_1	ID_0

图 8-12　ICW3 初始化命令字的格式

$ID_2 \sim ID_0$ 是标识从 8259A 连接到 IR_i 输入端的编码，用来说明从 8259A 连接到主 8259A 的哪个 IR_i 输入端。每个从 8259A 的编号 ID_2、ID_1、ID_0 与主 8259A 的 IR_i 输入端的对应关

系见表 8-2。

表 8-2 从 **8259A** 编号与主 **8259A** 的 **IR$_i$** 端子对应关系

从设备 ID	主 8259A 的 IR$_i$ 端子							
	IR$_7$	IR$_6$	IR$_5$	IR$_4$	IR$_3$	IR$_2$	IR$_1$	IR$_0$
ID$_2$	1	1	1	1	0	0	0	0
ID$_1$	1	1	0	0	1	1	0	0
ID$_0$	0	0	1	0	1	0	1	0

(4) ICW4。

仅当 ICW1 的 IC$_4$＝1，需要设置 ICW4。ICW4 基本功能：设置 8259A 的中断结束方式等。ICW4 格式如图 8-13 所示。

A$_0$	D$_7$	D$_6$	D$_5$	D$_4$	D$_3$	D$_2$	D$_1$	D$_0$
1	0	0	0	SFNM	BUF	M/S	AEOI	μPM

图 8-13 ICW4 初始化命令字的格式

D$_0$ 位为 μPM：确定所连接的 CPU 类型。8086 系统中使用 8259A，D$_0$＝1。

D$_1$ 位为 AEOI：选择中断结束方式。D$_1$＝1 是自动中断结束方式，D$_1$＝0 是非自动中断结束方式。

D$_2$ 位为 M/S：用来设定 8259A 是主片还是从片，与 D$_3$ 位配合使用。当 D$_3$＝1 的缓冲方式下，D$_2$＝1 为主 8259A，D$_2$＝0 为从 8259A。

D$_3$ 位为 BUF：设置和系统总线的连接方式。当 D$_3$＝0 时，采用非缓冲方式与 CPU 相连。这时 $\overline{SP/EN}$＝1，为主 8259A；$\overline{SP/EN}$＝0，是从 8259A。当 D$_3$＝1，采用缓冲方式和 CPU 连接，且通过 D$_2$ 来确定主/从 8259。

D$_4$ 位为 SFNM：设置 8259A 的嵌套方式。D$_4$＝1 是特殊完全嵌套方式，D$_4$＝0 是一般完全嵌套方式。对于多片 8259A 的系统，主 8259A 的 ICW4 的 D$_4$＝1，即设置为特殊完全嵌套方式。

2. 操作命令字 OCW1~OCW3

当按照一定的顺序对 8259A 设置初始化命令后，8259A 进入设定的工作状态，准备接收由 IR 输入的中断请求信号。在系统运行过程中，用写入操作控制字对 8259A 的管理方式进行修改和设定。每个操作命令字写入的次数和时间顺序可根据需要确定。8259A 有 3 个操作命令字：OCW1、OCW2 和 OCW3。

(1) OCW1。

基本功能：设置中断屏蔽寄存器。OCW1 可多次写入 8259A。OCW1 格式如图 8-14 所示。

OCW1 的 8 位 M$_7$~M$_0$ 中的某位 M$_i$＝1，中断屏蔽寄存器 IMR 的相应位也置 1，R$_i$ 的输入被屏蔽。反之，依然。

A$_0$	D$_7$	D$_6$	D$_5$	D$_4$	D$_3$	D$_2$	D$_1$	D$_0$
1	M$_7$	M$_6$	M$_5$	M$_4$	M$_3$	M$_2$	M$_1$	M$_0$

M$_i$＝1 屏蔽；M$_i$＝0 不屏蔽

图 8-14 OCW1 命令字的格式

（2）OCW2。

基本功能：设置中断优先级管理方式，清 ISR 中的置位，改变优先权排序结构，由高 3 位的值来设定。OCW2 格式如图 8-15 所示。

A_0		D_7	D_6	D_5	D_4	D_3	D_2	D_1	D_0
0		R	SL	EOI	0	0	L_2	L_1	L_0

其中，$A_0=0$、$D_4=0$、$D_3=0$ 为 OCW2 命令字标志。

图 8-15　OCW2 命令字的格式

D_0、D_1、D_2 位为 L_0、L_1、L_2：为指定某个 IR_i 的编码。$L_2 L_1 L_0=000\sim111$，分别对应 $IR_0\sim IR_7$。

D_5 位为 EOI：中断结束命令位。当 EOI=1 时，OCW2 就是中断结束字，8259A 收到后，就清除在 ISR 寄存器中相应的登记位。当 EOI=0 时，OCW2 不起作用。

D_6 位为 SL：选择 L_2、L_1、L_0 是否有效。当 SL=1，是要指定某个 IR_i 进行操作；SL=0 时，不指定 IR_i。

D_7 位为 R：用于优先级管理方式。当 R=1 时，设置为循环优先级；当 R=0 时，设置为全嵌套的固定优先级。

表 8-3 为常用的 OCW2 功能。

表 8-3　　　　　　　　　　　　　常用 OCW2 功能表

R	SL	EOI	功　能　说　明
0	0	1	一般 EOI 命令，结束当前中断
0	1	1	特殊 EOI 命令，结束 R6 的中断
1	0	0	优先级循环方式，按循环方式管理优先权
1	1	0	特殊优先级循环方式，R6 为最低级开始循环方式
0	0	0	恢复全嵌套方式，取消循环方式

（3）OCW3。

基本功能：确定下一次读出的是 IRR/ISR 中哪个寄存器。OCW3 格式如图 8-16 所示。

A_0		D_7	D_6	D_5	D_4	D_3	D_2	D_1	D_0
0		X	ESMM	SMM	0	1	P	RR	RIS

其中，$A_0=0$、$D_4=0$、$D_3=1$ 为 OCW3 命令字标志。

图 8-16　OCW3 命令字格式

D_6 位为 ESMM：允许或禁止 D_5 位 SMM 起作用。当 ESMM=1 时，SMM 位允许起作用；当 ESMM=0 时，禁止 SMM 位起作用。

D_5 位为 SMM：与 ESMM 位配合设置和清除特殊屏蔽方式。当 ESMM 位和 SMM 位都为 1 时，选择特殊屏蔽方式；当 ESMM=1 和 SMM=0 时，清除特殊屏蔽方式，改为一般屏蔽方式。

D_2 位为 P：设置查询命令位。当 P=1 时，CPU 向 8259A 发送查询命令；当 P=0 时，8259A 不处于查询方式。

D_1 位 RR 和 D_0 位 RIS 为读 8259A 状态的功能位。当 RR=1 且 RIS=0 时，表明下一个读脉冲时读 IRR 寄存器；当 RR=1 且 RIS=1 时，表明下一个读脉冲时读 ISR 寄存器。

CPU 可以从 8259A 的三个寄存器读数据，即 IMR、IRR 和 ISR。通过 $A_0 = 1$ 的端口，发 'IN' 指令可读 IMR。通过 $A_0 = 0$ 的端口，发送 'IN' 指令可读 IRR 和 ISR 寄存器。区分所读出的是 IRR 还是 ISR，即在发送 'IN' 指令前，先发送一条 OCW3 给 8259A，通过 $D_1 D_0$ 的值告诉 8259A，下一次要读的寄存器。

8.3.5　8259A 工作过程

通过对 8259A 基本结构、工作方式、初始化编程的介绍，8259A 的基本工作过程可以描述如下：

（1）外部设备将中断申请信号加入到 $IR_7 \sim IR_0$。

（2）如果中断屏蔽寄存器 IMR 对于加入的中断申请没有屏蔽，中断申请存入 IRR 寄存器。

（3）优先级分析器对中断申请进行优先权分析，对于最高优先级的申请，清除它在 IRR 寄存器的登记，向 CPU 发出中断申请。

（4）CPU 响应中断，发回 $\overline{INTA}$ 应答信号，在收到 8086CPU 发来的第一个 $\overline{INTA}$ 信号时，在 ISR 寄存器的相应位置 1，并且向 CPU 发送中断类型号。在收到第二个 $\overline{INTA}$ 时，如果不是设置为非自动结束中断，8259A 清除相应的中断在 ISR 寄存器中的登记。

（5）CPU 调用中断服务程序，进入中断服务，在中断服务程序的最后，如果 8259A 设置为非自动结束中断，向 8259A 送结束中断命令，收到命令后，8259A 清除 ISR 寄存器中相应位的 1，一次中断过程结束。

习　　题

8.1　什么叫中断？

8.2　什么叫中断源？8086 有几类中断源？各类中断源有何特点？

8.3　简述一个可屏蔽中断完整的中断处理过程。

8.4　8086CPU 响应可屏蔽中断的条件是什么？

8.5　非屏蔽中断请求输入线是什么？其中断类型号是什么？中断向量表中的地址是多少？

8.6　什么是中断向量？什么是中断向量表？8086 的中断向量表安排在内存哪个区域？

8.7　为什么 8086 中断向量表的大小是 1024 个字节？

8.8　类型为 64H 中断的中断向量应存放在哪几个单元？

8.9　中断向量表中 84H～88H 单元存放的中断类型为哪一类？

8.10　8086 在得到中断类型号后，如何找到中断服务程序地址？假设中断类型号为 66H。

8.11　在 8086 系统中，一个中断类型号为 098H 的中断服务程序位于从 5400H：1234H 开始的内存中，在中断向量表中相应的中断向量所在的起始物理地址是什么？在中断向量表中连续 4 个存储单元存放的内容是什么？

8.12　8086 是如何处理中断源提出的中断申请？

8.13　8259A 在系统中起何作用？它是如何起到这些作用？

8.14　8259A 是如何提供中断类型号？

8.15　8259A 有哪些工作方式？各有何特点？

8.16　8259A 有几种中断结束方式？各有何特点？

8.17　8259A 有多少 ICW 和 OCW？这些 ICW 与 OCW 各起什么作用？

8.18　4 片 8259A 构成的级联中断控制系统中，最多可以直接连接多少外部中断源？

8.19　向 8259A 的 $A_0 = 1$ 的端口发送一个命令字，如何确定这个命令字是初始化命令字 ICW2 还是操作命令字 OCW1？

8.20　8259A 的初始化有几种不同的情况，分别使用在什么条件下？

8.21　简述 8259A 的工作过程。

参 考 文 献

[1] 戴梅萼，史嘉权．微型计算机技术及应用．北京：清华大学出版社，2007．

[2] 赵子江，尚颖，等．计算机硬件技术基础．北京：机械工业出版社，2005．

[3] 周杰英，等．微型计算机原理及应用．北京：机械工业出版社，2007．

[4] 郑学坚，周斌．微型计算机原理及应用．北京：清华大学出版社，2004．

[5] 郭兰英，赵祥模．微机原理与接口技术．北京：清华大学出版社，2006．

[6] 何小海，严华．微机原理与接口技术．北京：科学出版社，2006．

[7] 周明德．微型计算机系统原理及应用．北京：清华大学出版社，2007．

[8] 马群生，温冬婵，赵世霞，等．微计算机技术．北京：清华大学出版社，2001．

[9] 齐志儒，等．汇编语言程序设计，2版．沈阳：东北大学出版社，2001．